考える葉

装版

松本清張

角川文庫
24459

目次

第一章　夜の銀座で

その男は銀座を歩いていた。

彼は、三十五、六ぐらいに見えた。大きな男で、体格がいい。薄ら寒い宵だが、オーバーも何もなかった。くたびれた洋服を着、踵《かかと》の減った靴をはいていた。ネクタイは手垢《てあか》で光り、よじれていた。だが、彼は、伸びた髪をもつらせ、昂然《こうぜん》と歩いていた。すれ違った者が思わず顔をしかめたのは、その男の吐く息がひどく酒臭かったからだ。

夜の八時ごろというと、銀座は人の出の盛りである。四丁目の交差点から新橋側に歩き、さらに最初の区画を右にはいると、高価な商品を売ることで名の高い商店街がある。どの店もしゃれた商品をならべ、通行者の眼をウィンドーの前にひいていた。品もいいが、溜息《ためいき》が出るほど高い正札がついていた。

この通りをどこでもいいが、左に曲がっても右に折れても、夜の銀座の中ではいちばん人の歩きが多かった。

バーも、キャバレーも、ナイトクラブもある。それに、呉服屋も、洋装店も、食料品店も、割烹《かっぽう》店も、レストランも、とにかく、あらゆる銀座らしい店がこの区画に集まっていた。

歩道を流れている人々の全部が、それらの店に用事があるのではなかったが、見ていて、いかにもそれらの高級な店のどれかに係《かかわ》りがありげだった。群衆のことごとくが贅沢《ぜいたく》な身なりでないと同様に、ことごとくが愉《たの》しんでいる顔でもなかった。が、一つの流れの雰囲気の中に誰もが溶けこんでいた。ネオンの灯《ひ》が重なりあい、花売娘が軒の下を歩いている通りなのである。

その男は酔っていた。

手にステッキを持っている。酔って脚が少しもつれているので、ステッキはその支えかと思われた。樫《かし》の太い棒だった。

ところが、物騒な話だが、実は、彼はその棒で誰かを殴るつもりでいた。特定の人間ではない。気分で、歩いている誰を殴ってもよかった。当人にとって、これは愉しい話である。

たとえば、向こうから来る気どった貴婦人の頸《くび》にいきなり抱きついてもよければ、自《く》動車《るま》から降りたばかりの社長らしい男の肩を殴りつけてもよかった。実際、彼の眼はそれを物色していたのである。

いや、人間だけではない。店舗に堂々とはいり、平気で、陳列の商品に泥をかけてもよかったのである。彼は完全に現代の法律の外に立っていた。これは強い。恐れるものがないのである。

このような意識は、誰しも空想するところである。だが、彼は本気にそれを実行しようとしていたから、瞬間の空想と違って、その愉しい興奮は長つづきしていた。

折りから、彼の歩いている前を、二人連れの男が女給に見送られて出てきた。バーの前だったが、賑《にぎ》やかな歩道で、カクテルドレスやしゃれた和服の女が五六人もかたまって、客の乗る自動車の傍《かたわら》で笑い声を立てていた。

その男の前に偶然立った女が災難だった。彼は背中までむき出ている女の白い皮膚をいきなり片手に巻いた。

カクテルドレスの女は悲鳴を上げた。男の黄色い歯が彼女の白い肩を噛《か》み、汚ない唾《つば》を残したのである。

悲鳴は、当人だけでなく、周囲の女からも上がった。自動車に乗りかけた客が気色ばんで出てきたとき、男は二メートルも向こうを一人で笑いながら歩いていた。相手が悪いと思ったか、それとも、とっさの思いがけない行動に気をのまれたのか、こちらがかえってしんとなって見送ったのである。

男は角を曲がった。あとも振り向かなかった。後ろから追って走ってきた通行人数人が、その幅の広い男の後ろ肩をかえって呆《あき》れたように見送った。

男は新しい人通りの道を歩いた。何も知らない通行者が、彼の前に何事もなく群れ過ぎる。

着飾った女性の一群がいた。

男は、彼女らに眼を据えたが、何もしなかった。そのまま眼を逸《そ》らせて行き過ぎた。

そこにもバーがつづいていた。

「おじちゃん」

灯の暗いところで小さな女の子が呼んだ。ネッカチーフをかぶり、花束を抱えている。

「これ買ってよ」

酔った客だし、近くがバーなので、これはいい客と思ったらしい。

男は素直に百円玉を出して、それを買った。

片方ではステッキを突き、片手にその小さな花束を提げていた。

前面から女給のような女といっしょに若い男が来た。髪を縮らせ、外国の兵隊外套《がいとう》のような格好のトレンチ・コートを着ていた。煙草を横ぐわえにし、気どった足どりで歩き、役者のように特別な表情を作っていた。

「君」

彼は青年に呼びかけた。青年は、突然、花束を突きつけられて立ちどまり、眼をむいた。

「これを上げよう」

酔っていると知った青年は、眉《まゆ》をしかめて口だけはわらった。

「いや、いいんです」

行き過ぎようとしたのを、片腕を強引に捉《とら》えた。

「志だ。取ってくれ」

強い力である。よろよろしたのは年齢《とし》の若い青年の方だった。

彼は青年を引き寄せると、外套の肩に軍人の肩章のようにのせている飾りの穴に花束を突っこんだ。

「似合う」

少し遠い眼つきをして鑑賞するように言ったものだ。

「ヘイ、大尉《キャプテン》！」

男は持ったステッキを儀仗兵《ぎじょうへい》のように捧《ささ》げた。

青年は赤くなった。殴りかかろうとしたが、相手が悪いと思ったか、唇をかんだ。

「この肩章は、ずっとつけておきたまえ」

青年が片手でむしりそうなので、男は睨《にら》みつけた。

「ぼくの見ている前でこれをはずしたら、承知しない。ずっとこのまま歩きたまえ」

事実、後ろから仁王立ちになって監視したものである。

青年は連れの女と小走りになった。正直に花束を肩にのせたままなのは、男が、実際に棒を振り上げて追ってきかねないからだった。

「酔っているんだ」

と、青年はてれくさそうに女に言った。

肩には花束がきれいな色で咲いている。通行人が呆れて見送った。

青年は街角を大急ぎで回って、初めてそれを除《と》った。

「あんた、意気地なしね」

女が横を歩いて言った。


男はそこを歩き電車通りに出た。左右を見まわした。もとの街路に戻った。

この辺は、大きなレストランや、キャバレーなどがある。人通りは前よりふえていた。

道の片側には、高級車が列を作って駐車していた。

歩道には、店舗から流れる明るい灯が、日光のように斜めに射している。

そのとき、男が立ちどまって眼を凝らしたのは、先方から歩いてくる見事な女性だった。

髪の色は燃えるように赤いが、むろん、細工したものだ。白い頸筋《くびすじ》には真珠《パール》が四重にも巻きついている。服飾雑誌のデザイン画そのままの姿で、これは行き交う女性たちが振りかえって見るくらいに目立った。

女は、はたの凝視を意識し、それを無視して歩いていた。顔はまっすぐに上に向け、その歩き方は自分だけの道と心得ているようだった。睫毛《まつげ》が作りもののように長く、瞼《まぶた》が淡《うす》く青い。

男は微笑した。

女はまっすぐあるいてくる。そのままだと、そこに立っている男に突き当たらねばならなかった。たぶん、これまで、彼女の前に道をさけてくれるのは通行人の方だったであろう。

ところで、彼女は男の前に来たときためらいを起こした。棒を地面に立てて、仁王立ちしているのだから、逡巡《しゅんじゅん》するのは当然である。彼女は、初めて自分の方から方向を外《そ》れようとした。

そのとき、男は自分の身体を女の前に覆うようにして倒れかかった。人が川のように流れている中のできごとである。

女は声も立てなかった。周囲を歩いている人が歩みをやめ、その光景を茫然《ぼうぜん》と眺めていた。はじめ、その女の知った人が、なにか冗談をやっているように思ったものだ。

男は容易に女を放さなかった。長い。

女の身体は、うしろに弓なりに傾いていた。長い間、そうしていた。また、長い間、見物人が黙っていた。

男は女の身体を放した。それから、自分の手の甲で唇を拭《ぬぐ》った。初めて、何が行なわれたかを通行人は知って騒ぎだした。女が顔を蔽《おお》って、そこにしゃがみこんだからである。

しかし、通行人は、しばらくは誰も彼を追う者はなかった。女は人々の輪の暗い中にうずくまっている。ゆっくりと歩いている男の後ろにも群衆との間に間隔があった。両方とも、そこだけが真空だった。

群衆は、なんだ、なんだと言いあっている。気違いだろうと答える者がいた。事実、狂人でなければ、できないしわざである。着飾ったトップ・モードの女性が、衆人の中で接吻《せつぷん》されたのだ。見物人は肝を奪われたが、半分はおもしろがっていた。弥次馬《やじうま》がふえた。

男は一人で歩いて角を曲がった。

一流の品を陳列しているあの通りに戻った。

男は、ガラスの壁の前を歩いた。さまざまな色彩が、連なった店の透明な塀の中に咲いている。

弥次馬が彼の後ろに迫った。しかし、彼らは男との間に、相変わらず一定の距離をおいていた。広い肩だし、うかつに手が出せなかった。それと、これから彼が何をやるかという期待だった。騒ぎが起こるのは、はたの者にとって愉《たの》しいのである。

男は見物人たちの期待を背負っているようにみえた。何も知らない通行者は、彼とすれ違って、初めて後ろについている見物人に気がつき、その男を改めて振りかえった。

「気違いかな?」

「いや、暴力団だろう」

「色気違いだ。今、そこで若い女の頸《くび》を締めた」

「一一〇番を呼べ」

しかし、誰も公衆電話に走る者はなかった。自分たちには被害がないのである。

男は、或《あ》る店のウィンドーの前で立ちどまった。

巨大なガラスだ。その中に、さまざまな宝石が並べられ、眩《まぶ》しい照明に輝いていた。陳列は凝ったものである。

また、陳列の半分は、半身のマネキンを使って装身具が飾り立てられていた。色彩の効果を考え、眼に贅沢《ぜいたく》な効果を狙った配列だった。

男は、それをしばらく眺めていた。

店の内では何も知っていなかった。店員が四五人の客の応対をしている。事実、男の横をすり抜けて店内にはいって行く婦人もあった。

自動車が通り、人が重なりあって歩いている。事情を知っている群衆だけが、彼の様子を距離をおいて見まもっていた。男は、まだ、陳列の中をじっと見ていた。買物を選択する婦人と同じくらい熱心な眼つきだった。

ようやく、男は離れた。そのまま過ぎるかと思われたが、突然、ステッキが彼の肩の上に上がった。あっ、というまもない。一枚ガラスの広いウィンドーが爆発し、飛び散り、崩れ落ちた。

贅沢な犯罪である。見物人の眼が歓喜に輝いたくらいだった。

ガラスの壁は崩壊したが、男は開いた穴に手を入れて内の商品をつかむでもなかった。そのまま歩いて行くのである。前と多少違うのは、今度は大股《おおまた》だった。

店の内では、番頭たちが飛びあがっていた。二人の若い者が営業台を飛び越えて走り出た。

「あっちだ」

見物人が指さして店員に教えた。

歩道は、店舗によって照明に明暗があった。男の姿はあいにくとその暗いところを通っていた。店員二人は眼を凝らして、靴下のままで追った。

「待て」

と、一人が言った。

街角にかかった所で、男は振り返った。

「おれか？」

その顔が店員をたじろがせた。大きな男だし、太い棒を持っている。店員はうわずって、わけのわからないことを叫んだ。

大勢の見物人が店員のすぐ後ろに押しかけていた。

「一一〇番」

店員が同僚に言った。

血相変えて、その男は店に走り戻った。

「用があるならついてこいよ」

男は、残った店員に吐くと、背中を見せて歩きだした。

店員はそのあとを蒼《あお》い顔でつけた。姿を見失わないのが精いっぱいのようだった。後ろの弥次馬は数を増していた。夜の銀座だし、ちょうど人の出盛りである。その黒い集団を見て、事情を知らないまま走りこんでくる連中もあった。

こうして男は群衆を従え、街角を曲がり、喫茶店の前に出た。

彼は振り返りもせずにドアの前に近づいた。内側でドアに手を掛けている少女が、何も知らないままに、

「いらっしゃいませ」

と、お辞儀をした。

男は客席についた。音楽が鳴っている。若い男女が茶をすすったり語りあったりしていた。

少女が水を運び、注文をきいた。

「コーヒー」

と、男は命じた。

入口のドアの前は黒山の人だかりとなった。少女はそれを見て、はじめて狼狽《ろうばい》した。ようやく店内でもそれと気づいた客もある。また、勇敢な見物人はドアをあけてはいってきた。喫茶店だし、自分に係《かかわ》りあいがないかぎり、安全なのである。はいってきた客は、その男のすわっている席を見えるように、しかも、いざというときを考えて、距離をとってすわった。

男は、ゆっくりと茶をすっていた。

入口のドアが、外の見物人の圧力で開いた。群衆がせりだしている。少女は悲鳴をあげて奥へ走った。

支配人も、レジの女も、少女たちも、はじめて事態を知った。客は総立ちになった。

支配人が英雄的に、単身で、男に近づこうとした。

男は、コーヒー茶碗《ちゃわん》から顔をあげた。支配人は彼の直視にあって迷った。男が、膝《ひざ》の間に棒を立てているのだ。

だが、支配人の困惑は救われた。

表にサイレンが鳴り、パトカーが到着した。群衆を分けて、警官が三人で店にはいってきた。

男はパトカーに乗せられ、所轄の××警察署に連れこまれた。

巡査二人が、男を両脇に抱えるようにして歩いた。がらんとした夜の署内では、三四人の巡査が、机に向かって何かやっていた。

「なんだア？」

その一人が、通路を通る連行の巡査にのび上がって、奥から声をかけた。

「暴行ですよ」

「暴行？　何をやったんだア？」

ほかの巡査も振り向いた。

「酔っぱらいです。銀座のどまん中で、通行の若い女にキスしたんです。それから、商店の大きなウィンドーガラスを、棒でたたき割りました」

その棒は、一人の巡査が、小脇に証拠品として持っていた。

「なに、女にキスしたア？」

署員の顔が、急に、にやにやと笑った。

「どんな女だ。別嬪《べっぴん》か？　被害者は連れてきたかい？」

「被害者はわかりません。逃げたようです」

「やれやれ、惜しいことをした」

「当直の主任さんのとこに連れて行きます」

男は、大きな身体をぐずぐずさせていた。

「歩け」

巡査は、男の脇に挟んだ手に力を入れた。刑事課は、地下室にあった。薄暗い電気が廊下にぽつんと点《つ》いている。堅い急な石段を降りた。狭くて三人並んでは降りられなかった。

突き当たりの部屋に灯《ひ》が点いていた。警官がドアをあけると、私服が四人いた。二人は将棋をさし、二人は本を読んでいた。

「なんだ？」

年輩の男が、本から顔をあげて闖入者《ちんにゅうしゃ》たちを見た。

「暴行の現行犯です。今、銀座の街頭で乱暴をやったので、つかまえてきました」

「ふん」

私服は本を伏せた。

「ここに連れてこい」

本を読んでいる別な男はちょっと顔をあげただけで、また眼を伏せた。将棋の二人は駒音を立てて勝負をつづけていた。

男は、その私服の前にすわらされた。巡査二人がその肩を押えた。警官の一人が手短に男の犯行内容を話した。話を聞いている太った私服は、今夜の当直警部補だった。

「もういい、ご苦労」

連行した巡査は、そこまでの役目をすませて帰った。

男は黙って警部補を見ていた。赤い顔だし酒くさかった。

「女にキスしたそうだな?」

警部補は、薄ら笑いを浮かべながら尋問にかかった。机の引出しから書類を出して、万年筆で書く構えになった。

「おまえ、酒はどこで飲んだんだ?」

「おでん屋だ。コップで五六っぱい、ひっかけたかな」

男は横着げだった。酔っているだけでなく、性質がそのようにみえた。

「おまえ、自分がしたことを憶《おぼ》えているか」

「わかっている。それほど酔っていないからな」

被疑者の方が、よけいに笑っていた。警部補の顔が赤くなった。

「ばか者」

彼はどなった。酔っているにしても、男の横着な態度が腹に据えかねた。

「名前はなんというんだ？」

警部補は睨《にら》んだ。

「ぼくかね？」

男はいっこうに反応を示さない。やはり、眼もとに笑いを残していた。

「ぼくは井上代造《いのうえだいぞう》という者だ」

「井上？　どういう字を書くのか？」

警部補は、男からいちいち字を教わって、書類に書き入れた。

「本籍は？」

「広島《ひろしま》市荒神《こうじん》町。番地は忘れた」

「ふむ。現住所は？」

「現住所は不定。目下、都内の宿屋を転々としている」

「職業は？」

「ない」

警部補は鼻をならして男の顔を見た。

「おまえ、どうして食っているんだ?」

「なんとか、やっている」

「けっこうな身分だな。家族は?」

「独り者だ、これでも」

「前科は?」

「ない」

警部補は、そこまでの要点を書き終わると、本を読んでいる男を呼んだ。警部補は紙片を渡した。私服は黙って部屋を出て行った。これは、男にはわからないが、本庁の鑑識課に問い合わせて、当人の前科の有無を照会するためである。

「おまえ、なんで通行の女にキスしたのだ、酒に酔って妙な気持が起こったのか?」

警部補は頰杖《ほおづえ》をついて男を眺めた。男は椅子に自堕落に掛け、やはり傲慢《ごうまん》な顔つきをしていた。

「別に、妙な気持が出たわけではない。癪《しゃく》にさわったからだよ」

彼は威張って答えた。

「あんな、傲慢な女を見ると、むしずが走るんだ。きれいな衣服に身を飾って、人を見くだしながら歩いている女の顔を見ると、何かせずにおられなかったんだ。これは、いつも思っていたことだがね。今夜は、ちょうど、その気持を爆発させるような女が、向こうからちょろちょろと歩いてきたので実行したまでだね」

「ふむ、全く見ず知らずの女だね？」

「そうだ。むろん、どこの馬の骨だかぼくの知ったことではない」

「思いきったことをしたものだ。どうだった、味は？」

と警部補がきいたのは、その接吻《せっぷん》のことだった。男は、ここで眼尻《めじり》に少し皺《しわ》をよせた。

「少し、塩《しょ》っぱかったね。ぼくは、あの高慢ちきな女の口を、そうだな、五十秒ばかりも吸いつづけてやったかな」

将棋をしていた二人が、手を休めてこの話に聞き入っていた。二人とも笑いをこらえていた。

「商店のガラスを割ったのは、どうなんだ？」

警部補は次をきいた。

「あのウィンドーに陳列している眼のとび出るような贅沢品《ぜいたくひん》を眺めているうち、また、むかむかとしてきたんだ。何万円もするような一枚ガラスを壁にして、貧乏人には、どうだ手が出まい、と言わんばかりに、仰々しく品物をならべているかと思うと、癪にさわってならなかった。だから、思いきりステッキで叩《たた》き割ってやったよ。その音を聞いたとき、実に爽快《そうかい》な気分だったね」

「これだね？」

と、警部補は棒を見せた。樫《かし》の太いステッキである。

「そうだ」

男はじろりと見て、素直に認めた。

「おまえ、そんなことを以前《まえ》から考えていたのか、それとも、今晩、ふらふらと、その気になったのか？」

「そうですな」

男は、ちょっと、考えるような眼つきをした。

「以前から考えていたとも言えるし、今晩、その気持が不意に起こったとも言える。まあ、どっちでもいい。やったことはやったに間違いないからな」

「では、以前《まえ》から考えていたんだね？」

警部補は念を押した。

「そう取ってくれてよろしい」

「おまえ、ほかにも、こんなことをやっていないか？」

「さあ、今まで考えたことはあるがね、つい手が動いたのは、今晩が初めてだね」

「酔ったからか？」

「いや、酒のせいとは言わん。正気で、考えていたからね」

「よろしい」

警部補はうなずいた。

「おまえが酒のせいでやったのでもなく、発作的にやったことでもない、と自分で認めたのだ。やはり、以前《まえ》から計画していたのだな？」

「そうだな。正確に考えるとそうかもしれないね」

「何か、このことについて、おまえの弁解はないか？」

警部補はきいた。

「別に弁解することはない」

「弁護士をたのむかね？　おまえの自由にしていいんだよ」

「弁護士？　金がないから、たのむ気になれないね」

警部補は黙り、書類に文字を書きこみはじめた。その間、男は退屈そうに、薄暗い照明の部屋を見まわしていた。小さな事務室のように机や椅子が並んでいるが、どれも粗末だった。二升もはいりそうな大きなやかんが机の上にのり、湯呑茶碗《ゆのみぢゃわん》が散乱していた。

勝負を終わった将棋の男が一人、大きな声をあげてあくびをした。

「できた」

と、警部補はつぶやいた。

「弁解録取書」という書類に次のように書いていた。

「被疑者。住所不定、無職、井上代造。大正十三年四月二日生（三十六歳）

本職は、昭和三十五年三月二十五日午後十時四十分ごろ、警視庁××警察署において、右の者に対し犯罪事実の要旨及び弁護人を選任することができる旨を告げた上、弁解の機会を与えたところ任意左のとおり供述した。
一、私は三月二十五日午後九時ごろ、銀座××丁目付近において、通行中の一婦人に対し抱きつき乱暴を働いたこと、および、銀座××番地S商店陳列窓ガラス一枚を樫材ステッキにて破壊毀損《きそん》した事実を認める。これはかねてより秘《ひそ》かに計画していたことで、その動機は、贅沢な服装をしている婦人や、高価な品物を陳列している商店に対して憎悪の念を抱いていたからである」

「読んでみろ」

警部補は、それを被疑者に差し出した。

「納得したら、名前を書いて、拇印《ぼいん》を捺《お》すんだ」


警部補は、当直の留置場係の巡査を呼んだ。

「こういう男だがね」

男が拇印を捺したばかりの弁解録取書を見せた。

「なるほど」

留置場係はさっそく読んで、

「井上代造と言うんだね？」

と、当人に言った。

「そうだ」

やはり横柄な答え方だった。

「それでは、おまえの持っている私物を預かっておく」

巡査は、逸早《いちはや》く彼の洋服のポケットに手を入れて、中の物を勝手に取り出した。薄いがま口、汚れたハンカチ、芯《しん》の折れた短い鉛筆、それ以外には一物もなかった。がま口の中には二百円があるだけだった。係巡査は、いちいちそれを預かり証に書いた。

次に、被疑者のよれよれのネクタイを取り、バンドをはずした。ズボンがずり下がりそうになったので、男はあわてて、手で上から押さえた。

「こっちにこい」

留置場は、同じ地下室の続きにあった。

入口に大きな鉄格子がはまっている。薄暗い灯が内からもれていた。係は、および腰になって大きな錠前をあけた。金属性の音がした。

巡査は、男が中にはいると素早く格子扉を閉めて鍵《かぎ》をかけた。二人とも檻《おり》の中だった。

それからは、コンクリートの狭い通路が、鉤《かぎ》の手に曲がっていた。両側には、もっと重々しい格子扉がつづいていた。鉄の棒だけでなく、その下地に金網が張られてあった。

「紐《ひも》らしいものは持ってないか？」

と、巡査は向かいあってきいた。

「別に」

ていた。


と、男は答えた。

「さる股《また》はどうだ。紐がついているか？」

「それはついている。つかないと、ずり下がるからな」

事実、バンドのないズボンは、腰の下まで下がりそうなのを、男は絶えず両手で抱えていた。

「よし、そのさる股の紐を除《と》るんだ」

「あとをどうするんだね？」

「紐類は、いっさい、禁じている。不心得者が首をくくるからな」

「おれは大丈夫だ」

「規則だ」

係は大きな声を出した。

ならんでいる留置場の房から、ごそごそと音が聞こえた。留置人が起きあがって、新入りの様子に耳を立てているのだった。

立番をやっている、もう一人の係巡査がやってきた。

「どうしたんだ？」

と、同僚にきいた。

「なに、銀座で女の子にキスしたそうだ。それに大きな商店のガラスも叩き割ったのだ」

ウィンドーのことはともかく、女の子にキスしたと聞いて、巡査は顔を輝かした。

「おまえ、うまいことをやったな。どうだ、美人だったか？」

その巡査は男にきいた。

「すましこんだ、きれいな女だった。ちょっと、銀座を歩いている女の中でも珍しいくらいだ」

男は言った。

「ほう」

巡査は正直に驚嘆していた。

その話を聞いたのか、房の内のひそひそ声が高くなった。

「房内《ぼうない》、話をやめろ！」

巡査がこわい顔になって房を一喝した。

「これで締めておけ」

係官は短い十センチぐらいの紐を男に渡した。

「ズボンの前を重ね合わせて、それで、くくり合わせるのだ」

「なるほどね」

井上代造という男は、下を向き、自分でそれをやってみて、

「うまいことを考えるもんだ」

と感嘆した。

「どの房に入れよう？」

係官は同僚と相談しながら、黒板を見上げた。

黒板には、各房の収容人数が書かれてあった。

「三房が少ない。三房に入れよう」

と、立番係が言った。

井上代造は、自分の部屋割りを黒板で眺めていたが、

「ほう、三房というのは女子房の隣りか。これはいい。ぜひ、そこに願いたい。いま、女がはいっているのか？」

と、顔を輝かした。

「ばか」

係が怒った。

「こんな野郎だ。六房に入れておけ」

井上代造は舌打ちした。黒板を見ると、六房は、両隣りとも男房だった。

「こっちへこい」

彼は背中を押された。

井上代造は、留置場の房内に入れられた。

低い天井には、裸電球が網でかこまれて点《つ》いている。五ワットぐらいの暗い光の下に、三人の男が薄い布団に寝くるまっていた。

井上代造がはいっても、彼らはそのままの形で動かなかった。

巡査の靴音が遠ざかった。端に寝ている男がゆっくりと頭をもたげた。

「おい、おまえ、何をやったんや？」

男は薄い光線の中で彼を見透かすようにした。並んでいる男二人も、布団から首を出していた。暗いから、どの顔も人相がよくわからない。

「べつに、たいしたことで来たのではない」

井上は言った。

「ちょっと暴れただけだ」

「暴力犯かいな？」

と、その男は関西弁できいた。

「まあ、そんなものだ」

彼はじろりと相手をみて、

「どうだ、寝心地はいいか？」

と、たずねた。

「あほう、ええわけがあるかいや」

と、その男は不機嫌な声を出した。

「せっかくの寝入りばなをおまえに起こされたんや。わいは寝性が悪うてな、一度起こされたら、あと、なかなか眠られへん性質《たち》や」

「そいつは悪かったな。だが、おれも好きでこんな所にはいってきたのではないから、まあ我慢しろ。ところで、もう少しそっちに譲ってもらえないか。おれの寝床を敷かねばならん」

井上代造は、ここにはいっても横着そうな言い方をやめなかった。それに気圧《けお》されたのか、三人はしぶしぶ布団を隅にずらせた。

井上代造は、抱えてきた自分の布団をのべると、そのままごろりと大の字になった。

「おい」

と、さっそく、横の男が言った。

「おまえ、酒臭いが、どこぞで飲んできたのんか？」

「そうだ」

と、井上は面倒くさそうに答えた。

「どれくらい飲んだのか？」

「たいしたことはない。五合ぐらいかな」

「そら、羨《うらやま》しいな。たった今、酒を飲んでここにはいってきたとは、羨しいわ」

「なんだ、おまえ、いつからはいってるんだ？」

井上は首をその方へ向けた。

「今日は二週間目になるかな」

「それじゃ検察庁通いか？」

「もうすぐ起訴になるさかい、ここともさよならや。刑務所に行ったら、かえって楽になるちゅう話やでな」

「何をやったんだね？」

「婦女誘拐やがな」

「ほう」

と、井上が声を上げた。

「そいつァまた羨しいことをやってきたものだ。どうせおまえは眠れぬ性質《たち》だそうだから、一つ話してくれないか。場所が違うと寝入りばなが悪い。子守唄《うた》代わりに聞かしてくれ」

「しょうむない」

暗い中で相手は舌打ちした。

「なんやしらん、けったいなことで送りこまれたわ。なに、三人目の女《おなご》が暴れだしたのでな、つい、へまをやったんや。あかん、あかん、ここで、こないな話をするとおまえが虫を起こすがな」

「話したくなければそれでもいい。どうせ、山出し女をだましてきたのだろう。おまえの横にいるのは、なんだい？」

井上代造は顎《あご》でしゃくった。

「こいつか。こいつは空巣の常習犯や」

井上は聞くと、ちょっと首を伸ばして人相を見た。

「えらくおっさんじゃないか。やれやれ、年を取ってもなかなか好きなことはやめられないとみえるね。その隣りはなんだ？　まだ若いようだな」

「こいつか」

と、婦女誘拐の男が言った。

「こいつは傷害ではいってきたのや」

「やくざか？」

「いや、やくざというほどでもあらへん。その辺の地まわりのあんちゃんたちとやりあって、相手に傷を負わせたそうや」

「ほう」

井上は、肩を起こして、首を伸ばした。

「若い。いったい、いくつぐらいだな？」

「二十六と言うとる」

このとき、靴音が近づいた。

「おい」

と、巡査は言った。

「話をやめろ」

通路に点いている薄い電灯の光が、鉄格子の窓から覗《のぞ》いた巡査の頭と肩を白く照らしていた。

「担当さん、ちょっと、便所にやらしてくらはらしめへんか?」

その男が言った。

「なんや、さっきから辛抱してまんねんけど、もう、あきまへん。どうも、お手数で恐れ入ります」

その男が便所から帰ってきたとき、井上代造は鼾《いびき》をかいて寝ていた。


朝は七時半に起床だった。担当巡査がきて、点呼をした。それから、各房ごとに留置人が布団を所定の場所に運ぶのである。

その中でも、井上代造はやはり横着そうだった。布団を納めてから洗面所に行く。通りかかりの房では、眼の前を過ぎて行く連中をおもしろそうに見つめていた。新入りがあると、ことのほか珍しそうに覗く。

洗面所では、タオルが手渡された。これは頸《くび》をくれぬ程度に短く切ってある。井上代造は、気持よさそうにごしごし顔を拭《ふ》いた。それから背伸びをして、大きなあくびをした。

巡査が眼を光らせた。

「手早くやらんか」

巡査は叱った。

昨夜《ゆうべ》の同房者が、今朝ははっきりと顔が見えた。婦女誘拐は、三十四五で、背の高い瘠《や》せた男である。空巣常習は、背の低い、しなびた顔の五十男だった。傷害の若者は蒼《あお》白《じろ》い顔をし、髪が伸びていた。若者は眼だけが光っているが、子供のように白眼に蒼味《あおみ》がかかって澄んでいた。

朝食をすませた。わずかに菜っぱの端が浮いた味噌汁《みそしる》だったが、井上代造は、飯《めし》の上にそれをかけて、大口あいて流しこんだ。いかにも、こういう場所には馴《な》れきった態度だった。

井上のその横着な様子は、三人の先輩を早くも威圧したようだった。

「煙草がほしいな」

と、井上は言った。

「飯のあとの一服を思いだすと、たまらん。どうだ、おまえたちでモヤを持たんか？」

婦女誘拐も空巣常習も首を振った。

「井上はん、三時になると、一服喫《の》ましてくれまんね。三十分の運動時間があるさかいな」

「ふん、どこで運動するんだ？」

「署の屋上やがな。天気がええと、ぽかぽか日向《ひなた》ぼっこがでけて、街を見下ろしながら煙草を吸いこむ気持は、こら、こたえられんわ」

「何本、喫《の》ませるんだね？」

「何本？　そら、一本に決まっとるがな。娑婆《しゃば》にいるときは、半分で、わいら、捨ててしもたが、ここにいると、口がやけどするくらい吸いまんね」

井上代造は鼻を鳴らした。いかにもばかばかしいといった顔だった。

「おまえら、知恵がない」

と、彼は言った。

「おれが前にはいっていた署では、煙草喫《の》みは、こっそりマッチの棒と擦り紙を襟に縫いこんできていたよ。煙草がなくなると、布団の綿をつまみ出して、それをちり紙に巻き、吸っていた。ちょっときな臭いがな、そういう煙草の味も格別だ」

「ほなら、あんさんはほうぼうの署を回ってきなはったのか？」

「それはそうだ。おれぐらいになると、たいていの署は知っている」

この話は、ぼそぼそと低い声だった。少し高くなると、担当巡査が、

「房内、話をやめろ」

と、叱るのである。

「どうも、退屈だな」

と、井上は板の間に据えた尻《しり》を動かした。ここでは胡坐《あぐら》だけは許されるが、形を崩すのは禁じられていた。少しでも寝ころぶ格好になると、絶えず見まわっている巡査に叱られるのである。

「おい、おまえから話してみろ。婦女誘拐というのは、おもしろい商売だろうな」

井上代造は眠そうな眼つきできいた。

「いや、それほどでもおまへん。そら、女の子をだますのは、ちょっといけまんが、こないな所にはいったら、おしまいや。そやけどな、井上はん、ここでちょいと休養させてもろたら、また、ええ知恵が浮かんできまんね。今度ここを出たら、ひとつこうやてかましたろかいなアと、思うたりしまんがな」

瘠せた顔は、多少、得意そうだった。

「空巣の方はどうだね？」

五十二三になるその男は、頬骨が張り、眼がほそかった。唇の厚い男である。彼はおとなしそうだった。

「君は何犯だね？」

「三犯だ」

と、細い声で答えた。

三犯という前科の履歴にもかかわらず、彼はその顔と同じように身体全体が元気がなくしなびていた。声もかすれて細い。いったいに生気がなかった。

「おい、君はどうだ？」

五十男には興味がないと見えて、井上代造は最後に、端の方で膝《ひざ》を組んでいる青年に言った。

その青年は髪が伸びていた。今まで、井上代造がほかの男と話を交わしているときでも、絶えず彼は聞き手に回っていた。房の一日は退屈である。巡査から叱られても、何か話さずにはおられなかったが、その青年はいつも寡黙だった。

井上代造と婦女誘拐とが絶えず話を交わし、その内容がおもしろいところにきても、青年は表情にひとつの変化も見せなかった。むっつりと考えこんだ顔だったが、この暗い中では、薄い光線がかえって彼の彫りの深い顔を浮き上がらせていた。

その青年は崎津《さきつ》弘吉《ひろきち》という名前だった。担当巡査が点呼のときにそう呼ぶのである。

井上代造は、崎津弘吉に興味を持ったようであった。

彼が、この若者に関心をもちはじめたようにみえたのは、崎津弘吉が両親も兄弟もないと知ったときからだった。それは直接に青年の口から聞いたのではなく、やはり婦女誘拐の同房者が彼に伝えたのである。

大阪弁で彼はこう言った。

崎津弘吉が、地方から東京に出てきたのは、わずか二か月ぐらい前だった。

出京したのは、べつに目当てがあったわけではなく、それまで、土地の農協か何かに勤めていたらしいが、そこで上役と喧嘩《けんか》して飛び出したという。田舎は狭いだけに職がなく、彼は仕事を求めて東京に出てきたが、容易に仕事の口は見当たらなかった。彼は就職先を捜してぶらぶらしているうちに、愚連隊か何かに取り巻かれ、強請《ゆす》られたことから喧嘩になったという。相手に傷を負わせたので、それが傷害罪になったのである。

しかし、井上代造は、それを聞いてから後、崎津弘吉に何かと言葉をかけるようになった。

たとえば、三十分の運動時間がある。このときは、署の屋上に留置人一同を連れ出し、煙草を一本喫《の》ませるのである。

一日じゅう、地下室の房の中に閉じこめられている連中は、生き返ったように肺の奥まで煙草を吸い込んだ。明るい日光を浴びながら、眼を放つとビルの群れが水晶のような結晶体で眼の下に展《ひろ》がっているのであった。

「崎津君」

井上代造は、ぼんやり東京の景色を眺めている青年のそばに寄りそい、小さな声で話しかけた。

「君はここを出たらどうするつもりだね？　何か当てがあるのかい？」

青年は無口だった。これは房の中でもこの屋上でも変わりはなかった。

「べつに」

と、答えただけである。それが癖なのか、表情もあまり動かなかった。

「東京は広い。だがね、君を入れてくれる職場は、そうやすやすとはないぜ」

井上代造はささやきかけた。

「どうだね、どうせ、おれの方が君よりここを先に出るに決まっている。よかったら、おれの所にこないか。就職ぐらいは世話をしてやるよ」

井上代造は親切だった。

「そうですな」

崎津弘吉は、眼を明るい景色にやったまま、話し手のほうをふり向かないでぼそりと答えた。

「考えてみます」

感情の動かない顔だった。

「おいおい、考えてみるといってもね、君」

と、井上は勧めた。

「君にとっては、これは便利な話だと思うがな。こう見えても、おれは方々に友だちを持っている。なに、君ひとりぐらい、仕事の世話はできぬことはない。これで、君、職安などに行ってみろ。どうせ失対事業か何かの口しか世話してくれないぜ。道路直しだ。君も東京に出てきて見て知っているだろう」

彼は説得した。

「年寄りや女連中の仕事だ。若い君のような青年がやることではない。どうだね、なんだったら、君の身もとをぼくがそっくり引き受けてもいいよ」

このような会話は、屋上の運動場だけでなく、暗い房内でもくり返された。変わらないのは、絶えず監視の巡査の隙をうかがって話されたことである。

「考えておきます」

崎津弘吉は、必ず同じ言葉を繰り返した。あまり気乗りのしない顔だし、まるでこれから先の自分の方針に無関心のようだった。

房内では、留置人同士の雑談は禁じられている。だが、声が監視巡査の耳ざわりにならないかぎり、ある程度までは大目に見てくれた。だから、井上代造が崎津弘吉を口説くのには、さほどの障害はなかったわけである。

「どうだね？　崎津君」

井上代造は熱心に誘うのである。

「君も、これから一人で、この東京でがんばろうというのだ。おれは、そういう青年が好きだ。好きだから世話をしてやろうというんだがね。なに、こう言ったからといって、なにも君をやくざの仲間に入れたり、悪いことを教えこもうというのではない。そうだ、君がその気になったときに、ぼくの住所を教えておく。ねえ、君、人間、食うというのは大変なことだぜ。君も、東京は西も東もわからぬはずだ。ぼくの所に来てみろ。すぐに食える。これはてっとり早い。なに、気に入らなかったら、いつでも君が出て行っていいことだからな。そりゃア君の自由だ」

井上代造は自分の話の効果を、崎津弘吉の顔に験《ため》しながら勧告をつづけた。

房内で、崎津弘吉は、始終、むっつりとしていた。

彼は、一日じゅう壁の方に寄りすがり、膝を組んで、うっとりと眼を閉じていた。見ていて、何を考えているのか、よくわからなかった。同房者のひそひそ話にも加わらなかった。

といって、べつに彼が無愛想なわけではなかった。笑うと、妙に少年らしい顔つきになるのである。

この房の中で、井上代造が相変わらず威張っていた。婦女誘拐も空巣常習も、前科を重ねた経験者である。だが、ここでは、彼らは担当巡査に極度に卑屈だった。彼らは哀れな声を出し、物乞《ものご》いのような言い方をした。もっとも、これは、彼らの方で、その方法で担当巡査を操縦していると心得ている。経験が、その技術を会得させていた。

が、井上代造だけは、やはり担当巡査にも口のきき方が横柄だった。彼は、ときどき、ことさら巡査と衝突をした。

その都度、一種の罰が井上に加えられた。

一日のうち、屋上に散歩して煙草を喫《す》うのが在房者の唯一の愉《たの》しみである。ここでは、寝ることと、食べることしか与えられた自由はなかった。三十分間の屋上散歩がその自由の極限だった。

煙草を心ゆくまで喫《す》い、明るい日光を浴びて、娑婆《しゃば》を上から眺めるのである。

下の街路には、人々が歩いて行く。自動車《くるま》も通れば電車も走っていた。女もいた。いや、女性は無数に歩いているのだが、彼らには、まだ、その数が少なかったくらいである。

外の空気を吸い、大手を振って歩いて行けることの日常的な豊饒《ほうじょう》な幸福を人々は気づかない。だが、この屋上から眺めると、それがどのように素晴らしい自由であるかわかるのだ。

しかし、井上代造は、その三十分の権利さえ放棄した。

留置場で規則にそむくと、屋上の散歩は禁止される。それが違反者に対する罰だった。井上代造に対する罰は、彼が担当巡査の命令を聞かず、始終、横柄な態度で膝を崩していることだった。何回となく、巡回の巡査に注意されても、井上代造はいっこうに、そのじだらくなすわり方を変えなかった。

夜、便所に行くときでも、「おい、担当」と呼びつけるのである。巡査たちは、にくにくしげな眼で井上代造を見た。

だが、担当巡査の注意も耳に入れない井上が、崎津弘吉に対してだけは、人が違うように熱心に口説くのである。

「どうだ、君、悪いことは言わないから、ぼくの言うとおりにしないか？」

彼は勧めた。

「聞けば、君は親兄弟もないそうだし、地方から職を求めてきたそうだが、東京に、君の気に入るような職業がざらにころがってるわけではない。君はまだ若い。悪いことは言わないから、だまされたと思って、ぼくの言うとおりにしてみないか。ええ、どうだね？」

覗《のぞ》きこむようにして説得するのである。

崎津弘吉は、やはりそれに、はっきりした答をしなかった。否とも応とも言わない。ただ、その若い顔に、例の子供っぽい微笑を浮かべているのだった。若者の返事は、気が向いたらというのである。

「君は、地方から来たというが、いったい、所はどこだね？」

井上はきいた。

「山梨《やまなし》県です」

「山梨は、どこだね？」

「身延山《みのぶさん》の裏です」

「身延の裏か」

井上代造はうなずいた。

「身延山には、ぼくも前に一度行ったことがある。その裏手というと、なんという村だね？」

「落石《おちいし》村というんです」

「辺鄙《へんぴ》かね？」

「山の中にかびみたいに取りついている村です」

「そりゃ大変な所だ」

井上代造は言った。

「そんな所に君がいても仕方がない。東京に出たい気持はよくわかる。どうだね、崎津君、悪いことは言わないから、ぼくの所に訪ねてきたまえ。そりゃ世の中はおもしろいことがいくらだってある。君は若い。これから、おもしろいことをいくらでも見せてあげる」

若者は、それを聞いても唇を動かさなかった。房の内というだけでなく、彼の顔全体が孤独的に見えた。

「忘れていたがね」

と、井上が急にきいた。

「君に好きな女がいるのかね？」

崎津弘吉は、その質問にも黙って首を振った。

「そうかい、そんならなおさらだ。君みたいな好青年は、田舎に鍬《くわ》を持ってくすんでいるより、東京に出た方がいい。人間、おもしろい目にあえるときが花だ。いや、これはぼくが保証する」

井上代造は、しきりと勧誘するのであった。

担当巡査がきた。

「井上代造」

房の格子戸の前から覗きこんだ。

「なんだ？」

井上代造は肩をそびやかした。

「調べ室に出てくるんだ」

巡査は、格子戸の錠を鳴らした。

「よし」

井上代造は横着な態度で出てきた。

「どこだ？」

「こちらにこい」

井上代造が連れこまれたのは、入口の狭い、奥行のある部屋だった。三四人の刑事がいたが、井上代造がすわらせられたのは、一番奥の机の前だった。

向かいあった年輩の刑事は、鉛筆の先を削っていた。頭が薄くなっている。

「井上代造だな」

その刑事は顔を上げた。四角い顔の輪郭が下駄《げた》を思わせた。

「おまえは、これで釈放だ」

その刑事は、研いだばかりの鉛筆を逆にして、その頭でこつこつと机を叩《たた》いた。

「なに、釈放だ？」

井上は、相手を睨《にら》むように見た。

「おまえのやったことは、むろん、法に触れる。だが、被害者の方で告訴しないそうだ」

「なぜ、告訴しない？」

井上は、それがさも不服だと言いたそうに、問いかえした。

「そいつは先方さまの都合だから、おれたちにはわからん。おまえは乱暴を働いた。おまえに顔を舐《な》められた婦人も、ガラスを叩き割られた商店も、告訴しないという意向がはっきりした。おまえのやったことは親告罪だからな、残念だが、おれたちの手ではどうにもならん」

刑事は残念そうだった。

「そうか」

さすがに、井上代造はにやりと笑った。

「それじゃ、おれがやったことは、やり得だったわけだな」

「ばか野郎」

と、刑事はおこった。

「今後、またこういうことをやってみろ。こんな甘いことではすまさんぞ」

刑事は、眼を三角にしたが、井上代造はうそぶいた。

「そうと話がわかったら、すぐにここを出してくれ。バンドから先に返してもらいたいね。なにしろ、この始末ではみっともなくて仕方がない。第一、どうにも落ちつきが悪い」

井上代造は、ずり下がりそうなズボンの上を手で押さえていた。

「おい」

と、刑事は部下を呼んだ。

「本人の私物を返してやれ」

「はあ」

バンドをはじめ、彼が預けた物が返された。侘《わび》しいがま口が一つ、折れた鉛筆が一本、よれたネクタイ、よごれたハンカチ、それだけだった。

「あらためて見ろ」

井上代造は、ふん、と鼻で嗤《わら》った。

「なるほど、お役所だね」

「なに」

「あらためて見んでも、机にのっていれば、それでわかる。これだけの品だ。べつに、しさいに点検することもない」

井上代造は椅子から立ちあがって、さっそく、バンドをしかけたが、

「おい、一つ足りないぞ」

と、言った。

「なんだ」

「さる股《また》の紐《ひも》だ」

周囲にいる刑事たちが失笑した。

「これきり、おれは房に帰してくれないのか？」

「そうだ」

「ちょっと、一度だけ帰りたいがね」

「なんだ？」

「いや、同房の者に挨拶《あいさつ》してくる。なにしろ、わずかな間だが、いろいろと世話になったのでな」

「ばか」

刑事はまたどなった。

「ここをなんだと心得とる？　アパートではないぞ。支度ができたら、早く出て行け」

「どうしてもだめか？」

「くどい」

井上代造は、いかにも残念そうだった。

「釈放するなら、そう言ってくれれば、おれも残った連中に挨拶のしようもあったのにな」

それは、半分は彼の本音だった。井上代造は、実は、もう一度、崎津弘吉に念を押したかったのである。

「ちょっと伺うがね」

井上代造は、これまでになくていねいな口のきき方をした。

「いっしょに房にはいっていた崎津弘吉という男、あれは送検するのかね？　それとも釈放かね？」

「よけいなことを言わなくてもいい」

刑事は眼を怒《いか》らした。

「まあ、そう怒んなさんな。あの男には世話になったからな。若いが、なかなか気が利く、いい青年だ。聞くところによると、初犯だそうだが、どうだね、これだけは教えてくれ。やっぱり送検するのか？」

井上代造の表情には、ふたたび刑事をどなり返させないだけの誠意めいたものがあった。彼の横柄な口のきき方も、こうなると妙な魅力だった。

「あいつは、まだ調べができておらん」

刑事は不承不承に答えた。

「われわれにはどうなるかわからん。すべては課長の裁量だからな」

「ふむ、そういう口吻《くちぶり》からみると、どうも釈放らしいな。やあ、ありがとう」

井上代造は警察署を出た。

明るい陽射しのなかに急に出て、彼は眼を眩《まぶ》しそうにした。都電やバスが実に自由に生きもののように走っている。彼は手を上げた。

タクシーに乗りこむと、

「青山へ行ってくれ」

と、命じた。座席にすわって手を打ったのは、太いステッキを警察に取られたことに気づいたからである。

電車通りからはずれた坂の途中から、車は狭い道をはいった。このあたりは、大きい家が多い。

「ここだ」

井上代造が停止を命じたのは、この邸町《やしきまち》の裏側に、小さな家がいくつも集まっている一郭だった。

運転手は料金を請求した。

「待ってくれ。すぐに持たせてやる」

客は、風采《ふうさい》のよくない男である。それに不精髭《ひげ》がいっぱい生えていた。運転手は、客が降りて歩いて行く後ろ姿を心配そうに見送って立っていた。

井上代造がはいったのは、表が小さな雑貨屋で、その脇の路地をはいった裏手だった。「井上」という大きな標札が掲げてあるが、家は狭い。それに古いものだった。

格子戸を勢いよくあけて、

「おい」

と、呼んだ。

古びた玄関に、二十一二ぐらいの若い女が出てきた。井上は彼女にまっすぐに言った。

「表で運転手が待っている。三百円払ってやれ」

「いやだわ。どこへ行ってたの、兄さん。黙って四晩も帰らないで。まあ、汚ない顔」

若い女は顔をしかめた。

「なんでもいいから、早く出て行って払ってくれ。運転手が待っている」

彼女は財布の中をあらためると、手の中に握って出て行った。井上代造は、部屋にはいると横になった。四畳半と六畳の二間だけの部屋である。赤茶けた畳の上にそのまま手足を伸ばしてひっくり返った。

表の戸が閉まる音がした。

若い女が戻ってきて、寝そべっている井上代造を、呆《あき》れたような眼で見おろした。

「兄さん」

と、呼んだが、返事がなかった。眼をつぶっていたし、微《かす》かな鼾《いびき》を立てていた。

彼女はそれを見ると、押し入れからたたんだ毛布を取りだした。それを広げて、眠っている井上代造の上に掛けた。それから、枕を彼の頭の下にすえた。彼は寝返りを打った。

若い女は、細い身体つきだった。すんなりとして、清潔な面ざしだった。

玄関に行こうとすると、不意に、井上代造が声をかけた。

「美沙子《みさこ》」

妹は、兄のところに引き返した。

「あら、眠ってたんじゃないの？」

「うとうとしていたかな」

「鼾が聞こえていたわ」

井上代造は横たわったままだった。

「水をくれ」

「はい」

妹は台所におりて、コップに水を汲《く》んだ。狭くて暗い台所である。

「すまん」

腹ばって起きて、コップを受け取った。

「留守に変わったことはなかったか？」

咽喉《のど》を動かしてからきいた。

「いいえ、べつに」

「そうか」

兄らしく安心した表情だった。

「ところで、近いうちに客がくるかもしれん」

「あら、どなた」

「若い男だがな。山梨県の人間だ。ほれ、どんつく太鼓で有名な……」

「身延さまですか？」

「そうだ。その身延山の裏側の村の者だ。名前は、崎津弘吉というがね。おれがある所で出会った人間だ。もし、おれの留守に訪ねてきても、帰さないでおくれ」

第二章　臨華荘《りんかそう》の主《あるじ》

井上代造は、それからも大鼾《おおいびき》をかいて眠っていた。

だが三十分も経たないうちに眼を覚ました。

「眠った」

と、手を突っ張って伸ばした。

曇っているのか、障子に当たっている陽が薄い。家の中が暗くなっていた。

「おい」

声をかけた。

返事はなかった。井上はもう一度呼んだ。

「美沙子」

彼は起きあがると、のそのそと台所に降りた。狭い台所だが、几帳面《きちようめん》に片づいていた。

彼はコップに水道の水を汲んだ。咽喉《のど》を動かして心地よげに流しこんだが、その雫《しずく》が不精髭の顎に垂れた。次に石鹸を頬から顎にかけてぬり、水をつけて剃刀を当てた。髭が音をたてた。

裏口で足音がして若い女がはいってきた。

「兄さん」

井上代造は、コップの水を台所にぶちまけた。

「もう、眼が覚めたの？」

「寝た」

井上代造は答えた。

「たった三十分だわ」

「三十分でけっこうだ。充分、寝足りたよ」

彼は畳に上がって胡坐《あぐら》をかいた。眼をこすって、煙草をくわえ、火を点《つ》けた。

「兄さんの真似はできないわ」

「鍛《きた》えているからな、これで」

と、兄は言った。

「人間、時間をかけて眠るだけが能ではない。要するに、短い時間で睡眠を深くすることだ」

「できないわ」

「訓練を受けている。今の若い者にはできないことだ。ことに、おまえたちの年ごろは眠い盛りだからな」

と、妹の発育した身体を眺めた。

「いやだわ、兄さん」

妹は、兄の向かいに膝《ひざ》を揃えてすわった。

「でも、ずいぶん、お疲れになっていたようね。どこにいらしてたの？」

「友だちの家でね」

井上代造は頬をぽりぽり掻《か》いた。

「酔って、つい泊めてもらった」

「迷惑だわ、その友だちの方に」

「なアに、それほど迷惑もかけていない。待遇もいいとはいえない。なにしろ暗い家でね」

と、思いだしたように、にやりと笑った。

「なら、早く帰ればよかったのに、わたし、十二時まで待っていたのよ」

「すまなかった」

井上代造は妹に詫《わ》びた。

「実は、帰るにも帰れないところでね」

「あら、遠いんですの？」

「まあね」

と、これも曖昧《あいまい》に答えて障子の薄い陽に眼をやった。

「いけない。何時だね」

「二時だわ」

井上代造は急に立ちあがった。

「ちょっと、出てくる」

「あら、また、お出掛け？」

「そう、いちいち言うな。今夜は早く帰ってくる。そうだ、洋服を着替えよう」

妹は、すぐに古びた箪笥《たんす》の方に行った。

「下着は？」

声が隣りの四畳半から聞こえた。

「そうだな、出してもらおうか」

「はい」

下着もワイシャツも洗濯屋で仕上げたように、アイロンが効いていた。兄はそこで着替えた。

「おい、あぶないぞ」妹が脱いだものを丸めて取ろうとすると、

「え？」

「いや、シラミがついているかもしれぬ」

「あら」

美沙子は急に顔をしかめた。

「実はな」

井上代造はちょっと具合の悪そうな顔をした。

「昨夜、泊まった友だちの家がひどい所で夜通しかゆかった。湯をわかしていちおう漬けておくことだな」

「いやだわ、そんな所に泊まってきて。気持が悪い」

井上代造は、声を出して笑った。

「しかし、なかなか親切な家だった。話をするときに大きな声が出せないのが、少々窮屈だったがね」

話の間に、井上代造は別な洋服をつけた。さっぱりとした服装に変わった。

「大勢、いらっしゃるの、そのお家？」

妹は真にうけて言った。

「同居人が多い」

と、答えて、すぐに話をかわした。

「さっきのことだがね。崎津弘吉という名前だ。忘れないでおくれ。おれが留守でもちゃんと引きとめておくんだよ」

「どういう方？　名前は、ついぞ聞いたことがないわ」

「やはり、昨夜泊めてもらった家の同居人でね。近日、遊びにくるように約束しておいた。わかったな」

　支度を終わって靴に片足をかけたが、思いだしたように、

「ところで、金はあるかい」

と、妹にきいた。

「まだ、ありますわ」

　井上代造は、着替えた洋服のポケットから財布を出した。警察に見せた財布とは違ってりっぱだった。

「これを取っておくんだな」

　一万円札を二枚出した。

「あら、こんなに要りませんわ」

「いや、不自由のないようにした方がいい」


　東京から北の方に当たる区は、静かな住宅街の多い土地として知られている。

　この辺は、道を歩いても、まだ武蔵野《むさしの》の名残りらしい雑木林がいたる所に残っている。

　だが、それは田園の中にあるのではなく、長い塀をめぐらした家の間に形よく切り残されているのである。

　道は広く、砥石《といし》を置いたように滑らかである。通る自動車《くるま》が高級車ばかりだった。

　歩いていると、深い塀の内側からゆるやかにピアノの練習曲などが聞こえたりする。

茂った庭木の奥に、純和風の大きな屋根や、新しい設計の洋館が見えたりする。

井上代造がタクシーをとめたのは、その一画の通りを走ってからだった。角に、バラを作る栽培場が広い地域を占めていた。だが、井上代造が車をとめた家は、そのバラ園よりも何倍も広かった。ケヤキ、モミ、クヌギなどの雑木が自然の林のままに立っているかと思うと、円錐形《えんすいけい》のヒマラヤスギが空に聳《そび》えていた。

門は、わざと鄙《ひな》びた檜皮葺《ひわだぶき》だった。ずっと以前、総理大臣をやった人の元別荘で〝臨《りん》華荘《かそう》〟といえば、当時、新聞記事にもたびたび出ていた名前である。

「ここをはいってくれ」

井上代造は、運転手に命じた。

「この門の中ですね？」

運転手が念を押したのは、その構えがあまり広壮だったからである。実際、門の脇には、まだ昔のままに護衛の警官がいた小屋が残っていたりした。

道は、下り斜面になる。

それも玉砂利を敷きつめ、ゆるやかなカーブで曲がっていた。両側は、自然石を組み上げて、その上に芝生を植えていた。さまざまの花が石の横に植わっていた。御殿のような屋敷である。

門から玄関まで、二百メートルはたっぷりあった。大きな木を植えた前栽《せんざい》を回ると、大名屋敷のような構えの玄関だった。

この二人の女性が、みがきこんだ敷台の両側に分かれて手をついた。

若い女だったが、二人とも紫色の着物を着て、黄色っぽい帯をきちんと締めていた。

自動車《くるま》の音を聞いたのか、奥から女が二人現われて、敷台の上に降りた。

井上代造は降りた。

「ここでいい」


「いらっしゃいませ」

玄関に突っ立った井上代造に言った。

タクシーは玉砂利の音を軋《きし》ませて走り去った。

「これはいるかい？」

井上代造が片手を上げ親指を立てた。

「はい、いらっしゃいます」

女の一人が下を向いて笑って答えた。

「ぼくが来た、と言ってくれ」

「かしこまりました」

白足袋《たび》が敷台の上をしとやかに歩いて奥にはいった。

「何をやっている？」

井上代造は、残っている女中にきいた。

「お客さまでございます」

きれいな女だった。

「誰だね？」

「露石《ろせき》先生でございます」

「これか」

と、井上代造は手で字を書く真似をした。

「凝りだしたものだな」

井上代造は薄ら笑いをした。

奥に取り次いだ女中が戻ってきた。

「どうぞ」

井上代造は、靴を脱いで、玄関に上がった。うっかりすると辷《すべ》りそうなくらいである。

先に女中が立ったが、廊下が長かった。まるで寺院のようである。一方に中庭を見晴らしたが、凝ったものだった。

廊下をいくつか曲がった。途中で、幾人かの女中とすれ違ったが、礼儀正しく客に黙礼をした。女中たちはいずれも揃いの紫色の着物だった。

これは初めてきた者を、芝居の舞台の中を歩いている錯覚に落とさせる。

「どうぞ」

紫色の女中が廊下にすわったのは、明るい南向きの障子の外だった。広い座敷で十二畳敷きぐらいだった。大きな床の間があり、対幅が掛かっていた。

天井も広いものだったが、花卉《かき》の絵のついた組天井で長押《なげし》も鴨居もすべて基調をそれに合わせていた。いわば桃山風《ももやまふう》な造りである。

座敷の中央に眼もさめるような緋毛氈《ひもうせん》を広げて、二人の男がうずくまっていた。

一人はまだ二十七八ばかりで、小太りだった。一人は、縫紋《ぬいもん》のついた羽織と袴《はかま》をはいていた。この方はずっと年輩で、白髪が半分だった。髭《ひげ》を生やしている。

「お邪魔します」

井上代造が挨拶《あいさつ》した。

小太りの青年が太い筆を握ったまま上体を起こした。

「やあ」

血色のいい青年だった。大きい眼を笑わせたところはなかなか愛嬌《あいきょう》があった。ワイシャツ一枚になって、毛氈の上に広げた画仙紙《がせんし》に手習いをしているところだった。

縫紋の老人は書家だった。これは青年の書道の先生だった。端然とすわっている。

「井上君」

と、青年が大きな筆を握ったまま声をかけた。

「見ているとおりだ。少しそこで待っていてくれるか」

鷹揚《おうよう》なものの言い方であった。若いが、屋敷の主人である。

「わかりました」

横柄な井上代造が、ここではていねいな口のきき方だし、柔順であった。

「拝見しておりますよ」

彼は、老書家にも如才がなかった。

「先生、お邪魔をさせていただきます」

村田露石《むらたろせき》という書家だったが、井上代造の方をふりむいて、皺《しわ》と髭とを動かして微笑した。

「どうぞ」

井上代造が見ていると、青年は熱心に書家について手習いをしていた。太い筆で大きな字を何回となく書いている。

書家が、それをいちいち自分の朱筆で直していた。見物の井上代造にはさっぱり興味がない。だが、その稽古《けいこ》が終わるまで、彼は辛抱強く待っていた。

あたりは静かなものである。この部屋の前の庭は、なだらかな斜面になっていた。一帯の芝生は、まだ冬を越したままの色だったが、この庭に植わっている樹木が青い芽を吹いていた。広大なものである。かすかだが、水の流れる音がしていた。斜面をおりきった所に小さな川が流れていた。

手習いは終わった。

「どうもありがとうございました」

青年は、髭の師匠に軽くお辞儀をした。

「だいぶ、上達されましたよ」

書家は賞《ほ》めた。そこに控えている井上代造を振り返ると、

「どうです、あなたもそう思いませんか？」

と、同感を求めた。

井上代造は膝《ひざ》を進めた。首を傾げて、若いこの屋敷の主人の書いた書を眺め入っていたが、

「やはり違うものですな」

と、言った。あれほど横着げだった井上代造が、ここでは人が変わったようにおとなしいのである。

女中が二人きた。例の紫色の着物である。紙や硯《すずり》や緋毛氈などを例のつつましげな動作で片づけはじめた。

井上代造は、ふと、書家の前に置いてある硯に目を止めた。大きな硯で、ふちに模様がついている。

「立派なものですな」

井上代造は、賞めることがないので、それに話題を見つけた。

「これですか。いや、今、社長にお見せしたところですよ」

髭の書家は、自慢げだった。

「最近、なかなか佳《よ》い硯がありませんでな。こいつは掘り出しものです」

「ははあ、なんという硯ですか？」

「古深《こふか》硯といいましてな、私は、日本で現在できている硯の中では一等だと思いますよ」

　老書家は説明した。

「ははあ、なるほど」

「だいたい、硯というものは、ご承知のとおり、中国の端渓《たんけい》から出るのが一番とされていますがね、こいつは、それに近い品質だと思います。いや、これは私の持論ですがね。今も社長に言ったところです」

　社長というのが書を習っている小太りの青年だった。眉《まゆ》の濃い、精悍《せいかん》な顔つきだった。だが、なかなかの好男子である。これは、書家の話の間に、脇息《きょうそく》にもたれてゆっくりと煙草を喫《す》っていた。

「日本でできる硯は」

と、書家は図に乗って話しだした。

「愛知《あいち》県の鳳来寺《ほうらいじ》石《せき》、宮城《みやぎ》県の玄昌《げんしょう》石、滋賀《しが》県の虎斑《こはん》石、長野《ながの》県の竜渓《りゅうけい》石、山口《やまぐち》県の赤《あか》間《ま》石、茨城《いばらき》県の大子《だいご》石、福島《ふくしま》県の田《た》の浦《うら》石、京都の鳴滝《なるたき》石などが知られていますがね、どれも鋒芒《ほうぼう》が弱いのが欠点です。こいつは鋒芒も相当強いし、第一、この石の色がなんとも言えませんよ。そら、手に取ってごらんなさい」

　書家は、硯を差し出した。

　井上代造は、多少、迷惑げだったが、仕方なしにそれを掌《て》にのせた。色がいいのか悪いのか、彼には判断がつかない。しかし、何か返事をする義務があった。

「なるほど、立派なものですな」

と、彼は当たりさわりのないことを言った。

「これはどこから出るんです？」

「山梨県ですよ。ずっと山奥ですがね。まだ書家の間でもあんまり知られていません」

井上代造は、書家の硯の講釈よりも、心の中でこの家の主人との話を急いでいた。煙草を喫《す》っている当主の若い青年は、板倉彰英《いたくらあきひで》といった。板倉鉱業株式会社社長だった。


書家の村田露石は、硯の講釈を一くさり終わった。好事家の癖で、自分の知識の披露といっしょに、聞き手に趣味を押しつけがちである。露石も、井上代造に硯を持たせ、しきりと部分的に煩雑な説明をした。

井上代造の方では少々迷惑がっていた。講釈を途中で断わるわけにもいかないので、半分は空耳で聞いていた。

「露石先生の十八番《おはこ》が始まりましたね」

板倉彰英がそばから笑った。

この青年は、若さと健康に満ちている。頬は少年のようにあかく、肥満という印象を与えない程度に肥えていた。レスリングでもやりそうな、がっちりした体格である。笑うと眼に愛嬌があった。

「いや、これはどうも」

露石は、井上代造から硯を静かに取り戻した。いかにも愛玩品《あいがん》を扱うていねいなしぐさだった。

「疲れた」

板倉彰英は、幅の広い肩をすくめた。

紫色の着物を着た女中が二人、紙や緋毛氈《ひもうせん》を片づけていたが、

「お肩をお揉《も》みいたしましょうか？」

と、主人にきいた。

「そうだな、少しやってもらおうか」

女中の一人が彼の後ろに回って、肩を揉みはじめた。紫の着物を着た色の白い若い女が肩を揉む風景は、これも歌舞伎の世界だった。

「露石先生」

板倉彰英は揉ませながら呼んだ。

「すぐ、これからお帰りですか？」

「はあ、お暇《いとま》させていただきます」

先生が弟子にいんぎんに答えた。

「お急ぎでなかったら、あちらでお茶でも召しあがりませんか？」

「そうですか、では」

書道の先生は、多少、卑屈な笑い方をした。

「おいおい」

と、命じたのは、折りから紙と緋毛氈を抱えている女中にであった。

「先生をあちらにお通しして」

「かしこまりました」

その女中もきれいだった。露石に向かって微笑して頭を下げた。

「どうぞ」

「やあ、これは」

露石は、悠然と肩を揉ませている板倉彰英にていねいにお辞儀をした。縫紋と袴《はかま》だから、これはよく似合った。

「では、社長、これで」

「どうもご苦労でした」

露石が畳の上に手をついて立ちあがりかけると、

「ちょっと」

板倉彰英が呼びとめた。

「新しい魚がはいりましたのでね、先生、お目にかけましょうか」

露石はすわり直した。熱心な眼になった。

「ぜひ、拝見いたしたいものですな。いや、お邸《やしき》の植物園を拝見するのは、いつ見ても別天地の心地がいたします」

「井上君、どうだね？」

主人は勧めた。

「そうですな。拝見してもかまいませんね」

「この男はね、先生」

板倉彰英は言った。

「そういうものにはあまり趣味のない男だ。今でも、迷惑がってるかもしれない。ちゃんと顔つきに出ているのでね」

「これは、どうも」

露石が見ると、事実、井上代造は苦笑していた。

主人は、肩揉《かたも》みを中止させて、先に庭に降りた。ほかの二人もあとに従った。

庭園は、二千坪はたっぷりとあった。自然の傾斜を利用して、小さな起伏がなだらかな勾配《こうばい》となっている。芝生を敷きつめ、その間の小径《こみち》には玉砂利を敷きつめていた、青い芝生の中に白い径《みち》が回遊式についている。石と樹木が見事に配置されてある。ほかにも雑木林をそのまま風致的に残している一面もあった。この辺一帯が武蔵野の地域なのである。人工的な景色と、自然のままの樹林とがきれいに合成されていた。

傾斜した庭の向こうにまた、雑木林が見えた。だから、この邸内の雑木林と田園のそれとが舞台のようにつながって広闊《こうかつ》な庭園となっていた。

見上げるように高いガラス張りのサンルームがあった。巨大なガラスの壁が陽に輝いていた。板倉彰英は二人を連れて、その内に足を入れた。

フェニックス、ケンチャ、ドラセナワネッキェ、インベ、デゴラゴム、キャメドレアエレガンス、ストレッチャーレギネなどなじめない名前の熱帯樹が、植物園のように何列にも高々と伸びていた。このサンルームは、二百坪は充分にあったし、わざと間隔をせばめて密林《ジャングル》の感じを出した所もあった。

熱帯魚を入れたケースは、これも熱帯植物を背景にして、何段にも積み上げられ、道の片側に陳列されてあった。

ケースの中には、さまざまな美しい魚が動いていた。ジスカス、アノストマス、スマトラ、ゼブラ、ネオンテトラ、ハチャット、グッピイ……。


「これですよ」

板倉彰英は、そのケースの一つを指した。

まるで訪問着を着飾った女のように、小さな魚が群れをなしてなまめかしく泳いでいた。それは、およそ生臭い魚という感じではなく、そのまま若い女性のブローチにしたいくらい人工的な装飾品だった。

「ほう見事なものですな」

書家がまず賞《ほ》めた。

「どうです、きれいでしょう。最近、手に入れたんですがね。あまり日本にはきていないものです。ピラニアといってね、一年に一匹という高級熱帯魚です」

「一年に一匹？　そりゃ大そうなものですな。しかも、こんなにたくさんに」

書家は驚嘆した。高額な値段が彼の頭にたちまち殺到したらしい。無遠慮に質問して、一匹二万円と聞かされ、肝を潰《つぶ》した顔になった。

「社長。しかし、これだけのものが、いったい、どこからお手にはいりましたか？」

露石は眼をまるくした。

「それは、ちゃんとルートがあります」

若い社長は闊達《かったつ》に笑った。

「いや、それはそうでしょう。やはりお金のある方は違います」

書家は卑屈に言った。

書家は、なおも珍しそうに見ていた。その後ろに井上代造が控えていたが、これはそれほど熱心な顔つきではなかった。

「いや、眼の保養になりました」

書家はうやうやしく頭を下げた。

それから、葉を張っている熱帯植物を見上げるようにして、ここはまるで別世界だ、とか、南洋に行ったようだ、とか述べて感嘆した。

「どれ、時間になりましたから、私はこれで」

「そうですか」

板倉彰英はまだ自慢の魚の遊泳を鑑賞していたが、書家の方を振り向いた。

「社長、この次にまた参上いたします」

おい、と若い社長は、紫の着物の女中を呼んだ。この庭に降りてからも、女中はずっと距離をおいて立っている。

「先生をご案内して」

そう言って書家には、

「ぼくはここで失礼します。ちょっと井上君と話がありますのでね」

「どうぞ、どうぞ」

書家は、何度か慇懃《いんぎん》にお辞儀をし、ついでに井上代造にも会釈した。紋付と袴は紫の着物に案内されて、この熱帯国から出て行った。

「井上君、待たせたね」

板倉彰英は初めて井上代造と向きあった。

「社長もなかなか凝《こ》り性ですな」

「なんのことだ？」

「いや、書道のことです。今どきの、若い人には珍しい」

「そこがぼくの取得《とりえ》かもわからないな。人のやらないことをやってみたくなるひねくれた根性は、なんにでも変わったことに手を出す」

板倉彰英はきれいな白い歯並を見せた。

「君の話を聞こう。何か言いたそうだね」

「いろいろ報告があります」

板倉はうなずいた。

「あちらで聞くよ」

広い芝生の中ほどに亭《ちん》がある。わざと簡素に造って風流めかしていた。そこに向かいあって腰をおろすと、例の紫の着物が、さっそく、お茶を運んできた。

ゆるやかな傾斜を見おろし、さらに、田園の雑木林を見はるかす眺望の中だった。

「社長」

と、井上代造がさっそく言った。

「あんなことを言っていいのですか？」

「なんだね？」

「熱帯魚のルートですよ。ルートとおっしゃったのは、ちょっとまずかったですな」

「なに、大丈夫だ」

板倉彰英は闊達に笑った。

「あのおじいさんには、何もわかりゃしない。彼はぼくを尊敬しているのでね。世間の評価を信じている。つまり、若くしてぼくが数億の財産を作り、会社を経営し、元総理大臣の別荘に住むのを偉いと思っている。尊敬しているのだ」

「それは結構ですがね、あまり無関心になってもいけません」

「苦労性だね、君も。井上代造といったら、そういう男ではないと思っていたが」

「いや、これでもいろいろと気をつかっていますよ」

「せっかくだが」

若い社長は自信ありげに相手を見た。

「そのへんはぼくの方が君より上手《うわて》かもしれないよ。君に頼んだことも、ぼくのそのへんの配慮だからな」

「そのことです」

井上代造はうなずいた。

「それには敬服します。だが、自信過剰は時として怪我の因《もと》になりますからね」

「忠告はありがとう」

社長は礼を言った。

「ところで、君の方の報告を、さっそく、聞こうか。こないだから頼んだことだな」

「それです、先夜、例のことを実行しましたよ」

井上代造は話しだした。この広い庭園にはほかに誰も人影はなかった。

井上代造は、若い社長に低い声で報告した。板倉彰英は、じっと聞き入っている。ふくよかな顎《あご》の下を手で支えて、瞳《ひとみ》を宙に据えていた。その少年のようなバラ色の頬は濃い眉毛《まゆげ》と共に、男が見てもなかなかの好男子という印象だった。着ている物も、無造作だったが、実は、一つ一つが凝ったもので、高価だった。それだけの着こなしを、この若い社長は持っていた。

板倉彰英はまだ独身である。この御殿のような邸《やしき》に、紫色の着物をお揃いで着せた女中を五人ぐらい使い、気ままに暮らしていた。

はたの眼から見ると、その若い人生をどのように豪華に享楽しているかと思えた。誰でも羨《うらやま》しい眼つきになるのである。これだけの若さでこれだけの金と事業を持つ青年も世に少なかった。終戦後から今まで、一挙にここまでのし上がった男だった。

「なるほど」

井上代造の話を聞いて、板倉彰英は、若いくせに鷹揚《おうよう》にうなずいた。

「それで、確実に獲得したのかね？」

ゆっくりときき返した。

「まあ、確実だと思います。ぼくの考えている条件にぴったりの男ですよ」

井上代造は答えた。

「当人はどうしている？」

「まだそこに残っています。なあに、すぐ出されますから、いずれぼくのところにやってくると思います」

「当人の話ですが、甲州の山奥の人間だそうです。住所もちゃんと書いてきました。見かけは、何も希望を持たないような、どこかニヒルな感じがする若者です。両親もいないということですよ」

「くるかな?」

板倉彰英が言ったのは、その話に出た青年が井上代造を訪ねるかどうかという疑問である。

「大丈夫です。ぼくの見込みにまちがいはないと思います」

話はそこで途切れた。二人は女中が運んできた茶を飲みあった。

陽がかげり、向こうの森の方から雲の動きにつれて陽射しがゆっくりと移動していた。林と田圃《たんぼ》の上に翳《かげ》りの斑《ふ》が動いていく。

「ところで、君」

板倉彰英は、女中が去ると、思いついたというように井上に小声で言った。

「最近、妙な男が出没している」

「妙な男?」

「うん」

と言ったが、若い社長は詳しく説明しなかった。

「どの筋か見当はついているがね。ぼくはその始末も、いま、考えている」

「どういう男だね?」

「ははあ」

井上代造は、相手が話したがらないと知ってそれ以上質問を控えた。若いが相手は知恵の回る男だったし、それに実行力があった。これまで井上代造はこの板倉彰英と知りあって、それを経験してきている。いずれ先になって相談があるものと思っていた。

「君、その男の養成はあんがい、早くしてもらうことになるかもしれないよ」

その若い社長が言った。

「そうですか、そんな情勢ですか」

「妙な雲行きになりかけている」

それだけぽつんともらした。何を考えているかわからない男だった。若いがそういうときの板倉彰英は、誰の眼からみても、ずっと年輩で思慮深い人間に感じられるのであった。その身体までが急に伸びたように大きく見えるのだった。

板倉彰英は腕時計を見た。

「時間だ」

「どちらかへお出掛けですか？」

井上代造は彼を見上げた。

「岩村《いわむら》さんに会いに行く用事がある」

岩村というのは、R産業株式会社の社長、岩村修平《しゅうへい》のことだった。今、財界で羽振りを利かしている人物をこの若い男は気やすげな友だち扱いにしていた。

「君、途中まで自動車《くるま》で送ってあげるよ」

「はあ」

広い芝生をよぎって、母屋《おもや》に歩いていく二人の姿を見て、例の紫色の着物が袂《たもと》をひるがえして小走りに迎えに出た。

「支度をしてくれ」

若い主人は女中に命じた。

「ところで君に妹さんがあるといったね」

と、これはゆっくり歩きながら井上代造に言った。

「どうしている、元気かね。かわいそうに、いつも一人で家においているそうじゃないか」

「はあ」

初めて井上代造が頰を指先でかいて、気の弱い顔になった。

板倉彰英は、キャデラックに乗った。井上代造もそのそばにすわった。

「社長さっきの話ですが」

自動車《くるま》が走りだしてから、井上代造は言いだした。

「どうも気になるんですがね」

「なんのことだね？」

板倉彰英は、贅沢《ぜいたく》な洋服に着替えていた。体格は大きいし、ダブルの上着がよく似合い、若い社長としての貫禄《かんろく》を見せた。

「妙な男が出没する、とおっしゃいましたね？」

「あれか」

板倉彰英は、唇に微笑をのせた。

「なに、心配することはないよ」

ポケットから舶来煙草を出した。一本を井上に勧め、自分でライターを鳴らした。

「まあ、これからいろんな奴が出てくるさ。そんなのを気にかけては仕事にならない」

「しかし、社長」

井上代造はつづけた。

「どういうことかわかりませんが、小さな禍根でもばかにはできません。今のうちに、後腐れのないように……」

「わかっている、井上君」

板倉彰英は、軽く押さえた。

「ぼくの耳にはいったことだ。聞いたのは、このぼくだよ、君から忠告を受けるまでもない。君はぼくの気性を知ってるはずだったな」

「そりゃそうですが」

「だったら、むだな言葉は言わないことだ。それよりも君、自分の方をしっかりやってくれ」

「はあ」

井上が言葉をつまらせた。

自動車《くるま》がゆったりと客の身体を快くゆすりながら道を辷《すべ》って行く。通行の人々がみな自動車の方を見ていた。最新型のキャデラックは、東京じゅうでもそうざらになかった。オートバイに乗った青年たちがこの自動車の方を振り返り振り返りして走って行く。

「君が見つけたという男だがね、掌握は大丈夫かね？」

「そりゃもう……」

井上は、自信たっぷりだった。

「あれほど言っておいたんですから、大丈夫です。なに、東京では働くところがありません。近いうち、警察の方に問い合わせて、釈放の日取りなんかきいてみるつもりです」

「それがいい。とにかく、あっちの方も、もう猶予ができないからね」

「そりゃそうです。ですから……」

「君」

板倉彰英が注意した。

「ここだろう」

井上代造が降りるはずの街角に来ていた。自動車はとまった。

小ぎれいな制服の運転手がわざわざ降りて、井上のためにドアをあけた。

「社長、それでは失礼します」

自動車の外で、井上代造がお辞儀をした。その広い肩に明るい陽が当たっている。そこでも道を歩いている人がキャデラックに眼をむいていた。井上は眩《まぶ》しそうな顔をして見送った。

「少し急いでくれ」

座席の板倉彰英が言った。

「かしこまりました」

運転手は後ろ向きにお辞儀をして、速度を出した。板倉は背中を後ろにもたせ、眼を閉じていたが、やがて、ポケットから手帳を出し、しきりと何やら書きこんでいた。

R産業株式会社の本社は、丸ノ内にあった。最近、完成した新しいビルである。R会館という名がついているが、そこではR産業傘下の各会社の事務所も集まっていた。三階にはホールがあり、そこで演劇ができる。広いビルなのである。

社長の岩村修平の癖から、隷下の諸会社を自分の眼の届く建物の中に集めるというのが狙いで、そのために、巨大な資金を投じてこの会館を完成したのだった。岩村修平は、今、財界に第三勢力的な財閥を形成しつつある。

板倉彰英は、ビルの玄関をはいった。受付の数人が彼の姿を見て、あわてて立ちあがった。それを素通りしてエレベーターに歩いた。この玄関から廊下にはいると、床も壁も、全部が石鹼《せっけん》のように白くすべすべした大理石だった。

板倉彰英は、エレベーターの女の子に、

「社長さんの部屋へ」

と言った。五階だった。

四階と五階とをR産業の本社が占めている。

エレベーターを出ると、これも斑《ふ》模様の大理石の床と壁だった。下の受付から連絡を受けたのか、社長秘書がエレベーターの出口に迎えていた。

「いらっしゃいませ」

秘書はていねいにお辞儀をした。

「どうぞ」

社長室まで歩くとき、

「何をやってるかね？」

と、板倉はきいた。岩村修平のことだった。

「何か書類を見ておられます」

「また、例の気むずかしいことを言いだしているんだろうな。客はどうだね？」

「別室で、二十人ばかり待っております」

「いいのかね？」

と言ったのは、自分の都合のことである。

「はあ、社長さんは特別です」

秘書が揉《も》み手をして頭を下げた。

岩村修平は、大きなクッションに身体を埋めて、青写真を見ていた。もう七十いくつだった。硬い白髪が立っている。大きな体格だ。苦しいので、いつも頸《くび》もとのワイシャツを広げていた。ネクタイがゆるんでだらりと下がっている。腫《は》れぼったい眼をして青写真に眺め入っていた。額には無数の皺《しわ》があるが、頰がたるんでいる。下唇も突き出て垂れ下がっていた。眉《まゆ》の間に深い皺があり、眼尻《めじり》にも鼻の両脇にも皺があった。この全体の皺が、岩村修平の人間像を線描きのようにつくっている。

近ごろ、彼の事業における獅子《しし》奮迅《ふんじん》ぶりがマスコミの材料になって、この顔がグラビヤで大写しになることが珍しくない。次々と会社を買収し、事業を拡張してゆく希代の老天才だった。

岩村修平の額からは絶えず汗が流れている。それを拭《ふ》く役がきれいな若い女秘書だった。おしぼりをいくつも用意して、社長の汗を傍から拭き取ってゆく。奇妙なことに、その汗は顔の右半分だけ流れるのだった。その奇妙さはまた、岩村修平という人間の奇妙さを象徴していた。

板倉彰英がはいってきた。

「社長、板倉さんがお見えです」

岩村修平は、軽く板倉にうなずいた。板倉はお辞儀をして、その前のクッションにすわった。

「なんですか？」

さっそく、岩村修平の前の青写真を反対側から覗《のぞ》いた。

「今度、新工場を建てようと思ってね」

岩村修平は、突き出た下唇を開いてしわがれた声を出した。

「ははあ、どの口ですか？」

板倉は、ポケットから煙草を取った。

「北海道に製錬所を新設したいと思ってね。近々、出かけるつもりでいる」

「なるほど」

板倉は、べつに意見を言わなかった。この二人は、並べるといい対照だった。一人は老い、一人はまだ青年期だった。だが、その体格はどこか似通っている。精力的なところも、闘志《ファイト》のあるところも似ていた。ただ、違うのは、板倉彰英がまだ三十五歳というのに、終戦後、数億の資産を築いたことだった。それに、彼は独身であるせいか、また、その風貌《ふうぼう》のためか、二十七八歳ぐらいにしか見えなかった。

R産業の岩村修平といえば、戦前は、小さな窒素肥料会社を経営していた。それが戦時中は軍需工場に指定され、にわかにふくれあがった。だが、彼の才能は、終戦間際になって、軍需工場の行きづまりを見越し、いちはやくほかの産業に手を伸ばしていたことだった。それが何度か変転して、現在、彼の主流となっているのが鉄鋼関係だった。

戦後、官営のY製鉄が独占企業禁止法にふれて分断された。それまで、東北の方に小さな製錬所を持っていた岩村は、その動乱期に乗じて、たちまちN製鉄やF製鉄などの大手筋に次ぐだけの鉄鋼大企業にのし上がった。のみならず、彼の事業に対する制覇欲は、そのほか食品工業、自動車工業、電気工業と飽くところを知らない。次々に中クラスの会社を買収しては、彼独得のやり方でそれぞれの企業を発展させ、自己の翼下に収めたのだった。

これらのすべてのプランは、岩村修平の一人の頭脳から出ていると称された。たくさんの取り巻きはあったが、どれもがただ岩村修平のプランの実行者にすぎなかった。つまり、R産業といえば、既成の財閥に野武士のように斬りこんでゆく新興コンツェルンの一方の代表であった。

ところが、ここ五六年前から、岩村コンツェルンに新しい参加者ができた。それが板倉彰英である。

二年前、ある新聞に、〝時の人〟というコラム欄で、板倉彰英の人物紹介が出たことがある。それには、次のように書かれてあった。

「会うと人ざわりのいい男だ。若いのにちょっと老成ぶった印象も受けるが、あんがい、血気な青年らしいところも見える。財閥の二世などと違って、やはり芯《しん》が通っている。

彼は大正十四年の生まれだから、当年三十三歳。北海道室蘭《むろらん》の生まれで、××大学を中退したが、戦争に行くのを嫌って、すぐに軍需省雇員を志願した、という変わった経歴の持ち主である。

終戦後は、工面して二隻の小汽船を手に入れたが、これが混乱時の船舶不足に乗じて、当時の金でたちまち数十万円の金を儲《もう》けた。これで株をやったが、当時下落していた鉄鋼株を主に買い集めた。すぐに朝鮮事変が起こり、さらに億の金を得た。これまでほとんど失敗がないという幸運児である。

北海道に鉄鋼会社を持っていた岩村修平と近づきになり、今では、彼の重要なブレーントラストの一人といわれている。巷間《こうかん》では、彼の金がそうとう岩村産業の企業に注ぎこまれている、と噂されている。だが、彼は決して表立ってそれを口に出さない。そこが、弱年ながらこの男の企業家としての素質を評価する人の理由の一つであろう。今や岩村修平の信任絶大という話。

現在、自分の事業は、山梨県××郡に或《あ》る鉱山を持っているが、これは道楽半分らしい。この鉱山からは珪石《けいせき》が出ると称しているが、まだ試掘程度で、本腰を入れていない。実際のところは、R産業にかなり金を入れているほか、数億の現ナマをもっていると噂されている。

二三年前、K元首相の別荘であった、都内S区の〝臨華荘〟を手に入れ、その広大な邸宅にたった一人で暮らしている。使っている五六人の女中に揃いの紫色の着物を着せているという変わった趣味の持ち主。このへんが若いのに成金根性が見える、と悪口を言われるゆえん。柔道は三段の腕前。酒はあまりたしなまない。趣味は書道」

──その板倉彰英が岩村社長と密談にはいろうとしたとき、秘書がはいってきた。

「板倉社長さんにお電話でございます」

「そう」

板倉は、ひょいと腰を浮かした。

「こちらにお繋《つな》ぎいたしましょうか」

そうしてくれ、と言って、板倉彰英は、社長用の巨大な机の上にのっている電話機まで歩いた。

電話はわずかな数秒の通話だった。会話というよりも一方的に板倉影英が聞くだけだった。口の中で、うん、うん、と言いながら、実に、何気ない顔をしていた。青写真に見入っている岩村修平の猫背を、送受器を片耳につけたまま、眼を細めて眺めていた。


東京から西のほうには、まだ広い田園地帯が残っている。東京都の人口が膨れあがり、新しい住宅やアパートが、しだいに海岸線の侵食のように押し寄せてきてはいるが、それでもK町の辺りは、まだ雑木林と田圃《たんぼ》と、木立ちの奥にひっそりと沈んでいる藁屋根《わらやね》とが見られる。

その雑木林にようやく新緑が萌《も》えはじめた四月十日の朝のことである。

田圃の間には一筋の川が流れている。上流は武蔵野台地の奥からの湧き水だったが、この辺まで来ると、かなりな川幅になっていた。名前は千馬川《せんばがわ》といった。

朝、近くの農夫が、その千馬川の土堤《どて》を通っていると、斜面の伸びかけた草の中に、うつ伏せになった男の死体を発見したのだった。

発見者は、すぐに、かなり離れたところにある駐在所に知らせた。巡査が自転車に乗って急いできた。死体の下の草には、おびただしい血が溜《たま》っていた。巡査はすぐに現場保存をやり、所轄署に報告した。

警視庁から捜査員がすぐにきた。検視をすると、死体の年齢は三十二三歳ぐらいで、一見、工員風であった。着古した安ものの背広で、服装はそれほどよくない。死因は一見しただけでもわかった。心臓部を刺されているだけでなく、鋭利な刃物で乳のあたりを抉《えぐ》られているのだった。

係員は顔を見合わせた。心臓を突き刺しただけでも致命傷なのに、犯人はさらに念を入れて右胸部を抉っているのだ。深さは、それほどでもないが、皮膚を剥《は》いでいる。

そのことから、捜査官の間に二つの意見がでた。一つは、よほど被害者に深い怨恨《えんこん》をもつ男の凶行とみた。一つは、その抉り取った皮膚の一部が現場にないところから、変質者ではないかという見方だった。だが、死体の損傷はその胸部だけだったのである。

検視の鑑識課員は、死後経過十二三時間、つまり、前夜の九時か十時ごろの凶行と推定した。

手がかりになるような遺留品はなかったので、すぐには死体の身もとはわからなかった。

一見、工員風というところから、仲間同士の喧嘩《けんか》のもつれか、あるいは、痴情関係かというのが一番考えられた。

刑事たちは、付近の聞き込みに回った。現場は普通の道路から二百メートルぐらい田圃の中にはいっている。その街道は、夜の九時や十時では、まだ自動車やトラックの交通は頻繁だった。しかし、男の死体のあったあたりは田圃なので、夜間の通行者はめったにないのだ。

現場から一キロばかり離れたところに国鉄のK駅があった。捜査員は駅付近で聞き込みを行なったが、被害者に該当する人物が、当夜、駅から電車を降りて現場方面に向かったという確証は得られなかった。――


警視庁では、所轄署に捜査本部を置いた。

死体は解剖に付された。死後経過は、鑑識課員が推定したとおり、十二三時間にだいたい間違いはなかった。

心臓部を鋭利な攻撃面、たとえば匕首《あいくち》様のもので突き刺され、その状態から見て、ほとんど即死と思われた。ところが、最初の検視のときでもわかったように、その皮膚の部分が、径四センチのほぼ円形に抉り取られている。深さは約五ミリぐらいで、つまり、皮下脂肪組織まで除去しているのだった。

この解剖結果をめぐって、捜査本部の説はやはり二通りに分かれた。怨恨説と変質犯罪説とである。

ところが、怨恨説には弱点があった。それは、これまでの例から見て、被害者に対して復讐《ふくしゅう》的な凶行だと、顔やそのほかの部分にも傷を加えるものだ。右胸部だけを抉り取る例はないのだった。ほかの身体の部分は全くきれいで、擦《かす》り傷一つないのである。

では、犯人は変質者なのだろうか。

これにも弱さがあった。変質者だと、心臓部だけを抉ったのでは、ちょっとおかしくなる。そのような犯罪者は、多少、性的な傾向を帯びているので、胸部だけの皮膚を切り取るのは、これまでの例から、ちょっと不自然だった。それも、死体は女でなく男である。被害者が女の場合、乳の部分を抉った例は多いが、男の場合はほとんどない。それも片方だけなのである。

要するに、なんのために犯人は被害者の右の乳の部分を切り取ってしまったか正確にはわからなかった。

一番考えられるのは、その部分に被害者を割り出せる手がかりとなるような特徴があったことだった。犯人はそれを知って除去したのではあるまいか。たとえば、そこに刺《いれ》青《ずみ》とか、手術の痕《あと》とか、ほくろがあるというようなことだった。

しかし、これも不自然なのである。

そうした場合は、たいてい首を失っている死体に多いのだ。身もとを知らさないためには、まず顔を残さないことだ。ところが、その死体には、完全に顔が残っている。その理由で、わざわざ胸の部分だけ切り取っても意味をなさなくなるのである。

捜査本部では、この点を中心にして検討が行なわれたが、決定的な結論は出なかった。

被害者の指紋はすぐに照合されたが、前科者の台帳にはのっていなかった。ただ、その肩の筋肉が発達していることや、掌や、指の肉が硬い点などから、〝筋肉労働に従う者〟という線は出た。

着ている洋服は、かなり着古した背広で、ネームは何もなかった。一見して出来合いの安物である。ワイシャツにも、洗濯屋のネームはなかった。ズボン、下着なども詳細に調べたが、手がかりになるような記号はなかった。だが、下着だけは新しかった。

遺留品は、かなり汚れたハンカチと、平凡な財布だったが、そのどちらも普通の店で売っている品物なので、これからの割り出しは困難だった。財布の中には、百円札が三枚、百円銀貨が一枚、十円銅貨が三枚、計四百三十円はいっていた。

ところが、貴重な発見が一つあった。それはズボンの折返しにはいっていたゴミである。あまりズボンを掃除しない男とみえて、かなりのゴミだったが、これを鑑識の方で検査すると、赤土の屑《くず》と、黒っぽい石の屑とに分けられた。

「赤土は、この死体が横たわっていた土地のものだな」

鑑識課員は言った。

「現場一帯は、関東ローム層といって、赤土でできている。だから、これがズボンの折返しにはいるのは、被害者がその辺を歩いていた証拠になるね」

この説は貴重だった。ほかの場所、たとえば家の中だとか市街地などで殺され、自動車で現場に運ばれたという推定は、これで消えてしまうのである。つまり、被害者は生きている間に現場付近を歩いていた事実が、そのことで証明された。

「ところが、この微細な黒い石は、この辺のものではないんだ。この黒い石をよく見ると、二種類あって、一つは軽石で、一つは安山岩《あんざんがん》だよ。軽石の方は武蔵野《むさしの》あたりに多いので、やはり赤土と同じ所に含まれているから問題ないが、この黒っぽいもう一つの石は、武蔵野台地にはないものなんだ。安山岩は火山系の地帯に多く、この辺でいえば、栃木《とちぎ》県の那須《なす》から信州《しんしゅう》、甲州《こうしゅう》にかけて、多い地質なんだ」

鑑識課に話をききにきた捜査員はたずねた。

「すると、当人は東京周辺の者ではなく、上州か、信州、甲州、その辺の男かね？」

「さあそれはわからないな。そりゃ君たちの領分だよ。われわれはただ、この土のゴミを見て話してるだけだ」

鑑識課員は笑った。

「この安山岩の産地がどこだかわからないかね？」

捜査係員は質問した。

「それはわかるんだ。ただし、もっと大きいものでないとね。こんなゴミみたいに小さくてはどうにも調べようがないよ」

「顕微鏡にかけてはどうかな？」

この素人《しろうと》らしい質問に鑑識課員は首を振った。

「顕微鏡だと、物体を透明にしてみなければならないから、それではかえって質がわかりにくくなる。一番いいのは、もっとこいつが大きかったらということだね」

鑑識課員は残念そうに答えた。

残念がっているのは鑑識課員だけではなく、当の捜査課でもそうだった。

「畜生、この石屑がもう少し大きかったらなあ」

ていねいに白い紙に包んだゴミのような土くれを眺めて口惜《くや》しがった。

「だが、それでもだいぶ、わかってきたな。この被害者は、殺された現場を中心に、かなり歩いていたということ。同時に、上州、信州、甲州辺のどこかを歩いていたということも、わかってきたわけだ」

「すると、本人は東京の者ではないのですか?」

一人の係員が主任にきいた。

「そうだね、それははっきり言えないだろう。こんなふうに交通機関が発達していては、東京の者がちょっと地方に行って歩きまわることだってあるしさ。頭からこの被害者を地方人と決めるのは危ないな」

「そんな地方を歩いていたとすると、その職業はなんでしょう?」

これまで被害者を工員と決めていたのは、その服装からだった。いわば、経験的なカンから工員としていたのだが、こうなると工員説も危なくなってきた。

「武蔵野台地や関東周辺の山を歩いてる男。ちょっと職業の見当がつかないね」

主任も首をひねった。

「とにかく、これでは、普通の工場で働いている工員と違うことは確かのようだね。本人の身もとがわからないのだから、これだけわかってきただけでも助かる。あとは、極力、被害者が殺されるまえの動静を聞きこむことだ」

その聞き込みは、刑事が八方に飛んで、行なわれていた。

ズボンの折返しから出てきた石屑のことで、被害者は東京に家を持っていない男、という推定をまずいちおう決めてみた。東京に家を持っていないとなると、旅館住まいが考えられる。そこで、捜査本部の重点は現場付近や都内の旅館の聞き込みに置かれたのであった。

すると、事件発生後二日目に、やっと被害者らしい男の消息を捜査員がつかんで帰った。捜査員は、死体の顔写真を持って回っていたのだが、情報は都内の渋谷の旅館からだった。

旅館の名前は、S荘というかなり大きい家だった。が、それを聞いて、捜査主任が頭を傾げたのである。

「S荘、間違いではないだろうね。あそこは高級旅館だよ」

被害者は、工員風と思ったくらいに見すぼらしい格好をしている。それに、財布の中もわずか五百円足らずの金しかはいっていなかった。だから、一泊二千円ぐらいは取られるS荘に泊まったというのは、ちょっと合点がいかなかった。

「いいえ、間違いはありませんよ。係の女中も女も、みんなこの写真を見て証言してるんですからね」

「女？　女がいたのか？」

「主任さん、こういうわけですよ」

と、刑事が話したのは、次のようなことだった。

被害者らしい男が旅館にはいったのは、十時ごろだった。身なりがあまりよくないので、帳場ではいったん断わるつもりだったが、あいにくとこの日は客が少なく、つい泊めさせる気になったというのだ。

男はあまり口をきかなかった。しかし、最初に、女中にチップを千円与えた。

「なに千円？」

主任はちょっとびっくりした。

「そうなんです、確かに千円もらった、と女中は言ってました。それだけではありませんよ。ずいぶん、その晩、使っています。まあ、聞いてください」

千円のチップをもらったので、旅館側でも安心した。男の方でも、自分の身なりがよくないので、ひとつは、千円のチップは旅館に安堵《あんど》を与えるためでもあったであろう。

男は酒を二本飲んだ。運ばせた料理も、この旅館で一番値段の高いものを取った。食事が終わったのが、十一時ごろだった。

ところが、この旅館は同伴客が相当あるので、女中は冗談に、あとからどなたかいらっしゃるのじゃありませんか、ときいた。すると、男は首を振って、そういう者はいない、と言い、今度は、その言葉に誘われたのか、どうだね、ねえさん、知りあいの女のひとで、ここに来てくれるのはいないかね、と言いだした。

女中は、うちではそういうことをしていません、と断わったという。

「これは少々おかしいですよ」

と、刑事は言った。

「当人は、それから外に遊びに出て、どこからとなく女を一人、連れて帰った、というんですがね。ぼくのカンでは、やはり旅館がコールガールか何かを世話したと思いますよ。それを言ってはすぐに営業停止になりますからね。そこまできぎだすのでもやっとでした」

その女は、刑事が、参考人として捜査本部に連れてきた。二十四五ぐらいの丸ぽちゃの顔だが、肌がすさんでいた。彼女は本部員の取調べに悪びれもせずに答えた。

問「名前はなんというのかね」

答「青木みよ子といいます。二十四歳です。S町のバーで働いています」

問「(被害者の顔写真を見せて) この人を知っているかね」

答「知っています。刑事さんが持ってきたので、バーに遊びにきたお客さんだ、ということがわかりました。八日の晩の十一時ごろ、遊びにみえました」
問「それから、あなたはS荘にそのお客さんといっしょに泊まったんだね」
答「そうです。でも、誤解をしないでください。わたしはその人とべつにへんな取引で行ったのではありません。なんだか好きになったので、いっしょに行ったのです」
問「そんなことはべつにきかないから、心配しないでもいいよ。S荘で、そのお客さんは何か変わったことはなかったかね」
答「べつに変わったことはなかったようです。ただ、とても親切にしてくれました」
問「そのとき、どこの人だとも言わなかったかね」
答「東北からきた、と言っていました。名前はべつにききませんでした。でも、東北の人ではないと思います」
問「どうしてわかるかね」
答「言葉が違います。わたしは福島《ふくしま》の人間ですが、向こうの人だと、どんなに標準語を使っても言い当てるくらいですから、東北の生まれだというのはうそだと思いました」
問「何の商売をしてるか、本人は言わなかったかね」
答「べつに言いませんでした。でも、近いうち、大金持になる、と言っていました」
問「それは、どういう意味かね」
答「ただそれだけで、詳しいことは言いません。でも、それはハッタリではないと思いました。というのは、わたしに二万円くれましたから。でも、これは、そのお客さんが勝手にわたしにくれたのです。請求したのではありません」
問「そんなことはいいよ。とにかく、二万円というと大金だな。それをどこから出したのかね」
答「財布です。まだそのほかに、ちょっと見たら、十万円ぐらいは持っていたようです。全部、一万円札でした」
問「その財布というのは、これかね。(被害者の財布を見せる)」
答「そうです。この財布だったと思います」
問「むろん、君はそのお客さんといっしょに風呂《ふろ》にはいっただろうね」
答「いいえ、わたしは男のひとといっしょに風呂にはいるのは嫌いですから、わたし一人ではいりました。それに、その人は、風呂はもうはいったからいい、と言ってはいりませんでした」
問「何か身体に変わったことはなかったかね」
答「べつに気がつきませんでした」
問「そのお客さんは、寝るときに下着などはどうしていたかね」
答「シャツを着ていました。そのシャツは買ったばかりのようにきれいでした」
問「これと同じものかね。(被害者の下着を見せる)」
答「よくわかりませんが、これくらいに新しかったと思います」

問「それから、その人はどこかに行くようなことを言っていなかったかね」
答「べつにそんなことは言っていませんでした」
問「もう一度きくが、あまり身なりのよくないその男が、そんな大金を持っていたり、あなたに二万円くれたりして、おかしいとは思わなかったかね」
答「ちょっと変だとは思いました。でもべつに泥棒でもなさそうだったので、もらっておきました。刑事さん、あの人はやっぱり泥棒だったのですか」
問「そんな心配はなさそうだね。君は一晩のつきあいで、二万円ももらっていいことをしたよ」
答「あら、わたし、その男のひとから取り上げたわけじゃありませんよ」
問「いいんだよ、そんなことは。それよりも、なぜ近いうちに大金持になるかということが、話のあいだにでも出なかったかね」
答「べつに言いませんでした。そりゃわたしも水商売の女ですから、羨《うらやま》しいわ、とか、そのときはまたきてね、とは言いましたが、どうせ、お客さんというのはいい加減なことばっかり言っているので、きいても本当のことは言わないだろうと思いました。でも、あの人があんなに金を持っているとは思いませんでした。だから、半分は本当かもしれないと思いました」
　捜査本部では、その男の筆跡を見るためにS荘に宿帳の提出を求めた。ところが、帳場では頭をかいてお辞儀をするだけだった。税金のがれのために宿帳の記帳を省略したのである。

女の話で、その財布の中に十万円近い金がはいっていたことがわかった。ここで捜査本部は、今までの怨恨《えんこん》説、変質犯罪説に加えて新しく強盗説が出てきたのである。

第三章　硯《すずり》の村

書家の村田露石は、朝早く新宿《しんじゆく》駅を発《た》って甲府《こうふ》に着いた。

露石がホームに降りると、三十格好の男が出迎えていた。

「先生、ご苦労さまです」

その男は、三等車から降りた露石に駆け寄って頭を下げた。

「やあ、藤森《ふじもり》さん、どうもお迎えありがとう」

露石はうれしそうに顔いっぱいに皺《しわ》を広げて笑った。

「お手紙を拝見しました。さっそく、落石《おちいし》の方には連絡を取っておきましたから、向こうの方でお待ちしてると思います」

藤森といわれた男は、甲府の硯屋である。

「やあどうも。あんたにはえらい迷惑をかけますな。わたしの案内役を引き受けて」

「いや、それはちっともかまいません。露石先生がお気に入った硯をお求めになりたいために、あんな山奥にわざわざいらっしゃる。そのご熱心にはわれわれも感激しています。当節は、それほどの方も少なくなりましたのでね」

「いやいや、恐縮です。ご商売を休ませて申しわけないですな」

「どういたしまして。では、先生、あちらです」

甲府駅のホームを改札口の方に出ないで、別のホームの方に歩いた。そこには、貧弱な列車が六両ぐらい連結して待っていた。

中央線で乗ってきた眼には、この車両は見すぼらしくて狭かった。

「やれやれ」

露石は老人である。座席の窓際に、どっかりと腰をおろした。硯屋の藤森も、その真向かいにすわった。

「これからどのくらいかかりますかな？」

露石老人は、肩から吊鞄《つりかばん》をおろした。戦時中に持ってまわったような古い肩掛鞄だった。

「さようでございますな、汽車で約一時間半。身延《みのぶ》駅に降ります。それから、ハイヤーを雇いまして、落石《おちいし》に行くんですが」

「なに、ハイヤー？」

露石老人は顔を横に振った。

「藤森さん、そりゃ、もったいない。バスはありませんか？」

「いや、先生、バスなんていうのは、日に二往復ぐらいのもんです。そんなものを当てにしていては、とてもまに合いませんよ。もったいないようでも、ハイヤーを使うより仕方がありません」

「そうですか」

汽車は甲府盆地を走った。沿道はすべて葡萄《ぶどう》畑である。それが途切れると、広い田畑になり、やがて山峡《やまかい》にはいった。左の窓には、富士の山頂が連山の上に大きくのぞいていた。

山峡にはいると、しばらく、汽車は富士川に沿って走り、それも別れて、山ばかりの間を縫って行く。汽車の中には、肩から大きな数珠《じゅず》を掛けた人がだいぶ乗っていた。

「ははあ、やっぱり身延《みのぶ》線ですな」

露石は眺めて言った。

「そうですね。ああして身延詣《まい》りの講中が、毎日、この汽車で各地から繰り出して行くんです」

硯屋は説明した。

退屈しかけたころ、また汽車は右手に富士川を見せはじめた。

「先生、あれですよ」

硯屋の藤森は、窓から対岸を指さした。

「あの山間《やまあい》をはいって行くのです」

「ほほう」

露石は眼を細めた。川幅の広い富士川の向かいに山の起伏が見える。

「あれからだいぶ遠いですかな？」

「そりゃかなりありますよ。なにしろ、落石部落といったら、富士川の支流の早川の、また分かれですからな。山に囲まれた、それこそ寂しい部落です。なんでも、近くに、昔は平家の落人《おちうど》がいた、という伝説の村がありますからね」

「なるほど。そういう伝説が残っておれば、そりゃ山奥に違いない」

そんな話をしているうちに、やがて汽車は身延駅に着いた。

いっしょに乗りあわせていた身延詣りの講中連中も、紫の旗を押し立ててホームを降りていく。

「先生、私はすぐ、ハイヤー屋に交渉してまいりますからね」

藤森は、露石をそこに残して走りだした。

交渉ができたとみえて、自動車の中におさまった藤森が、駅前に待っている露石のところに乗りつけてきた。

「さあ、先生、どうぞ」

藤森は、自動車《くるま》のドアをあけてくれた。

「いやあ、どうも」

露石は乗りこんで、

「ところで、藤森さん、ハイヤー代はいくらですな？」

と、心配そうにきいた。

「いやあ、先生、それはどうぞご心配なく。われわれは先生のおかげで、ずいぶん、落石硯を宣伝していただいていますからな。そんなものは、われわれの組合で負担させていただきますよ」

露石は、それを聞いて、安心したように眼尻《めじり》に皺を寄せた。

「それは、藤森さん、重々恐縮ですな」


ハイヤーは、身延山の入口から北に折れた。これからは、絶えず富士川に沿って行く。先年の台風で、ところどころ崖崩《がけくず》れがあり、人夫が出て道路を修繕していた。

「藤森さん、こんな具合じゃ、山奥の道は大丈夫かな？」

老書家は心配そうな顔をした。

「いや、それは大丈夫ですよ。それよりも、狭い崖っぷちを通るので、肝を冷やします。なにしろ、片側は千仞《せんじん》の谷間ですからな」

「えらいところを行くんですな」

露石は、まだ、話だけでは実感がきていないようだった。

富士川の分岐点にかかって、主流沿いに登った。

「この道の奥の方に行くと、西岡《にしおか》温泉というのに出るんです。われわれは途中から左に曲がりますがね」

　硯屋はしきりと説明する。

　その道に沿って一時間も走った。沿道は山の斜面と川だけで、ところどころに藁屋根《わらやね》の部落がある。奥に行くにつれて、山の斜面には、山吹の黄色い花がたわわに咲いていた。

「こりゃ風流ですな」

　露石は喜んだ。

　だが、もっと奥に進むと、まだ山桜が残っており、間には辛夷《こぶし》の花もあった。

「こりゃ意外な眼の保養をします。遠いところをこの辺までやってきたかいがありましたわい」

　露石は、自動車の窓から見える山里風景に満悦していた。やがて、その道は途中の部落から左手に折れた。今までの道幅は半分となる。自動車がやっと一台のぼれる程度だった。

　道は急な坂になっていて、自動車が進むにつれて、景色はぐんぐん下に沈んで行く。そこではじめてわかったのだが、早川の支流が道のすぐ脇に底深く流れていた。対岸も断崖《だんがい》である。

　さらに、道は登る一方だった。うねうねと回っていくのだが、ついに、露石の肝を奪う景色の連続となった。三十メートルもあろうと思われる断崖の上を、狭い道がついているのだが、自動車はそれを辿《たど》って走る。車窓から見ると、断崖側は眼もくらむような高さで、川は下界の底に流れていた。

　辛夷の花が咲いているが、露石はそれどころではなかった。

「こりゃ、えらい所ですな、藤森さん。大丈夫でしょうな？　一歩運転をまちがえると、自動車《くるま》はこっぱみじんですよ」

　露石は眼をそむけそうにしていた。

「そりゃ落ちたが最後、もちろんお陀仏《だぶつ》です。なにしろ、このとおりの断崖で、途中でひっかかる所がありませんからね」

「おいおい、心細いことを言わないでくださいよ。運転手さん、大丈夫ですか？」

　露石は前の運転手に声をかけた。

「まあ、心配しないでください。私も命が惜しいですからな」

と、背中ごしに運転手は言った。

「外を見ないで、道ばかりを見ていてください。そしたらおっかなくありませんよ」

「なるほど。高い所に登る要領ですな」

　藤森がその言葉に感心した。

「高い所に登るときは、下を見ないことだそうですね。先生、前の道ばかりをごらんなさいよ」

そうは言っても、道がうねうねと回っているので、運転手の肩越しに、断崖絶壁の行く手がいやでも眼にはいる。時折り、この道を、振り分けに荷物を担いだ男が歩いていた。

「昔は、自動車なんぞここにはなかったもんです。いまだにああして、奥から里に出てくる人があるんです」

「なにしろ、えらい所だ」

と、露石は身ぶるいしていた。

「運転手さん、もう少し速度を緩めてくださらんか」

彼は正直に頼んでいた。

断崖の道は果てしなくつづいた。川はいよいよ下の方に沈む。断崖の下には部落がかたまっており、その屋根が小さく光っていた。鴉《からす》がはるか下の方を飛んでいる。

「まるで飛行機の上から眺めるようですな」

硯屋《すずりや》は言った。

「わたしゃ飛行機に乗ったことはないが、まあ、こんな感じでしょうな」

「藤森さん、のんきなことを言わないでくださいよ。わたしは、ここらで引き返してもいいくらいに思っていますよ」

「冗談じゃありません」

運転手がその話を聞いて前から言った。

「この道にはターンする所も何もありません。まあ、もう少し行くと、落石部落になりますからな」

道のはるか前方にトンネルが見えた。

トンネルを越すと、落石部落だった。

初めて村落らしいところに出た。この辺は断崖がややゆるやかな傾斜となり、一方の山にも石垣を築いた家が建っている。

その村は、戸数がおよそ二十戸ばかりと思われた。瓦《かわら》屋根の家も二三ないではなかったが、ほとんどが藁屋根と重石《おもし》を置いた板屋根だった。平地がないためか、家は段々畑のように上にせり上がっている。

「やっと着きましたな」

硯屋の藤森は、自動車をとめて、露石を降ろした。

「やれやれ、命拾いをしました。これでまた帰りが心配ですな」

「大丈夫ですよ。ところで、先生、すぐ硯屋にご案内しましょう」

「おう、そうしてください」

道の横から狭い小径《こみち》が斜面沿いについていた。藤森が先に立って登ってゆく。

「昔は、この辺は硯屋がほとんどでしたがね。近ごろのように、墨で書くよりペン書きばかりになっては、硯もさっぱりです。今では四軒ばかりしかありませんよ」

「なるほど。気の毒なことですな」

露石は、急な坂道を歩きながら答えた。

「落石硯がこんなに廃れたのも、一つは、いい腕の職人がいなくなったせいです。昔は、立派な腕の若い者がおりましたがね。今じゃ、青年たちは、硯を三年がかりで修業してこつこつと彫ってゆくよりも、工場が景気がいいから、みんなそっちの方に行きます」

「嘆かわしいことですわい。日本の芸術も滅びるわけですな」

露石は嘆いた。

「それに、硯がこのように廃れたのも、硯材に使う原石が少なくなったからですよ。昔は、この落石あたりは、優秀な原石が採れたもんですがね。それも残り少なくなりました。先生、今のうちです、いい硯ができるのも」

「いや、ますます滅入《めい》った話じゃ」

話をしながら、ようやく、一軒の家に着いた。それは屋根の低い見すぼらしい家だった。

「ごめんなさい」

藤森が先に立って家の戸口から声をかけた。

奥から出てきたのは老婆だった。これもやつれた格好をしている。

「おや、藤森さん、ようこそ」

老婆は、藤森が得意先とみえて、頭にかぶった手拭《てぬぐい》を取って、ていねいにお辞儀をした。

「おばさん、いつも元気がいいな。なにかい、仙《せん》さんはいるかい？」

「はい、お待ちしていますよ。さあ、どうぞ」

「こちらが露石先生だ。東京からわざわざお見えになったんだよ」

藤森は、後ろに立っている村田露石を振り返った。

老婆は、ものも言えないくらいに恐れ入って腰を折った。

「さあ、さあ、では、さっそく、仙のところに案内してください」

「仙は、今、仕事をしていますだ。みっともない所で」

「いやいや、かえって仕事を見せてもらった方がいいかもしれない。先生、そうしましょう」

「いや、私もそれを望むところです」

「それでは」

老婆は先に立って家の横手を通った。貧弱な母屋《おもや》つづきに、もっとあわれな小屋がある。

「おい、仙や」

老婆は外から声をかけた。

「藤森さんが見えたよ」

小屋の中から、おう、と声が上がった。

「どうぞ、こっちへ」

　藤森が露石を促した。

　小屋は、崖《がけ》に向かって入口が開いていた。わずか三畳ぐらいの広さだが、三十四五ぐらいの男が汚ない格好ですわっていた。前には木の台があり、それに灰色の硯石《すずりいし》が置いてある。男はのみで硯を彫っていた。そばには柄の長いのみが五六本揃えてあった。

「おう、仙さん、精が出るね」

　藤森が声をかけると、

「やあ、おいでなさい」

　硯の職人は、汚ない顔から黄色い歯を出して笑った。

　その男の両脇にも、後ろの方にも、硯の原石やできかかった硯が積み上げられてあった。壁は板囲いで、隙間には新聞紙や雑誌の付録が貼ってある。男の膝《ひざ》は土まみれだった。すぐその横に、砥石《といし》と汚れた水のはいったばけつがあった。

「仙さん、こちらが露石先生だ」

　硯造りの男は、すわったまま頭を屈《かが》めた。

「いや、わしが村田露石です。あんたの名前は、かねがね聞いていた。今日はわざわざ東京から、一つ硯のいいのをほしいと思いまして、ここまでやってきました」

「へえ」

　男は口の中でぼそぼそと言った。

「わしが崎津《さきつ》仙太郎《せんたろう》です」

律儀にお辞儀をした。

「仙さん、相変わらず一人で忙しいな」

藤森が横から言った。

「へえ、しょうがありません。二三日前に東京に行っていた弘吉が帰っていますが、なに、あいつがいても役にゃ立ちませんがな」

硯職人の崎津仙太郎はのみで石を削っていた。

原石は、最初、大まかに硯の形を欠《そ》いで取る。それが四角だったり、芸術的な自然石の形になったりする。工作は長い柄ののみを使って海や岡をこしらえるのだが、これには非常な力が要るので、長柄の頭を胸に当てて押しながら削るのだ。

いま、仙太郎は、その作業をしながら藤森と話している。

「仙さん、弘吉さんが、今、帰っているのか」

「へえ、二三日前にふらりと東京から帰ってきました。何をやっていたのか知らねえが、えらく元気のねえ顔で戻ってきました」

仙太郎はぼそぼそと言った。

「そうかい。弘吉さんも、おまえといっしょに硯職人になるとよかったにな。おまえの手数が、だいぶ助かるがね」

「いいや、今の若いもんは、こういうものを彫りたがらねえ。硯《すずり》職人なんていうのは昔のことで、一日、こうやって彫っていても、少し上物だと、一つか二つが関の山でね。石の粉を吸いながら、わりの合わねえ仕事だからな」

「そうだ。そういえば、この村は硯が名物だったが、職人もいなくなったね。今、何人ぐらいいるけえ?」

「おれを入れて、三人しかいねえ。廃れたものだ」

「先生」

藤森が、硯の製作工程をしゃがんで眺めている村田露石に言った。

「お聞きのとおりです。こうやって、石粉まぶれになって一日働いたところで、わずか二つしかできないそうですよ」

「なるほどな」

露石は深刻な顔でうなずいた。

「この人の仕事を見ていると、大変だということがわかった。こうして朝から晩まですわり、石を削っているのだから、大変なことだ。いや、わしたちも、硯造りの苦労がよくわかりましたよ」

「それも、硯が高いとまた別ですがね。当節のように、習字をあまりしなくなってからは、学校向けの子供の硯までも、需要がずっと減りました。まあ、なんですな、書道の先生方によって、わずかにこの道が繫《つな》がれているという状態でしょうな」

「まったく、日本の無形文化財も、こうして廃れてゆくわけだな。無形文化財というのは、何によらず滅びる運命にあるらしい。いやいや、こうして、まだその技術が残っているあいだ、わしもひとつ、素晴らしい硯を見つけたいと思っている」

「仙太郎さん、聞いたかい。先生があおっしゃる。東京から、わざわざ見えたのだ。おまえの腕に縒《よ》りをかけて、ひとつ、いい硯を彫りあげてごらんにいれたらどうだな?」

藤森は仙太郎の汚ない顔に言った。

「へえ」

仙太郎はべつに感動もせず、うなずくだけだった。

「仙太郎さん、何かできたものはないかい。お目にかけたらどうだね」

藤森が勧めた。

仙太郎は、のみの手をやめて、身体を後ろに回した。べつに立ちあがるまでもなく、石粉の溜《たま》った膝を少し立てただけで身体をねじ向けて、後ろの粗末な戸棚から、大事そうに新聞紙に包んだものを取り出した。

「これが、昨日《きのう》、やっとわしが彫りあげたもんですよ」

仙太郎はそういって、重い新聞包みを藤森に渡した。

藤森が包みを開くと、中から黒光りのする変わった楕円形《だえんけい》の立派な硯が現われた。

〝額〟の部分は、松と梅をあしらった彫刻があり、石の形に合わせて面白味を出している。

「ほう、これはなかなか立派じゃ」

露石は、その重い硯を手にとると日向《ひなた》にかざした。黒い石は光線の中に紫色に輝き、艶消《つやけ》しの〝墨道（丘）〟は、細かな〝鋒〟が微粒子になってきらきら光っている。

「これは見事だ。これなら、よく墨がおりるだろう」

「お気に入りましたか」

藤森が横から首をのぞかせた。

「うん、気に入った。ところで藤森さん、わしは、或《あ》る人に、いい硯を進呈しようと思っている。そのお方は、なかなかの金持でな、贅沢《ぜいたく》な品をいっぱい持っている。それで、妙なものは差しあげられんわけじゃ。ひとつ、おまえさんも口添えをして、この仙太郎さんに、腕に縒りをかけた品を造ってもらいたい」

露石は話した。

「仙太郎さん、聞いたか。露石先生が偉い人に差しあげなさるそうだ。値段も相当はずまれることだろう。とうぶん、学校の子供向けの硯などはよして、おまえの気に入るようなものを造ってくれないか」

このとき、その小屋の横から人の足音が聞こえた。

藤森が足音の方を振り向いた。

「おう、弘吉さんか」

一人の青年が立っていた。二十五六歳ぐらいだった。この青年の顔なら、井上代造が東京の××警察署の留置場で会った顔のはずである。

青年はむっつりとしていた。藤森の言うのにも、わずかに頭を下げただけだった。

「先生」

と、藤森は露石に紹介した。

「この人は崎津弘吉といって、この仙太郎さんの従弟《いとこ》に当たります」

「やあ、どうも」

露石は、あんまり興味のない顔つきで答えただけだった。

「弘吉さんは、東京に行っていたんだって?」

藤森はきいた。

「はあ、ちょっと」

弘吉は、硯を彫っている従兄《いとこ》の小屋の横に立っている。

「どうだね、東京は?」

「べつに」

と、弘吉はぶっきら棒に言った。

「二か月ばかりも行っていなさったかな。たしか、この前、わしがここに来たときは二三日前に東京に行った、という話を聞いたが、やっぱりなんだろう、東京もいいが、この山奥でも故郷の方がいいだろう?」

笑いながらきいた。

弘吉は、それに微笑も見せなかった。

「さあ、どこでもぼくには同じですね。どこもおもしろいことはないようです」

無愛想なのである。

「おまえさんは、いつも変わらんな」

藤森はそう言って、露石の方を向いた。

「弘吉さんは、ちょっと変わり者でしてね。もとは、甲府の硯屋のせがれだったんです。大きな商売をしていましたが、ご承知のように、硯の方が衰微して、商売もいけなくなる。そのうち、両親も死にましてな。本人は甲府の高等学校を出て、東京の大学へ行ったんですが、途中でやめて帰ってきたのです。そして、従兄に当たるこの仙太郎さんのところに来て、硯の原石など掘り出す仕事をしていました。その硯の原石も、近ごろは少なくなって、弘吉さんもぶらぶらしていたが、ときどき、ぷいと、行く先も告げず、旅なんかに出て行くんです。この前も、東京にふらりと行ってきたそうです」

「藤森さん」

と、弘吉がはじめて呼びかけた。

「そんなくだらん話はよしてくださいよ」

不機嫌な顔つきだった。

「はははは、おまえさんの変わり者ということを、先生に紹介しただけだ」

露石もその声につられて、硯に落としていた眼を弘吉の方に向けた。

「いや、近ごろの若い者は、誰しも、そんなところがある」

露石は当たりさわりのないことを言って、

「おう、これは立派な青年だ。家の事情とはいえ、大学を途中でよして、残念だろうな」

と、はじめて向き直り、半分同情したように言った。

「なに、当人はいっこうに平気です。もともと、大学に行っていても、途中でやめたいようなことを言っていたくらいですからね。なあ、弘吉、そうずらな？」

仙太郎が珍しく、仕事をしながら横から口を出した。

「うむ」

弘吉は無表情だった。

「しかし、中退でも大学教育を受けたのなら、こんな山の中で石を掘り出しているには、ちと惜しいな」

露石が言った。

「そのとおりですよ。ところが、当人は、それもあまり苦にならないようです。といって仕事に精を出すわけでもなく、ちょっと妙な男です。それに、こんな男前なので、この村の娘たちが騒いでいるが、それにもいっこうに興味がないということです。とにかく変人ですよ」

藤森が説明した。

「いや、そりゃなかなかたのもしい」

露石は、はじめて、崎津弘吉に興味を持ったようだった。

「弘吉さん、といったな。東京に出ていなすったそうだが、何か仕事でもしていなさったのかね？」

藤森が、その言葉をすぐ引き取った。

「弘吉さん、この方は村田露石先生といって、書道の大家だ。今日、仙太郎さんの硯《すずり》を買いに、わざわざ東京から見えたんだよ」

弘吉は、ちょっと頭を下げただけで、挨拶《あいさつ》らしい言葉も言わなかった。

「いいえ、べつに仕事はしませんでした」

というのが、弘吉の、露石へ対する愛嬌《あいきょう》のない返事だった。

「ほう、すると見物かな？」

「いいや、見物でもないです。東京の街は飽き飽きするほど歩きましたからね」

「おう、そうだ、あんたは東京の大学に行っていなさったからな。それでは、久しぶりに友だちでも訪ねてゆかれたのか？」

「訪ねてゆくような友だちは一人もいません。みんな退屈なやつばかりです。ぼくが退屈だから、皆が退屈に見えるのかもしれませんね」

崎津弘吉はものうそうにそう言っていたが、

「もっとも、たった一人だけ変わった人に会いましたがな」

と、これは自分だけで思いだしたように呟《つぶや》いた。

「弘吉さんが変わった人といえば、相当相手も変わった人間らしいね。会ったのは、どういう人だったね？」

藤森が横から言った。

「この世の中に、まだあんな人がいるか、と思ったくらいです。ぼくに、ぜひ寄れ、といったが、そのまま行く気もしないで、こちらに帰ってきましたがね。なんでも、住所は青山南町とか言っていました」

「青山南町？」

露石がふいと顔を上げた。

「そりゃいい所だ。あの辺はいい家ばかりがあるから、その人もいい身分の人だろうな？」

それを聞くと、弘吉は珍しく笑った。

「とにかく、場所も変わったところで会ったんです。いい家にいるかどうかは、ちょっと、見当がつきませんがね」

話はそれなりにすんだ。露石はふたたび硯の方に眼を戻す。

崎津仙太郎は、相変わらず、胸に長い柄を当てて硯造りをやっている。日向《ひなた》の地面に這《は》いつくばって……ありが這《は》っていた。

「弘吉さん。今も話したところだがね」

藤森が言った。

「仙さんがこうして一人で働いている。おまえさんが手伝ったら、ずいぶんと楽になる、と言ってたよ」

弘吉は、それには答えないで、眼を小屋の前に向けていた。

前は深い谿谷《けいこく》だった。先ほど、露石が肝を冷やして自動車を走らせた谿谷のつづきである。川ははるか下の方に流れ、辛夷《こぶし》が断崖《だんがい》の途中に見えた。

「なに、この仕事は弘吉にはつとまらねえよ」

仙太郎が言った。

「こう見えても、この職は、三年の年季が要るでな。師匠について三年。それから一人前の硯造りになるには、またあと三年ぐらいはかかるだ。弘吉のような若い者には辛抱ができめえ」

「そりゃそうだ。中退でも大学まで行ったんでは、辛抱ができないだろうな」

藤森が引きとってうなずいた。

「この仕事も、原石がこう少なくなっては先細りでな、職人の弟子入りは少なくなるし、硯の需要は減るし、落石硯もわしら一代かもしれねえな」

仙太郎は石をごそごそ削りながら、なにを思いついたか、ふいと顔を上げた。

「なあ、弘吉。十日ぐれえ前だったか、妙な男がこの村にうろうろしていたぜ」

「妙な男。なんだな？」

弘吉は気のない顔をしていた。

「今、思いだしたが、ありゃきっと、硯の原石をこの村に捜しにきたにちげえねえ」

「ふうむ。どこの者だね？」

「そんなことは言わなかった。これは、おれの推量だがね、その男も硯屋にちげえねえ。三十あまりの男で、リュックサックを背負っていたよ。そして、おれの仕事場にきて、安物の硯を一つ買ったが、おれの細工よりも、石を絶えずためつすがめつ眺めていた。ありゃ素人の眼つきじゃねえ、玄人《くろうと》の眼だ」

その話に身がはいったか、崎津仙太郎は初めてのみを置いた。

「そんな男がこの辺をうろうろしていたのかね？」

これは藤森の問いである。

「今まで見たこともねえやつだ。言葉もこの辺の言葉とは違う。それに、わしに、この硯の石はどこから出るのか、なぞとしきりにきいていたからね。わしもいい加減に返事しておいた。すると、どうだろう、その男が立ち去った翌《あく》る日に聞いたが、村の者の話では、原石の採取場に、その男の姿がうろついていた、ということだったよ」

「そりゃ仙さんのいうとおり、よそもんの硯屋が、この辺まで原石を捜しにきたんだろうな」

「それにちげえねえ。よそもやっぱり硯の原石が少なくなったとみえる。自慢じゃねえが、この落石ほどの良質な石は、日本にはめったにねえからな」

「それで、その男どうしたかい？」

「それっきりだ。それっきりこの村から姿が見えねえ。その男がうろうろしていたのは、その日たった一日だったが」

「ふむ。すると、この辺も原石が少なくなったのを見て、がっかりして帰ったのかな」

「そうかもしれねえ。なに、よそから貰《もら》いにくるよりも、こっちの方がよそに採りに行きたいぐれえだからな」

話の最中、いつのまにか、崎津弘吉の姿はその場から見えなくなった。

露石が眼をやると、弘吉は、段々畑の畔道《あぜみち》沿いに山の方に登っているのだった。その後ろ姿が、いかにもけだるそうだった。

畑沿いの崖《がけ》には、黄色い山吹の花が咲いている。


捜査本部では、右胸を抉《えぐ》られた男の身もと割り出しにやっきとなっていた。

この被害者のズボンの折返しにはいっている微細なゴミが、一つの有力な手がかりであった。その中に安山岩の欠片《かけら》があり、被害者は死体のあった東京郊外の場所よりも、信州から甲州にかけて歩きまわっていたという推定がなされた。

そこで、捜査の方針は、もっぱら安山岩のある火山系の地帯に向けられた。

といっても、これは広範な地域であるから、いちいち捜査員を派遣するわけにはいかない。火山系の地帯といえば、上州、信州、甲府にわたっている。この方面の県警本部に照会して、そこから管下の各地区警察署に調査方を依頼した。

照会事項には、被害者の人相や服装などをこと細かく書き入れた。

すると、それから四日目である。山梨県の田舎の駐在所からの聞き込みとして、該当者らしい人物がその付近を二週間ぐらい前に徘徊《はいかい》していたことを通知してきた。

そこで、捜査本部では、上田《うえだ》と小出《こいで》という刑事を、その土地に派遣することにした。

上田、小出の両捜査員はさっそく、翌る日の午前の列車で新宿駅を発《た》った。

中央線に乗った若い小出刑事は、期待に顔を輝かせていた。

「まあ、あんまり期待しても、どっちだかまだわからないよ」

先輩の上田警部補は小出をたしなめた。

「これで九分九厘まで当人だと思いこんで行っても、当てがはずれる場合が多いからね。そんなときの帰りの汽車のやりきれなさったらないよ」

「それはそうですが」

小出は言った。

「ぼくはなんだか、これがそのものズバリのような気がしますね」

本部からの照会に対して、他の署からも回答があったが、これがいちばん有力だったのである。

「とにかく、現地に行ってみなければわからない」

上田は、なるべく小出を抑制するようにしていた。

二人が現地に着いたのは、午後の二時ごろだった。小さな駅から北の山にむかってバスが出ている。そのバスに一時間ぐらい揺られると、山峡《やまかい》に小さな村落があり、バス通りに駐在所があった。

その駐在所の巡査は、二人が訪ねてゆくと、にこやかに迎えた。四十年輩の巡査だった。

「よくいらっしゃいました。こんな山の中に本庁の方がいらっしゃるのは初めてですよ」

駐在所の椅子にすわると、妻子まで出てきて二人を歓待した。

「どうも、ご面倒をかけます」

上田が礼を述べて、

「で、今度のお知らせのことは、だいたいわかりましたが、詳しいことを聞かせてください」

さっそく、たずねた。

「それは、こういうことなんです。私はあの照会の写真を見て、すぐ、ぴんときました。実に顔も服装もよく似ているんです。そうですな、今から二週間も前になりましょうか。これから少し山の手に行くと、小さな鉱山があります」

巡査は話しだした。

「いや、鉱山といっても、戦前からあるにはあったんですが、珪石《けいせき》が出る山なんです。あまり景気がよくありません。珪石というのは、ご承知のようにガラスの原料になるんですが、見込み違いか、以前《まえ》の所有主がほとんど廃坑同様にしてしまいましてね」

「なるほど」

話が少々回りくどいが、上田は出された茶を飲みながら聞いていた。

「その鉱山の近くに、この照会の被害者らしい男がうろついていたんです。そのときは、何か袋のようなものを提げていましたがね」

「袋？」

「そうなんです。ちょうど、石でも入れてるように麻の手提袋をさげていたが、それはふくらんでいました。この辺は、ときどき、山師がはいってくるので、そういう人間もたまには見受けます。なにしろ、甲州は信玄公以来、隠し金山があると噂されていますので、まだそんなことを信じて、こんな山の中に迷いこんでくる亡者の山師があるわけです」

「なるほど」

警視庁の捜査員は腕を組んだ。すると被害者の職業は山師なのだろうか。

「ただそれだけですか？」

「そうなんですよ。ただそれだけの話です。べつにおかしな挙動もなく、そういう風体の男も、一年のうちには何人かはいりこまないでもないので、とくに注意したわけではありません。この照会があって初めて思いだしたくらいです」

「その鉱山は、どこなんでしょう？」

小出がきいた。

「これから山の手に二十町ばかり歩くと、鉱山に突き当たります。今いったように、廃坑同様ですが、とにかく、看板だけは出ています。それでも少しぐらいは何か掘ってるらしいですよ。鉱山《やま》のそばに飯場みたいな小屋が建っていて、五六人ばかりの人間がごろごろしていますからね。名前は、宝鉱山株式会社というんです。そこまでおいでになったら、あるいはその人夫たちが何か知ってるかもしれませんね。私は、ただ、その男をちらりと見ただけですから」

二人の捜査員は、駐在巡査の忠告に従うことにした。

とにかく、これだけでは雲をつかむような話である。二人は急な山道を二十町ばかりも歩き、久しぶりに汗を流した。

途中に小さな集落が一つあったが、そこを通り越してゆくと、道は急に狭くなり、山の中にはいった感じだった。

樹木が鬱蒼《うっそう》と茂っている小径《こみち》の中を抜けると、向こうに小屋のような屋根が見えた。それが駐在巡査の言う鉱山の飯場であろう。二人はそれに近づいた。

屋根はトタン葺《ぶき》だが、壁はところどころ土で固めてあり、普通の飯場小屋よりも上等だった。いわば半永久的な設備である。小屋の中から、二人が歩いてくる姿を見ていたらしく、一人の男が小屋の前に立っていた。

その男は三十二三のがっしりした体格だった。見るからに労働者風だった。めったにこういう場所に他所者《よそもの》がこないためか、彼の眼は怪しむように見馴《みな》れぬ二人の顔に向かっていた。

「どうも、お邪魔します」

如才のない上田が、立っている男に言った。その男は黙って頭を下げた。

「私たちは、警察の者ですが」

上田は懐から黒い警察手帳を出した。

男は黙ったままうなずいた。が、彼の眼には、もう警戒するような色があった。

こういう飯場みたいなところに警察官が訪ねてくるのだから、その男が警戒するのも無理はない。話を聞くうえに、まず、先方を安心させねばならなかった。小出はていねいなもの腰になった。

「実は、ここにきたのはほかでもありません。つかぬことを伺いますが、二週間ばかり前、この辺をこういう男が……」

と、小出は、懐から、素早く被害者の顔写真を出して見せた。それは現場写真の修整だった。

「うろうろしていたという噂なんですが、ご存じないですか？」

男は写真を覗《のぞ》きこんだ。

「身長はだいたい……」

と、上田は写真を見ているその男の横から、被害者の特徴を詳しく説明した。

「ああ、見ましたよ」

あっさり、その男は口をきいた。

「え、見かけましたか？」

「この辺をうろついていたのを見ました」

男はうなずいた。

「変な野郎がきたと思って、私らが見ているせいか、その男もあまりここには近づかず、また村の方に引き返してゆきましたがね」

「この男に間違いありませんか」

「これと同じ顔だったと思います」

彼は写真を上田に戻して言った。

「そうですか。そのほかに、何か目立ったような挙動はなかったですか」

「いや、べつに気がつきませんね。ただ、歩いているのを見ただけのことです」

「なるほど」

上田は、男の立っている後ろの小屋を見た。小屋の半分は事務所ふうになっている。表には「宝鉱山株式会社現場詰所」と書いてあった。

「あなた方は、こうして毎日、ここに詰めていらっしゃるんですか？」

横から小出が言った。

「そうです。なにしろ、これで、仕事をしていますからね」

「珪石が出るそうですね？」

「そうです。あんまりパットしませんがね」

「坑道の入口はどこなんですか？」

「つい、この先です」

その男は振り返って指さしたが、その辺一帯は木の茂みが重なりあっていて、よくわからなかった。

「どうですか、この辺には、安山岩はたくさんありますか？」

「安山岩ですか。そりゃ幾らでもありますよ。ほとんどそればかりと言ってもいいくらいです」

「すみませんが、ちょっと一かけら取らせてくれませんか？」

捜査員二人は安山岩を知っていなかった。どんな石か判断がつかなかった。

「いいですとも」

その男は、あんがい、気軽に引き受けて、すぐ横の林の中にはいった。まもなく掌《て》に一塊《かたまり》の石のかけらを握って帰ってきた。

「これですよ」

見ると、それは黒味がかったねずみ色の石だった。小出はそれを受け取り、ていねいにハンカチで包んだ。捜査本部に持って帰り、被害者のズボンの折返しにはいっていたのと比較するためだった。

「どうもごやっかいになりました。失礼ですが、あなたのお名前を聞かしてください」

上田は言った。

「私ですか。私はこういう者です」

彼は気軽に作業服のポケットから名刺を一枚出した。上田が見ると、それには、

――宝《たから》鉱山株式会社採掘所保安主任杉田《すぎた》一郎《いちろう》――とあった。

「杉田さんとおっしゃるんですね？」

「そうです」

「いや、杉田さん、どうもすみませんでした。お手間を取らせました」

「もういいんですか？」

男はあんまり簡単なので、意外そうにしていた。

「いや、それだけうけたまわれば結構です。ありがとうございました」

二人は並んで元の小径を戻った。その後ろ姿を、杉田という男が、やはり小屋の前に立ったまま、じっと見送っていた。

二人が元の駐在所に戻ると、巡査がその入口で二人を迎えた。

「いや、どうもご苦労さまでした」

巡査はにこにこして言った。

「どうもありがとうございました」

「どうですか、何か有力な聞き込みがありましたか?」

上田はなんとなく微笑した。

「鉱山の飯場には誰かいましたか?」

巡査は気づいたようにきいた。

「いました、名刺をもらいましたがね、杉田という人です」

「ああ、杉田ですか。あの男は、あの鉱山の現場の責任者になっています。その連絡のため、ちょいちょい東京に出張してるようですがね」

「ははあ、東京に本社があるんですか?」

「実は、あんな貧弱な鉱山だから、この近くに本社があるくらいに、二人とも思っていた。

「本社はなかなか立派だそうですよ」

と、巡査は言った。

「社長は誰ですか?」

刑事がきいた。

「社長は板倉彰英という人だそうです。まだ若い人ですがね。ここにも何度かきたことがあります。えらい男で、若いのに何億という金を持っているそうです」

「そうですか」

二人の捜査員は、その話には別に興味がないので聞き流した。

上田と小出は、それからすぐに捜査本部に帰り、主任に報告した。

「それは収穫だったね」

主任はよろこんでいた。事実、あれからも捜査は進展を見せていない。

「君たちの報告を入れて、さっそく、会議を開こう」

その捜査会議は、まもなくはじまった。

「上田君、君から、ひとつ報告をしてくれ」

主任は命じた。

上田は、そこで、これまでのことを本部員たちの前で詳しく話した。

上田の報告を聞いて、本部員たちが興味を起こしたのは、その男が、甲府から約二十キロぐらい離れた山よりの沢辺《さわべ》というところにある宝鉱山の近くをうろついていたという事実だった。

被害者のズボンの折返しから、安山岩の微細な粒が出て、それが捜査の手がかりの一つになっているのだが、上田の報告によると、その鉱山の近くには、安山岩がおびただしく見られるという。

「これは、その男がうろついていたという土地にある安山岩です」

と、小出刑事は、ていねいにハンカチに包んだ岩のかけらを出した。

「鉱山の工員の男から、近くの岩を欠いてもらったのです」

これも、全員の手に次々に渡された。

「被害者のズボンの中にはいっていた、安山岩のかけらと、この安山岩とが同質かどうか、大学の鉱山科にでも頼んで調べてもらったらいいね」

捜査主任が言いだした。

「もし、その鑑定で全く同質だとすると、いよいよ被害者に間違いないわけだ。現在まででも、人相も服装も、目撃者の話はみんな一致している。まず被害者と同一人と思って差し支えないだろう」

主任は機嫌がよかった。難航した捜査に、やっと一筋の光明が射したわけである。

「いったい、その男の職業はなんでしょうね。上田君、向こうに行ったとき、それに関係したことを聞かなかったかね？」

これは、捜査主任の近くの席から出た声である。

「あ、忘れていた」

と、上田は頭をかいて言った。

「ぼくらがその沢辺という山の中をたずねて行った時、会ったのは宝鉱山の職員だったんですがね、その男は、そこの詰所の主任をしているんですが、彼の話によると、被害者らしい人物が、麻袋に石のようなものを入れて持って回っていたそうです。で、彼の説では、どうやら、その男は山師ではないかと言っていました。つまり、金鉱か何かを捜して回る連中ですよ。あの辺はまだ、信玄のかくし金山の伝説を信じてはいりこんでくる山師があるそうですよ。駐在所の巡査も同じ意見でした」

「山師が？」

と、その本部員が首を傾げた時だった。署員の一人がはいってきた。

「主任さん、本庁から電話がかかりまして、捜査一課長さんが、すぐに帰って刑事部長室にくるように言っておられます」

「刑事部長室に？」

主任の顔が瞬間に緊張したが、その場は黙ってうなずいた。

捜査主任は本庁に帰ると、すぐに捜査一課長のところに行った。

課長室にはいって見ると、一課の係長の顔がほとんど集まっていた。

「ご苦労だね」

一課長は主任に言った。

「忙しいところをわざわざ呼んだのは、これからみんなで刑事部長のところに集まるようになっている。一課だけではなく、二課も三課も、係長クラスが全部そこへ集合になっているからね」

「いったい、なんですか？」

捜査主任は、この大げさな会議に驚いた。

「なんだか、ぼくもよくわからない。とにかく、刑事部長からの話を聞くことにしよう」

しかし、捜査一課長は、刑事部長からだいたいの話を聞いているに違いなかった。ただ、直接に刑事部長の口から一同に聞かせようというのであろう。

「ところで、どうだね、捜査は進展してるかね？」

ときいたのは、本部がかりになっている例の殺人事件のことだった。

「被害者の足取りがだいたいつかめました」

捜査主任は答えた。

「ほう。たしか山梨《やまなし》県の方だったね？」

それは前に刑事部長に報告しておいたのである。

「そうです。いま、上田君が帰ってきましたので、報告を聞いたところです」

捜査主任はそこでだいたいのことを話した。

「そうか。ちょっと不思議な話だね。だが、まあ、被害者の足取りがつかめてよかった。これで身元の割り出しが楽になるだろう。いろいろほかに聞きたいが、では、顔の揃ったところで、さっそく刑事部長室に行こうか」

刑事部長室は三階にあった。皆がぞろぞろはいってみると、すでに二課と三課の連中が椅子についていた。

部長室は広く、大きな机が隅にあり、その横手に会議するようなかたちで、いつも椅子が並べてある。ところが、今日は補助椅子まで出さねばならぬほどの多人数だった。二課、三課とも係長クラスを全部出している。

刑事部長は、ずんぐりした身体の能勢良一《のせりょういち》という人だった。頭がうすく禿《は》げ上がり、いつも赤い顔色をしていた。

「やあ、揃ったね」

刑事部長は、一課の連中がすわるのを見て、皆を眺めまわした。

「それでは、みな忙しいので、さっそくはじめることにしよう」

それまで、刑事部長は先着の連中と雑談をしていたのだが、一課の顔が揃ったのを待って、ポケットから封筒を取り出し、中の紙を開いた。

「実は、これから話すのは国際的な問題に関係があることだ。そして、この指示はずっと上の方からきているので、諸君もそのつもりで聞いていただきたい」

刑事部長は、厚い下唇をちょっと舌で舐《な》めた。

「最近、東南アジアのR国の政府からこちらの外務省にあててある通告が来た。内容は、戦時中、日本軍が向こうの物資を略奪して日本に持ち帰っているので、その略奪物資の調査にきたいというわけだ。むろん、これには、その調査の結果、その物資の所在がはっきりできたら、向こうで引渡しを要求する含みがあるわけだな」

話の内容が大きいので、皆はぼんやりした顔で聞いていた。

「その来日する調査団といったようなものは、公式の性格は帯びないそうだ。その団長格としてはルイス・ムルチという人がなっている。随行の人名はまだわかっていない。なぜ、公式の性格を向こうの政府が与えなかったかという理由はあとで言うが、とにかく、その一行は日本にきてその調査に当たるが、それには日本の官辺の助力を求めたい、と言っている」

刑事部長は話した。

「この先方の通告は外務省から移牒《いちょう》されて、警察庁と警視庁に回ってきたわけだ。そこで、いわゆるその略奪物資とはどういうものかを、ちょっと向こうの言い分によって説明しよう」

刑事部長は、紙を広げた。ポケットからサックを取り出して眼鏡を拭《ふ》き、ゆっくりとした動作でそれを鼻の上に掛けた。

「戦時中、昭和十八年ごろまでに、日本軍がR国の占領地から持って帰ったものは、錫《すず》、金塊、ダイヤ、白金などだそうだ」

刑事部長は、広げた紙に見入って言った。

「そのうち、錫は仮算量約二千三百トンだが、そのほか金塊、ダイヤを含めた貴金属、白金、タングステン、鉛などが多量含まれている。これは、向こうの言う漠然とした品目だが、先方ではその仮算量について詳細なことを言ってきていない。それは日本に着いてから調査団の使節が直接に話す、ということなんだ。これは、今までの賠償額の中には含まれていない別種のもので、新しく向こうの方で持ち出した要求だ。しかし、今のところ、漠然としたことしか言ってきていないが、先方では、相当具体的な事実をつかんでいるらしい。そこで、外務省も大蔵省も、先方の具体的な指摘がある前に、治安当局の方でいちおう調べてほしいというわけだ。というのは先方の指摘があって初めてこちらの方で狼狽《ろうばい》するようなことがあっては醜態だし、また、先方の要求に対応する資料は用意しておきたい、というわけでね。これはもっともなことだと思う。そこで、諸君にお集まりを願ったのは、調査団が来日する前に、この物資の所在についての内偵をやっていただきたいというわけでね」

刑事部長はそこまで言って、湯呑《ゆのみ》の冷たくなった茶を飲んだ。

一同はすぐに声を出さなかった。妙な静寂《しじま》の中に、都電の音が聞こえてくる。

話はあまり大きすぎた。それに内偵といっても普通の刑事事件とは違い、これは雲をつかむような話である。

「先方がそう言っているような事実が、当時実際にあったのでしょうか？」

という質問者が、しばらくして出たのは当然だった。

「さあ、それが問題だがね」

刑事部長は顔から眼鏡をはずして指に持った。

「先方では、かなり自信がありそうだ、ということだがね。こちらの方は、大蔵省も通産省も外務省もそのようなことは、全く知らないと言っている。だが、知らないということと、事実がなかったということは、別問題でね。当時、日本軍がしきりと物資を現地から日本に運んでいたことは確かなことだし、向こうの主張が、まるで事実無根に基づいているとは思えないね」

「もし、そのような事実があったとすると、それを取り扱った当時の責任者は誰でしょう?」

二課長が質問した。

「それはね、現地の方では当時の方面軍司令官が久間《ひさま》正憲《まさのり》中将だった。ご承知のように、この人は戦犯として処刑されている。それに、久間中将はこのことを知らなかったらしく、それは向こうでも認めている。次に問題の物資を調達して、日本に送ったのは越田《こしだ》暁太郎《あけたろう》少将と柳沢鉦一《やなぎさわしょういち》大佐だ。越田少将は当時の部隊長で、柳沢大佐は参謀長だったわけだ。ところが越田少将は、敗戦時に割腹自殺をしているし、柳沢大佐は戦死している。だから、最高の責任者は二人ともいないわけだ。これは物資を送った方だがね。では日本で受けた方は誰かということになる。だいたい、そのような物資は、当時、すべて軍需省扱いとなっている。ところが、やっかいなことに軍需省で問題の物資を受け入れたという書類は一つもないのだ。終戦時に全部、焼いてしまったらしい。しかも、受入れの担当者は誰なのか、誰がそれを保管したのか、そういうこともいっさいわかっていない。したがって、その方面からの調査は困難な状態だね」

「すると、たいへん漠然とした話ですね。どこから、手がかりをつけていいか迷いますね」

捜査一課長が意見を言った。

「そのとおりだね」

刑事部長は、椅子の背に太った身体を大儀そうに倒して言った。

「占領地の物資が、すべて軍需省にはいったことは確かだ。だが、それから先が正確にわかっていないのだ。なにしろ、当時、日本では本土決戦を覚悟していて、何年もの物資の貯蔵をやっていたからね。ドイツの技術を取り入れて、例のV２号兵器も考えたくらいだ。だから、錫インゴットなどを多量に持ち帰ったわけだな。それが敗戦となって、役に立たないようになって、それから、その膨大な物資がどこに行ったか、それがわからない。今度、先方が新しく要求しているのも、その行方不明になった物資の一つだと思う」

「しかし、それだけの量ですから、どこかに流れて行っているには違いないでしょう？」

「それはそうさ。なにしろ、あのどさくさだからね。しかし、その流れて行った経路は今となってはさっぱりつかめない。ところがね、R国では、その辺まで、ほぼ、つかんでいるらしいんだよ」

「では、なぜ、先方は具体的に何がどこにあると指摘しないのでしょうか。そうすると、われわれの方も、それに基づいて捜査がずっとしやすいわけですがね」

三課長は意見を言った。

「いや、それは、ぼくもそう思ったから、総監にきいたんだ。すると、総監はこういうことを言った。同じような例が前にあったそうだ。それは戦時中、やはり南方地域から、錫、鉛、白金などを多量に日本に持ち帰り、終戦後、それを地方のある工場の敷地の中に埋没していたんだ。やった連中は海軍関係だね。ところが本国の方にそれがわかったとみえ、それを外務省を通じて指摘し、調査団を送るといってきた。ところが、その交渉が長びいているうちに問題の地域からは、それらの物資がほとんどヤミの連中によって運び去られたそうだ。つまり、先方があまり具体的に指摘したので、外交折衝が長びいているのをチャンスに、現物移転の時を稼がせたようなものだった。その結果、問題はついにうやむやになってしまった。R国では、それをちゃんと知っているわけだね、だから、具体的なことは指摘せずに、ただ、こういう目的のために調査団を送るから、そのときは協力してほしい、という申し込みなんだ」

「それでだいたいわかりましたがね」

と、捜査一課長は言った。

「その調査団というのは、いつごろ、こちらにくるのですか?」

「まだ、はっきりした予定は決まっていないが、だいたい、一か月ぐらい後にくるんじゃないかと思う。そこで、その間にこちらとしては、できるだけその事実を調べ、ある程度正確な資料を持ちたいというわけだ。しかし、仮りにそのような事実があったとしても、すでにその現物はどこに行ったか、おそらく、わからないだろうし、また、わかったにしても、地上に出てくるのは、ほんの一部分ではないかと思う。だが、折衝の資料として事実をつかんでおかなければならない。総監も、みんな忙しいところを、ご苦労だが、調査団が来日する前に急いでやってほしい、ということだった」

みなは互いに顔を見合わせた。誰の気持も同じで、どこから手をつけたらいいか、わからないのである。それも、調査団の来日までという期限つきだった。一同は、ちょっと、声をのんだような表情になっていた。

「だが、そうは言っても」

刑事部長は、皆の当惑した顔を見回して言った。

「雲をつかむような話で、おそらく手がかりはつかめないだろう。終戦からもう十五年も経ってるからね、現物は転々として移動しているだろうし、人間もどうなったかわからない。だから、これは、できるならその捜査をやる、ということにしてもいいんだ。なにしろ、ここのところ事件が多過ぎるのでね。だから、この問題は、気をつけるだけは気をつけておいてほしい」

皆の顔には、ちょっと、それで落ちついたような色が流れた。

「しかし、部長さん」

と、二課の課長が言った。

「先方で的確にその物資の所在《ありか》を押さえているようなお話でしたが、いったい、向こうでは、それをどうして知ったのでしょう?」

「そのことだよ」

刑事部長は、ちょっと微笑した。

「ぼくの考えだが、おそらく、こちらから通報者があったのじゃないかと思うね」

「通報者？　それは日本人ですか？」

「おそらく日本人だろうね。そういう者がいないと、先方だってそれほど正確に知る道理がないからね。通報者はたぶん、当時の事情を知っていた者か、それとも、そのような情報をつかんだヤミ商売の連中かもしれない」

「どうしてそんなことをしたのでしょう？」

「二通りに考えられるね。一つは、仲間割れをして、その腹癒《はらい》せに物資の所在を先方に知らせたということだ。もう一つは、その通報によって報償金を取ろうという目的だな。あるいは、この二つがいっしょになってるのかもしれない。とにかく、先方では自信を持ってるそうだから、おそらく、その情報の提供者もまやかし者ではないだろう」

皆は、その説明で納得がいったという顔をした。

えてして、こういうものは、密告からばれることが多い。どんなに巧みにかくされた汚職事件にしても、たいていは仲間内の密告によって捜査当局に情報がもたらされ、それから捜査の活動が始まる場合が多いのである。だから、部長のその推測はきわめて自然に受け取れた。

「ところで、その通報者は誰かということだが、そのような物資が、もちろん、正当な取引に使われる道理はない。当然、ヤミの世界になるが、そうすると暗黒面の方とつながりがあるように思う。そういう点で、三課の方はとくに気をつけておいてほしい」

刑事部長は、三課長の方を向いて言った。

「わかりました」

瘠《や》せた三課長はうなずいた。

「そのほか、一課にしても二課にしても、何かこれに引っかかりがあるような者が出ていたら、さっそく、ぼくの方に知らしてもらいたい。そして、できうれば、その調査団が来日する前に、なんとか目鼻をつけてみたいと思う。しかし、いま言ったように、相当困難な捜査だから、できなければやむを得ないんだよ。ことに一課の方では」

と、彼は一課長の方を向いた。

「目下、相当未解決の事件を抱えているようだから、その方に専心してもらいたい。ただ、いま言ったようなことを頭にだけ入れておいてもらいたいのだ」

「わかりました。そういうことがあったら、気をつけておきます」

一課長は答えた。

会議はそれで終わった。皆は刑事部長室を出て、ぞろぞろと階下《した》に降りて行った。

捜査主任も冷たい階段を降りて行った。

刑事部長指示のあった翌《あく》る日だった。

問題のその被害者の身もとが、偶然にも、捜査本部に割れたのである。それも、捜査員の努力というのではなく、外の方から判明したのであった。

捜査本部はこの事件が起こると、被害者の身もとを知るために、全国の警察署に照会して、家出人や失踪《しっそう》者を求めた。その中から該当者を捜そうとしたのだが、最初は、その反応がなかった。ところが、事件が起こってかなり経ったその日の午後、捜査本部に、耳よりな報告があった。

それは、愛知《あいち》県南設楽《みなみしだら》郡の風礼《ふうれい》署からの通告である。

それによると、同郡風礼町塩川の硯《すずり》職人・門脇順平《かどわきじゅんぺい》（三十二）が、三週間前に商売上のことで、山梨県方面に出向いたが、予定期日になっても帰ってこず、消息も絶えている、というのだった。その人相や服装が、この失踪者に該当しているという趣意の、回答とも問い合わせともつかぬ通知だった。

この風礼署からの情報は、捜査本部に光明をもたらした。この指摘の人物を、ほとんど被害者と決定していいと思えた。

そこで、捜査本部は、すぐに風礼署に急報して、被害者の確認のために家族に上京するように頼んだ。

遺族は、その実兄という男が、東京の捜査本部に出頭した。彼は、遺体を保管している場所に行き、被害者の顔を実見して間違いなく当人だと確認した。

本部では、さっそく、その実兄なる人物について事情を聞いた。

被害者の実兄というのは、硯屋であった。この風礼寺の近所には、風礼石硯というのが造り出されていて、これは風礼寺門前の土産物屋には名産として並べられている。

いったい、この風礼寺というのは、昔から知られた名刹《めいさつ》で、全山老杉《ろうさん》に覆われ、ブッポウソウの棲息地《せいそくち》として、参詣人《さんけいにん》や観光客を集めている。

風礼寺付近一帯は、第三紀層の中に噴出した火山岩でできた山だが、硯石《すずりいし》はその岩から採れるのである。これは捜査本部がその実兄から得た知識だ。

被害者の実兄は、弟の門脇順平の失踪の事情をこう述べた。

「私の方は親からの硯屋ですが、弟はその硯職人をしていました。ところが、最近になって、この原石がたいへん少なくなってきたのです。風礼石硯というのは、とにかく、この辺の名産になっているし、また家業のうえからいっても、原石の少なくなったことはたいへんな脅威です。それで、弟は、硯の製造よりも原石を捜すのに、最近やっきとなっていました。どうやらこの付近も、原石が少なくなったことがわかり、そのため、どうしても他から輸入しなければならないことになり、弟は、その原石捜しに山梨県に行ったのです」

被害者が山梨県に行ったという事情を、彼はそう話した。

「山梨県の身延の裏には、落石硯《おちいし》といって、相当いい石材が出ているので、その近くの山にもそれがないかと思って、捜しに出かけたのです。それがちょうど今から三週間前です。予定は、二日間で帰ってくるところなんですが、それが一週間過ぎても戻ってきません。もっとも、山梨県にそれがなかったらまた別の方に行く、とは言っておりました。実際、最後の通信には、落石硯も近ごろは、同じように原石が少なくなって困っているようだから、ここを諦《あきら》めて、少し他を回ってみるということでありました。ですから、弟は他の地方に行ったと思います。それにしても、その後の通信がないので心配して、土地の警察にいちおう届けておきました。すると、今度、地元の風礼署から、東京で弟に似た男が殺されているので実見に行ってみろ、と言われ、こうして急いでやってまいったわけであります」

被害者の身もとも、彼が山梨県の落石付近の山中を歩いていたことも、その説明でわかった。被害者は硯職人で、硯の原石を捜していた男である。

だが、まだわからないのは、被害者の門脇順平が、なぜ、右乳のあたりを抉《えぐ》られて殺されたか、ということだ。これについても、その実兄が明快な答を与えている。

被害者の実兄はこう言った。

「弟は硯職人ですから、硯を造るのに長い柄の付いたのみを使います。かなり力の要る仕事で、こののみの柄の先を胸に立てて削るのです。だから、柄の当たった胸の部分には、いつのまにかタコができます。このタコは、ちょっと見ると、赤い痣《あざ》のようになっています。ですから、硯職人というのは、風呂《ふろ》にはいるとき裸になるとよくわかるのです。弟の胸の部分が抉られているのは、ちょうどそののみの柄のためにできたタコの部分に当たります」

捜査本部にとっては、これは新しい発見であった。これまで、胸のその部分が抉られていたのは、よほどの怨恨《えんこん》による凶行と思っていたのだが、この説明で解釈を変えねばならなかった。

つまり、犯人は、胸のタコの部分を切り取ったのである。なぜ、そこを切り取ったか。いうまでもなく、その男が硯職人だということを知られたくなかったからであろう。死体の特徴から、その本人の生前の職業を言い当てることが多い。ことに、指ダコだとか、足にできたタコなどで職業がわかるのだが、胸にできたタコというのは珍しかった。

ここで、その捜査は、急に一歩進んだ感じになった。

殺された本人の身もとはわかったし、胸の抉り取られた原因もほぼ察しがついた。すると、これはどうしても当人と面識のある人物の犯行と見なさなければならない。

現に、その男は、山梨県方面に出張するといって出てから、予定期日には帰っていない。これは誰かが彼を誘い出して出張を延期させた、と見ていいのではないか。事実、その男が殺された場所は山梨県ではなく、東京の世田谷であった。

実兄の話によると、当人と、その殺害された現場とは、なんら因縁がないというのだ。その区域に知人もなければ友人もなく、また取引先の関係もなかった。事実、なんのために彼がその辺に行ったかは、実兄は説明できなかった。

だから、門脇順平は誰かに山梨県からその場所に誘い出された、と考えていい。そして、その人物は門脇順平を殺して、その特徴である胸の痣を切り取ったのであろう。

しかし、身もとをわからせないために胸の痣を切り取ったと考えるには、少し不自然なところがあった。なぜなら、被害者の顔はそのまま胴体について残っているからである。身もとを完全に抹殺するためには、なぜ、顔もいっしょに潰《つぶ》さなかったか。

犯人は、被害者の顔を破壊するとか、首を切り取るとかいったような勇気が、その場になってなかったのかもしれない。胸の痣を切り取るだけで度胸を失い、そこまで予定はしていたのだが実行はできなかった、という考え方もある。

もう一つは、硯職人という特殊な職業さえわからなければ被害者の割り出しが遅れる、という考え方が犯人にあったのかもしれない。いずれにしても、胸の痣を切り取ったのは、犯人が、被害者の身もとを知られたくなかったからだということには、本部の意見は一致した。

では、被害者門脇順平と犯人とはどのような関係であろうか。最も考えられるのは、同業者仲間の線である。つまり、同業者としては、胸の痣が最も気になることだから、一番にそこを抉り除いたのかもしれない。現に、被害者の実兄も、硯職人はすぐに胸の痣でわかる。と言っているし、この意識は硯職人でないと持たないように思える。

そこで、捜査本部は、おもに硯職人について聞き込みを行なうことにした。それから、門脇順平が立ちまわったと思われる落石部落付近について、調査することになった。

ところで、上田警部補らが山梨県に出張してわかった事実、つまり、被害者が北都留《きたつる》郡沢辺付近をうろついていたということにも注意を向けた。被害者は、硯の原石を捜して回っていたのだ。落石部落にはその原石の少なかったことを実兄に報じ、他所《よそ》を回ってくることも付け加えている。だから、彼が沢辺付近を彷徨《ほうこう》していたのは、当然、硯の原石を捜すためであろう。

「仙《せん》さん」

崎津弘吉は小屋の前に立った。

硯職人の仙太郎は、長いのみを使って、石を彫っていた。大きな自然石の欠片《かけら》をその形に沿って彫り上げている。仕上げまでにあと四分《ぶ》ばかりの工程がのこっていた。これは、この間、わざわざ東京からここまできた書家の露石に頼まれて彫っているのだった。このみの長い柄先を自分の胸に当てて押しながら削っていく。ここ二日ばかりはこの仕事にかかって、ほかのザッパものは中止していた。

仙太郎は顔を上げた。

「なんだ、おめえか？」

硯の飾りの松と梅を刻みながら弘吉に言った。

「おばさんがいねえが、裏けえ？」

弘吉はきいた。

「うん、炭俵でも編んでるずら。まあ、掛けろよ」

崎津弘吉は、小屋の前の石に腰をおろした。仕事場は掛けるところがない。石屑《いしくず》と道具と原石の欠片が散乱している。刻んでいる仙太郎の膝《ひざ》は、石の削り屑だらけだった。

「おめえ、新聞、読んだけえ？」

弘吉は従兄《いとこ》に言った。

「なんのことけえ？」

「おめえがこの間話していた硯《すずり》職人が、東京で殺されたことさ」

「ああ、読んだよ」

仙太郎は、初めてのみを胸からはずした。不精髭《ひげ》と石粉だらけの顔を弘吉に向けて、

「そういえば、駐在が、昨日《きのう》、ここに聞きにきたけえ、おらア、ありのまま言っておいた。その男はこの村で原石を捜しているようだったとな。けど、あの男が東京で殺されようとは思わなかった。なんで殺されたずら？」

「それはわからぬ。それよりも、仙さん、その男、北都留《きたつる》の沢辺《さわべ》の方に原石を捜しに行っていたらしいな。新聞にそう書いてある。殺される前、その男はあの辺をうろうろしていたとね。なんでも風礼石硯の職人だそうじゃねえか」

「うん。やっぱりあの辺も原石がねえので困っているずら」

「けど、沢辺の方に硯の原石があるのかな」

「あんなところにあるわけがねえ。おおかた、この辺に鉱石が出るので、山つづきの向こう側にもあるにちげえねえと思って、うろついていたずら。他所者にはわからねえ。やっぱり素人だな」

崎津弘吉は黙った。

裏から山羊《やぎ》の啼《な》き声が聞こえる。この場所から見おろすと、下の方の谷底に川が流れていた。川の果ては折り重なった山の端に消えている。

「仙さん」

弘吉が言った。

「おれ、沢辺の方に行ってみようと思っているよ」

「沢辺へ？」

「うん、この辺も、もう原石《いし》が少のうなったでのう。ひょいとすると、向こうにもあるかもしれねえと考えたのだ」

「止《よ》したがいいぜ」

仙太郎は、従弟《いとこ》の顔を見て止めた。

「あんな場所にあるわけがねえ。あんな所を捜すのは、他所者の何も知らねえやつのすることだ」

「そうかもしれねえが、おれ、なんとなく行ってみたいんだ。地元のおれたちがあんがい気づかねえで、他所者の方が眼をつけることだってあるからな。原石《いし》がなくても元々だ。仙さん、おれ、今日、午《ひる》から出ていくよ」

「おめえも退屈しているからな」

仙太郎は蒼《あお》い顔を笑わせた。一日じゅう、小屋の中に引っこんで、石の粉を吸いながら硯を削っているので、まるで血色がなかった。

「退屈だ」

弘吉は否定しなかった。

「原石《いし》がなかったら、おれ、もう一度、東京に行ってみようと思っている」

この言葉が仙太郎に、従弟の呟《つぶや》きのように聞こえた。


弘吉は、スーツケースを持って、バスの停留所に立った。ワイシャツの上に上着を着ただけで、ネクタイもなく、ズボンもよれよれだった。スーツケースの中は、下着の着替えだけである。

停留所には、村の者が二人待っていた。バスは一日に二往復だけだった。

「弘吉でねえか」

と、待っている老人が声をかけた。

「どこへ行くけえ?」

「甲府までだ」

弘吉は弾まない顔で答えた。

停留所は、この村の三つ又道にあった。そこからは石垣の上に乗った家が崖《がけ》沿いに並んでいた。

「おめえ、この間、東京へ行っていたそうだな?」

老人はきいた。

「東京も人間ばかりで、あんまりおもしろくもねえ。そうじゃねえか。どうだえ、こんな田舎でも住めば都でな、やっぱりこっちの方が性に合うずら」

「そうだな」

弘吉は浮かない顔で返事した。

「今から甲府に出かけるだったら、今夜は向こうの泊まりだな。やっぱり硯のことけえ？」

「ああ、そんなことだよ」

「硯も落ちぶれたもんだな。おれの若けえときは、この村に三十軒もあって、甲府の方から商人がどんどん買い出しにきたもんだ。今じゃ、仙太郎のとこと、上《かみ》の方の一軒だけだ。だがな、弘吉。落石硯は昔から聞こえた名産だからな。なんとか絶やしたくねえものだ。今ごろの若けえ者はみんな硯を嫌って、他所へ出ていく。まあ、おめえと仙太郎だけは頑張ってもらいてえな」

返事がなかった。

返事がないのは、すぐ、バスが曲がった角から道に見えたからかもしれない。

降りたのは、四人の乗客だった。みんな村の者ばかりである。身延の帰りだという連中が、手に数珠《じゅず》を下げていた。

乗った客は三人である。女車掌は眠そうな声で発車の合図をし、運転手は、元気のない身振りで運転をはじめた。

道が狭いので、バスの窓はときどき道端の木の枝を擦りながら動いていく。

「あれっ、弘吉つぁん」

バスの窓から、村の若い娘が叫んだ。

「おめえ、どこへ行くんだ。また東京かえ？」

娘はモンペをはき、背負子《しょいこ》を肩にしていた。声と姿がバスの後ろに流れ去った。

「弘吉」

空《す》いた座席の向こう側で、老人が振り返った。

「おめえの年ごろじゃ、おもしろくてしょうがねえときだ。まあ、東京に行っても、ろくなことにはなるめえ。甲府の用達《ようたし》がすんだら、また村に帰ってくることだな。村はええ。若けえ者にはおもしろくねえかしれねえが、身を誤ることはねえからな」

バスは狭い道を這《は》うようにして行く。

一方が眼も眩《くら》むような断崖《だんがい》で、以前に書家の露石がおぞ気をふるったところだ。鴉《からす》がバスの位置より低いところを飛ぶのである。

小学生が二三人で、バスを見て手を振った。

道は山の端をいくつも曲がっている。時折り、はるか下の方に小さな農家の屋根が、二三軒光っているくらいで、途中には家一つなかった。辛夷《こぶし》の花が散りかけている。もの憂い春の昼間だった。

バスを身延口で降りると、それからは汽車だった。甲府まで二時間。崎津弘吉はまた汽車で、中央線に乗り換えた。

甲府盆地は、塩山《えんざん》のあたりが東の端になる。それからは山地帯となり、北に行けば大《だい》菩薩峠《ぼさつとうげ》、南に行けば御坂山塊《みさかさんかい》となり、富士山に向かう。

崎津弘吉は塩山駅で降りた。一面の葡萄《ぶどう》畑もこの辺までである。この駅の構内には、切石がいくつも積まれてある。奥から切り出してきた建築用の石材で、この辺が火山系地帯だとは、その石質でわかる。

崎津弘吉は、駅前で沢辺に行く道をきいた。途中まではバスがある。彼はそれに乗った。そのバスは、三十分も待って、ようやく発車した。両側は、まだ、葡萄畑がつづいている。それが過ぎると急坂の林の道だった。時折り、家がある。終点は小さな村落だった。

駐在所があった。

崎津弘吉がその前を通りかかると、駐在所の巡査は彼を見つめた。

その駐在巡査は、前日、東京から来た上田警部補を迎えた警官である。

「もしもし」

巡査は駐在所を出て青年を呼び止めた。

この辺では見かけない若者だった。普通なら巡査も呼び止めることはなかったが、ついこの間、この近くを歩いていた男の変死が東京で起こったあとだけに、駐在巡査も神経質になっている。

呼び止められて、青年は立ちどまった。

近づいた巡査は、いちおう、相手に微笑してみせたが、眼は光っていた。

「どちらにおいでですか」

巡査はきいた。

若者は、ちょっと、ためらうようなふうがあった。それは、行先がわかっているが、どう返事していいか、困っているときの表情だった。

「山の方に行くんです」

青年は答えた。

「山の方？」

巡査は、おうむ返しにきいた。

「山はどちらですか？」

崎津弘吉には、はっきりとした目的地がなかった。

「沢辺《さわべ》です」

と言うと、

「ここも沢辺ですよ。沢辺のどこですか？」

巡査はいよいよ怪訝《けげん》な眼つきをした。

「誰か知っている人がいるんですか？」

尋問者は、相手の返事が得られないので、そうきいた。

「いいえ、べつに知った人があって行くのではないのです」

「ほう」

巡査の顔は表面はおだやかだった。

「では、どういう目的で？」

「石を見に行くのです」

青年は、ようやく答えた。

「石？」

「そうです。硯《すずり》の原石です」

「硯の原石？」

巡査は眼をむいた。

この間、この近所を立ちまわって東京で殺された男が、硯の職人だったという通知が捜査本部からきたばかりである。この若者も硯の原石地を捜しているという答が、巡査を驚かした。

「すると、君も硯の職人ですか」

「まあ、そうです」

巡査は青年を観察した。服装は上等ではないが、小ざっぱりとしている。顔立ちも粗野ではなかった。

巡査の頭に、この間、殺された男のことがひらめいた。

「君は、どこからきましたか？」

「身延山の裏の方です」

「地名は？」

「横武《よこたけ》村字落石です」

「名前は？」

「崎津弘吉です」

巡査は手帳に書きとめた。

「伺いますが」

と言ったのは、崎津弘吉の方だった。

「なにか、ぼくに不審があるのでしょうか？」

巡査は手帳に鉛筆を収めて答えた。

「不審というわけではないですがね。君が知人も友人もいないこの山の中に、はいってきたということだがね。近ごろ、ちょっと事故があったので、念のためにきくのです」

この話の途中であった。

折りから狭い道をジープが通りかかった。山の方からきたのだが、これが巡査と青年の話している近くで急にとまった。

ジープには四人の男が乗っていたが、三人は鉱山の労務者のような格好をしていた。

一人は背広だった。

その、がっしりした背広男が、崎津弘吉の顔を遠くから強い眼で凝視していたが、ひとりでジープから降りると、彼に向かって不意に声をかけたものである。

「やあ、君じゃないですか？」

崎津弘吉が振り返った。

「あ」

東京の留置場で、いっしょだった井上代造の顔がそこにあった。

井上代造が〝臨華荘〟を訪れたとき、紫色の着物を着た女中が困った顔をして、

「旦那《だんな》さまは、今、どなたにもお会いにならないそうでございます」

と、告げた。

「誰が来てるんだね？」

井上代造は不服そうにきいた。

「なんですか、骨董屋《こっとうや》さんが見えて、そのお話の間は、どなたにもお目にかかれないそうでございます」

「骨董屋？　そんならいい。ぼくならかまわない」

井上代造は、立派な構えの玄関に自由に上がった。

「あの、それじゃ困ります。ちょっと伺ってまいりますから」

女中があわてて奥に取り次ぎに行く後ろから、井上代造は勝手に従った。

板倉彰英《いたくらあきひで》は、南向きの十二畳の間にいた。唐草模様を浮かした緋《ひ》の絨緞《じゅうたん》が一面に敷いてあった。襖《ふすま》をあけると、これが眼が覚めるような色で飛びこんでくる。

板倉彰英は、明るい庭の方に寄って胡坐《あぐら》をかいてすわっていた。少し距離をおいて半白の老紳士が彼の前にかしこまっている。

女中が敷居際にひざまずいて取り次ぐ後ろに、井上代造はニヤニヤして立った。

板倉彰英が振り向いて、

「君か」

と、言った。

「君ならしょうがない。はいりたまえ」

井上代造は、軽く頭を下げた。

「失礼」

板倉彰英と向かい合っている紳士の横には、石の仏像が置いてあった。白っぽい灰色の石が緋の絨緞にくっきりと映えている。板倉彰英はさっきからこれを眺めているのだった。

「ほう」

井上代造は、板倉のすぐそばにすわって、石の仏像を眺めた。

「仏さまですな？」

彼も板倉にならって眼を据えた。

「仏さまには違いないがね」

と、板倉が井上に言った。

「そういう言い方をするところは素人《しろうと》丸出しだな。君、こういうのは仏さまといわないで仏《ぶつ》というんだ」

骨董屋の老紳士が井上に頭を下げて笑った。

「なるほど、ブッですか。相当古いもんでしょうな？」

井上は感心して見せる。

「古いということは、君にもわかるか？」

若い板倉彰英は、鷹揚《おうよう》に身体を崩していた。

「そりゃわかりますよ。いつごろの時代でしょう？」

「北斉《ほくせい》だ」

「ホクセイ？　北斉といいますと、江戸《えど》時代ですな」

板倉彰英が失笑した。

「ばかなことを言っちゃ困る。北斉が江戸時代であってたまるか」

「だって、北斎の絵というと、有名でしょう？」

「これだから困る。ねえ、君」

と骨董屋に言うと、骨董屋は頭を掻《か》いて歯を出していた。

「こういう男だ。井上君、あれはホクサイだよ。ホクセイはね、日本じゃない。中国だ。六世紀ごろだ」

「六世紀といってもぴんときませんな。日本に直すと、いつごろです？」

「まず、聖徳太子《しょうとくたいし》のころと思って間違いない」

「そりゃ古い。聖徳太子なら古いです」

井上代造は叫んだ。

「高いでしょう？」

と、これは骨董屋と板倉彰英とを半々に見た。

「それだけは当たっている。高いことは実際に高い」

「お買いになったんですか？」

「迷っている。ちょっと、吹っかけられたのでね」

「とんでもない、社長」

と、骨董屋がお辞儀をした。

「近ごろ、こういう出ものはめったにございません。いえ、近ごろどころか、手前も長いことこういう商売をしていますが、このような品をお世話するのは生まれて初めてでしてね、へえ」

「どういうところがいいんでしょうか？」

井上代造は首を傾げた。

「骨董屋さん、こういう素人だからね、まあ、説明してもわからないだろうが、なんとなくわかるような話をしてやってくれたまえ」

「へえ、かしこまりました」

骨董屋と思われない上品な紳士だった。服装もきちんとしている。これなら、工業倶楽部《クラブ》あたりのサロンに立たせてもおかしくなかった。それが井上代造にも愛想笑いをするのだった。

「昔の古いものは、手前がご説明申しあげなくても、なんとなくいいもんでございます。ことにこの仏《ぶつ》は、今、社長もおっしゃったように、六世紀ごろのものでございまして、まず、世界でも珍しい品でございます。ええ、嘘じゃございません。ボストン博物館に、これと同じようなものが収まっております。よけいなことを申しますと……」

骨董屋は、上品な手つきで石仏の顔を指さした。

「顔がまことにやさしゅうございます。ちょっと前時代の北魏《ほくぎ》の遺風を受けておりまして、ごらんのとおり唇は笑っております。これはいわゆる古拙の笑いと申しまして、わが国でも、法隆寺《ほうりゆうじ》の釈迦《しやか》三尊仏が、このとおりの顔をしております。今、社長のおっしゃったように、聖徳太子のころの推古仏《すいこぶつ》は、たいていこれからの影響のようでございます。ごらんください。まことに、この顔も若々しくて、肉体も豊かで、衣もぴったりと身体に添ってくっついております……」

「いや」

と、井上代造は途中でさえぎった。

「そんなお話を伺っても、ぼくにはすぐのみこめない。値段から伺いましょうか？」

「値段でございますか」

骨董屋は、板倉の顔をちらりと見て、エヘッヘッヘッとなんとなく笑いだした。

骨董屋がその石仏を置いて帰ると、

「社長、相当、高いものでしょうな？」

と、井上代造は板倉彰英にきいた。

「高い。先方の言い値では八百万円だと言うんだがね」

「八百万円？　驚きましたね」

井上代造は眼を剝《む》いた。

「言い値だから、少しは負けるかもしれないがね」

「いったい、どこからこんな物を掘り出してきたのでしょう。まさか、戦時中、日本軍が中国から盗《と》ってきた代物ではないでしょうな」

「昔はどうだったかわからないが、ここにくるまでは朝山《あさやま》元男爵のところにあったそうだ」

「朝山元男爵というと、Ｍコンツェルンの大番頭でしたね」

「そうだ。長いこと理事をやったし、後には大蔵大臣をやった。何しろ男爵までもらっていたらしい」

「そうですか。社長も感慨無量でしょうな」

「なぜだい？」

「有名な朝山さんの所蔵品が、社長のところにくる時代になったんですからね。いや、お世辞じゃなく、社長も偉くなったものですよ」

「君、そりゃ、新旧の時代の交代だよ。いつまでも旧《ふる》い秩序がそのままでは、こっちがたまらん。不思議はないさ、当たり前の話だよ、君」

「ごもっともです。そりゃ、社長の言うとおりです。だが、こういう物が社長の手にはいると、ぼくなんかには、そういう感慨が起こります」

井上代造は感に耐えぬ表情をした。

「しかし、ね、君。これはぼくのところに置くんじゃないんだよ」

板倉彰英は少し得意そうな微笑を洩《も》らした。

「ほう、社長の手もとに置くつもりでお買いになったんじゃないのですか？」

「ぼくはまだ若い。こんな骨董《こっとう》いじりなどは早過ぎる。こんなことをやっていると、若さが萎縮《いしゅく》しちゃうよ」

「なるほど。すると、これは？」

「中野《なかの》博圭《はくけい》さんにあげるんだ。奴《やっこ》さん、最近、こんな物を蒐《あつ》めているらしい。うれしがるからな。老人をよろこばしてやろう」

「安心しました」

井上代造が言った。

「ぼくは、社長がこんな物を今からいじるのかと思って、少し意見を言おうと思っていたところです。いや、そりゃ、ご立派なお考えですよ。それを伺ってすっかり安堵《あんど》しました」

「井上君」

若い社長は、また身体の姿勢を楽に崩して言った。

「見損っては困るね。ぼくがすることだ」

「そうでした」

井上代造は軽く頭を下げた。

「社長が中野さんと緊密に連絡がついているのは、結構なことです。なにしろ、あの人は表には出ないが、かげで総理大臣も動かしている人ですからね。これは強いですよ。社長の事業も、いよいよ、そういうコネで発展の一路ですな?」

「まあね。だが、中野のじいさんも油断はならないからな。相当なタヌキだからね。そう君のように手放しで喜んではいられない」

「社長」

井上代造は、若い板倉彰英の顔を正面から見た。

「社長のそういうところが、ぼくは失敬だが好きなんです。すべてを懐疑的に考えておやりになる。信念とは別に、ものを絶えず分析してやっておられるのをかねて敬服しているんです。ぼくなんかはこういう直情径行な男ですから、すぐに人を信じていけません」

「それが君のいいところだ、その点をぼくが買っているのだ」

「恐れいります」

「ところで」

板倉彰英は、井上に向かって少し低声《こごえ》になった。

「君、いつ向こうから帰ってきた？」

「昨日の夕方です。すぐご報告にあがろうと思いましたが、一人、連れができましてね。つい、今朝に延びました」

「連れ？　連れというとなんだい？」

「それもいっしょにご報告しようと思って、今朝あがったわけですが。社長」

井上は自分の身体を少し前に動かした。

「いつぞや申しあげましたが、例の男と偶然に会ったんです。奇遇でしたよ」

「例の男？」

「××警察署の留置場で見つけた男です」

「お、あれ？」

「はあ、あれっきり、ぼくの方にこないのでどうしたのかと思ってました。あれほど言っておいたのだから、当人がくるものと思って待っていたのですが、いっこうに顔を見せません。ちょうど、いい条件の男だと思って期待していたのですが、あまりやってこないので、半分は諦《あきら》めかけていたところです。すると、昨日、鉱山《やま》に行ったとき、その近所をうろついている彼に、偶然に会ったのですよ」

「どうして、その男は、あの辺にいたんだね」

板倉彰英が眼を光らせた。

「それが、社長、不思議な因縁があるもんですね。その男も、硯屋《すずりや》だそうです。いや、驚きました。身延山の裏とは聞いていましたがね。聞いてみると、硯の原石を捜しにきたというのです」

「君、大丈夫か？」

「大丈夫です。そいつは、なんにもわかっていません。だんだんに話しているうちに、硯の方があんまり景気がよくなくて、いい就職口があったら、東京で働いてもいい、というようなことだったので、さっそく、連れて帰りましたよ」

「君の家に泊めたのか？」

「さし当たり、そういうことにしました」

「使えるか？」

板倉彰英は、井上にきき返した。

「大丈夫と思いますが。なにしろ、その男の環境に、条件が揃っています」

「ふむ。君が大丈夫と思うなら」

と、板倉は井上の顔を見た。

「信用しよう。しかし、井上君、よかったな」

「は？」

「いや、お客さまのくるのにまに合ってよかった、という話さ」

「そうですな。ぼくも安心しましたよ」

井上代造は深くうなずいた。

「ところで、君、当面の処置はどうする？　いや、その男のことさ」

「それを、ご相談したいと思っていたんです。差し当たり、予定のとおりにしておきましょうか。例の方に？」

「そうだな。そうした方がいいだろう」

「わかりました」

井上代造が首をたてに引いた。

「なあ、井上君。お客さまは、いよいよ予定どおり見えるらしいよ」

若い社長が言った。

「そうですか」

このとき、井上代造の顔に緊張の表情がさっと流れた。

「すると、あと二十日ばかりですな？」

「そういうことになる」

「社長、いよいよですな？」

「いよいよだ」

板倉彰英の若い顔にも重い色が現われた。

「井上君、お客さまの接待の方は、まず準備ができたとして、われわれの方には、もう一つ大事な仕事が残っている。わかるだろう、君？」

「わかります」

井上代造が合点合点をした。

「われわれの内から敵が出たとは、心外だった。いや、井上君、これはスパイと決めていい。誰だかわからないがね、敵に通報した奴がいる」

「けしからん話です」

井上代造は唇を曲げた。

「そのとおりだ。お客さまの接待が終わったら、その方を徹底的に処置しなければならぬ」

「先方のお土産というのは、確かなものですか？」

「そりゃ確かだ。中野さんからも聞いている。相当詳しいものを持っているらしい。むろん、中野さんもこちらの事情をよく知らないが、そこはああいう人だから、うすうすは感づいてるらしい。それで、ぼくのことをたいそう心配してくれていた」

「中野さんあたりが、そう言うのなら、確かなものですな？」

「確かだ。そりゃ間違いない。ぼくは敵を持っている。だから、いつかはそういう目に会うとは思っていたが、今度は、少し敵の細工が念入り過ぎる」

「どの筋でしょうか？」

「さあ」

板倉彰英は首を傾げた。

「それを、今、捜している。が、敵も巧妙で、なかなか、しっぽを出さん、井上君」

と、急に強い眼で見た。

「君に、そっちの方も働いてもらわねばならぬ」

「もちろんです。うかうかしていられません。今のうちになんとか処理をしなければ、えらいことになります」

「そのことだ。根底からぼくの足もとを払おうとする奴が出てきた。不意だったな。いや、油断も隙もならない世の中だ。君は、さっきぼくに、絶えず懐疑的にものを考えているといって賞《ほ》めてくれたが、実際は、このとおりだ」

「全くですな」

「どういうところに、われわれの手落ちがあったか、それを検討して、早く破綻《はたん》のこないうちに処置しなければならないな。井上君、頼むぞ」

「わかりました。できるだけ努力します。ご安心ください」

「ところで、君。例の事件は、どうなってるかね?」

若い社長は、話題を変えた。

「新聞で読むと、どうやら迷宮入りのようですね。このごろは、記事も出なくなりましたよ」

板倉彰英はそれを聞くと、満足そうな表情をした。

冷たい微笑が浮かんでいた。

第四章　兄と妹

井上代造がわが家に戻ったのは、日が暮れかけてからだった。

どぶ板を踏んで、格子戸をあけた。

「おい、帰ったぞ」

障子の陰から、妹の美沙子が小走りに出てきた。

「お帰んなさい。……あんまり大きな声をなさらないでよ」

上がりかけた井上代造が、それで足をとめた。

「どうしたんだ?」

美沙子が眼で笑った。

「お客さまが眠ってらっしゃるのよ」

「へえ、もうかい」

時計を見ると、七時前だった。

「兄さんが出てから、二階で一人で何かもそもそしてらしたが、まもなく横になって、そのままだわ」

井上代造は座敷にはいった。

奥の六畳から狭い梯子段《はしごだん》がついている。この家には天井の低い中二階があった。井上代造は梯子段の上に顎《あご》をしゃくった。

「人の家に初めてきて、たいした度胸だな」

彼は呟《つぶや》いた。

「あんまりものを言わない人ね」

と、美沙子も言った。

「ちょっと変わった人だわ。兄さん、どこであの人とお知りあいになったの？」

井上代造は咳払《せきばら》いした。

「ある所だ」

「ある所ってどこなの？　この間もそんなこと兄さん言ってたわ」

「女にはわからない所だ」

美沙子は、兄のはぐらかした返事で微笑した。若い顔だった。

「相変わらずね。わたしには何も教えてくれないのね」

「おまえはまだ子供だからな、兄さんの世界はわからないよ」

「兄さんは特別だわ。普通の人と違うわ」

「どう違うんだ?」

井上代造は、妹を見てニヤニヤした。

「そりゃ、兄さんがお勤めに向くような人でないことは、わかってるわ。でも、もう少しちゃんとした生活をしてほしいの。なんだか、見てて頼りなくなるわ」

美沙子は顔を伏せた。そういう妹を井上代造は見つめていたが、妙に真剣な表情になっていた。

「まあ、兄さんはこんな性質《たち》だからな」

と、言葉だけは磊落《らいらく》に言った。

「今さら改めようもない。兄貴だと思って辛抱してくれることだな」

「そりゃとうから諦《あきら》めてるわ。でも、兄さんが何をやってるのか、さっぱりわからないじゃないの。こんな狭い家にいるかと思うと、ときどき、思いがけない大金を持ってきたりして。そして黙って二三日いなくなったり、ほんとに心細いわ」

「まあ、そう言うな」

大きな男だし、線の太い顔だったが、妹に向けた眼は弱かった。

「これでも兄さんは反省している。まあ、もう少し長い目で見てくれるんだな」

「そう思って待ってるわ」

妹は妥協して軽く笑った。

「二階の男、もう何時間寝てるのかな？」

井上代造は、急いで話を変えた。

「さあ、もうあれからですから、五六時間ぐらいにはなるわ。変な人ね」

「どこが変なのだ？」

「だって、むっつりとしてあまり口をきかないのよ」

「そうか。だが、そういう男の方がたのもしい。近ごろの若い男は、口先ばかり小利口に軽くて困る」

「兄さんと相性のようね」

妹は若い客を批評した。

「そうかもしれん」

「だって、兄さんがあれほど待っていらしてもこなかった人が、偶然、よそで出会うなんて、やっぱり因縁があるみたいよ。きっと兄さんと気が合うわ」

「ぼくもそう思っている。ところで、もう起こしてもいいだろう」

「じゃ、兄さん、起こしてくださいな。今から晩御飯を出しますから」

美沙子は立ちあがろうとした。

「いや、それはいいんだ」

と、井上代造は手真似で押さえた。

「今夜は、あの男を連れて、よそで一ぱい飲んでくる」

「さっそくなのね」

「いや、そうじゃない。あの男の就職が決まってね。おれが見つけてやったんだ。それで、心祝いをしてやりたい」

「まあ、どこですの？」

「知りあいの会社だ。ちょうど、いい口があいていてね、そこに押しこもうと思っている」

「そりゃあの方も喜びますわ」

と言った美沙子の表情は、素直なよろこびが出ていた。

「では、家から通うんですか？」

「いや、そいつは断わろう。おまえが面倒だからな。このうえやっかいをかけてはすまん。その会社に寄宿舎みたいな所があるんだ。そこに置かせよう」

井上代造は中二階に上がった。

ほとんど物置きのようになっている。わずかな明かりとりがあるだけで薄暗い。わずかに空いた場所に青年は横たわっていた。

「君」

井上代造は、しばらく相手の姿を眺めた後に揺り動かした。

「君、崎津君」

肩に手をかけた。

崎津弘吉は薄眼をあけた。井上代造の顔を間近に見ていそいで起きあがった。

「どうも」

すわり直して頭の髪を指で掻《か》いた。髪の端に畳の埃《ほこり》がついている。

「よく眠っていたね」

井上代造は笑いかけた。

「はあ」

崎津弘吉はすわり直した。

「すみません」

「いや、別にすまないことはないよ。何もおかまいができなくて悪いね」

「いや、やっかいになっています」

井上代造は、崎津弘吉の前に、しゃがんで向かいあった。

「ところで崎津君、さっそくだがね。君にいい知らせを持ってきたんだ」

「はあ」

崎津弘吉は、まだ、ぼんやりした顔つきだった。

「おい、まだ眠いのか？」

「いや、もう大丈夫です」

崎津弘吉は、指の先を眼の端に当てた。

「君の就職口だよ。今日、ぼくが知りあいのところを奔走して、やっと適当なところをみつけた。喜んでもらいたい」

「はあ、それはどうも」

青年は頭を下げた。

「いや、大会社だと思って期待されては困るがね。とにかく、早急だから、思うようなところもない。まあ、当分の腰掛け程度だ。君もぶらぶらと遊んでいるわけにはいかないからな」

「どこでも結構です」

崎津弘吉はあわてない声で答えた。

「どういうところですか？」

「ある土建会社だ。しかし、君が土を掘ったりするような労働ではない。その会社の保安要員でね。つまり、建物の警備のような仕事をするんだ。これは、身体を使うことはない。いわば交代で夜警のような仕事をしていたらいい。まあ詳しいことは、だんだんわかるがね。給料はぼくの知りあいというのでわりと高く出してくれるはずだ。どうだね、気にいらないかね？」

崎津弘吉は、ちょっと首を傾げただけだった。

「結構です。井上さんがそうおっしゃるのなら間違いはないでしょう」

「そうか」

井上代造はにっこりした。

「そう信用してくれてありがたい。さっそく、明日から先方に紹介しよう。ぼくが連れて行くよ」

「そうですか。どうも」

崎津弘吉は感謝を見せた。

「ところで崎津君、そう話が決まったからには、これから乾杯とゆこうか。酒の方はどうかね？」

「はあ、少しぐらいなら飲めます」

「それはたのもしい」

井上代造は叫んだ。

「しかし、この上、妹さんにお手数をかけては……」

「ばかなことを言う。酒は外で飲むべきものだ。ぼくの知りあいの家がある。チャチなところだが案内しよう」

「これからですか」

「いちいち、きくんだね。これからがいいのだ」

井上代造が崎津弘吉の肩を叩《たた》いた。彼の方が先に立ってうれしそうだった。

階下《した》では、美沙子が降りて来る二人を迎えた。

「おい、出てくるぞ」

井上代造は、妹に威張った。

「今夜は少し遅くなるかもしれん」

「いつものことですわ」

妹は兄にやり返した。

「でも、あまりハメをはずさないでください。……どうぞよろしくお願いします」

あとの言葉は、後ろに従っている崎津弘吉に言ったのだった。

崎津弘吉は軽く頭を下げた。

「よけいなことは言わないでくれ」

と、兄は妹に言った。

「今夜は、崎津君のために飲むんだ。就職が決まったのだから、これはめでたい。本来なら、赤飯を炊いて祝ってあげるところだ。だが、おまえがいろいろと面倒だから、外ですましてやるのだ」

美沙子は笑いだした。

「あんなことを言って。わたくし、家でお支度した方がどんなに安心かわかりませんわ。恩に着せて、ほんとうは外に出たいんですから」

美沙子はただ微笑している若い客に話した。

出るときも、この青年は、

「行ってきます」

と、短く美沙子に挨拶《あいさつ》しただけだった。

外は昏《くら》れている。ところで、奇妙なことだが、井上代造は玄関を一歩外に出たとき、不意に、自分で足を止めて、右左に素早く眼を配ったものである。

タクシーに乗ると、井上代造は新宿《しんじゅく》の方角へ自動車《くるま》を走らせた。

「井上さん」

崎津弘吉が言った。

「こんなことを言ってはなんですが、妹さんが心配なさるでしょう。今夜は早く切り上げた方がいいと思いますよ」

「よけいなおせっかい、と言いたいところだね。あいつはとうに兄貴を諦《あきら》めている。そういう心配は無用だ」

「しかし、よく若い女のひとが、それで寂しくないですね?」

「それはちゃんと訓練してある。ぼくが三日や四日は帰らなくても大丈夫だ」

井上代造はそう言うと、眼をつむった。

「もうそんな話はどっちでもいい」

眼をあけると、井上代造の方から話題を変えた。

「君の就職先のことだがね」

「まあ、腰掛け程度で気に入るまいが、辛抱してもらいたい。ぼくが口をきいたことだから」

「はあ」

「できるだけそうします」

「うん、ぜひ頼む。まあ、君と会ったときから、そう言ってなんだが、ぼくは君がひどく好きになったんだ。それで、君がやってくるのを待っていたんだがね。黙って田舎に帰っていたとは知らなかった」

「あの時は、なんだか一度は帰らなければいけないような気になったんです」

「そりゃいい。そういうところが君の素直なところかもしれん。しかし、奇妙なものだね。君と甲府近くの田舎で出会おうとは思わなかった。妹のやつも言っていたがね、こりゃ因縁だと言うんだ。なるほど、ぼくもそう思うな。実際、言われてみると、そのとおりだと思うよ。ところで話を元に戻そう。君の勤める会社のことだがね。土建会社と言ったが、はっきり言うと、それは三流会社だ」

彼は崎津弘吉に説明した。

「もちろん、一流会社のように名前は知られていない。場所は川崎《かわさき》の方だ。もと、軍需工場だったがね。爆撃でやられて、そのまま再建できずにいる。かなり広い地所だ。それをちょっと一部分建てかえて、事務所にしている。そこに建築用の資材があるんだ。で、君の職分というのは、その資材を盗みにくる奴がときどきあるので、いわばその番人だ」

話しながら、崎津弘吉の顔を眺めた。

「番人というと、君もちょっと不満だろうが、前にもいったように、これは腰掛けだからね。そのうち、きっと君の満足するような職を捜す。これは、責任をもって捜すよ。だから辛抱してもらいたい」

井上代造は説いた。

「今も言ったように、会社は川崎の方にある。で、自宅《うち》から通うわけにはいかないんでね。夜勤のばあいもあるし、何かと不便だ。幸い、その会社には寄宿の設備がある。そこから通った方がいいだろう」

井上代造は細かいことにはいった。

「それから月給だが、どのくらい君は希望するかね？」

「別に希望はありません。食えるだけでいいですよ」

崎津弘吉はすぐに答えた。

「そうか、まだ若いし、どこに行ってもすぐに高給をとれると思われないが、どうだね、二万円ぐらいでは？」

「よすぎるくらいです」

崎津弘吉は意外という顔をした。

「ぼくには高給です」

「いや、それはいいんだ。下宿代もあるし、差し引きすると、それほどでもない。まあ、幸い、君が承知してくれて、これで、ぼくが紹介した面子《メンツ》も立つというもんだ」

井上代造は満足そうだった。

「いつから出社するのですか?」

「そのことだ。先方はなにしろ急いでいる。明日にでもぼくが向こうに君を連れて行く」

「履歴書なんかどうしましょう?」

「履歴書か、そうだな、まあ書いておいてもらおうか」

井上代造は、そのような手続きには無関心のようだった。彼の知りあいというのだから、面倒なことを省く意味なのであろう。それとも、あとで書類を整えればいいのかもしれない。

「なに、仕事は楽だ。ただ、定期的にその施設の回りを歩いていればいい」

「そんなに大事な資材がはいっているのですか?」

崎津弘吉は質問した。

「うん、ぼくにはよくわからんがね」

と、煙を吐いて答えた。

「土建会社の資材というのは、よく盗まれるものだそうだ。なに、金目の物はないがね。盗み出した奴は、スクラップにして売ったり、トタンだとそれをリヤカーに積んで持ち逃げしたり、いろいろ、こそ泥が絶えないという話だ。いわばそんなことだから、別に危ないことではない。連中も警備員がきたら、すぐに、蜘蛛《くも》の子を散らすように散ってしまうそうだからね」

「会社の名前はなんというのですか？」

「大日《だいにち》建設株式会社というんだ」

崎津弘吉は、ぼんやりした表情をしていた。反応がない。

「名前を聞いたことがないだろう。知らないのも道理だ。三流会社だからな」

「どんな会社でもいいですよ」

「君はたしか、大学中退だったな？」

「そうです」

「それほど教育を受けた人間が、土建屋の番人ではつまらないだろう。が、まあ、辛抱してもらいたい。これでも、ぼくにはその方面のコネもある。悪いようにはしない。ただ、早急にことが運ばないだけで、その間の腰掛けのつもりで勤めてほしい」

井上代造は、熱心な説得が終わると、ふいに黙りこんだ。

「君は妹のことにひどく同情してくれるね」

突然、井上代造がぼそりと言った。この言葉の調子が彼に珍しくしんみりしていたので、崎津弘吉の方は、驚いて眼を上げたぐらいである。

「やはり兄妹《きようだい》二人だけですから、井上さんが出かけられると心細いんじゃないですか？」

「同じことをきくね」

井上代造は、後ろに背中をもたせかけた。

「それはぼくもよくわかっている。このままの生活ではどうにもならない。ぼくだってあの妹が一人いると、気持の上でいろいろと束縛を受けるからな。そのうち、あの妹はなんとかさせたいと思っている」

聞いている崎津弘吉は、このときは、この言葉をべつに意味深くは考えなかった。他人の家庭のことだし、知りあってまもない仲なので、立ち入るには遠慮しなければならなかった。

だが、井上代造がふとしんみりとなった口吻《くちぶり》で洩《も》らしたこの一言が、あとになって崎津弘吉に思い当たる結果になったのである。

新宿の灯《ひ》の海が近づいてきた。

第五章　浮浪者の死

朝の六時ごろだった。近ごろのことで陽がもう昇りかけていた。早出の工員がその道を歩いていた。この辺は住宅地から離れたところで、戦前は軍需工場が多かった地域である。

戦後になって、ほとんど普通の工場に変わってしまったが、一つだけ、爆撃を受けたままと言っていいほど廃墟《はいきょ》の感じのする工場の跡があった。現在は、工場ではなく、何か別の会社が建物の小さな一画にはいりこんでいるようだった。

敷地は工場としてさほど広くはないが、二千坪ぐらいはあろう。爆撃を受けたままの跡片付けも完全にすんでいないので、錆《さ》びた鉄骨の建物が屋根を剝《は》がれたままの格好で残っていたりしている。空地にもスクラップのまま、建物の残骸《ざんがい》が積まれていた。

それでも、周囲には有刺鉄線で囲みがついていた。

その朝、工員が急ぎ足に歩いていたが、彼はその工場跡の横手にきて、突然、足をとめた。鉄線で囲まれた敷地と、彼の歩いている道路との間には、二メートル幅ぐらいの溝がある。深さは一メートルで底には澱《よど》んだ水がきたなくたまっていた。

工員の足が不意に止まったのは、彼の眼が溝の中に落ちたときである。何気なしに向けた視線が、異様なものを捉《とら》えたからだ。

人間がうつむいて横たわっている姿だった。溝が浅いので、姿をほとんど水の上に出していた。背中を丸めてうずくまったような格好になっている。

その辺は浮浪者が多いので、工員ははじめ、その一人が野宿でもして眠っているのかと思ったが、水のある溝の中に眠るのは不自然であると気づいた。工員はおそるおそる、その傍まで行って見た。

彼が眼を剝《む》いて駆けだしたのは、その男が死人とわかったからである。朝が早いので、辺りを歩いている人もなかった。もし、通行人が一人でもいたら、その工員は大声をあげて呼びかけたに違いない。

工員が飛びこんだのは、五百メートルぐらい離れた町角の電話ボックスだった。彼は、一一〇番の数字をふるえる指先で回した。

警察から係官が自動車《くるま》で到着したのは、その工員の報告を受けて四十分後だった。連絡で、交番の巡査が早くも現場の保存を行なった。

溝の中から、慎重に死体は引きあげられた。半分、水の中に漬かっていたので、引き揚げるときに、雫《しずく》が垂れた。現場にむしろを敷いて、さっそく、検視が行なわれた。

男の年齢は三十六七歳ぐらいで、一見、浮浪者風だった。古びた工員服のようなものを着ている。死因は一目でわかった。頸《くび》に麻縄《あさなわ》が二重に巻きつけられ、後頭部で強く結ばれていた。死体の顔はどぶに漬かっていたので泥にまみれ、鼻孔も汚水でよごれていた。しかし、水は吸いこんでいなかった。頭は髪が伸びて、ここ二か月ばかりは散髪していないことがわかる。口をあけると、前歯に金冠が二本かぶせてあった。死後推定時間ぐらいで、だいたい、前夜の十一時から零時にかけての犯行と思われた。

係官は、さらに現場を捜索した。すると、その溝の中から麻袋が出てきた。これは、浮浪者が肩に担いで拾得物などをほうりこむ袋である。係官があけて見ると、袋の中から鶴嘴《つるはし》とシャベルとが出てきた。袋が汚ないにもかかわらず、この鶴嘴とシャベルとは、わりと新しかった。そのほか、袋にはいっているものは何もなかった。これが被害者の

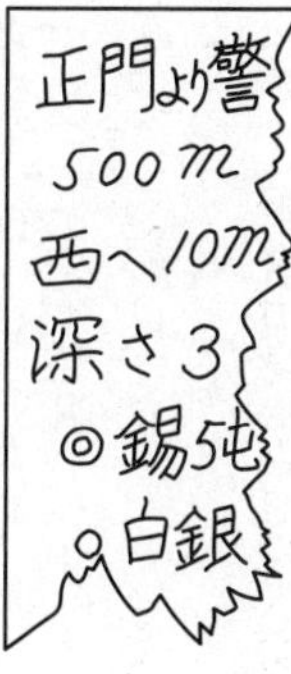

ものであることは一見して想像できた。

　係官は、死体の衣服をていねいに剝がした。浮浪者だから、べつに身もとを推定するに足るような持物はなかった。汚ない財布が出てきたが、この中には二千六百五十円の現金がはいっていた。ところが、六百五十円は十円銅貨を混ぜた小銭だったが、二千円は千円札が二枚折りたたんであった。浮浪者が千円札を持っているのは、少し珍しい。が、とにかく、この金が盗《と》られていないところを見ると、この犯行が強盗でないことがわかった。被害者が浮浪者であるところからすぐに考えられるのは仲間との怨恨《えんこん》関係である。

　ところが、その財布の中からは、折りたたんだ紙が一枚出てきた。これを広げると紙は半分に裂けたもので、それには右のようなことが書いてあった。

　係官は、顔を見合わせた。これは万年筆で書かれてあったが、字はわりと達者だった。だが、この意味がなんのことか、よくわからない。

　警察では、いちおう、怨恨関係の凶行と見て捜査することになった。

　捜査は、付近の聞き込みから始まった。この辺は工場地帯だから、普通の家というのはあまりなかった。ただ、現場から約三百メートルばかり離れた所に、五六軒の小さな家がある。刑事がそこに行ってたずねると、角の一軒の家がこんなことを言った。

話し手は、その家の主人で、会社員だった。

「昨夜《ゆうべ》十一時半ごろでしょうか、実はこの二階で、同僚を三人呼んでマージャンをやっていたんです。時刻は正確には憶《おぼ》えていませんが、たぶん、そのころだったと思います。遠くの方で争うような声が聞こえました。で、なんだろうと思って、私は表へ出て見ようとしましたが、ちょうどマージャンの勝負の最中で、ほかの者がたいしたことはないだろう、よせよせ、と言って止めるものですから、そのますわりました。この辺は、浮浪者がよくうろついているので、私も、その連中の喧嘩《けんか》かと思って、うっかりのぞきに行って危ない目に会ってもつまらないと思い、そのままにしました。ところが、その声はすぐやんで、あとはなんのこともありません。そのまま朝方までマージャンをしたのですが、その後、変わったことはありませんでした」

時刻といい、その場所といい、その人の言ったことは、だいたい、凶行に符合するようだった。彼が目撃しなかったのは残念だが、声の調子からすると、どうも二人のようだったという。捜査側でもこの凶行を一人と考えていたので、これも一致した。

そこで、犯行は、だいたい、その夜の十一時半から十二時の間で、犯人は一人と推定した。

次に、被害者の身もとを探らなければならない。いかに浮浪者といっても、人間が殺されたのに変わりはない。捜査員は、その辺一帯を中心にして、浮浪者仲間の聞き込みに回った。

この辺は工場地帯を控えているだけに、バタ屋などもかなりある。捜査員の聞き込みから、やがて被害者の名前が知れた。金冠の前歯二本が特徴となった。

それは通称〝鉄ちゃん〟と呼ばれる男で、ふだんは、ガードの下に小屋を造ってひとり住んでいるルンペンだった。彼の仕事は、いわゆる拾い屋である。

むろん〝鉄ちゃん〟の本名はわからない。原籍も、前歴も、誰一人として知っていない。浮浪者仲間のほとんどがそうであるように、ただ〝鉄ちゃん〟という通称で憶えられていた。

警察では、〝鉄ちゃん〟と親しい連中から彼の平生を洗ってゆくことにした。そこから犯人を挙げようとしたのだ。すると、〝鉄ちゃん〟と仲のいい〝クメさん〟という男が捜し出された。〝クメさん〟は三十五歳で、〝鉄ちゃん〟よりは二つ年下だという。だから被害者は三十七歳であったことがわかった。

この〝クメさん〟は、〝鉄ちゃん〟よりは多少ましな生活をしていた。女房と子供がある。この〝クメさん〟の話によると、〝鉄ちゃん〟は、なんでも九州の生まれで、この土地では数年前《まえ》に知りあ《あ》ったという。〝鉄ちゃん〟はよく〝クメさん〟に話したそうだが、自分は以前に或る会社の課長まで勤めたと自慢した。だが、この話は、連中は前歴をなにかと飾り立てて、自分を偉く見せようとする傾向があるので、あまり当てにならない。

その〝鉄ちゃん〟は、今に何か幸運をつかんで、きっとこの世界から脱け出る、と、いつも広言していたという。ところが、彼は多少病身なので、働きもさほどできず、下等な拾い屋ばかりをしていた。

〝クメさん〟の話によると、〝鉄ちゃん〟には女関係はなかった。性格もほらを吹くせに気の弱いところがあり、仲間といさかいを起こすような男ではないというのである。

ところが、係官が、死体を調べたら二千六百五十円の現金を所持していた、と刑事が言ってきかせると、〝クメさん〟は眼を丸くした。

〝鉄ちゃん〟はいつも金に困っていて、ついぞそんな大金を持っていたのを見たことがない、というのだ。そして、自分たち仲間で千円札を二枚も持っているような者は特別な連中で、それは何か悪いことをして握る以外に手にはいりようがない、と言った。さらに、〝鉄ちゃん〟はそんな悪いことのできない性格だ、とも証言した。

係官は、〝鉄ちゃん〟の財布から発見した例の紙片を見せた。

〝クメさん〟は法界坊《ほうかいぼう》のように髪の伸びた頭を傾げた。

「さあ、いっこうに見たことがありませんね。それに、鉄ちゃんはこんな巧《うま》い字は書けませんよ」

彼の申立てに嘘はなさそうであった。バタ屋はしているが正直者なのだ。

問題は、この紙片の文句である。裂けているからよくわからないが、〝錫《すず》〟とか〝白銀〟とかいう文字があり、それに〝正門より〟とか〝五百メートル〟とか書いてある。これは暗号めいていて、すぐには正確な判断がつかなかった。

死体のあったところは、工場の横の溝である。工場は半分、廃墟《はいきょ》のままだったが、敷地の周囲には鉄線が張られている。ところが、男が死んでいた場所のすぐ横の鉄線の一部が切れていた。〝鉄ちゃん〟と呼ぶその浮浪人は、麻袋の中にシャベルと鶴嘴とを入れていた。このことから推測すると、どうやら彼は工場内のどこかを掘る目的ではなかったのかと思える。

その工場は、復興もせずガラクタが方々に積まれてある。〝鉄ちゃん〟は、それを盗みにはいるつもりがあったのではなかろうか。

そこで刑事たちは、その工場をいちおう参考に調査に行くことにした。

軍需工場は、もとは大きなものだったが、今ではその半分を新しい工場に取られ、そこだけは立派になっている。しかし、残った方は残骸《ざんがい》のままで、その中に小さな事務所が貧弱なバラックで建っていた。刑事の一行が近づくと、事務所の表には〝大日建設株式会社〟とあった。この旧軍需工場の一部は土建屋が借りているらしい。

刑事は、そのバラックの表に立った。粗末なドアがついているが、窓から覗《のぞ》くと三四人の男たちが椅子に掛けていた。

「ごめんなさい」

刑事は戸を叩《たた》いた。

中から四十年輩の太った男が、詰襟の作業服のようなものを着て出てきた。

刑事たちは私服だったので、警察から来たことを言うと、その男はくわえていた短い煙草を捨てて、いぶかしそうな目つきをした。

「いや、実は、昨夜この敷地の傍で殺しがありましてね。そのことで伺ったんですが」

刑事はそういう言い方で聞き込みをはじめた。

「ああ、今朝からあの辺で人だかりがしていたので、それは知っています。私も、実は、後ろから覗いた一人ですから」

詰襟の男は答えた。そこで刑事は言った。

「犯人は、まだ見当がつかないんです。被害者は浮浪人でしてね。ちょうど鉄線の張ってある柵《さく》の外で殺されていました。当人は大きな麻袋とシャベルと鶴嘴《つるはし》を持っているんです。そんなことから想像すると、この敷地内に忍びこんで、何か資材でも盗もうという気持があったのではないかと思いますが、お心当たりはありませんか?」

「そうですね、ごらんのように」

と、詰襟の太った男はあたりを見まわした。

「なにしろ、爆撃を受けたまま放ったらかしで、その鉄類が屑《くず》のように方々に積んであります。それを狙って、バタ屋なんかが、ちょいちょい盗みにきます。まあ、ここは、将来、私どもの会社の資材置場にするつもりですが、それでも、こんなスクラップでも荒らされると困るんです。だから、ガラクタの山でも、こうして警備しているんですよ」

「ははあ、すると、殺された浮浪人もそういう物を盗みにはいる目的だったのでしょうか。実は、死体の横の鉄線が、切れたところと、まくれたところがあるんです」

「ほう」

警備員は初めて知らされて、びっくりしたが、一人でうなずいた。

「そうです、よく鉄線を破ってはいってきますよ。われわれは見つけるとすぐおどかすんですがね。たいてい、逃げてしまいます。お話の様子だと、その男もそうかもしれませんね」

「被害者は〝鉄ちゃん〟と呼ぶ浮浪人です。人相なんか申しあげても、お心当たりはないでしょうね？」

「いや、そんなことを伺っても、何もわかりません。連中は夜中にこっそりと忍びこんできて、逃げるんですから、顔も何もわかりません」

「つかぬことを伺いますが、ここにあるのは鉄屑だけですか？」

「そうです。何か？」

「その被害者のポケットに妙なことを書いた紙切れがはいっていたのです。半分はちぎれていますがね、それには、錫だとか白銀とかいう文字が書いてありました。それと、位置を示すような文句もあります。あなたの方にはそういう白銀や錫などはないでしょうね？」

　すると、太った警備員は笑いだした。

「そういう宝物があれば、こっちの方が先にもらいますよ」

「しかし、殺された男はその意味を書いた紙片を持っているんですよ」

「さあ、何を持っていたか知りませんが、こちらの方とは無関係です」

　このとき、刑事は何かに気づいたように辺りを見まわした。それは、この工場の敷地を眼で測っているような表情だった。

「凶行時間は昨夜の十一時から十二時までの間です。あなたには何か大声でも聞こえなかったのでしょうか？」

　刑事はきいた。

「いや、何も聞こえませんでした。私が昨夜の当直で、ここに起きていましたがね。そんな声を聞いていませんよ」

　この問答を後ろで聞いている警備員のなかに若い顔があった。崎津弘吉だった。

　刑事たちは、警備員の顔を、じろじろと見まわした。

　刑事たち一行は引きあげた。

　それまで彼らに応対していた男は、詰所に引き返した。

　事務所というよりも詰所といった方がいい。粗末な机が三つばかり並び、椅子が四つ五つあるだけだった。書類というものもほとんどない。事務所という感じがするのは、卓上の電話機一本だけだったが、そこに三人の警備員がいた。その中の一人が、就職したばかりの崎津弘吉だった。

「なんのことかさっぱりわからない」

戻ってきた太った男は言った。これが警備員の主任だった。

「黒田さん」

警備員が彼の姿を見て立ちあがった。

「いったい、どうしたというんですか？」

「ぼくにもよくわからない。昨夜、この横で浮浪者が殺されただろう。そのことで話をききに来たんだ」

「へえ、どんなことですか？」

「夜中に何か、声か物音かしなかったか、というんだ」

「昨夜の宿直は黒田さんでしたね？」

「ああ、ぼくだった。だから、間違いなく何も聞こえなかった、と言えたわけだ。宿直明けで、今日帰るつもりだったが、ここに残っててよかったよ」

「それだけをききに来たのですか？」

と、その男はなおもきいた。

「いや、まだほかにも妙なことを言っていた。なんでも、殺された浮浪者のポケットから紙切れが出たそうだ」

「紙切れ？」

「半分にちぎれたような紙だがね。それに、錫だとか白銀だとか書いてあったそうだ。浮浪者は、大きな麻袋と、鶴嘴とシャベルとを持っていたから、その紙切れと、この会社とは関係はないか、ときくんだがね」

「へえ。つまり、どういうことですか？」

「浮浪者は、そういう白銀や錫がこの会社の中に置いてあると信じて、それを盗みにきたのかもしれない、というのだ。まるで宝島だ。鉄屑などのスクラップはあるが、そんなものがあるわけがない。お伽噺《とぎばなし》か夢みたいな話だ」

崎津弘吉を除いて、ほかの三人は大声で笑いあった。

「そんなものがあれば、われわれが一番に頂戴《ちょうだい》するよ」

「警察の方では、どう言っていました？」

と、別な男がきいた。

「警察？　向こうでも苦笑いしていたよ。とにかく、浮浪者なんていうものは、何か夢みたいなものを空想しないと生きて行けないだろうからな。殺された男がいたずらにだまされたわけだ」

「すると、その男が殺されたというのは、どういう理由《わけ》でしょう？」

「いや、これはぼくの推定だがね」

と、警備主任は言った。

「たぶん、その紙切れに書いてある宝の奪いあいで、喧嘩《けんか》になったのじゃないかな。紙切れが半分にちぎれていたのが、その証拠だ。なにしろ、奴《やっこ》さんたちにとっては夢みたいなことだが、必死だからね」

「なるほど。それはそうかもしれませんね」

話はそれきりになった。浮浪者が一人殺されたところで、あまり興味はなかった。この事務所は仕事が閑散なので、連中はむだ話ばかりしていた。任務といえば、この旧軍需工場跡を定期的に巡回すればいいのである。

崎津弘吉は、この大日建設の社長がどのような人かは知識がない。なんでも、いろいろな会社を経営していると聞いたが、同僚にきいても、一度もここに姿を見せないそうである。その幹部と称する者が一日に一回、必ず見まわってくるだけである。その意味では、こんな気楽な所はなかった。給料も悪くはない。

大日建設というのは、おもにダムの仕事をしているということだったが、どこのダムか定かでない。それに、その仕事が忙しいのか閑散《ひま》なのか、さっぱりわからなかった。給料はちゃんとくれるそうだから、悪くはない会社だろうが、ここに置かれてある建設資材を取りにくることもめったになかった。

いわば、三流の会社によくあるような曖昧《あいまい》でルーズなところらしい。ほかの同僚を見ると、いずれも年老いている。若くて四十四五だ。いわば、これは年輩者の仕事なのだ。ただこの構内を見まわりすればよいのだ。

崎津弘吉は、黒田という主任以外の二人は、最近新しくはいってきた警備員であることを知った。自分より一か月ぐらい前に採用された人間だった。

「その前から誰かいたのですか？」

と、きくと、

「いたそうだがね。黒田さんの話だと、前の連中が辞めたので、ぼくらがそのあとにはいったということだった。まあ、隠居仕事だからいいが、君のような若い人にはどうかな」

仕事はたしかに楽だった。

それなのに、その話を聞くと、この警備員も人間がよく変わるらしい。

帰りに、崎津弘吉は殺人現場あとを通りかかった。

近くの者らしい男が四五人、その現場あとに立っていた。

死体を警察に引き取られたあとは、また元のように溝には汚ない水が澱《よど》んでいる。ただ、その近くの草は無数の靴で踏まれていた。警察の自動車《くるま》の轍《わだち》の跡が残ったりしているだけが、当時の模様を語っていた。

崎津弘吉は、そこにしばらく佇《たたず》んで眺めた。

事件が起こったのは昨夜のことで、死体の検証は今朝からはじまっていた。そのときは、遠巻きして黒山のような人だかりだった。彼はちょうど勤務中なので、それを覗《のぞ》くことができなかったが、浮浪者といっても殺人事件だから、一時は大変な騒ぎだった。

崎津弘吉は、黒田という警備主任の話を思いだした。なるほど浮浪者にも夢がなくては生きられないのであろう。理由《わけ》のわからぬ暗号めいた紙片を持っていたというが、その宝捜しの舞台が、大日建設の構内となっているらしい。もし、そのことで仲間と争って殺されたのだったら、これほど夢に殉じた男はいない。あんがい、当人は命を捨てるまばかばかしいというのは、世間の常識かもしれない。で懸命になっていたのであろう。

崎津弘吉は、その殺された浮浪者が、ある点では、羨《うらや》しかった。自分には、それほどの情熱はなかった。希望もないのだ。東京に出てきても、甲州の山の中と同じように退屈である。まるで色彩がなかった。

警備員たちは、若い男のする仕事ではないというが、崎津弘吉には、その言葉はあまり意味がなかった。どっちでもいいのである。どうせ、彼の希望の世界は、どこにもなさそうだった。

ただ、会社の構内を老人のように見まわって歩くという仕事だが、それだけで充分だった。なまじっか、面倒な事務などをやらされるより、どれほど、気が楽かわからなかった。

この仕事を世話してくれた井上代造は、当座の腰掛けだから我慢してくれと、しきりと弁解したが、崎津弘吉は、このまま、ずっといてもよかった。腰掛けならそれでもいいし、移るならそれでもかまわなかった。どうせどこに行っても同じようなことだと諦《あきら》めている。

全精神を打ちこむものが、彼にはこの世のどこにもなかった。乾いた灰色の世間だけが、自分を取り巻いている。無意味で退屈でつまらないのだ。

昔から、そのように習慣《なら》されてきた環境だった。高校時代に両親を失って、その後の面倒をみてくれたのは伯母《おば》だったが、愛情は少しもなかった。山の中で暗い高校時代を過ごした。学問が好きで、なんとか勉強したくて、東京の大学にはいったが、それも中途で退学した。経済的にもつづかなかった理由にもよるが、学校生活そのものが退屈だった。学問もざらざらとして、砂のように味気がなかった。

このように習慣《なら》されてきた人間である。

ときどき、自分のものとは思われないものが、衝動的に突き上がって、無性に人と喧嘩がしたくなる。前に東京に出てきたとき、与太者と喧嘩したのもそのためだ。

警察署に留置されたが、他の人間のようにそれもたいした衝撃ではなかった。同房の人々も、檻《おり》の中なりに退屈していた。

変わった人間と会ったのもそこだった。井上代造だ。その男は、ほかの者とちょっと違っていた。釈放されたら家にきてくれ、と彼に誘われたが、すぐにはそれでも行かなかった。妙なめぐりあわせで彼の世話でこんな仕事にありついた。

彼は、殺された浮浪者ほどの夢が自分には一生かかっても得られそうもないと思った。

寄宿舎と称する家に帰った。それは、大日建設の近くで、汚なくて狭い二階家だった。ほかの警備員は家族があるので、そこに住まっているのは彼一人だった。井上代造の初めの口吻《くちぶり》では、それが寄宿舎だというから、ずいぶん、大勢いるものだと思ったのだが、これはあんがいだった。だが、それでもかまわなかった。一人なら一人でいいのである。

その家は路地の奥にあったが、狭い玄関をはいると、おかみさんが出てきた。五十あまりの背の低い太った女だ。

「お帰んなさい」

と、おかみさんはそれでも崎津弘吉を迎えて笑った。

彼女の話によると、自分は大日建設とは関係はないが、そこから頼まれて、崎津弘吉を置くことにしたのだと言っていた。

「崎津さん」

おかみさんは二階に上がりかける彼を呼んだ。

「今日、どなたか見えて手紙を置いて行きましたよ」

封筒を差し出した。裏を返すと、井上代造と太い字で書かれてあった。

崎津弘吉は二階の自分の居間に上がった。六畳ぐらいの狭さで畳も赤くなっている。古い家なのだ。

彼は手紙を読んだ。いかにも井上代造らしい太い字の走り書きで、

「今夜、来宅ありたし。午後八時まで待つ」
とあった。

浮浪者殺人事件について、警察の意見は、被害者が持っていた謎の紙片と殺人とが関係があるかどうかにかかっていた。

被害者は、麻袋と鶴嘴《つるはし》とシャベルとを持っていた。誰が考えても、これは何かを掘り出して麻袋に詰めるという準備である。紙片には錫《すず》と白銀という文字があった。それぞれ数量らしい数字が書きこまれてある。見ただけでも膨大なものだった。浮浪者は、これらを掘り出すつもりであったのだろうか。

紙片の中には「正門より警」という字がある。それに距離を表わしたらしい「十メートル」などという数字もある。現場の地形から見て、紙片に書かれたものは、どうやら、大日建設をさしているようだった。正門から十メートルのところに、確かに警備員詰所があるのだ。

ところで、この紙片が、なぜ、半分に裂かれているかが問題だった。内容の信憑性《しんぴょうせい》はともかくとして、それが半分に裂かれたのを見ると、この宝島の案内メモをめぐって争いがあり、相手は被害者を殺すときに半分をちぎって逃げたのではあるまいか。つまり、でたらめのこの文字が浮浪者仲間の争奪となって、被害者は相手に殺されたのではないか、という見方が強かった。

では、このメモの文字は、いったい誰が書いたのか。

聞き込みによると、被害者の〝鉄ちゃん〟の文字ではないという。それなら、誰が書いて、それを〝鉄ちゃん〟に渡したのであろうか。いたずら書きして渡したのか。それとも、はじめから騙《だま》すつもりでもっともらしいものを書いて渡したのか。

捜査会議のときに、一人の刑事がおもしろいことを言った。

「終戦直後のことですが、全国で隠退蔵物資を摘発したことがあります。報奨制度があったので、いろいろと情報が乱れ飛んで大変でした。ところが闇ブローカー仲間では、どこそこにどういう物が隠匿されている。という情報書みたいなものが、とても高い権利金で売買されたことがあります。実際には、そんな物はなかったんですがね。いかにもあるように、まことしやかに秘密情報書類が作られているので、みんなそれをめぐって血眼になったんです。実際に現物があるかどうかをたしかめもせず、贋《にせ》の紙切れをめぐって転々と売買されたものです。いわば、そんなものが権利書として通用していたんですね」

当時のそのことと、浮浪者の持っていた紙切れとは事情が違う。しかし、その話はたいへん参考になった。浮浪者は浮浪者なりに、誰が書いたかわからぬ、その宝の指示書を、血を流して争ったのだ。

被害者の〝鉄ちゃん〟自身について、ほかに怨恨《えんこん》関係もなく、痴情関係もなかったのである。やはり懐にはいっていた紙片をめぐっての争いとしか、この殺人事件の原因は考えられなかった。

刑事たちは、会議をするたびに、一種くすぐったい気持になった。浮浪者と、〃錫〃や〃白銀〃とかいう高価な金属との取り合わせが、いかにもおかしかったのである。会議は殺人事件の捜査だが、一種のユーモアさえ流れた。これまでにないことだった。

「もし、いたずら書きだったら、書いた当人は、ずいぶん罪なことをしたものだね」

と、捜査主任は言った。

「連中は、みな無知だからね。もっともらしく言われると、ほんとかと思ってやったんだろう」

しかし、殺された浮浪者が持っていた紙片の文句は、まんざらいたずら書きとも思えないふしもあった。

というのは、被害者は懐の中に二千六百五十円の現金を持っていた。しかも、そのうち二千円は千円札だった。〃鉄ちゃん〃が日ごろ金を持っていないことは、その仲間の証言でもわかる。

いったい、〃鉄ちゃん〃は、それだけの〃大金〃をどこで手に入れたのか。盗むか、拾うかする以外には、他人からもらったと考えなければならない。すると、誰がなんのために〃鉄ちゃん〃にそれだけの大金を与えたのか。与えた理由はなんなのか。

そして〃鉄ちゃん〃がもらったのは、金だけでなく、半分にちぎれたその妙な紙切れもいっしょだったのではないか。――こういう見方が捜査陣に起こった。

〝鉄ちゃん〟は頸《くび》を縄《なわ》で絞められて殺された。彼の持っていた〝大金〟は、手をつけられていなかった。どうやらこの辺に、ちぎられた紙切れと、〝鉄ちゃん〟の死との秘密が潜んでいそうに思われる。

とにかく、浮浪者だが、被害者の前日の行動を調べなければならなかった。刑事たちはおもに、日ごろ〝鉄ちゃん〟が彷徨《ほうこう》している地域にわたって聞き込みを行なった。

すると、こういう事実がわかった。

〝鉄ちゃん〟は、毎日、その町一帯をうろついていたのだが、その日にかぎって姿を見せなかったというのである。〝鉄ちゃん〟の暮らしは、磁石を使って釘《くぎ》などを拾って歩く最下等の〝職業〟だが、その付近の者は、〝鉄ちゃん〟が人がいいので、ぞんがい、彼を嫌わずに、むしろ余分な食べ物があれば与えるほどだった。それくらいだから、〝鉄ちゃん〟は毎日この界隈《かいわい》に姿を見せる。付近の人も、それはよく憶《おぼ》えていた。だから、彼が姿を見せなかったことは記憶されていたのである。

では、なぜ、〝鉄ちゃん〟は、その日にかぎって〝商売〟している地域にこなかったか、という疑問が起こる。

すると、それには新事実がわかった。それは、刑事の方で聞き込んだのではなく、新聞記事を見て警察署に届け出た人があったのである。

それは、K駅の近くで、夜中まで、屋台でおでんを商売している男だった。彼は、中し立てた。

「確かに、新聞記事にあるような人相、風体の男が、私の店に立ち寄りました。そうですね、あれは、殺されたという日の前の晩のことです。夜中の一時過ぎでしたでしょうか。そろそろ国電も終わるようになってから、二人連れで、屋台ののれんを、頭で分けてはいってきました。見ると、それが汚ない格好の浮浪者です。私はよっぽど断わろうかと思いましたが、ちょうどお客もなし、それに、一人のほうは、わりと小ざっぱりした格好をしているので、我慢をしました。先方でも気を使って、わざと遠慮したように、腰掛の隅の方の電灯の光の届かない暗い所にかたまってすわりました」

おでん屋の主人は、そう話した。それから出来事を、彼は次のようにつづけたのである。

――その二人連れは、はじめ焼酎《しょうちゅう》を飲んでいた。その様子から見ると、一方の男が浮浪者を呼んで、ご馳走《ちそう》をしているようだった。浮浪者の方は、しきりと恐縮して、ぺこぺことお辞儀をしていた。

暗い所にすわっているので、定かに人相はわからないが、浮浪者を連れてきた男は、小太りの体格だった。年齢は三十五六というところで、言葉は関西弁を使っていた。

はじめ、おでん屋は、二人をなんとなく気をつけてみていた。それは、飲み逃げをされる心配もあったからだ。すると、それに気づいたのか、その関西弁の男が、ポケットからがま口を出し、五百円札を一枚抜いて、おやじに渡した。

「おっさん、こんだけ飲ましてんか。足りんようだったら、またそう言ってえな。予算があるさかいな」

電灯の光でちらと見たところ、その男の財布の中には、千円札が束になって折り重なっていた。おでん屋のおやじは安心した。

ところが、それからまもなく、終電車の客が駅から降りて、にわかに賑《にぎ》やかになった。二人の先客は、いよいよ片隅に縮まった。客がこみあって、おやじも焼酎を注いだりおでんを皿に出したりして、忙しい方に気を取られた。

だから、その間、二人連れが何を話し、どういうことをやっていたかはよくわからない。

両人《ふたり》は、かれこれ一時間ばかりすわっていたであろうか。まもなく、関西弁を使う男の方が、二百円ほど台の上に超過分を置き、

「お邪魔さん」

と、言って、浮浪者と共に出て行った、という。

これは耳寄りな届け出であった。

この話の内容で、〝鉄ちゃん〟が〝二千六百五十円〟という大金を持っていた理由もわかる。ことにその連れの男が財布の中に千円札の束を納めていたことと、〝鉄ちゃん〟が千円札を二枚も持っていたことは、これでつながった。つまり、〝鉄ちゃん〟は、そ

の男からおでん屋でご馳走になった上に金をもらったのである。

いったい、その男は、なんのために浮浪者の〝鉄ちゃん〟にご馳走して金を与えたのか。そして、どのような目的がその男にあったのか。

「そのとき、その連れの男は、〝鉄ちゃん〟に紙切れのようなものは渡しませんでしたか？」

係官はきいたが、おでん屋のおやじは頭をひねった。

「さあ、それは気がつきませんでした。なにしろ、二人とも暗い所にすわっていたし、それから、先ほども申しましたとおり、終電車の客がどやどやとはいってきたので、その混雑でどうも」

警察では、その混雑の間に、連れの男が〝鉄ちゃん〟に紙切れを渡したに違いない、と推定した。ただし、そのとき、その紙切れは完全なものだったか、半分にちぎったものだったか、それはわからない。とにかく、〝鉄ちゃん〟をご馳走して金を与えた男は、問題の紙片も与えたであろうことは察しがついた。

いったい、その男とは何者か。もちろん、酔狂で〝鉄ちゃん〟をおでん屋に連れこんでご馳走したり、金をやったりしたのではあるまい。何か目的があったに違いないのだ。その目的とは、〝鉄ちゃん〟を殺害することではあるまい。

〝鉄ちゃん〟が殺されたのは、その男から何かを頼まれて、それが原因になって別な人間に絞殺される運命になったのであろう、との推測をつけた。

こうしてみると、〝鉄ちゃん〟がいつもの町にこなかったのはおでん屋の男の頼みを引きうけて別の場所に行った、という推定ができそうである。

〝鉄ちゃん〟にご馳走したり、金をやったりした男の身もとはわからない。だが警察では、おでん屋の主人の訴えを聞いて、〝鉄ちゃん〟が姿を見せなかった日（つまり、その晩の十一時から十二時の間に彼は殺されたのだが）、その昼中、彼がどこに行っていたかを極力調べることにした。

浮浪者だから、この調べはやっかいなようだが、簡単でもある。つまり、そういう身《み》装《なり》の男だったら、誰にでも眼につくからだ。

そう思って調査したのだが、予想に反して容易にわからなかった。

だが、それは、ある刑事によって一つだけ突き止められた。

その刑事は〝鉄ちゃん〟が持っていた麻袋の中に、わりに新しいシャベルと鶴嘴《つるはし》があったことから、〝鉄ちゃん〟は死の前に、その二つの品を古物屋で買った、という推定をつけたのだ。この刑事は、その方面を捜して成功した。

〝鉄ちゃん〟は、ある古物屋で、果たしてその二つの品を買っていたのである。

その古物屋では、その事実についてこう述べた。

「お尋ねの浮浪者体の男は、その日の午前十一時ごろ、私の店先にきて、シャベルと鶴嘴はないか、とききました。見たところ浮浪者ですから、少々高いよ、と言うと、いや、少しぐらい高くても平気だから、と言って、品物を見せてくれ、と言うのです。そこで、店の奥から、そのシャベルと鶴嘴の束を出してみせましたところ、その男は、いろいろ品物を選《よ》っていましたが、その中から二つを選んで、これとこれとをほしい、と言いました」

「それを買ったわけですね？」

係員はたずねた。

「そうです。そのときも、鶴嘴の方が三百八十円、シャベルの方が三百円だったと思います。その男は、少しまからないか、と言うので、両方で六百円にしてやりました。そのとき、浮浪者は汚ない財布を出して、大切そうに紐《ひも》を解き、なかから金を出したのですが、私はちょっと驚きましたね。見かけによらず、金を持っているんです」

「どれくらい持っていましたか？」

「よくわかりませんが、千円札を三枚たたんでいましてね。その一枚を汚ない指先でていねいに抜き、これでつりをくれ、と言いました。旦那《だんな》の前ですが、私は、こいつ、掻《か》っ払いじゃないかと思ったんですが、なにしろ商売ですから、その千円札を受け取り、おつりの四百円を渡しました。ひょいと見たんですが、財布の中には、百円銀貨がかなりはいっていましたよ」

「そのとき、鶴嘴とシャベルの用途について、言いませんでしたか？」

「ええ、それは、聞きませんでした。そんな浮浪者ですから、たぶん、掘立小屋でも建てるつもりで道具を買ったのか、と思っていました」

「なるほど、それ以外に何か変わったことはありませんか?」

「そうですね、べつに、ほかにはなかったように思います。ただ、あんな浮浪者が、千円札を三枚重ねて持っていたのが不思議でした」


これで事態はややはっきりした。

浮浪者は何かを発掘するために、シャベルと鶴嘴の中古品を買ったのだ。金は、前の晩、おでん屋に連れていかれた男から出ている。しかも、鶴嘴とシャベルを買った代に六百円を使っているし、その残りが二千六百五十円だから、〝鉄ちゃん〟はその人物から三千二百円ないし四千円をもらっていたことになる。なんのためだかわからない。

この疑問は、警察側に当然起こった。浮浪者にそれだけの金を与え、しかも、発掘の場所を指示したと思われるような文句の紙切れを渡しているのだから、〝鉄ちゃん〟をご馳走した男は、その発掘を彼に依頼したのであろう。

では、発掘するものは何か。

紙片には〝錫《すず》〟〝白銀〟の文字が残っている。これはたいへんな値打ちの金属だった。トン数まで書いてあるから相当な量だ。紙片にある埋没地点からこの金属を掘り出してくれ、と依頼したに違いない。もちろん、量は全部ではあるまい。

依頼者はおそらく、その地点に紙片に書かれてあるような金属が埋没されているかどうかを、浮浪者を使って試したかったのであろう。

その地点とはどこか。それは、被害者の死体がころがっていたすぐ横の、大日建設事務所、つまり旧軍需工場であろう。

半分は裂かれたとはいえ、その紙片に残っている文字から、以上のことが推定できるのだ。〝正門より警〟という文字があるが、これは正門から警備員詰所という意味ではなかろうか。それも〝五百メートル〟とある。ちぎられた部分を補塡《ほてん》してこれを解読すれば、〝正門より警備員詰所……さらにそれより五百メートル〟という意味ではあるまいか。そして、ちぎられてわからないが、ある目標から〝西へ十メートル……〟行けば、また別の目標があって、その地点の〝深さ三〟メートルの地下に〝錫五トン、白銀〟××量が埋没してある、という意味であろう。

この大日建設の事務所に、最初、事情をききに行ったとき、係員の中には、早くもこのことに気がついて、正門警備員詰所の距離を目測した者がいた。すると、それはちょうど十メートルぐらいだったというのだ。

正門は旧軍需施設時代のものだが、警備員詰所というのは、この大日建設がはいってから新しくこしらえたものである。問題は、ちぎられた半分がないのでわからないが、ある目標からさらに西へ十メートルとなるが、その目標が果たして何をさしているのかわからない。

けれども、以上の推定を考えてみると、まさに〝鉄ちゃん〟が錫や白銀を掘ろうとしていた土地は、現在、大日建設の設備になっている旧軍需工場なのだ。だが、係員は、ないことがわかった。

この結論を得て、お互いに顔を見合わせた。まさに現代のお伽噺《とぎばなし》であり〝宝島〟なのだ。どこまでこの事実を信用していいかわからなかった。今まで、あたまからこの紙片をいたずら書きとばかり思いこんでいたが、その後の調査でそれが必ずしもいたずら書きでないことがわかった。

いや、一介の浮浪人に四千円見当の金を渡し、おでん屋で焼酎《しょうちゅう》を飲ませて依頼したくらいだから、依頼人はそれに相当な〝根拠〟と自信を持っていたのであろう。彼自身、その試掘ができなかったのは、その施設がすでに大日建設のものであって、夜陰に乗じて自ら〝盗掘〟することが困難だと思ったからであろう。つまり、〝鉄ちゃん〟を使ったのは、その男が〝試掘〟の代行を依頼したものと想像された。

とにかく、錫や白銀が、大日建設の土地に埋没されているかどうかを調べるのが最初の捜査の段階となった。

妙なことになったが、当局としては、いろいろな意味で、これを突き止める必要があった。

大日建設というのは、あまり聞いたことのない名前である。

崎津弘吉は、井上代造の家に行った。

手紙の言づけをもらったのだが、夕方近くになっていた。

この家には、二日間しかやっかいにならなかったが、それでも懐しかった。見覚えの路地をはいって、ごみごみした家の間をはいると、井上代造の家だった。

ごめんください、といって格子戸をあけると、出てきたのが井上代造の妹だった。崎津弘吉を見上げて、

「あら」

と、眼をみはった。

地味なワンピースにエプロンをつけていた。白粉《おしろい》気も何もなかったが、大きな眼が弘吉に微笑《わら》いかけた。

「いらっしゃい」

どうぞ、と言って中に招じた。

「井上さんいらっしゃいますか?」

崎津弘吉はきいた。玄関をはいると座敷がまる見えだが、そこには代造の姿がなかった。

「上で昼寝してますわ」

美沙子は笑いながら答えた。

上というのは、中二階のことである。弘吉自身が寝泊まりした場所だった。

「どうぞお上がりになって」

美沙子は勧めた。

「もう、そろそろ起こすころなんです」

崎津弘吉は、座敷に通った。美沙子は、座布団など出した。

「あれからお見えにならないから、どうなすったのかと思ってましたわ」

「ご無沙汰《ぶさた》してます」

弘吉は、頭を下げた。

「お元気で結構ですわ。馴《な》れないお仕事ですから、大変でしょう?」

美沙子は、弘吉の顔をまじまじと見て言った。

「いや、それほどでもありません。遊んでるようなもんです」

それが本音だった。

「でも、お勤めになってすぐですから、ほかの人への気苦労もあるでしょう?」

「みんないい人です」

「そりゃよかったわ。今日は、どうぞゆっくりしてらして」

「実は井上さんから」

と、崎津弘吉は言った。

「こいというお手紙をもらったんです」

「そう。わたしには何も言わないんです。兄はいつもそうなんですの。ちょっと待っていらしてね。今、起こしてきますわ」

美沙子は、古い階段を小さな足音を立てて登った。

崎津弘吉が階下《した》で待っていると、美沙子が降りてきた。

「今、まいります。でも、起こすのに大変。大鼾《おおいびき》なんですの。階下まで聞こえませんでした？」

「いや、べつに」

「あれで、働くとなると、夜も昼もないみたいですが、眠りだすと、まるで泥人形みたいなんです」

美沙子が兄のことを言う言葉の裏に愛情がこもっていた。

彼女が台所の方に立ってお茶の支度などしていると、階段から大きな足音がゆっくりと降りてきた。

井上代造は皺《しわ》だらけの浴衣《ゆかた》のまま現われた。眼をこすった手をそのまま頭にやって、髪をばさばさと掻《か》いた。

「やあ、失敬」

弘吉の前に胡坐《あぐら》をかいた。そこで、もう一度眼をこすった。

「この間はどうも」

崎津弘吉は言った。

「いや」

手紙を見たので、と崎津弘吉が言うと、井上代造は大きくうなずいた。

「いや、呼びつけてすまん。ちょっと話があってね、急に、君に会いたくなったんだ。……ところで、どうだね、勤めの方は？」

ちょうど、美沙子が茶を持ってきて、そこに膝《ひざ》を折ったところだった。

井上代造が、急に勤めのことを弘吉にきいたのは、用件のことで、どうやら妹へ気を兼ねているためのようだった。

「今もお聞きしたところですわ」

と、美沙子は口の重い崎津弘吉の顔をなんとなく見やって兄に言った。

「お仕事は楽だとおっしゃるんですけれど、初めてだから大変だろうと思いますわ」

「おれが世話したのだ」

と、井上代造は言った。

「そうむちゃなところには入れぬ。まあ、身体だけは、そうひどくないところと思っているがね」

「よかったわ」

妹は言った。

「兄さんのお知りあいの会社でしたら、何かといいように言ってくださいね」

美沙子はそこまで言って、兄の自分に注いでいる眼に気づき、なんとなく赤くなってつけ加えた。

「だって、崎津さんはまだお馴れになってないんですもの」

わかった、というように井上代造はいい加減なうずき方をした。妹が、そこに頑張っているのが多少邪魔そうだった。

「今日は何日目かね？」

勤めのことで、井上代造は崎津弘吉にきいた。

「あら、六日目よ。兄さん」

美沙子が横から言った。

「なんだ、おまえの方が憶《おぼ》えていたのだな？」

「兄さんこそ、自分でお世話しておきながら、のんきだわ」

「六日目じゃ、なんにもまだわからないね。どうだね、様子は？」

彼は、崎津弘吉にやさしい眼を投げた。

「とても、楽なところです。ただ、毎日、ぶらぶらと建物のぐるりを見まわっていればいいらしいです」

崎津弘吉はありのままを答えた。

「そうか、まあ、楽なことに越したことはない。そのうち、いつも言うように、どこかいいところがあったら、そちらの方に移るようにするからね。不足でも、もうちょっと辛抱してほしい」

崎津弘吉は、はあ、と言ったが、実はどっちでもいいと思っている。

「六日目だが、警備の仕事をしていて、別に変わったことはなかったかね？」

「はあ」

崎津弘吉は、ちょっと考えていたが、

「直接に変わったということではありませんが、すぐ近くで人殺しが起こりました」

「なに、殺人が？」

井上代造がきき返すと、横の美沙子は眼をまるくしていた。

「まあ、誰が殺されたんですの？」

「浮浪者です。いや、浮浪者ということです。今朝から、警察の人が詰所に、いろいろききに来ていました」

「まあ。では、今朝、殺されたんですか？」

「はあ、なんでも昨夜の真夜中に殺されて、今朝、その死体が発見されたというんです。会社の敷地のすぐ横が溝になっていて、そこに死体が倒されていたんですが」

「どうしたんでしょう？」

美沙子は、顔をしかめて、兄と弘吉を交互に見た。

「なに、喧嘩《けんか》でもしたんだろう？」

井上代造は軽く言った。

「浮浪者だと、人殺しぐらいはやりかねないよ。警察でも、そううるさくはきかなかっただろう？」

と、崎津弘吉に眼をかえした。

「よくわかりませんが、いろいろなことを言っていたようです。詰所では、主任の黒田さんが刑事たちに会っていましたが、なんでも殺された人間が、錫《すず》とか白銀とかいうものを捜しに、構内に忍びこもうとしたんじゃないかと刑事は言っていました」

井上代造の眼つきがちょっと変わった。

「それは、どういう意味だ？」

と、質問が熱心になった。

「なんだか、よくわかりません。ぼくは黒田さんが刑事たちと問答しているのを横で聞いていたのです。何か、いま言ったような品物を書きつけたメモが、その浮浪者の死体から出てきたんだそうです。それに、殺された男はシャベルとか鶴嘴《つるはし》とか持っていたので、そのメモを手がかりに会社のどこかからそんなものを盗み出そうとしたのじゃないか、と言っていました」

「それは、どちらが言っていたのかね？」

「警察です。刑事たちは、そんなことを話して、いろいろ黒田さんにきいていました」

「なんだか、変な話だな」

「兄さん」

と、横から美沙子がきいた。

「その会社に錫や白銀がしまってありますの？」

「そんなはずはない。そんな大そうな値打ちの品物があそこに置いてあるわけがない。そういうものがあったら、あの会社は、とっくに景気がよくなっているよ」

「でも、そういう品を書きつけたメモを持って、その人が忍びこもうとしたのですから、どこかにあるんじゃありませんの？」

「ばかな」

井上代造は相手にしなかった。

「そんなことが考えられるか。まあ、浮浪者というのは、たあいのないことを夢想しているそうだから、その連中でばかな奴が、かん違いを起こして、そこに忍びこむ途中で殺されたのかもしれないな」

「だって、殺された人もそうですが、殺した人間も、そんなことを本気にしていたのじゃないかしら。その高い金属の盗み出しから仲間割れがして、そのあげく、殺人事件が起こったのではないでしょうか？」

これは兄に、考えながらきいた言葉だった。

「さあ、どんなものかな？」

井上代造は、少々、うるさくなったようだった。

「そういう穿鑿《せんさく》は、おれにきいてもわからない。だが、錫だとか、白銀だとかいう金属と、土建屋の商売とは関係がないよ。それからみても、大日建設がそんな品を置いているとは思われないよ」

井上代造はつづけた。

「つまり、浮浪者のことだから、誰かにいいかげんな話を聞いて、それを真にうけ、一《ひと》儲《もう》けを企《たくら》んだのかもしれない。また、そいつを殺した奴も、同じ妄想に取り憑《つ》かれたのかもしれないな」

意見の途中に、表で声が聞こえた。

「おい、誰かきたぞ」

妹が立ち上がった。

「杉田さんがお見えになりましたわ」

美沙子が取り次いで戻った。

「おう、杉田君がきたか」

井上代造は、そわそわと立ちあがって自分で玄関に行った。

客は、背の高い、がっしりした男だった。三十二三ぐらいの、色の黒い顔で、太い眉《まゆ》毛《げ》を持っていた。上等の背広を無造作に着て、座敷にはいってきた。

「やあ」

と、言ったのは、先客の崎津弘吉の顔をふと覗《のぞ》いてからだった。

「この間はどうも」

崎津弘吉が見ると、これは自分が甲州の山で出会った男だった。太い眉と、出張った顴骨《かんこつ》とに特徴がある。

この人物に初めて会った時、井上代造もいっしょだったのである。崎津弘吉が村の駐在所に呼び止められて巡査と話している時、向こうから来たジープに、その二人が乗っていたのだった。

「どうも」

崎津弘吉は、頭を下げた。

井上代造がそばでにこにこして、

「崎津君はね」

と、宝鉱山保安主任杉田一郎に言った。

「最近、ぼくが世話をして、大日建設に働くようになった」

「ははあ、それは」

色の黒い杉田一郎は、皓《しろ》い歯を出して笑った。

「よかったですな、井上君は、これでなかなか親切な男だからね。なにしろ世話好きだ。見かけによらず人情が細やかですよ」

崎津弘吉に言って、大声で笑った。

美沙子は、茶の支度で台所へ退《さが》っていた。

「いつ、こっちにきた？」

井上代造が杉田にきいた。

「うん、午後こちらに着いたばかりだ。ちょっと本社に寄って、まっすぐにここへやってきたのだ」

「そうか。まあ、よくきてくれた」

井上代造は愉《たの》しそうな微笑を口辺に漂わせてきいた。

「社長は元気だったかい？」

「あいにくと野村さんのところに出かけたとかで、留守だった。夜になって帰るという話だから、実は、ここにきたのも、それまでの時間待ちだ」

「この男は山男だからな」

と、井上代造は杉田のことを崎津弘吉に説明した。

「こうして遠慮がない。そのつもりで、君も心得てつきあってほしい」

当の杉田一郎は、煙草を吸いながらニヤニヤ笑っていた。

「君が久しぶりに山から出てきたのだ。どうだ、今夜あたり、大いに新宿あたりで飲もうか？」

昼寝をしたあとの井上代造は元気を出していた。

「よかろう。おれも久しぶりに東京の酒が飲みたいからな。なにしろ、山の中ではろくな酒が飲めない」

「社長の話は暇がかかるのか？」

「いや、たいして暇はかからんだろう」

杉田は、さりげないように答えた。

「それほど、混み入った話ではない。事務上の打ち合わせだけだから」

「そうか、それなら、ここで待っている。ご苦労だが、そっちの話がすんだら、また駆けつけてくれるか。その足でぼくもいっしょに外に出るよ」

「わかった。なるべく早く用件をすまして、こっちにくる」

自分たちの話が終わると、杉田は、ぼんやりすわっている崎津弘吉にも誘った。

「崎津君もどうですか？」

「いや、この人は」

と、井上代造が引き取って、

「あまり酒は飲めないんだ。が、まあ、少々ぐらいはおつき合いできるがね」

そこまで言って、そうだ、と思い出したように、

「すっかり忘れていた。崎津君、君を手紙でわざわざ呼んだ用件を、これから言いたい」

「はあ」

「ぼくは遠慮しようか」

杉田が言った。

「いや、かまわない。そこにいてくれ」

と、井上代造はとめた。

「崎津君」

「はあ」

「君にちょっと手伝ってもらいたいことがある。なに、大日建設の方は、一日だけ休んでもらえばいい。実は、こういうことなんだ……」

井上代造は、崎津弘吉の方へ大きな身体を曲げた。

警視庁の能勢《のせ》刑事部長は、朝の八時に、文京区《ぶんきよう》小日向台町《こひなただい》中野博圭《なかのはくけい》氏邸宅を訪れた。

中野博圭といえば、当代の政治家である。大臣の経歴も二三度あるが、現在では、保守党の一方の派閥の頭領である。内閣が変わるたびに、子分の中から大臣を出し、政界に隠然たる勢力を持っていた。

警視総監から中野博圭氏に、ある事件のことで参考までにご意見を伺いたいから、会っていただけないだろうか、という電話を数日前にかけた。中野氏からは、今日のこの時間を指定してきたのである。

刑事部長は、政治家がえらく早く起きるものだと感心した。午前八時というと、うかうかすると、自分もまだ寝床の中にいる時刻である。中野氏は、すでに還暦を過ぎていて、精力的な活動をつづけている。夜中まで会合がつづくことも珍しくない。それなのに、よくそんな時間に起きるものだと思ったが、中野邸に着いてみて、もう一度驚いた。

応接間に、先客がいっぱい目白押しにすわっているのだった。どれもが陳情組で、女中にきくと、六時ごろからすでに詰めかけて待っているということだった。

なるほど、これでは警察官に会う時間はこういう時しかないだろうと思えた。十時になると、中野氏は、党本部に行ったり、総理官邸に行ったりする。それから夜中まで、スケジュールがいっぱい詰まっているわけだった。

刑事部長は、隅のソファに遠慮そうに腰かけた。応接間には、仏像が置かれてある。

床の間には、国宝クラスだと主人が自慢する愛染明王《あいぜんみょうおう》がすわっていた。

そのほか、壁間には、文字が額にはまっていた。中野博圭氏は、漢詩をたしなむ。漁《ぎょ》舟《しゅう》という雅号があるくらいだった。もっとも、氏の漢詩は、ときどき、ジャーナリズムに冷やかされている。

能勢刑事部長が待っている間にも、先客は二人、三人と女中に呼び出されて、応接間から出て行った。いい加減な年寄りばかりで、中には、議員バッジをつけている堂々たる貫禄《かんろく》の人もいた。それが女中にお辞儀をしながら接見の間に急ぐのだった。

なるほど、これでは大変だ。ずいぶん待たされることであろう、と刑事部長が思っていると、女中が部長の名前を呼んだ。

先客はまだあったが、中野氏は刑事部長を先に呼んだのであろう。他の者は羨《うらやま》しそうに彼を見送った。他人には彼が刑事部長とは気がつかない。

廊下をいくつも回って、絨緞《じゅうたん》を敷いた広い座敷に案内された。

中野博圭氏は、渋い着流しですわっていた。赤ら顔で、眼も唇も大きい。猪首《いくび》が、ずんぐりした胴体にはまっていた。

中野氏は懐手をして、刑事部長を迎えた。ほかに客が二人、窮屈そうにズボンの膝《ひざ》を揃えていた。

能勢刑事部長が、早朝から訪問した不躾《ぶしつけ》を詫《わ》びると、中野博圭氏は、新聞でよく見かけるその顔をにこにこさせた。

「わしのところは訪問客が多いでな。それを全部片づけて君に会ったんでは遅くなるし、君も公務の都合があるじゃろうから、気の毒なので、先にお会いすることにした」

政治家は、塩辛い声を鷹揚《おうよう》に出した。

「うちに警視庁の者がくるのは、久しぶりじゃよ。五年前に、例の開発問題で、警視庁にはひどく追い回されたことがあったがな、は、ははは」

客二人は下を向いて、つつましく笑っていた。

「いや総監から電話がかかってのう」

と、彼は刑事部長に言った。

「何か、わしの工場のことで聞きたいという話だったので、なんじゃろうかと思って承知はした。総監に電話できいたら、部下をやるからよく聞いてくれ、ということじゃったが、なんのことかな？」

氏は、眼玉をぎょろぎょろ動かした。

「は。それにつきましては」

と、刑事部長はメモをポケットから取り出した。二人の位置は正面だったが、畳一枚だけ隔たっている。

刑事部長は、ちらりと、横に並んでいる客二人に眼を走らせた。

すると、中野氏は、それと察したように、

「いや、かまわない。なんでも話してもらいたい。何も今度はわしが悪いことをしたわけではないから、何を言いだされても平気じゃよ。今度こそ、本当の光風霽月《こうふうせいげつ》じゃ」

中野氏は、かつて疑獄事件に巻きこまれたときの〝名セリフ〟を洒落《しゃれ》のつもりで吐いた。

「実は、新聞でも報じていましたので、ご承知かもわかりませんが、川崎の工場の近くで、殺人事件が起こりました……」

そこまで言うと、

「なに、殺人事件？」

と、中野氏はさえぎった。

「なんだ、社会ダネか。わしは、新聞は政治面と経済面しか読まんでな。なんのことかさっぱりわからぬ。それにしても、その殺人事件とわしとが、どう関係がある？」

中野氏は、不審な顔だった。

「先生にべつに関係があることではございませんが、実は、殺された場所が、大日建設という会社のすぐ横なのでございます」

「なに、大日建設？」

中野氏の眼がぎろりと光った。傍にすわっている客も驚いて、刑事部長の顔を眺めた。政治の話でも、利権の話でもない。こともあろうに、当代の大政治家の所に、警察官が殺人事件のことで調べにきたのであった。

警視庁では、殺された浮浪者の持っていたメモから、「大日建設」に何か関係があるもの、という考えを起こした。

川崎は神奈川県だが、事件が東京にも関連している大きなものだと予想されたので、川崎署と警視庁の合同捜査になっていたのだ。

たあいのないメモだが、被害者はあきらかに大日建設の敷地内に侵入を企てた意図がある。メモには錫《すず》とか白銀とか書いてある。そして、埋没場所らしい地点と思われるものがメモの文字になっていた。

そのメモの文句に、どの程度、信憑性《しんぴょうせい》があるかどうかはわからないにしても、犯人の手がかりがない現在、大日建設に対して、果たしてそのようなものが所蔵されているかどうかを、いちおう調べてみる必要を感じた。

殺人の原因が、そのメモの金属にからんでいるとしたら、まずその究明からかかる必要がある。捜査が行きづまった今は、まず、その根本問題に戻って出発しようとしたのである。

もちろん、これには意見が分かれた。

その一つは、浮浪者などが持っているいい加減なメモを当てにして、そんな詮索《せんさく》など必要がないというのである。第一、そういう貴重な金属がそんなところに貯蔵されているわけがない。これらの金属は、もちろん、日本にはなく、あるとしたら輸入品なのだ。「大日建設」というような土建屋には、それらの金属は縁もゆかりもない。浮浪者のでたらめな、それこそ気違いみたいな、たあいのない文字を当てにして、捜査をするのは、ナンセンスだという意見である。

一方の意見は、それを認めながら、被害者についていろいろと調べたが、加害者の見当すらつかない。凶行の原因がそのメモのことにあるらしい、とわかっている以上、頭から常識的にこの特異な事件を判断するのは危険だ。真相はどこに隠されているか常識ではわからない。だから、たあいのないメモの文字だが、いちおう、その裏づけをとる必要があるのではないか。もし、それに多少でも真実性があったら、そこから事件解決の手がかりが得られるのではないか。——

方針は後《あと》の説に傾いた。

そこで、捜査陣では、「大日建設」の社長は誰かということを調べた。どうせ名もない土建会社だから、たいした人物ではないと思っていたのだが、それが政界の大立者中野博圭氏だったので、びっくりしたのである。

捜査当局は眼をむいた。中野氏は政治家だが、また一方に、さまざまな会社の重役も兼ねている。それは名誉職みたいなものであろうが、名も知れない土建屋の社長になっているとはあんがいだった。中野氏は顔が広いとはいいながら、こんな小会社にまで名前を貸していたのである。

政治家中野博圭氏は、人情家をもって知られているので、誰かがしかるべく中野氏を奉って、名義だけの社長にしたのであろう。が、とにかく、ここまで線が出た以上、最初の方針どおり、「大日建設」の社長である中野氏にいちおう当たってみることになった。

しかし、中野博圭の名前が出たことで、捜査当局の一部にはまた別な見方が生じた。それは浮浪者の持っていたメモに記載されてある、白銀、錫のことだ。だから、あるいは、という考えが起こったのだ。というのは、中野氏は政界の一方の親分だし、いろいろと金が必要である。政治家は絶えずどこかに金づるを求めなければならない。現に数年前に起こった疑獄では、中野氏はその中心人物とみられていたくらいである。

中野氏の名前が出て、急に、錫や白銀の線が現実性を帯びてきた。もし、それらの高価な金属が「大日建設」に隠匿されているとすると、どこからその品を持ちこんだか、疑問に思っていた当局の一部は、中野博圭の名前が出て、なんとなく合点がいくような気がした。政治家の一部は、常に奇怪な取引をどこかでやっている。

ここで初めて警視庁は本気になって、中野博圭に当たってみることになったのだった。

捜査本部は、しかし慎重だった。相手は政界の大物だ。単独で行けば叱りとばされてしまう。捜査陣の意見は総監に具申された。

総監も考えたが、ついに部下の言うことに賛同した。ただ、自分が直接出ずに、部下の者が参考的に中野氏の意見を伺うというかたちをとった。それで総監はこの訪問者を刑事部長に決めたのだった。総監としても、いやな役目はしたくなかっただろうし、部下からも痛くもない肚《はら》を探られるような結果を回避したのかもしれない。

能勢刑事部長は、この殺人事件の概要を、今、中野博圭氏に話している。

中野氏は懐手をしながら、咥《くわ》え煙草で聞いていた。眼を細めて耳を傾けているところをみると、本気に聞いているらしいが、機嫌がいいのか悪いのかよくわからなかった。

刑事部長は背中に汗が出るのを感じていた。

「つきまして」

と、ひととおり物語を終わって、刑事部長は言った。

「その大日建設というのは、先生が社長ということになっていることが初めてわかりました。もちろん、先生が直接にその会社をみておられるわけではないと思いますが、私の方としては、いちおう、そういう金属が大日建設にあるかどうかを確かめてみたいと思ったわけでございます」

中野博圭氏はひろがった鼻孔からフン、フンと息を吐いていたが、

「すると、わしが社長をしているから、大日建設に錫や白銀があるかないかをわしにききにきたわけだな？」

と、大きな眼をむいて、質問の要点を押した。

「はあ、まず、そういったわけでございます」

刑事部長はかしこまってうなずいた。

「はっははは」

中野氏は、突然、はじけるような笑い声を立てた。

政治家の笑いは闊達《かったつ》につづいた。刑事部長が思わず眼をあげてその顔を眺めたくらいである。

中野博圭氏は、顔中に口を広げて笑っているのだが、あわれにも咽喉《のど》に皺《しわ》が波打っていた。

大きな笑い声はやっと収まった。が、次に、

「君、夢でも見てここにやってきたのかい？」

政治家は、議場で弥次《やじ》るような声を出した。

「考えてみたまえ。あんなちっぽけな所に、そんなたいそうな金属が、今どき蔵《しま》ってあると思ってるのかい？　いったい、警視庁には常識があるのか、ないのかね？」

刑事部長は眼を伏せたが、

「いいえ、これは、真実を追求したいためにお伺いしてるわけです。もとより、われわれもおっしゃる点には懐疑的ですが、いちおう、その辺の事情を知りたいと思いまして」

と、弁解するように言った。

「わしは」

と、中野氏はつづけた。

「今、貧乏しとる。選挙にも金がかかるし、同志にも適当に金を回してやらなければならん。金はいくらあっても足りん。そんな所にそのような金目の物があれば、一番にこ

ちらでもらっとくよ。そんな宝の山が自分の会社にあれば、他人に知らせるまでもない。とっくの昔に、わしが処分しとる。なあ、そうだろう？」

と、これは傍の二人の相客に言ったことばだった。客は、ごもっとも、というようにつつしんでうなずいた。そして、主人に調子を合わせて微笑していた。

「もともと、大日建設というのはね、君」

と、政治家は刑事部長に言った。

「わしが頼まれて社長の名前になっとるが、ある男がわしの世話になって、その礼心にくれたものだ。わしは名前だけは社長になっとるが、その会社が何をやっとるのか、さっぱりわかっとらん。月々、手当をもらっとるがね、会社自体も、いったい、どこにあるのか、見たことも、行ったこともない。だが、君。そんな宝があれば、第一、わしに報告があるはずだ。また、今どき、そんな物を手もつけずに、地の中かどこかに蔵《しま》っておくようなばか者はいないよ」

中野氏は、政敵に食ってかかるような勢いで一気にしゃべったが、何を考えたか、あとでニヤリとした。

「よくわかりました」

刑事部長は、頭を下げた。

「それで、ちょっと、先生にお伺いしたいのですが、先ほどおっしゃったお言葉の中に、先生がお世話なさった方から、その会社の社長就任を依頼されてお受けになった、というのがございましたが、もし、お差しつかえなかったら、その方はどういう方か、教えていただけませんでしょうか?」

「なに、その男の名前か?」

政治家は、じろりと警視庁の幹部の顔を見た。

「そんなことは、わしの口から言えん。これは男同士の約束でな。他人には内密ということにしとる。わしは男の約束は守る方でな。もし、警視庁で知りたかったら、そこは君たちのお手のものじゃないか。調べる方まで、わしは干渉せん。勝手にやってくれ」

刑事部長は諦《あきら》めた。彼は早朝の訪問を謝した。

「帰ったら、総監に言っといてくれ」

と、政治家は追討ちをかけた。

「そんなたあいのない夢みたいなことで、捜査費をむだ使いしちゃ困る。そんなばかげたことを追うよりも、もっと悪質政治デモの方でも取締まりなさい。世情がなんとなく落ちつかんのは、万事、警視庁の取締まりが手ぬるいからだ。これはわしからの言づけだと、総監の耳にしっかり入れといてくれ」

刑事部長は退散した。

「いや、朝っぱらから、夢みたいなことを持ってくる奴だ。だが金をせびりにくるよりはええかもしれんのう。は、ははは」

政治家の笑いは、廊下の外まで聞こえた。

が、そのあと、中野氏は、何か落ちつかない表情をしていた。二人の客が自分たちの用件を切りだしたのも聞いていないような眼つきだったが、やがて、我慢ができぬというように、

「ちょっと失礼」

と、立ちあがった。

部屋を出た中野氏は、廊下を歩いて自分の部屋にはいった。そこは誰もいなかった。政治家は、電話機を取りあげた。

「板倉君か」

と、相手の名前を呼んだ。

「今、警視庁の刑事部長がきてのう。妙なことを言いおったぞ。大日建設に錫《すず》や白銀が匿《かく》してあると言うて、わしに真偽をききにきた。板倉君、そりゃ本当か？」

政治家は、電話機に屈《かが》みこんで熱心になっていた。

板倉彰英は、政治家からの電話を切ると、ニヤリと笑った。例の豪華な自分の居間だった。傍に紫色の着物を着た女中がついていて、静かに送受器をいただくように受け取って掛ける。

板倉彰英自身は、ふだんのとおり、無造作な服装だった。格子縞《チェック》のワイシャツに黒っぽいズボンである。若いし、体格がいいので、スポーツマンみたいな服装がよく似合う。

離れたところに杉田一郎がすわっていた。話の途中で板倉に電話がかかってきたので、すむのを待っていたのだ。

部屋からは広い芝生を見渡し、そのゆるやかな傾斜のなかに、さまざまな木が手入れを見せて立ちならんでいる。この辺特有の武蔵野《むさしの》の面影をとどめた雑木林の一部が、そのまま巧みに取り入れてあり、傾斜が落ちたところは、自然のゆるやかな川が流れている。庭の間には珍しい形の石が布置され、また、別の方には、この家の主人の趣味として、熱帯樹や熱帯魚が飼われていた。

広大な邸《やしき》だった。戦時中、K首相の別荘であったことで一般に知られている。明るい陽射しが芝生の緑を輝かせ、その反射が客の顔を半分蒼《あお》くしている。

「待たせたな」

若い主人の板倉彰英は、客の杉田一郎のまえにすわった。客といっても自分の部下で、彼が経営している山梨の宝鉱山の探掘所保安主任なのだ。

もっとも、この鉱山は珪石《けいせき》を採掘する山だが、現在は仕事をしていないので、保安主任といっても実際にその方の仕事をしていなかった。

「中野博圭からだ」

と、板倉は電話の主の名を呼び捨てにして言った。

「大日建設の殺しのことで、警視庁から中野のところに誰か聞き合わせに行ったらしいな。それで、中野が声の調子まで変えて、あの工場にはそんな物が隠してあるのか、と、さっそくきいてきたのだ」

杉田一郎は、話を聞いてこれもニヤリと笑った。瘠《や》せた顔で顴骨《かんこつ》が出ている。笑い方も全体として暗かった。井上代造の家で崎津弘吉が見た顔である。

茶を客に出した女中が静かに出て行った。

「で、そんなものはない、と言われたわけですね。いや、お返事はここで聞いていましたよ」

杉田一郎は陰気な声で言った。

「そう言うほかはないだろう。ところが、中野はえらくしつこくきくのだ。どうやら、先生、勘ぐっているらしいね」

板倉はライターを指で弾《はじ》いて答えた。

「もともと、そういう品物が、われわれに結びついていると考えているらしい。だから、愚にもつかぬことを本気にしているのだ。先生も選挙間ぢかで金がかかるからな。もし本物だとすると、こいつは見のがしてはならないと思ったのだろう」

「そうかもしれませんな」

二人は、ここで意味ありげに笑いあった。

「しかし」

杉田一郎は笑顔を収めてきいた。

「警視庁では、あの浮浪者殺しを相当突っこんでいるのでしょうか?」

「さあ、そいつはわからん」

板倉彰英は、青年らしい明るい表情を変えないで答えた。

「だが、今ごろ、中野のところにそんなたあいのないことを聞きにくるようだったら、およそ知れているね……ところで、君、さっきの問題に戻ろう」

板倉は声を落とした。

「先方の出発は、あと一週間となった。こちらに到着するのが八日だ……」

ここまで話したとき、廊下に足音が起こったので、ふいと続きをやめた。

「ごめんくださいませ」

襖《ふすま》の外で女中の澄んだ声がした。

「あの、井上さまがお見えでございますが」

若い主人は相手と眼を見合わせた。

「きたか？」

呟《つぶや》くように言った。

「ここに通してくれ」

その声が終わらないうちに、井上代造の顔が勝手にはいってきた。

「やあ、今日は」

快活な声で、まず主人にお辞儀をした。

「おう、杉田君もきているな」

井上代造は、次に先着の友人に声をかけた。

「昨日は、どうも」

杉田一郎も眼を微笑《わら》わせて井上にうなずいた。

「井上君、さっそくだがね」

板倉彰英は彼の方へ眼を向けた。

「はあ」

「いよいよ、アチラさんの日取りが決まったんだよ」

「ほほう、いよいよ、やってきますか？」

井上代造は眼を瞬間に光らせた。

「くる」

と、断乎《だんこ》とした調子で答えた板倉彰英は、厳しい顔つきになった。

「これが、一行の顔触れだ」

板倉彰英は、ポケットから折りたたんだ紙を出して見せた。

井上代造と杉田一郎は、両方から頭を屈めて、その紙に熱心に眼を当てた。

「明日ごろ、新聞に出るはずだがね。団長はそこに書いてあるとおり、ルイス・ムルチという男だ。こいつは向こうの大臣格で、なかなかのやり手らしい。年齢《とし》は四十八歳だが、経済通でもある。彼はアメリカのコロンビア大学出だ。ここに彼の写真があるがね」

板倉彰英は、ワイシャツの胸のポケットから別な紙を出した。それは外国の新聞の切り抜きだった。

井上と杉田の眼は、また、その写真の上に吸い寄せられた。写真の男というのは、でっぷりと肥《こ》え、眼が大きく唇の厚い、色の黒そうな、いかにも顔の艶《つや》が示すような精悍《せいかん》そうな面構えだった。

「なるほど、この男ですか？」

井上代造は、写真にじっと見入った。

「団員は総勢十名だがね」

板倉は横から説明した。

「団員のいずれも技術者となっている。今度の物資調査委員団は、技術者が多いことが特徴だ。なに、しかし、この連中はたいしたことはない。問題はこのムルチだ。この男は油断がならない。なにしろ本国の方では頭も腕も切れるし、粘り強い男として、相当、悪名が聞こえている。しかもだ、今度の調査では、彼は団長として絶対の自信を持っているらしい。つまり、それだけ、彼は確実なデータを握ってくるわけだ」

板倉彰英は重い声になっていた。

「というのは、こちらからデータを先方に提供した人間がいるわけですね？」

杉田一郎が腕組みして言った。

「そうだ、そう考えるより仕方があるまい」

板倉が答えると、

「畜生！」

と、井上代造が肘《ひじ》を張って叫んだ。

「けしからぬ話です。この前からそれが問題になっていますが、まだ、そいつの正体はわかりませんか？」

「どうも、つかめない」

板倉は険悪な表情になりかけたが、

「まあ、それはあとの話にして」

と、気持をかえるように下唇をなめた。

「とにかく、この話の続きをすませよう。そこでだな、政府当局の招待は、第一日は帝国ホテルで晩餐会《ばんさんかい》、これは、もちろん、儀礼の意味を含めての顔合わせだ。翌日から宿舎の××ホテルにはいる。だいたい、一行の滞在予定は一週間、ずっとこのホテルにいるわけだ」

「なるほど」

井上代造が顎《あご》の下を手で支えて、うなずいた。

「ところがだね、このムルチという男は無類の女好きでね、今までも、その悪癖から本国で問題を起こしたこともあるそうだ」

「ほほう、そりゃあ……」

井上代造は、急に眉《まゆ》を開き、改めて写真の顔を見直した。彼は、独り笑いをしながら、

「言われてみると、そんな感じですな」

と、感心したように板倉を見上げた。

「社長は、その辺までわかっているんですか?」

「それだけではない、こちらで手をまわしてわかったことがあるよ」

板倉彰英はうすら笑いしていた。

「第一夜は、いま言ったように帝国ホテルだが、団長のムルチ先生は、どうやら、次の晩からは、おとなしく宿舎に泊まるつもりはないらしいよ」

二人とも、これにはいっしょに顔をあげた。

「つまりだな、こちらに設置されてある、彼《か》の国の代表部に、ムルチは日本の女性の斡《あっ》旋《せん》をあらかじめ頼んだらしいんだ。代表部でも仕方がないから、しかるべき女を世話するらしいのだが、むろん、外聞があるから、そんな女を宿舎に入れるわけにはいかない。非公式といっても、一国の調査団だからな。そこで代表部としては、ムルチのために、第二のホテルをこっそり用意したらしいんだ。すでに、その交渉もまとまったらしい」

「ほう、それは、いったい、どこですか?」

杉田一郎がきいた。

「渋谷区××町の〝秀峰荘《しゅうほうそう》〟だ」

「〝秀峰荘〟?」

井上代造が口の中で小さく声を上げた。

「うむ、なるほど、うまいところに眼をつけたもんですね」

「君、その旅館を知ってるのか？」

板倉が井上の顔を見てきいた。

「泊まったことはありませんが、前を通って知っています。代々木駅からはずれたちょっと閑静なところです。そういう隠れ家にもってこいのところですよ。なるほどあすこに目をつけたとは、代表部も気が利いていますなあ」

「しかし、社長」

井上代造が眼をむいて一人で感嘆したので、杉田一郎が代わった。

「よく、その辺まで情報がとれましたね？」

「そりゃ、手は打ってある。その方面からのしかるべき連絡でいちいち知らせてくれているからね」

「社長にかかっては、何もかも筒抜けですな」

「その〝秀峰荘〟は、ぼくも話を聞いて、さっそく、調べさせた」

と、板倉彰英は機敏な処置を誇った。

「そういう隠れ家にふさわしいのは、こちらにとっても好都合だ。立地条件は、今も井上君が言ったとおりだ。なにしろ、こちらの都合に合わせたようなところを選んでくれたものだ」

それからは、しばらく三人の間に沈黙が落ちた。それは、各自が一つの課題について、それぞれ思いをめぐらせているといった格好だった。

「とにかく、今までのところは、これだけしかわからんがね」

と、板倉彰英は黙っている二人に言った。

「今後のことは、また連絡があるはずだ。そうなると、もっと細かな内容がわかってくる。こちらでもそれに応じて、詳細な検討ができるわけだ」

若い社長は、身体を動かして両膝《りょうひざ》を立て、両手で抱えた。

「しかし、後のその情報を見てからですが、慎重の上に慎重にしなければいけませんな」

井上代造が考え深そうに言った。

「そのとおりだ。それで、後のことがわかりしだい、また二人にここに来てもらう。その上で、何回も相談したい」

「わかりました」

井上代造は大きく首を動かした。

「実は、そろそろ期日が切迫すると思って、かねての計画どおり、こちらで手に入れた人間を動かすように含めさせてあります」

「本人に気づかぬようにしてあるだろうね？」

板倉彰英は注意深い眼になってきいた。

「もちろんです」

井上代造は力強く返事した。

「当人は何も気づいていません。だいたい、不思議と懐疑を持たぬ男のようです。今ごろの青年は、ああいうものですかね。実にものを考えないんですな」

「そりゃ近ごろの若い者の傾向だろうね」

若い板倉彰英が意見を言った。

「しかし、それはかえって都合がいいじゃないか」

このとき、横で黙って聞いていた杉田一郎が口を出した。

「もちろんだとも。こっちにとっては都合がいい。あのぶんでは、事が起こっても、いろいろ気を回すようなこともあるまい」

「とにかく、大事業だからな」

板倉彰英は言った。

「用心の上にも用心を重ねた方がいい。……しかし、とんだ奴がやってくるようになったものだな」

後の言葉は呟《つぶや》きだった。

「それを今、社長と話していたとこだよ」

と、杉田が後から参加した井上代造に向かった。

「今度の調査団は、的確にこちらのデータを握っているらしい。すると当然、こちらから確実な情報が先方に渡ったことになる。いったい、誰がそれを渡したか。いや、誰がそれを売ったかだ。それを糾明するのが先決問題だ。なにしろ、そういう危険があっては、今後の仕事の上でいろいろと邪魔されるわけだからね」

「もっともだ」

井上代造は腹を立てたような顔になった。

「いまだにそれがわからないところをみると、よっぽど巧妙に細工を弄《ろう》しているとみえる。社長、そいつは何者でしょう?」

「さあ」

板倉彰英は、この問いを受けて首を傾げ、思案顔になった。

「そのうち、必ず発見する」

井上代造が拳《こぶし》を握った。

「必ず発見してください。ぼくらの方でも気をつけますが、社長の俊敏には追っつかないようです。もし、その裏切者がわかったら、このぼくがきっと処分します。それから先のことは、ぼくに任せてください」

「井上君」

板倉彰英は、閉じていた眼をあけた。

「その時は頼む」

「ぼくも」

と、負けずに杉田一郎が言った。

「その時は、きっと手伝わしていただきます」

「そうしてくれ。しかし、それよりも問題は、今さし迫っている課題にどう取り組むかだ。処分のことは、その後でもいい。それよりも当面の危機をどう切り抜けるかだ」

板倉彰英は爪を噛《か》んだ。

「社長」

井上代造が慰めるように言った。

「そうご心配にならなくてもいいです。すでに方針は決まっているんですから、後は実行手段に念を入れることです。それは社長の指図どおり、われわれが入念にやりますから」

「井上君の言うとおりです」

と、杉田一郎も井上を支持した。

「ま、こうなると、そうするほかはないだろうな」

板倉彰英は、二人に激励されたかたちで気をかえたように言った。

「どうだね、今夜は飲みにでも行こうか？」

「そりゃ結構です」

井上代造はすぐに賛成した。

「今夜は大いに痛飲したいですな」

彼は杉田にも、どうだね、と言った。杉田は、もちろん結構だ、と答えた。

すると、井上代造は何かに気づいたように、

「社長」

と、急に声の調子を変えて、ささやくようにきいた。

「あちらの方はどうなんです？」

あちらで意味は通じていた。これは板倉彰英の後楯《うしろだて》になっているRコンツェルンの独裁者岩村修平のことだった。

第六章　暗殺

大型旅客機は、海の上から羽田空港に、低い位置で直線に進入してきた。南の方からきた機だった。落日がその派手な胴体をあざやかに染めた。機は滑走路に脚を着けると、しだいに速力を落として歩いた。それから、ゆっくりと向きをかえ、普通の並足になってビルの方へ進んだ。

出迎人が下の方で動いていた。機のとまった位置にタラップを運んで行くのが見えた。下の出迎人は十四五人ばかりいたが、これらの三分の一が役人で、あとは新聞社の連中だった。大きなカメラを手に持って、機のとまった所に走っている。

長い胴体を持った大型機は、完全に停止した。タラップがつけられ、入口が開いた。役人たちは、タラップのすぐ下まで行き、自然と整列を作って待った。

日本人が最初降りてきた。つづいて後は外国人ばかりだったが、五六人めに、髪の黒い体格の大きい男が入口から姿をあらわした。

彼はタラップの途中で手を振った。外国人らしい大きな身振りである。これは、ロビーの一般送迎場で歓呼して迎えている在留同国人に挨拶《あいさつ》したのであった。

下に構えていたカメラが、その先頭の男を写した。同じ組は七八人つづいた。

タラップを降りると、下に並んでいた役人が、先頭の男と握手を交わした。その次の役人が背をかがめて手を差し伸べた。

先頭の男が、遠い所からでも、白い歯を出して笑っているのが目立った。並んでいる日本の役人が子供に見えるくらい、一行は大きな図体《ずうたい》ばかりだった。役人側がひどくおとなしいのに引きかえ、その先頭の男は、芝居でもしているように大げさな身振りだった。

機からはほかの旅客がつづいて降りたが、この一行ほど目立つものはなかった。背の低い新聞記者が話を聞きたがっている。一行の姿は、そんな具合で人目を集めながら、いったん建物の中に消えた。

役人が出迎えているところをみると、普通の旅行者でないことはわかった。新聞記者もきていることである。あきらかに、外国の外交官らしい人物が来日したのだった。誰の眼にもそう見えた。

送迎場に並んでいる三十人ばかりの在日外国人は、一行が建物の中にはいったので、ロビーの方へぞろぞろと出てきた。

この国際線のロビーは、そのほかにも、次にくる旅客機や、出発間近い機のために、送迎人が混みあっていた。正面の大きな壁には世界の航空路が貼りだされ、それからつづいて、この待合室を囲むように土産物《スーブニイル》の売店が並んでいた。色ガラス玉のようなきれいな店ばかりで、このロビーには、花やかさと旅心とが人々を軽く興奮させるくらい渦巻いていた。

放送《アナウンス》は絶えず外国語と日本語で告げられ、客待ちの人々の会話も、外国語の方が多いくらいだった。

初夏の陽が萎《しぼ》んだ。空港の灯《ひ》の輝きが冴《さ》えてきた。

先ほど、機から降りた一行が、また姿を現わした。相変わらず、先頭は太った大きな男である。茶褐色の皮膚に大きな眼玉だけが白かった。白いといえば、もう一つ、彼の厚い唇が開くたびに、きれいな歯並がむき出るのだった。

待っていた新聞記者たちが彼らを取り巻いた。質問に答えるのも、先頭の代表格の男だった。

「観光団でいらしたそうですが」

と、日本の新聞記者が英語できいた。

「視察の目的はなんですか？　ルイス・ムルチさん」

ルイス・ムルチ氏は愛嬌《あいきょう》がよかった。絶えず笑顔を見せることを忘れていない。

「われわれは、お国の観光事業を視察にきたのです。それだけです」

団長は、歌手のような含み声で答えた。

「ルイス・ムルチさん」

と、別な記者がきいた。

「失礼ですが、あなたはお国ではミニスター格です。そういう方がただ観光事業視察でいらっしゃるのは、どういう理由《わけ》でしょう？」

「われわれの国が、それほど観光事業に熱心だというわけでしょうね。これから世界中のお客さまをわれわれの方へお招きしなければなりませんから」

ルイス・ムルチ氏は愛想よく答えた。

「しかし、ムルチさんの滞日予定を見ますと」

と、別な記者が質問を受けもった。

「京都《きょうと》、奈良《なら》をはじめ、雲仙《うんぜん》も別府《べっぷ》もはいっていませんね。観光が目的だったら、必ずいらっしゃるはずですが、ほとんど東京ばかりというのは、どういう理由《わけ》ですか？」

「観光事業は」

と、ルイス・ムルチ団長は答えた。

「足で歩かなくても、東京でもわかります。東京には、統計や、設備や、予算や、あらゆるわれわれの知りたいことが役所に集まっています。われわれは、トリイやパゴダ（五重塔）などは絵葉書で見れば充分です」

「一行十名ですね。十名は観光事業の専門の方ばかりですか？」

「視察は見物ではありません。われわれは、それに必要な専門委員を各方面から選んできました」

ここでルイス・ムルチ氏は、大きな眼を記者たちの顔に順々に当てた。

「日本の新聞記者諸君は、ほんとは、私に何をききたいのですか？」

やはり笑いながらの言葉だった。

「われわれは、ミニスター格のルイス・ムルチ氏が観光視察に見えたことに敬意を持つと共に、多少の懐疑を抱いているのです。つまり、観光事業視察の目的のほかに、ムルチ氏は日本の政府に何か交渉に来日されたのではないかと考えています」

「カケアイですか？」

ルイス・ムルチ氏は幅の広い肩をすくませ、大きな両手を広げた。

「われわれは、何も持ってきていない。われわれは、日本にやっかいなカケアイにきたのではありません。日本に教わりにきたのです」

ムルチ団長は笑い声を立てた。ステージで歌わせても人気をとりそうな、よい声だった。

視察団の一行は、自動車《くるま》の長い列を作って出発した。暮れなずむ空港の端を迂回《うかい》し、小さくなった。

待合室では、次に出発するアメリカ行の旅客機の案内をしている。

大きな世界地図のすぐ近くで、三人の日本人が椅子に掛けていた。彼らは荷物を持っていなかった。べつに旅装らしい支度もしていないので出迎人か見送人かと見られた。こういう人間は、この待合室に充満しているので、それほど目立ちはしなかった。

井上代造がその席近くに戻ってきた。

三人は、彼が来たのに、べつに話しかけるでもなかった。井上代造もつまらなそうな顔をして椅子に腰をおろした。すぐ横が杉田一郎だった。

井上代造は、煙草をぼんやりと吸った。

「見たか?」

と、杉田一郎が小さい声で彼にささやいた。話しかけるという様子ではなく、新聞を手に持って、眼をそれに落としながらの質問である。

「見た」

井上代造も退屈そうな顔で答えた。

会話はしばらく途切れた。井上代造の眼は目的のない表情で、ロビーの客の様子を漫然と眺めている。

「予定に変更はないかな?」

彼は杉田の方には向かないできいた。

杉田も新聞を読みふけりながら言った。

「変わりはない」

「明日の晩だな」

井上が言った。

「そのとおり」

杉田が答えた。

「お客さんは、いつ、宿にはいる？」

「午後九時だ」

「女は決まったか？」

「決まった。キャバレー・スイートピーの女だ。洋子《ようこ》という」

井上代造は黙っていたが、

「どんな女だ？」

と、新しい煙草に火を点《つ》けた。

「つまらない女だ。英語は巧《うま》い」

杉田一郎は新聞を裏返した。

「以前に、外国商社の支店長のオンリーになったことがある。金だけが目当ての女だ」

「騒ぐ方か？」

「騒ぐかもしれない」

井上代造は、椅子から立ちあがった。

ぶらぶらとその辺を歩いている。が、実は、こちらを誰か注意している者はないか、警戒したのだった。

また退屈そうに元の椅子に戻った。

杉田一郎は、新聞を熱心に読みつづけている。

「警戒は？」

と、井上代造がきいた。やはり相手を見ないで、ひとり言の小さな呟《つぶや》きだった。

「ない」

杉田一郎が新聞に眼を据えて答えた。

「ボデー・ガードが一人いる。こいつは宿の外には立っていないはずだ。宿にはスナック・バーがある。奴は、大将が居間にはいってる間、そこで、酒を飲んでるはずだ。飲んだくれだ」

「ピストルは？」

「持ってるだろう。しかし、役に立つまい」

杉田一郎は新聞紙を鳴らして、別の欄を読みやすいようにたたんだ。

「そっちの方は？」

と、今度は杉田一郎が反対にきいた。

「準備は大丈夫か？」

「できている」

井上代造がおさえた声で答えた。

「手抜かりはない。よく言い聞かせてある」

彼はそう答えてから、また反問した。

「訪問者は誰に決まった？」

杉田一郎は、飽き飽きしたように新聞から眼をはなした。

「予定の男だ」

彼は初めて井上代造の顔にちょっと眼を走らせ、椅子に背中をもたせてあくびをした。


井上代造が、ふらりと立ちあがった。

「どれ、帰ろうか？」

杉田一郎もそれにうなずいた。

「帰ろう」

しかし、連中は決していっしょではなかった。杉田一郎と、後の二人はばらばらになって、待合室の間を歩いて階段に向かった。杉田についている二人の男は、井上代造がまだ見たことのない顔である。彼らは杉田の傍に終始ついていたが、決して口をはさむことはなかった。二十七八の、労働者のような体格だった。

井上代造は、杉田を先に見送って、今度は別な方角から階段を降りた。杉田の降りたのは、すぐに表の玄関に出るのだが、井上代造は、国内線のロビーに降りる。

階段を降りきると、右側に長いカウンターがある。係が乗客と応対していた。一方は売店で、化粧品、書籍、雑貨などの店が並んでいた。ここにも大阪からきた飛行機が着いたばかりで、出迎人と乗客とが群れて動いていた。

井上代造は、公衆電話に向かった。赤い電話機が並んでいる。中年の婦人が一人、甲高い声で話していた。

井上代造は送受器を取り、銅貨を入れた。

先方の声が出たので、彼は話した。

「大日建設ですか？」

そうだ、という声が返ってきた。夜勤の者らしかった。

「崎津君はいますか？　崎津弘吉君です」

「あなたは？」

「友だちだ、と言ってください。出てもらえばわかります」

「崎津君は来ていません」

先方では無愛想に答えた。

「今夜、夜勤のはずだったが」

井上代造は少し高い声になってきいた。

「ほんとはそうなんですが、明後日《あさって》の晩に代わったんです。崎津君は都合があって、今夜は他人と交代して休みました」

井上代造の表情が当惑に変わった。

「明日は」

と、彼はつづいて言った。

「朝から来ますか？」

「くるかもしれません」

先方の声は誠意がなかった。

「もし、彼が来たら」

と、井上代造が急《せ》きこんで言った。

「これだけはぜひ伝えてほしいんです。明日の晩に頼んだことは、都合で中止してくれ、と」

「都合で中止してくれ、そう言うんですね？」

その声は、やはり投げやりな調子だった。

「そうです、そうです。明日の晩ですよ」

井上代造の顔になぜか、必死の色が現われていた。

「ぜひ伝えてください。私は井上という者です」

「井上さん。ああ、わかりました」

「もしもし。失礼ですが、あなたの名前は？」

「黒田《くろだ》といいます」

「黒田さん？」

井上代造がちょっと声を弾ませた。

「主任さんですね？」

「そうです」

「ぼくは井上代造です。板倉さんに言って、崎津君をそちらに就職させてもらった者です」

「はあ、わかりました」

相手の声は少し面倒くさそうだった。

「崎津君がきたら、そう伝えればよろしいんですね？」

「そうです。ぜひお願いします。あ、ちょっと」

と、彼は念を押した。

「これは大事なことですから、ぜひ、忘れないでいただきたいです。明日の朝、彼がそちらに来たら、来たらすぐ言ってください」

「わかりました」

井上代造があとをまだ言いかけた時に、先方では話が終わったと思ってか、電話を切った。井上代造は、呆然《ぼうぜん》と電話機の傍にしばらく佇《たたず》んでいた。彼にしては、珍しく思いきりの悪い調子だった。不安がその表情に出ていた。

彼は煙草を喫《す》った。

もう一度電話をかけて、頼んだ用件の念を押すべきかどうか、迷っている表情だった。隣りの婦人は、まだ高い声で電話に話しつづけている。

「大阪に着くのが九時ですからね。それから宿まで一時間です。十時半になったら、そちらから電話してください。いいですね。忘れないでくださいよ。十時過ぎですよ。わたしは起きて待ってますからね……」

井上代造は、まだ思案していた。いまの言づけが届くだろうか、という落ちつかない顔色だった。

背の高いアメリカ人が来て、井上代造の眼の前の電話を取った。

井上代造は、それで初めて思いきったようにそこを離れた。

彼は出口に向かった。自動車が幾つも駐車している。彼の眼は、杉田一郎が先に乗った自動車を捜していた。すぐには眼につかなかった。客待ちの運転手たちが自動車の外で涼みながら、二三人で話をしている。

「井上さん」

すぐ横で声がした。

井上代造が見ると、自分が名前を知らない男だった。

「自動車《くるま》は、すぐそこに置いてあります」

「どれだ？」

井上代造は、自動車の群れを見た。

「案内します」

男は先頭に立った。井上代造は疑いをもたずに、その男の後ろから歩いた。

崎津弘吉は、夜の九時ごろから代々木《よよぎ》駅付近にあたる××町をうろついていた。九時から十時の間に、この地点に立っているようにと井上代造から頼まれたことである。

十日前、いま勤めている大日建設を一晩だけ夜勤を断わって、自分の頼みを聞いてほしいと言ったのがこのことだった。二日前、それがはっきりと井上代造から指示された。ただ、指定した地点に立っていてくれたらいい、というだけだった。そのほかの用事は別にないのだ。

奇妙な頼みだが、井上代造の性格からして不思議はなかった。いつもとっぴなことを考えたりする人だ。

いったい、どういう理由でそんなことをしなければならないのか、弘吉は深くは考えなかったし、質問もしなかった。井上代造もにやにやして、そうしてくれ、と頼むだけだった。

その地点は、賑《にぎ》やかなところからはずれたところにあった。井上代造は、地図までわざわざ書いて教えてくれた。辺りは少し坂道になっていて、つれこみ宿がつづき、ネオンが暗い街の底を色どり、それが、黒い塊のような屋敷町へつづいていた。

井上代造が指定した場所は、その広い坂道から右にはいったところだった。その路《みち》は自動車《くるま》がやっと通れる程度の広さしかなく、それに片側がどこかの旅館の石垣になっていた。一方の家の下は崖《がけ》みたいな斜面になっている。下の人家の灯《ひ》がずっと低いところに見えるのだった。

この路をまっすぐに行くと、線路に突き当たり、その果てに町の灯がつづいていた。

井上代造の指示は、一つところに立っていなくてもいい、ぶらぶらしてくれというのだったが、自動車の走る広い坂道から狭い路に分かれる入口と、突き当たった線路との間が指示された行動距離だった。五六百メートルぐらいである。

十一時を過ぎたら、その場所から帰ってくれてもいいと井上代造は言った。ただし、そのとき、彼は次の言葉をつけ加えた。

「君がその辺に佇んでいると、通りがかりの誰かが君に何か物を預けるかもしれない」

「物を？」

崎津弘吉は眼をみはって反問した。

「なんですか？」

「いや、たいしたもんじゃない」

井上代造は笑って言ったのだった。

「ちょっとした物だ、ぼくにもそれがはっきりと今は言えないがね。ただ、君がそれを預かって自分の下宿に持って帰ってくれたらいいのだ。たぶん、風呂敷《ふろしき》か何かに包んであるはずだ」

彼らしい無造作な言い方だった。

「それだけでいいのですか？」

「結構だ」

井上代造は大きくうなずいた。

「それだけを頼みたい。実はね、崎津君。その品物を受け取るとき、相手は何も君に言わないかもしれない。黙って手渡すかもしれないのだ。それから、もう一つ。相手は大急ぎで君に渡して、そのまま立ち去るかもしれない。そんな場合でも、君は相手に声をかけないでくれ」

微笑していたが、井上代造の眼は、崎津弘吉の顔を真正面に見据えていた。

「ずいぶん、妙なことを頼むと思うかもしれないが、ぜひきいてほしいのだ。事情は、用がすんでから君に打ち明けるつもりだ。まあ、今は黙って言うとおりになってほしい」

実際のところ、崎津弘吉には、まだ井上代造の本当の正体がわかっていなかった。何をやっているのか、さっぱりわからない男である。

「承知しました」

崎津弘吉は受けあった。井上代造のそのわからないところが、妙に気持を惹《ひ》かれるのだ。つきあってみて、いい人間だと信じている。彼があとで説明するというならそれでもいいと思った。

「そうか、ありがとう」

井上代造は礼を言ったが、そのすぐ後で、ちょっとそれまで見せなかった表情をした。いわば迷うような顔色だった。

「だがね、……」

言いかけたのは、何か後を説明したかったのであろうか。それを思い返したように引っこめた。迷ったような表情は、次に言う言葉を躊躇《ちゅうちょ》していたのだ。

「いや、まあいい」

と、井上代造は曖昧《あいまい》に言った。

「とにかく、今はなんにもきかないでやってくれ」

——その実行の日が今夜なのだ。

いま、崎津弘吉はその場所を何度か往来していた。いちおう九時から十時までだったが、十一時になったら帰ってもいいというのだから、二時間はここにいなければならない。誰かが何かを渡しにここにくるということだったが、いつ、現われるかわからない相手を待つのは退屈な話だった。

歩いたり立ち止まったり、時間を消すのに困った。

坂道になっている広い通りは、いしだたみが敷いてあって、多い外灯の光が、いしだたみの切り込みに当たって、美しい翳《かげ》を作っている。外国にもありそうな舗道だった。

自動車の往来はわりと多い。しかし、人の歩きはあまりなかった。時折り、自動車から降りた若い男と女とが宿のなかへ消えていった。

十時近くなった。

狭い路に崎津弘吉が立ってから、十組近くのアベックが通った。どの組も、そこにぼんやり立っている崎津弘吉の方を眺め、薄気味悪そうに急いで通った。

近くの家から、ラジオの声か、テレビの声かがしていた。劇をやっているらしく、男の声と女の声とが入り混じっている。

人の歩きは、もうなかった。暗い空だ。風のない晩で、木は動かなかった。

時報が鳴った。十時である。

井上代造の話では、十一時になったら帰っていいというのだから、あともう一時間辛抱せねばならなかった。苦労なことである。いつくるともしれない人間を待つのは、別に忙しくなくても空しい焦燥を感じる。

崎津弘吉が通りの方に何度目かに戻りかけた時であった。急に後ろの方で、足音を聞いた。彼は振り返った。

相手は急いでいる、という井上代造の言葉を思いだした。足音は忙しそうである。崎津弘吉は立ち止まって、前方を凝視した。

塀にさえぎられて、前方が見えない。が、すぐ、外灯の光の下に人間が現われた。しかし、それも瞬間の間で、光の輪から過ぎた。確かに、相手は大股《おおまた》でこちらにきている。

これだ、と感じて、崎津弘吉は路のまん中に立った。相手に自分の立っていることを認識させるためだった。

その人影がずっと近づいてきた。崎津弘吉が立っていると、先方では、それを認めて、ちょっと彼を見据えるようにしたが、すぐに腕が触れるくらいに寄ってきた。

「君、これを頼む」

有無をいわせない速さで、崎津弘吉の手を取り、ハンカチに包んだ物を掌《て》に持たせた。ずしりと重みがあった。

崎津弘吉が返事をする猶予もなかった。男は彼の傍をさっと離れると、大急ぎで大通りの方へ去って行った。

崎津弘吉は、自分の手に握らされた〝物〟を握っていた。ハンカチに包んであるが、金属性の硬い重い〝物〟だった。

男の顔は、暗くてわからない。服装もよく見えなかった。黒っぽい上着を着て、ネクタイをつけていたことだけは印象に残った。もう一つ、その男が自分の手を握って物を渡した時の感触が、ひどく筋張った堅い手だったことである。

崎津弘吉はハンカチの包みの上から、その〝物〟を撫《な》でた。かたちはピストルだった。

崎津弘吉は、こういう事態を予期しないではなかったが、実際にピストルを手渡されてみると、彼の心にはじめて平静が薄れた。井上代造の性格から推して、この物の実体にも予感はあった。何をやっているかわからない男である。だが、はっきりピストルという物体を持たされてみると、井上代造の得体の知れない仕事が、現実に崎津弘吉の中に重く落ちこんできた。

受け取ったらすぐに自分の下宿に帰ってくれ、というのが井上代造の指示だった。崎津弘吉はそのとおりにした。ただ、今までと違って、さすがに足がひとりでに速くなっていた。

表の通りがすぐそこに見えた。自動車が走っている。ヘッドライトが道を白く照らしては消えた。

後ろの方で、人の声と、大勢の足音が聞こえた。はっきりと、それは地面を蹴《け》るようにして駆けていた。音は崎津弘吉の背中を追っていた。

彼は本能的に、通りに出ると坂道の上に向かった。この坂を下ると賑やかな駅前の商店街になるので、瞬間の判断は、塀のつづいている、暗くて寂しい邸町《やしきまち》の方角を選んだ。頭の中には、頼まれた〝物〟を自分の所に持って帰ることだけしかなかった。

後ろからくる連中は、崎津弘吉の姿を発見したらしく、何か声を上げていた。駆けてくる靴音も高くなった。

崎津弘吉は逃げた。この場合、そこに止まっているより逃げた方が本能の命令だった。前を歩いている通行人が一人驚いて、彼の走るのを見送った。しかし、後ろの声はすぐ背中で聞こえた。

「待て！」

叫びは一人でなく、三四人がいっしょだった。それも数歩の所で、もっと近くなった。

崎津弘吉は、走るのを急にやめた。逃げることがむだだと知ったし、実際、彼にも事態がよくわかっていなかった。何が起こったのか、自分でも見当がつかなかった。逃げている自分が虚《むな》しくなったのだ。

「この野郎だ」

若い男ばかりで、なかにはシャツだけの者もいた。

この連中が、崎津弘吉の肩や腕を両側からつかんだ。乱暴なやり方だった。突然、一人が彼の顔を殴った。

「殴るな」

と、その中の一人が止めた。

「逃がさないようにするのだ。すぐ、ここに警官がくる」

どの声も興奮していた。崎津弘吉自身が呆《あき》れるくらい連中は殺気立っていた。みんな荒らい息を吐いていた。

「これです」

と、一人がその中のおもだった男に何か渡していた。崎津弘吉は、いつのまにか自分の手からハンカチに巻いた拳銃《けんじゅう》が奪《と》られていることを知った。

「これか」

男の渋い声が半分叫んでいた。

「よし。野郎が捨てないで持っていたのはよかった」

なんのことかわからなかったが、崎津弘吉も、その拳銃が何かに使用されたあとだということを悟った。

拳銃は使用された——崎津弘吉は、顔からはじめて血がひいた。瞬間に、それを手渡した男の影が頭を過ぎた。人相も、服装も、もとより名前も、全くわからない男である。

これに井上代造の言葉が重なった。

(誰かが君に物を渡す。君は黙ってそれを受け取って持って帰ってくれたまえ。それまで、指示した場所で待っているんだ。)

現在、自分がどんな立場になっているかを崎津弘吉は知った。彼を見つめている連中の眼は、憎悪に燃えていた。

別の靴音が新しく後ろで乱れて起こった。

「××さんだ」

と、彼の腕を捉《とら》えている男の一人が言った。

この××さんというのが、崎津弘吉の耳によく捉えられなかった。日本人の名前ではない。聞きなれない外国人の名で、しかも奇妙な名前だった。

ところが、当人と思われる、いやに背の高い男が、崎津弘吉の前に回ってきた。派手なシャツを着ていて、その広い肩を怒らしていた。彼は何かわからない言葉でわめいた。

拳《こぶし》をしきりと振っている。

「犯人はわれわれが捕えて、持っていたピストルを取りあげた、と言ってくれ」

先ほどの男が誰かに言っていた。するとその声の下から、外国語が別な男の声で出た。

仁王《におう》のような体格の外国人は、それを聞いて、奇妙な声で機関銃のように速くしゃべった。

「名前と、所属団体は何か、ときいています」

通訳する者がいた。

「そんなことは、今わからない。ここでは尋問はできない。今、電話で警官を呼んでるから、まもなく、ここに駆けつけるだろう。それからこいつを調べる。そう言ってくれ」

頭株の男が、上ずった声で早く言った。

外国人は通訳の言葉を聞くと、また何か言った。ひどい剣幕で、今にも崎津弘吉の頸《くび》を絞めそうなくらいだった。

「リンチを加える、と言っています」

という通訳があった。

「ばか」

頭株は言った。

「大事な犯人だ。白状させないうちに死なせたらどうする？　おい、警官はまだこないか。ここにわれわれがいるのを知っているか？」

「電話で知らせてあるはずです。もうくるでしょう」

「ところで、あちらの様子はどうだ？　大丈夫かな？」

　あとから駆けつけた連中の中で声があった。

「すごい血ですよ。何度呼んでも返事がありません」

「そうか。だめかな？」

　呟《つぶや》いていたが、崎津弘吉の髪をつかんで、ぐいと自分の方にねじ向けた。

「おい、おまえはえらいことをやったな」

　正面から睨《にら》みつけた。

「ぼくが何をやったというんだ？」

　崎津弘吉ははじめて言い返した。真相を知りたいのが実際だった。

「こいつ。今からもう白ばっくれてるな。太い野郎だ！」

　この時、さらに新しい靴音が後ろから起こった。

「警官がきました」

　と、一人が報告した。

「よし」

　男は勢いよく言った。

「こいつが自殺をはからぬよう、みんなで気をつけて見ているのだ、いいな？」

　傍の邸の塀の中からか、暗いところで梔子《くちなし》の花の匂いがしていた。

第七章　罠《わな》

崎津弘吉は、その夜、警察署に入れられた。小さな警察署だった。はじめ、そこがどこの署だかわからなかった。

護送はものものしかったのだ。ジープが三台もきて、彼をまん中に据え、両側から屈強な刑事二人にしっかり手を取られて送られた。それも制服の警官は一人もいなかった。みんなワイシャツだけの強そうな刑事ばかりである。

小さな署にはいると、刑事たちの間に、新聞記者はいないか、気をつけろ、というような声が起こっていた。本庁に連行せず、わざと、目立たない警察署に入れたのは、報道陣の眼をのがれるためであった。

その晩は、簡単な取調べがあった。調べたのは、太った三十五六の背広の男だった。これは後で、警視庁捜査一課長だったことがわかったが、その時は、何者とも見当がつかなかった。態度はそれほど乱暴でもないが、ていねいでもなかった。

「疲れたかね？」

と、取調官はきいた。

「それほどでもありません。しかし、なんのために自分がここにきたか、さっぱりわからないのです」

崎津弘吉が言うと、太った男は、よしよし、と言ったようにうなずいた。

「氏名は？」

ときいた。傍に、それを筆記する男が控えていた。

「崎津弘吉です」

「どういう字を書くんだ？」

「サキは長崎の崎、ツは大津の津、ヒロは弘法大師の弘、キチは吉です」

「年齢は？」

「二十六歳です」

「職業は？」

「川崎市×町大日建設株式会社警備員です」

「住所は？」

「川崎市××町××番地吉野サク方です」

「下宿だね？　本籍は？」

「甲府市××町××番地」

「君が生まれたのもそこだね？」

「そうです」

「妻子は？」

「ありません」

「学歴は？」

「××大学中退です」

「現在の勤務先である大日建設には、いつごろはいったんだね？」

「二週間ぐらい前です」

「君はどこかの団体に所属していないか？」

「そんなものには、はいっていません」

「それは間違いないか？」

「間違いありません」

尋問者は、それには薄ら笑いを洩《も》らしただけだった。

「今夜、君がとった行動を述べてごらん」

「ぼくは、今夜、捕えられた場所を、ただ散歩していただけです。九時ごろから、ぶらぶらと歩いて、あの辺まできたとき、いきなり大勢で取り囲まれ、それから警官がやってきて、理由《わけ》のわからないうちにつかまったのです」

「散歩だというわけだね」

「そうです」

「しかし、君はピストルを持っていた。あれはどうしたんだね」

崎津弘吉は、ちょっと黙った後で言った。

「それは、ぼくが人から無理に持たせられたのです。ちょうど、あの辺を歩いていると、暗がりの道から駆けてきた男が、いきなりぼくの手にそれを渡して、ものも言わずに逃げて行ったんです。ぼくがぼんやりとそれを持っているうちに、後から追っかけてきた大勢の人に捕えられたんです」

「そうか。では、君にピストルを渡したその男は、君と知りあいだな?」

「いや、全然知らない男です。今まで見たこともない男です」

「しかし、知りあいでない男が、君にピストルを預ける理由《わけ》がないじゃないか。ああいう物騒なものは、誰にでも渡せるものではない」

「しかし、実際に知らない男ですから、そう言うより仕方がありません」

「そうか。まあ、いい。君も今夜は疲れてるだろうから、ゆっくりここで休んでくれ」

その晩の尋問は、それだけだった。崎津弘吉は、留置場の中でたった一人の房に入れられた。

独居房が重大な容疑者を入れる場所だとは、崎津弘吉も知っていた。以前《まえ》に、他所《よそ》の署の留置場にはいった経験もあるので、それがわかっていた。そこでは、井上代造と偶然に会ったのだ。

崎津弘吉は、その晩、あまり眠れなかった。興奮のせいではなく、自分が置かれている今の立場に理由《わけ》のわからなさを考えたからである。

留置場では、監視の巡査が絶えず前を歩きまわった。それも崎津弘吉の房を重点的に監視していることは、二人の巡査が交代で彼のいる格子戸の外から覗《のぞ》きにくることでわかった。

ふいに握らされたあのピストルが、誰かを射《う》ったに違いないことは、捕えられたときの連中の話し声で察しられた。射たれた相手は果たして死んだのか、それとも、負傷ですんだのか。そして相手は何者なのか――。

いっさいが崎津弘吉にわからなかった。わかっていることは、いつのまにか、自分がその犯人に、仕立てられていることだった。

崎津弘吉にはっきりわかっていることは、井上代造という男が自分を落とし穴にはめたことだけであった。

本格的な尋問は、その翌朝からはじまった。

昨夜《ゆうべ》の捜査一課長のほかに、中年の色の浅黒い刑事と痩《や》せた背の高い、同じ年輩の男が同席した。後で、これは捜査一課の警部と捜査三課長であることがわかった。

尋問は、昨夜と同じように、一課長が主になってはじめた。

「君、昨夜はよく眠れたかい？」

捜査一課長は崎津弘吉に友だちのような口をきいた。

「ところで、これからぼくのきくことで、君が答えたくないことがあったら、無理に答えなくともいいんだよ。被疑者にとって不利なことは答えなくてもいい規則になっているからね」

と、一課長は崎津弘吉に黙秘権のあることを教えた。

「氏名、職業、年齢は、昨夜、聞いたとおりだね？」

「はあ」

課長は、いちおう、昨夜の調書を読みあげた。間違いはなかった。

「前科は？」

「ありません」

「しかし、君は、二か月前、傷害で××警察署に一週間あまり留置されている」

崎津弘吉は、昨夜、指紋を取られたことを思いだした。

「はあ。与太者がうるさくたかってきたので、つい、喧嘩《けんか》したんです」

「君は、これまで、たびたび、そういう乱暴をやってきたか？」

「いや、一度もありません」

「柔道とか剣道といったものは？」

「習っていません」

「射撃はどうだね？」

崎津弘吉は、ピストルのことだと悟った。

「そんなものは習ったこともありません」

「しかし、昨夜、君がやった手並は、なかなかなものだね。一発で相手を倒しているじゃないか？」

「いや、ぼくではありません。それはほかの人間がやったことです。ぼくは、ただ、ピストルを預かったまでです」

「そうだった。昨夜の話は、そんなことだったな。君は、あの近所を散歩していた、と言ったね。それから、誰か知らないが、向こうから歩いてきた男にピストルを握らされた、と言ったね？」

「そのとおりです」

「その男の人相、風体、年齢などわかっているかね？」

「あの辺はまっ暗で、そんなものはわかりません。見えなかったのです」

「君は〝秀峰荘〟というのを知ってるかね？」

「知りません」

「おかしいね。君が散歩していた、あの道の突き当たりにあるんだ」

「行ったことがないのでわかりません」

「君には友だちがいるかね？」

「友だちらしい者はいません」

「ふむ。じゃ、知りあいの者はどうだ？」

崎津弘吉は、ここでよほど井上代造の名前を口に出そうかと思ったが、しかし、彼は、それをのみこんだ。それを押し止めるだけの何かが、崎津弘吉の心の中に動いていた。

「知人は誰もいないのか？」

「はい、いません」

「君は団体に所属しているだろうな。隠してもらっては困るよ。いずれわかることだから」

「そういうものにはいっさいはいっていません」

「よろしい。では、君が〝秀峰荘〟にはいった順序を言いたまえ」

「順序ですって？　ぼくは〝秀峰荘〟などは知らないと言ったはずです」

「しかし、君が〝秀峰荘〟にはいったのを見た目撃者がいるんだ」

「人違いでしょう。ぼくには覚えがありません」

ここで、捜査一課長は部下に眼くばせした。そして、何やら持ってこさせた。それは二枚の地図だった。

一枚は渋谷区の地図で、一枚は建物の内部の見取図だった。課長は、まず、渋谷区の地図から広げた。

「君が捕えられた地点は、ここだね？」

指を或《あ》る道路の上にさした。崎津弘吉は覗いた。広い道路から、さらに狭い路《みち》にはいっている地図に見覚えがあった。

「そうです。ここに立っていたんです」

「これを見たまえ。この路をまっすぐ行くと、ここに出る。そこが〝秀峰荘〟だ。〝秀峰荘〟の内部を見せてあげよう」

課長は、もう一枚の見取図を広げた。広い家の内部だった。

「ここが表玄関だ。こちらが裏口。もう一つ、ここに通用門みたいなものがあるね。この通用門から伸びている路が、さっき君が立っていたという道路だ。それから、君が相手の人を射った部屋がここだ」

課長の指は、その邸《やしき》のほぼ中央をさした。

「八畳と十畳ぐらいの二間続きだ。こちらが廊下だ。この階段を降りると、通用門に行く内玄関に出る。さあ、君はどっからはいったか、この見取図によって教えてくれたまえ」

崎津弘吉は、首を振った。

「ぼくは、そんな所にはいったこともないし、そんな旅館など知ってもいません」

「ほう、じゃ、君は、ここには全然行ったことがない、と言うんだね？」

一課長はきいた。傍にいる瘠せぎすの捜査三課長は、同僚の尋問を横でじっと聞いていた。彼の眼は、絶えず崎津弘吉の顔に注がれている。被疑者の眼の動き、筋肉の動き一つ見のがさない鋭い視線だった。

「いったい」

と、崎津弘吉は叫ぶように言った。

「ぼくが何をしたというんです？」

「何をしたか、と、きくのかね？」

一課長は、この質問を柔らかく受け止めた。

「君はその人をはじめから狙っていたじゃないか。そのためには、この旅館の間取りも調べているはずだ。でないと、あのようにあざやかにはできない。君は一発で相手を仕止めたからな。たいした腕前だ」

「何のことです？　ぼくが誰を射ったというんです？」

「教えてあげよう。相手は君の一発に倒れた。弾丸《たま》は頸筋《くびすじ》を貫通している。君は目的を果たしたのだ」

崎津弘吉が口もきかないで尋問者を見つめていると、横のドアがあいた。

崎津弘吉の眼の端に赤い色彩が映った。それが動いている。

「君は全然事実を否認しているが、君は射ったピストルを持っている。ピストルには、君も知ってるとおり弾道に癖があってね。これが被害者のそれとぴったり合う。君は、そのピストルを持っていたことまでは否認しないんだな」

「持っていたことは認めます。しかし、それは先ほどから何度も言ったとおり……」

「わかった」

と、課長は手を上げた。

「誰かに渡されたというんだな。よろしい。で、君は、手袋はどこに捨てたんだ？」

「手袋ですって？　そんなものは、ぼくは最初から持っていません」

この問答を、遠くから離れて聞いている女がいた。問答を聞くというよりも、崎津弘吉の横顔をじっと眺めている。二十三四ぐらいの、背の高い、濃い化粧の女だった。赤い花模様のワンピースを着て、胸に大きなブローチをつけていた。楕円形《だえんけい》のオパールのふちを小粒のダイヤで飾った贅沢《ぜいたく》なものである。

その女は部屋にはいってくると、崎津弘吉と係官とが問答しているのを脇に立ってじっと聞いていた。聞いているというよりも、崎津弘吉の横顔を無遠慮にじろじろと眺めているのだ。その傍には刑事が一人つき添っていた。

女は髪を縮らし、肩まで下げていた。昼間だというのに、眼のふちには紫のアイシャドーをつけ、濃いルージュを塗っていた。白眼の多い女である。

捜査一課長の尋問は、その女がはいってきても、まるで気づかぬように見向きもしなかった。

「もちろん、君は射《う》った相手の名前を知っているだろう？」

「ぼくは誰をも射ったことはないし、そんなことは知りません」

「君はこの位置からはいってきた」

取調官は、見取図の上に指を当てた。

「相手の人はこの辺にいたのだ。その人は新聞を読んでいた。フロアスタンドの大きいやつがすぐ横にあって、その光の中で、その人の頭がはっきりと見えたはずだ。狙いはそれを目標にすればいい。君は後ろから射っているから最初から、その人を知っていないと狙えないわけだ」

捜査一課長は勝手に言った。

「知りません。全然、覚えのないことです」

「では、誰かが、君にここにこいと教えたのだろう、君は、ただ、ピストルで相手を射つだけの役目だったのだろう？」

「なんのことか、ぼくにはさっぱりわからない。いったい、ぼくが何をしたのか言ってください」

崎津弘吉が叫んだとき、それまで横で問答を聞いていた女が、刑事に促され、そっとドアから足音を忍ばせて出て行った。

この女が、廊下に出ると、年輩の刑事がすり寄ってきて、彼女の顔をのぞきこむようにしてきいた。

「顔を見たかね？」

と、刑事は低い声できいた。

「見ました」

女は濃い口紅の唇《くち》を開いて答えた。

「どうだった、あの男だろう？」

「はい」

女は強くうなずいた。

「あの人にまちがいありません。ムルチさんが倒れたとき、わたしがはっとして廊下を見ると、犯人が走って逃げるところでした。その横顔が、いま調べられている男にそっくりです」

刑事は興奮してうなずいた。

崎津弘吉は留置場の独房の中で考えた。

自分は、いま犯人に仕立てられようとしている。ピストルで誰かを射ったらしいのである。

相手の名前が彼にはわからなかった。警察では奇妙にそれを彼の口から言わせようとしている。被害者はあの宿にいたらしいのだ。見取図まで見せて、どこから彼が侵入したか、それを書きこむように強制するのだ。知らないから書きようがないといえば、思いだして書けという。相手はよほどの大物らしい。

取調べの警官は、しきりと背後関係を彼にきくのである。友人や知人のことをきかれるのは普通だろうが、とくに所属している団体や、彼を指図できる人間の名前をしきりと尋ねるのである。

崎津弘吉は井上代造の名前をついに言わなかった。この罠《わな》を作ったのは、疑いもなく井上代造だが、それが口から出ない。

彼に親切にしてくれたことが、罠に手繰り寄せるまでの井上代造の餌だった。思えば、前に××警察署の留置場でいっしょになったときから、井上代造は自分にすでに目をつけていたのではなかろうか。あのときも、釈放になったら、ぜひ、自分のところに訪ねてきてくれ、と熱心に勧めたのである。

偶然に、山梨県の田舎で井上代造と再会したときの彼の喜びようはなかった。ほとんど手をとるようにして、彼を自分の家につれてきたのである。

彼は就職まで面倒をみてくれた。普通の親切ではなかった。あれもこれも、井上代造が自分に仕掛ける手段だった。

背後関係をきかれたとき、崎津弘吉の頭には、あの体格のいい、闊達《かったつ》な井上代造の姿が大きく広がった。それは、自分と井上代造という単純な線ではなく、井上代造自身の背後に広がる大きな組織が想像に浮かんだからである。

しかし、崎津弘吉には、井上の名前がどうしても発表できなかった。なぜできないか、自分でも奇妙だった。しかし、崎津弘吉は井上代造をゆるしているのではなかった。彼の親切、彼の好意がことごとく罠だとわかった今は、彼に対する憤怒《ふんぬ》を覚えていた。当然、警察官の尋問に、井上代造の名前を出していいはずだった。だが、それがふしぎに言えなかったのである。

井上代造に対する怒りと、彼から受けている妙な魅力とが、崎津弘吉の中にちぐはぐに混じっていた。そのため、井上代造に対する怒りが一つにならないのである。彼から受けた好意は、もはや、恩義と呼ぶべきものではなかったが、彼から受けた別なものが、彼への怒りをうしろから引張るのだった。奇妙な話だが、崎津弘吉は井上代造の名前を警察官に知らせることが、かえって、彼を売るような気がしてきた。

それに、この事態の底が、まだ崎津弘吉に覗《のぞ》けなかった。立たされている自分のふしぎな立場が、彼自身、しっかりと了解できないのである。井上代造の名前を出すのは、それをはっきり納得してからでもおそくはないのだ。それほど躊躇《ちゅうちょ》させる何かが、彼の心の中にうずくまっていた。

いったいおれは誰を射ったというのだ。

射たれた相手の名前を知り、その人物が射たれねばならなかった理由を知りたかった。崎津弘吉の頭には、井上代造の妹の美沙子《みさこ》があった。彼はそれに気がついて多少狼狽《ろうばい》した。しかし、自分が井上代造の名前を出さないのは、彼女のためではないと信じていた。が、井上代造が投獄された場合、あとに一人で残される美沙子のことが、全く、心に存在しなかったわけではない。

警察では、崎津弘吉を、重大な犯人に考えているらしい。相変わらず、監視の巡査が彼の独房の前を重点的に回ってくるのだった。薄暗い裸電球の下で横たわっている彼の姿を見つめては去ってゆく。隣りの房からは安らかな鼾《いびき》が聞こえていた。

警察では、彼の自殺を恐れているらしかった。監視巡査のたびたびの見回りはそのためである。自殺の懸念を警察に起こさせるほど、彼は重大犯人になっていた。

わけのわからない話だった。誰を射ったのか、当人が知らないのである。警察のほうも容易にそれを明かそうとしない。彼の供述を待っているのだ。それにしても、先方から被害者の名前を言いだしそうなものだった。それがないのだ。妙に、こちらの肚《はら》を探ろうとしているところがある。

崎津弘吉は、井上代造という男が急に大きな人物に見えてきた。今までも多少豪傑風な男だと思っていたが、もっと規模が大きいことに気づいた。

崎津弘吉は、井上代造が右翼団体の一人ではないか、と考えはじめた。つまり、警察がしきりと背後関係を気にするのは、この事件に〝団体〟の存在を嗅《か》いでいるためのようだった。

崎津弘吉は、次の日、別な警察署に送られた。そこも都心からはずれた小さな署だった。

これはあきらかに、警視庁が報道陣の眼を掠《かす》めるために工夫した盥回《たらいまわ》しだった。どこに行っても取り調べる男は同じ三人だった。太った警察の〝偉い男〟と、瘠《や》せぎすの彼の同僚と、色の浅黒い警部だった。

尋問は同じところを繰り返された。前に質問されたところを、突然、またきかれるのである。前の言葉と、後からいう供述とに食い違いを発見して、そこから被疑者の〝嘘〟

を見いだそうとしているらしかった。

例の旅館に侵入したコースを記憶のまま書け、というのも同じだった。見取図を何度も見せられた。

そんな家に侵入した憶《おぼ》えがない、と言うと、先方は、君を目撃した証人があるのだ、と言った。

「目撃者？」

崎津弘吉は眼を光らせた。

「誰です？」

「君がピストルで射《う》ったとき、ちょうどその場にいあわせた女だ」

と、取調官は言った。

「そんな者は、ぼくは知りません」

「君が知らなくても、先方ではちゃんと、君の顔を憶えているのだ」

崎津弘吉は、前の警察で取り調べられたとき、黙って横からはいってきた女のことを思いだした。派手な身装《みなり》をした若い女だった。

「たしかに、ぼくを見たと言うんですね？　そして間違いなくぼくだと言うのですね？」

「そうだ。はっきりそう言っている。君はそのとき、逃げるのに夢中だったそうだ。だからそこに人がいるのを気づかなかったのだ。さあ、もう何もかも言いたまえ」

「言いましょう」

と、崎津弘吉は叫んだ。

「しかし、どうも憶えていないのです。思いだささせるようにヒントを与えてください」

この申し出を尋問者はずるいと見て取ったらしい。太った〝偉い男〟が瘠せた同僚と顔を見合わせた。薄い笑いが唇に出た。

「何年も前というほど古いことではない。二日前の出来事だよ。それをもう忘れたのかい？」

「どうも思いだせません。思いだしやすいように暗示を与えてください」

崎津弘吉はねばった。事件の正体をこちらからきき出そうとしたのだ。

「よろしい。じゃ、ヒントを与えよう」

取調官はちょっと考えてから言った。

「あの晩、君は九時半ごろにその旅館の裏口からはいった。あそこには庭の木が多いし、暗いから君は誰にも認められずに別館の入口からはいった。そこに階段があった。誰もいなかったはずだ。君は、階段も自分が進んで行く順序も、前から誰かに教わって知っていたわけだ。君は階段を上がった。突き当たりが廊下で壁になっている。そこには大きな絵が掛かっていた。猛虎《もうこ》が二頭、巌上《がんじょう》に立って吼《ほ》えている図だ。どうだ、思いだしたか」

崎津弘吉は黙ってうなずいた。

「それから、君は廊下をまっすぐに進んだ。そこにも人がいなかった。廊下の両側は部屋になっているが、当時は旅館で客を断わっていた。だから、左側の明るい照明だけが見えたはずだ。君はその部屋に進んだ。すると、窓にはカーテンが半分だけ引いてあった。君は空いている隙間から内を覗いた。その部屋は洋室だ。フロアスタンドが立っている。すぐ横にクッションがあった。その上に、向こうむきに一人の男がすわっていた。

「大きな男だ」

「大きな男？」

「そうだ、図体《ずうたい》の大きい、髪の毛の縮れた男だ。その男は派手なガウンを着ていた。すぐ横に若い女がいたはずだ。どうだ、ここまで言ったら、もうあとは君の方から続きを話してくれ」

崎津弘吉にはまだその先も、全体もわからなかった。わかっていることは、その大きな男の横にいた女が、自分の証人になったことである。

「わかりません」

崎津弘吉は絶望して言った。

「なに、わからない？　これほどヒントを与えてやったじゃないか？」

「その男は何者です？」

彼は叫んだ。

尋問者は鼻を鳴らした。

「ふん、君もあれほどのことをやったんだ、男らしくないぜ」

「射たれた男の名を言ってください」

崎津弘吉は請求した。

「その人は日本人ではなかった。それに、偉い人だった。なあ、そうだったね？」

「偉い人？」

日本人でない偉い人——崎津弘吉が考えこんだ時だった。

ドアがあいて、年輩の男が尋問者の傍に歩いてきた。私服だが、警官だった。彼は黙って紙片を捜査一課長に見せた。

太った一課長は黙読すると、複雑な表情をした。彼は瞬間に被疑者のほうをじろりと見たが、その紙片を横にいる捜査三課長に渡した。瘠せぎすの課長もそれを黙って読み、もう一人の警部に渡した。

三人は、崎津弘吉にわからないように、顔を寄せあって、小さな声でささやきあった。ついに、二人は立ち、今度は部屋の片隅で低い声で話しあった。

さきに戻ってきたのは色の浅黒い警部だった。

「今日の取調べは、これで終わりだ」

彼は崎津弘吉に言った。

「思いださなかったら、よく考えておくんだね」

が、その次の言葉は妙だった。

「いや、よく考えた末でわからなかったら、わからないで、ありのままを言うんだよ。

前にも聞かせたとおり、自分に不利なことは言わなくてもいいことになってるからね」

崎津弘吉は、その翌日、釈放された。

予期しない変化だった。釈放されたとき、自分でも狐につままれたような気持になった。

「君に対する嫌疑は晴れたのだ」

と、釈放される時に警察官は言った。

「迷惑だったな。まあ、気をつけて帰ってくれ」

出るときに、預けた私物ももらった。ネクタイにバンド。紐《ひも》という紐を、そこで取り返した。

崎津弘吉は、暗い建物から明るい外に出た。

人が自由に歩いている。昨日と同じ風景だった。三日間、彼が自由を失っている間に、外部の人間は淀《よど》みなく動きをつづけていた。退屈そうな顔と、忙しそうな顔とが歩いている。しかし、どの顔も自由を持っていることが当然のような表情だった。彼らは空気を吸っているみたいに、自由という事実に無関心だった。

なぜ、こう早く身柄の拘束を解かれたのかわからなかった。自分では、もっと長く入れられるのを覚悟していたのだ。起訴、裁判——その長くて暗い期間を眼の前に浮かべていたのだった。

それが突然に自由を与えてくれたのだ。いや、与えたというよりも、自由の中に彼を突き出したといったほうがいい。そのくらい、不意の処置だった。

あの暗い場所に立っていた晩から今までが、まるで夢の中の出来事のようだった。その部分だけを切り取って見ても、以前からの生活の連続に少しも支障がないくらい、それは彼から遊離した出来事だった。それは今でもまだ密着がなかった。明るい道路を歩いていても、留置場にいたのがつい三十分前までの出来事だったのに、遠い過去のように実感がなかった。

崎津弘吉は空腹を感じた。安食堂が眼にはいった。彼はその中にはいった。歩いていると、安食堂が眼にはいった。

客が四五人はいっていた。テーブルは安物で、その上にビニールのカバーがしてある。手を当てるとがさがさと鳴った。

頬の赤い女中が注文にきた。

崎津弘吉は壁を見まわした。料理の名前の下に値段がついている。百五十円以上のものはなかった。貼り紙の上にハエが二匹止まっていた。

崎津弘吉はライスカレーを注文した。

ぼんやりしていると、女中が気をきかせて新聞を持ってきてくれた。

彼はそれを眺めた。久しぶりの新聞だった。たんねんに広げて見た。自分に関係のないことばかりだが、活字が新鮮に映った。

社会面に殺人事件などが出ている。が、これも彼に係《かかわ》りのない出来事である。上から順に下の隅まで見終わった。活字は新鮮だが、中身は以前の社会と同じだった。彼は三日間隔離されていたのに、世間のあらゆるものに中断がなかった。

彼の眼は、次に政治欄に移った。

これはもっと彼に関係がなかった。しかし、久しぶりに接した活字と、料理を待つ間の退屈とが、紙面の全部を彼に読ませた。

下の隅を見たときだった。二段抜きで、次のような短い記事があった。

「×××発EP――去る五月十一日、観光事業調査のため、調査団十名と共に日本に行き、東京で急死した団長ルイス・ムルチ氏の告別式は、当地のセントラルチャーチで盛大に行なわれた。告別式には政府の首脳がほとんど出席した。――注、ルイス・ムルチ氏は調査団長として五月十日東京に着き、翌十一日、宿舎から散歩に出た途中、心臓麻《ま》痺《ひ》を起こし急死したものである。同氏の遺骸《いがい》は同国旗をもって棺《ひつぎ》を蔽《おお》い、五月十三日、パン・アメリカン機にて丁重に日本政府筋によって送り返されたものである」

崎津弘吉は、その記事に眼を食いいらせた。彼は注文のライスカレーがきても気がつかなかった。

崎津弘吉は道を歩いた。すぐに電車に乗る気もしなかった。賑《にぎ》やかな大通りから寂しい道へはいった。

その道にはいったのも、べつに目的はなかった。めまぐるしい自動車の通りや、忙《せわ》しい人通りを、避けたにすぎない。

道はだらだら坂になっている。閑静な場所で、大きな家が多い。ここだとひっそりとして人の歩きも少なかった。

崎津弘吉は、飲食店で読んだ新聞記事が頭から離れなかった。

南方のある国の高官が日本に来て急死した、という記事である。名前はルイス・ムルチとある。その外国高官の遺骸は、政府筋の手によって手厚く本国に送られたというのだ。

崎津弘吉が考えているのは、この高官の死んだ日と、自分が罠《わな》にかけられた日とが一致することだ。果たしてこれは偶然であろうか。

彼は、警察署で調べられたときの、係官の尋問の言葉を思いだした。射《う》たれた相手は日本人でなく、髪の毛の縮れた〝大きな男〟と言った。崎津弘吉の思考は、この二つに焦点を合わせようとしていた。

係官はしきりに背後関係をきいた。このことは事件の重大性を意味する。背後関係というと、思想犯か、国際的な背景を持つ犯罪を思わせる。

取調べは厳重だったし、自殺するのではないかと絶えず警戒された。それなのに、あっさりと釈放になったのだ。自分で、思ってもみなかったほど、不意の放免だった。その理由を何も聞かせるのではない。もうよろしい、すまなかったな、と簡単に告げられただけだった。

――ルイス・ムルチ氏は、調査団長として五月十日東京に着き、翌十一日、宿舎から散歩に出た途中、心臓麻痺を起こし急死したものである。同氏の遺骸は同国旗をもって棺を蔽い、五月十三日、パンアメリカン機にて丁重に日本政府筋によって送り返されたものである。

この記事には、国際的な重大性と政治性とがにおっている。

そうだ、これには〝政治〟がある。

だからこそ、不意に釈放になったのではないか。でないと辻褄《つじつま》が合わないのだ。あの取調べの厳重なあとにすぎきた不意の釈放。――その間に何かが抜けている。この〝抜けた部分〟にこそ政治がはさまっているのではなかろうか。

たとえば、その政治とは〝国際的な配慮〟といえないことはあるまい。この配慮が、ルイス・ムルチ氏の他殺死を〝病死〟に変え、したがって事件の消滅となった。だから加害者も当然のことに消失しなければならない。突然の釈放は、それを意味しているのではなかろうか。

それでは自分を犯人の立場に追いこんだ井上代造の役割はなんであろうか、と崎津弘吉は考える。

井上代造の背後にあるものこそ、捜査当局が知りたがっていた背後関係ではなかっただろうか。

崎津弘吉は、暗い路《みち》で不意にピストルを手渡した男の黒い影を思いだした。瞬間に彼の傍に近づき、瞬間に目的を達して逃げた男のことである。顔も、身体の特徴も、何もわかっていない。暗い中だし、あっというまの出来事だった。警察官からきかれたとき、記憶がない、と言ったのは本当だった。

その男も、井上代造の背後にある組織の一員ではなかろうか。――そう思ったとき、崎津弘吉の眼には、茫漠《ぼうばく》としたその背後の黒いかたちが一枚の図面のように映った。

崎津弘吉は、井上代造が自分をここに追いこんだことに憤りを覚えている。井上代造がこれまで示してくれた親切は、ことごとくその策略だった、と思い当たるのだ。

しかし、彼は、取調べで、ついに井上代造の名前を出さなかった。なぜか、自分でもはっきりした回答ができない。事件そのものが自分によくのみこめないので、それがわかってから井上代造の名を出そうと思っていたのだが、しかし、これは崎津弘吉が自身の心に言い聞かせた言いわけである。

考えてみると、その必要は少しもないのだ。最初から井上代造という名前を出せば、事件そのものの輪郭も早くわかってくるわけだ。あの時の調べの様子は、取り調べる方で、何かこちらの肚《はら》を探っているようなところがあった。事件が普通のものでないことは、それでもわかる。あるいは、井上代造という名を吐き出すことで、かえってこちらの知りたいことを警察は知らせてくれたかもしれない。だから、やはり彼の名前が口から出なかったのは、自分でもよくわからない別な理由からなのだ。

それにしても、井上代造はなぜルイス・ムルチという外国人を狙撃《そげき》しなければならなかったのだろう？

もはや、ムルチ氏の死が、あのときの謎につながっていることは間違いなかった。ムルチ氏は病死したのではない。彼はピストルで射殺されたのだ。

新聞記事によると、ムルチ氏は宿舎を出て散歩の途中に死んだという。宿舎は、自分が立っていた道路の突き当たりの、なんとか荘などではあるまい。少なくとも外国の調査団長だ。

そういう人たちが常に泊まる代表的な××ホテルだったに違いない。だから、××ホテル以外の死場所が〝散歩の途中〟と発表されたのだ。

崎津弘吉は、自分を犯人だと証言した、あの派手な身装《みなり》の女のことを思いだした。女はそのとき、被害者の傍にいたという。そうだ、それではじめてわかる。ムルチ氏は、当夜、日本ムスメとあのホテルにくつろいでいたのだ。

すると、ムルチ氏を狙っていた人間は、そこまでのスケジュールを知っていた！

崎津弘吉はその閑静な通りを抜けた。別な電車道に出て、都電に乗った。それから国電に乗り換えた。

この電車に乗っている間も、絶えず思考の続きが繰り返された。

一時間あまりかかって、いつもの駅に降りた。

それから、大日建設に行った。

彼は昨日が出勤日だったが、むろん、警察にとめられて自由がなかったのだ。崎津弘吉は会社の人にあやまるつもりで、黒田という主任の男の机に行った。

「昨日は、ちょっと事故があったものですから。休んですみませんでした」

崎津弘吉は頭を下げた。すると、黒田は黙って机の引出しから封筒を出した。

「これは社の方からの君への通告だ。あけてみたまえ」

崎津弘吉はそれを受け取った。半枚の便箋《びんせん》に書いた短い文章が出てきた。

「都合により明日より出社におよびません。この段、通告いたします」

会社の名がその横にあって四角い判が押してあった。朱の色だけが眼にあざやかだった。

不意の解雇でも、崎津弘吉は文句は言えなかった。まだ臨時雇いの立場なのである。彼は紙から眼を上げて黒田の顔を眺めた。古くからいる男は、視線をわきにやって煙草を喫《す》っていた。

「ぼくは馘首《くび》になったわけですか？」

崎津弘吉はきいた。

「まあ、そうだな。そう書いてあるだろう？」

黒田はうそぶいた。

「そう書いてあります。理由はなんでしょうか？」

「都合によって、とあるだろう。つまり、人員がそれほど要らなくなったのさ、気の毒だがね、ここにわずかばかりの慰労金がある」

黒田は、また引出しから別な封筒を出した。

「受取りが中にはいっているはずだ。それに君の名前を書いて拇印《ぼいん》を押してくれたまえ」

当人には不意の解雇の理由が一瞬にわかった。事件の容疑者になって、警察に留置されたことが原因なのだ。警察では崎津弘吉の自供から、その就職先の大日建設に問いあわせたに違いない。

理不尽なことだったが、崎津弘吉は争ってもむだだとわかった。彼は先方の言うまま領収証に拇印を押した。慰労金として五千円札が二枚はいっていた。

崎津弘吉は素直に礼を言った。

「どうもお世話になりました」

黒田という男は、気まずそうな顔でうなずいただけだった。

崎津弘吉は詰所を出た。短い勤めだった。

すると、何を思いだしたか、黒田が彼を呼びとめた。

「忘れていたよ。君に電話があったんだがね。ぼくが伝言をことづかった」

「誰からですか？」

「井上という名前だった」

崎津弘吉はどきりとした。

「いつですか?」

「そうだな、四日前だ」

崎津弘吉は頭の中で数えた。

「十日ですね?」

「そうだ、そのころだ」

「何時ごろですか?」

「そうだな、なんでも夕方だったよ。先方は、君が夜勤でいるとでも思ったらしいんだ。いないというと、では、ぜひこう伝えてくれと言うのだ」

黒田は話した。

「明日の晩、頼んだことは中止してくれ、と、こういうことだったよ」

「なに、中止ですって?」

「うん、先方は、そう言えばわかると言っていた。明日の朝、君が来たら、忘れずにそう伝えてくれと言ってたよ」

崎津弘吉は、その言葉を頭の中で繰り返した。

電話で、井上代造が「明日の晩」と言ったのは十一日の夜のことである。いうまでもなく、彼からあの現場に立つようにと命ぜられた当夜なのだ。井上代造は、それを前夜になって急に中止するように言ったのだ。

しかし、十一日の朝、崎津弘吉は会社に出なかった。だから、その伝言を聞くことができなかった。もし、それを聞いていたら、あの現場に行って理由《わけ》のわからぬ災難にあうこともなかったのだ。

しかし、井上代造は、崎津弘吉に、いったんそれを頼んでおきながら、なぜそれを中止させようとしたのだろう。それも、前の晩に急に思いついたように電話で言ってきたのだ。わからなかった。

おかしい、どうしたというのだろうか。

井上代造が、急に予定の変更を知らせたかったのだろうか。

だが、それにしては妙なのだ。予定のとおり、まさにその事実は起こっている。あの場所に立って、不意に拳銃《けんじゅう》を渡されたし、一人の人物が射《う》たれている。

では、なぜ、彼は中止を命じたのか。もしその言づけが届いていたら、自分は、あの場所に立つことはなかったのだ。

ふと、崎津弘吉は思い当たった。

そうだ、電話は井上代造が崎津弘吉をあの場所に立たせないためにした指図だったのだ。

しかし、不思議な話だ。井上代造は自分で命じておきながら、その直前になぜ中止を考えたのか。崎津弘吉の代わりが見つかったのか。いや、そうではない。あの場所に立ったのは自分だけだった。ほかには誰もいなかった。事件の〝下手人候補〟は自分だけだった。崎津弘吉は、井上代造の真意がわからなかった。

崎津弘吉は、井上代造の家に行くことを決心した。

まず、井上代造に会うことが先決問題だった。いろいろ考えてみたが、それはこちらの勝手な推測である。当人に会って、事実を確かめるのが先決なのである。

彼はまた電車に揺られていた。

井上代造に会ったら、いろいろなことをききたい。まず、彼がどう釈明するかだ。崎津弘吉をその立場におとしいれた策略を、まさか彼は否定はすまい。その理由をきくのだ。

事件が途中でウヤムヤになったから、釈放されたのだが、もし、そうでなかったら、自分はどのようなことになっているかわからない。凶器を持っていたことが、何よりの証拠なのだ。自分が道端で見知らぬ人間からそれを手渡されたと主張しても、証明のない話だし、裁判官は信用しないだろう。

考えてみると、うまく企《たくら》んだといっていい。どこにも証拠を残さず、また他の証言もないような条件を作ったのだ。あらゆる環境から崎津弘吉の立場を孤立させたのだ。つまり、審判人も見物人席もない場所へ崎津弘吉を立たせたのだ。演出者は井上代造だ。いや、証人はあった。それが、その取調室のときに出てきた面通しの女である。相手の企みは二重だった。ぬかりなく、罠《わな》の配慮はできていた。

崎津弘吉は、いつもの停留所で降りた。

角が酒屋で、その間の路地をはいっていく。この辺は下り坂になっていて、しばらく両側に家がつづく。井上代造の家は、その途中からまた狭い路《みち》に曲がっていく。小さな雑貨屋が目じるしである。

細い溝があって、久しぶりにドブ板を踏んだ。通りに子供が三人しゃがんで遊んでいた。

その路地の奥が井上代造の家だった。崎津弘吉は近づいた。

すると、家の前に二三人の女が立っていた。近所の者らしい中年の主婦たちだった。それが佇《たたず》んだまま小声で話しあっている。崎津弘吉は、その横を通り抜けて、井上代造の家の門口に立った。入口はあいている。

井上代造はいないにしても、妹の美沙子がいるはずだった。

「ごめんください」

崎津弘吉は、声をかけた。が、中からは答がなかった。美沙子に会うのも久しぶりだった。裏で炊事でもしているのかと思った。もとより、この時刻に井上代造がいるとは考えていない。

崎津弘吉は、もう一度大きな声を出した。

返事はなかった。が、その代わり、そこで三人で話していた主婦の一人が、崎津弘吉に顔を向けた。

「お留守ですよ」

と教えてくれた。

崎津弘吉が振り返ると、三人ともいっせいに彼の顔を見ていた。その表情が普通でない。探るような眼つきだった。

「しばらく、留守なんでしょうか？」

崎津弘吉は、教えてくれた主婦にたずねた。主婦は狐のように長い顔をしていた。

「はあ」

そう言ったまま、切れ長の眼でじっと見ている。そばにいる女二人も、妙に真剣な表情だった。なにかあったのだ、と崎津弘吉は思った。

「あなたは誰ですか？」

相手の主婦はきいた。

「ぼくは井上さんの友だちです」

彼は答えて、きき返した。

「妹さんも留守ですか？」

三人の主婦は、ここで互いに眼を合わせた。

「留守です。あなたはまだ知っていないのですか？」

この問いが突然だったので、崎津弘吉は、どきりとした。ある予感が起こった。

「何をですか？」

主婦たちは、また顔を見合わせたが、やはりその答を買って出たのは、顔の長い女だった。

「ほんとうにお友だちでしょうね？」

主婦は口を尖《とが》らせた。

「はあ、ぼくは、前にこの家にちょっとやっかいになったことがあります」

「そうですか。それなら言いますけれどね」

彼女は崎津弘吉の顔を見つめて言った。

「井上さんはね、亡くなられたのですよ」

「え？」

崎津弘吉は、立っている地面が傾いたように感じた。

「ほんとうですか？」

「今朝、知らせがあったのです。山林の中から死体が出たのです。通行人から駐在所に届けがあって、こちらの交番から連絡してきたのですよ。いま、妹さんが現場に行っています」

「どこです、それは？」

現場は遠かった。

新宿駅から西へ電車で約一時間ばかりかかる所に、八王子《はちおうじ》という市《まち》がある。関東平野が西にきわまった所、この辺りから丘陵地帯がはじまるのである。それは関東山塊となって山梨県につづき、南は丹沢山塊《たんざわさんかい》となって箱根《はこね》につづく。この両山地の狭い間に甲州《こうしゅう》街道が走っているのだ。

殺人現場は、八王子の街から西にほぼ四キロの地点に当たる山林中だった。

山林といっても、甲州街道からはわずか一キロも離れていない。付近は、街道を挟んで両側が山の斜面となっている。井上代造の死体は、寂しい部落に通じる村道からはいった林の中で発見された。

崎津弘吉がそこに到着したときは、死体は所轄署の手によって運び去られていた。現場には縄《なわ》が張られ、何人かの署員が検証をやっていた。村人がそれを取りかこんで見物していた。

被害者の知りあいの者だが、と言って崎津弘吉は、そこに立っている署員の一人にきいた。

「被害者の妹さんがきてるはずですが、どこにいるでしょう?」

「その人なら、今、本署のほうに行っていますよ。事情を聞かれてるはずです」

署員は答えた。

「死因はなんでしょうか?」

「絞殺です。頸《くび》に紐《ひも》を三重に巻きつけられていました」

「殺されてから、どのくらい時間が経っていました?」

署員は、この青年が被害者の知りあいだと聞いて、わりと親切に教えてくれた。

「解剖の結果でないと正確にはわからないが、こちらの検視では、だいたい、死後四日間経っているという推定です」

死後四日間——すると、井上代造が大日建設に電話をかけてきた日がこれに当たる。

井上代造からの電話は夕方にかかってきたというが、すると、彼はその晩のうちに殺されたことになる。

「犯人の目ぼしはつきましたか」

「いや、今のところ、まだ何もわかりません。君は被害者の知りあいだというが」

と、巡査は崎津弘吉を観察するように見た。

「一度、本署に行って、向こうの主任さんに会ってくれたほうがいいと思うがね。いや、別段、面倒なことをきくわけではないと思いますから、被害者について知っていることがあれば、話してもらいたいんです」

崎津弘吉はそれに従うことにした。こちらから頼みたいくらいだったのである。井上代造の妹の美沙子が、そこに一人でいると聞いた上は、なおさらだった。

崎津弘吉は、斜面をくだって国道へ出た。昼間でも、家が林の間に点々と見えるだけの寂しい場所だった。井上代造がこんなところに用事があってきたとは考えられない。おそらく、彼の倒れていた所は、事実上の殺人現場ではなく、都内のどこかで殺されて、ここまで運ばれて遺棄されたに違いない。

井上代造を殺した犯人は、いかなる理由でこの辺まで死体を運んできたのだろうか。

都内の近辺では人家が多いので、死体の発見が早いという点からか。ここだと、現に、発見が死後四日も経っていた。

犯人はそれを計算して、この地点を死体置場に選んだのであろう。それとも、ほかに、この場所を選定する必然的な条件があったのだろうか。

いったい、誰が井上代造を殺したか。——

所轄署の八王子署に行く間、バスの中で、崎津弘吉はそんな考えにふけっていた。

罠を仕掛けられた崎津弘吉が無事で、それを仕掛けた井上代造が殺された。奇妙な現象だった。

八王子署を訪れると、受付の巡査は、彼から話を聞いて、すぐ捜査課に連れて行った。出てきたのは、中年の係官だった。通された部屋は狭くて妙に細長かった。刑事部屋でもない。

「君が被害者の知りあいというと、どういう関係だね？」

係官は崎津弘吉を見まもりながらきいた。

「一時、井上さんの二階に、世話になったことがあります」

「それだけの関係かね」

「そうです」

「では、友だちか？」

「年が違うので、友だちというよりも知りあいといったほうがいいでしょう。遺体に一目会わせていただけますか？」

「遺体は今、病院に行って解剖をやっている」

「妹さんはどうしていますか？」

「被害者の妹だね。それは、解剖のすむまで、こちらで待ってもらっている。崎津君といったね。君、被害者がどのような原因で、誰に殺されたか、心当たりはないかね？」

「少しもありません」

崎津弘吉は首を振った。

「全然、見当がつかないのです」


井上代造の解剖はその日の午後二時ごろに終わった。

係官が崎津弘吉に説明したところによると、死亡推定時刻は、だいたい、五月十日の午後十一時から十二時の間ということだった。死因は、堅い紐による絞殺で、使用されたものはビニールの紐ということだった。指紋の検出は不可能だったとも係官は言った。

被害者の靴についた土も現場の土とは違っていた。したがって他所《よそ》で絞殺して発見現場に運び、そこで死体を捨てたという見方は決定的となった。

ここで崎津弘吉は、美沙子と会った。彼女は眼を赤く腫《は》らしていた。

警察は、彼女からも犯人を推定する有力な手がかりが得られなかったらしい。彼女は井上代造の交際範囲をしきりときかれている。

警察が最も不審に思ったのは、井上代造がどのような種類の職業についていたか判然としないことだった。妹の美沙子にもはっきりとわかっていないのだ。生活費は井上代造が適当なときに美沙子に渡すのだが、その金はどこからもらってくるのか、兄は妹にも教えなかった。住んでいる家も安い家賃だったし、兄妹《きょうだい》二人のつつましい生活だったから、それほどの金額ではないにしても、とにかく、職業を持たない井上がその収入をどこから得ているか、明瞭《めいりょう》でないのだ。

井上代造の生活ぶりは美沙子から係官に述べられた。黙って外出をすると、二三日つづけて帰ってこないことは始終だったし、どこと行先もはっきり告げないのだ。何かのブローカーをしていたのかと思うと、そうでもなく、ちょっと得体が知れなかった。

ここで、板倉彰英の名前が出たのも、やはり、妹の口からである。兄はよく板倉の屋敷に行っていたということからだ。

警察が、板倉彰英に事情をききたくなったのは当然だった。署員の一人が、さっそく、板倉邸に電話をした。

「主人は一週間前から大阪の方に出張しています」

というのが返事だった。

「いつごろ、お帰りになりますか?」

「もう二三日したら帰京する予定です」

行先は、はっきりわからないという。事情聴取は板倉彰英の帰京を待たねばならなかった。

――一方、警察では都内のタクシー、ハイヤー業者を詳細に調べた。

これは、死体のあったところが第二現場で、殺害された第一現場は都内だという見込みからだ。第一現場から第二現場に運ぶのには、自動車よりほかに考えられない。

調査は、十日の夜、都内から八王子の現場付近まで乗せた客はないか、ということに重点が絞られた。一人ではなく、大きな荷物を持った人物という条件がついた。タクシーに乗せるのに、死体をむき出しにするわけはないから、何か大きな容器に入れて乗せたと推定したからである。

しかし、この聞き込みは最初から警察にも疑問だった。営業車などよりも自家用車の利用に可能性があるからだ。

しかし、自家用車の捜査は、タクシー業者の場合よりもずっと困難だった。業者の場合だと、その会社から運転手に聞かせるわけだが、自家用車だと、その方法がない。それに死体を運ぶとなれば、自分たちだけで自由に運転する自家用自動車の方がずっと安全なのだ。それだと死体をそのまま後部のトランクの中に隠すことができる。

ただ、警察で一番期待をかけたのは、「十日の午後九時以降、現場付近で、自動車が一台、道路からはずれて走っていたのを目撃した者はないか」という聞き込みだった。

現場は甲州街道のすぐ近くである。午後九時以降というと、この道路は、東京から甲《こう》府《ふ》、長野《ながの》、柏崎《かしわざき》方面への深夜トラック便の往来が激しい。近年、大月《おおつき》から甲府に至る有料道路のトンネルができて、自家用車の交通もとみに多くなった。

だから、当局としては一台の車が現場付近の街道から横にはずれて行くのを見た目撃者を期待したのだ。

別な捜査の重点は、また、第一現場が都内のどこであるかにも絞られた。

殺害の原因については、怨恨《えんこん》関係が警察当局に有力だった。強盗説と痴情説とは最初から弱かった。これは、被害者の妹の美沙子から、事情を聞いての推定だった。

井上代造の葬式は寂しかった。

近所の人がきてくれたのと、生前、井上代造がつきあっていた友人が四五人集まっただけだった。そのなかには、宝鉱山の保安主任杉田一郎も、書家の村田露石もまじっていた。

普通の死に方でなく、悲惨な最期だったので、誰の顔にも沈痛な表情が現われていた。ことに、美沙子にはどう挨拶《あいさつ》していいかわからない、といった顔つきがほとんどだった。

「井上君のようないい人物が、こんなことになろうとは思わなかった」

と、杉田一郎は寂しい仏前で言うのだった。

「あんな天性磊落《らいらく》な男は、めったにいない。ああいう男を殺した犯人は、一日も早く警察で挙げてもらわなければならぬ」

これに同意したのは、書家の村田露石だった。

「大きにもっともです。いや、井上さんほどの人物は、今日、ちょっと珍しい。わしはあの仁《じん》に接していると、いつも大正時代の国士を連想しますな。惜しい方を、残念な方法で亡くしたものじゃ」

「ぼくは大阪の板倉さんに、さっそく、このことを電話で知らせてあげましたよ。すると、板倉さんはひどくびっくりしておられました。自分のほうに用事がなかったら、すぐにでも東京に帰って駆けつけたいのだが、それができなくて残念だ、と言って、ぼくに、くれぐれもよろしくということでした」

これは、杉田一郎が美沙子に言った挨拶だった。そして、社長から、と言って香奠《こうでん》の包みを差し出した。

「いや、井上さんは、日ごろから賑《にぎ》やかなことが好きじゃった。みんな、そう元気のない顔をしないで、ひとつ賑やかにしよう。そのほうが仏さまの意志に副《そ》うわけですよ」

村田露石が、一同を元気づけるように言ったものだった。

きたない裏長屋の中で、もとより座敷は狭かった。ここに七八人もすわっていると、身動きができないくらいである。

が、時間がたつにつれ、しだいにその座敷に隙間が出てきた。今夜は徹宵《てっしょう》お通夜をしよう、と言いだした村田露石も、杉田一郎に誘われて、なんとなく立ちあがって帰って行った。

近所の者は、九時を待たないで引き取った。もとより、義理で来てくれていたのだ。最後に残ったのが所轄署の刑事だったから皮肉である。

彼は先ほどから会葬者の中にはいって、一人一人細かに観察していた。それだけではない。物陰にこっそり美沙子を呼んで、参会者の人相をこっそりのぞいて、いちいち名前をメモしていたのである。

その刑事も立ち去ると、崎津弘吉と美沙子の二人だけになった。

二人は、先ほどからかわるがわる、仏壇のローソクの灯《ひ》を継いだり、線香に気をつけたりしていた。

「ほんとうにすみませんね」

美沙子は、崎津弘吉にあやまった。

「いいえ、そんなことは遠慮なさらないでください。どうせ、ぼくも仕事はなく遊んでいるんですから。井上さんには、短い間のおつきあいでしたが、いろいろお世話になりました」

「弘吉さんにもわずかなおつきあいで、ほんとにご迷惑をかけました」

「そんなことよりも、美沙子さん。兄さんが亡くなって、これからあなたはどうします？」

妹は、亡兄の仏壇に眼をやった。

「二三日、考えてみますわ。今まで兄がいても、わたし、一人でいるのが当然だと思っていましたが、やはり死なれてみると、ほんとに、ひとり残されたという感じがします」

「美沙子さん、あなたも警察できかれたでしょうが、兄さんが今度こういう目にあったことに、ほんとうに何か心当たりはないのですか？」

「ほんとうに何も知りません。警察のほうからそれを聞かされたとき、あまり不意なので、脚がふるえました。でも」

ここで、美沙子は瞳《ひとみ》を別な所にじっと据えた。

「兄がこんなことになるという予感は、前からないでもなかったんです」

「それは、どういう意味ですか？」

「はっきりしたことは言えませんが、何か、ぼんやりとそんなふうにもう先《せん》から思っていました」

「そうすると、それははっきりした根拠ではなく、あなたの予感というわけですか？」

「そうです。兄は平凡な死に方をするとは思っていませんでした。いつかは、こんな最期がくると思っていました」

「その予感は、どこからきていますか？」

「よく説明できませんわ。でも、兄はわたしに隠れて何かやっていました。わたしがきいても、何も説明してくれません。けれど、兄のやっていたことは、明るい性質のものでなかったことはたしかです。ひとさまの前では、あんなふうに賑やかに振るまっていましたが、一人でいるときは、それは寂しそうに、暗い顔つきをしていましたわ」

美沙子はそこまで言って、崎津弘吉をじっと見た。

「弘吉さん、あなただけにお話ししますわ。警察の方にきかれても、これだけは言いませんでした」

「なんですか？」

「兄が死んでから、わたし、兄が大事なものを蔵《しま》っている、古い書類箱をあけました。日ごろは、絶対にわたしに手を触れさせなかったものです。兄の死因がわかるものがそこにあるような気がして捜したのですが、出たのは、銀行通帳一通と実印でした。その銀行通帳には、わたしの名前で七百万円の預金がしてありました」

第八章　誘拐

預金通帳は、一流銀行のものだった。

美沙子は、それを開いて崎津弘吉に見せた。

金額は、百万円だったり、三百万円だったりして、まちまちに預金されている。最低でも五十万円だった。その預金の日付を見ると、それは三年間にわたっていた。しかも、払い出しの記入は一か所もなかった。現在高七百二十万円である。

名義は美沙子になっていた。印判も、立派なケースにはいって添えられているのだ。

「わたしには、兄が全然これを隠していましたの」

美沙子は言った。

「見つけだしたとき、びっくりしましたわ。いつも、貧乏暮らしをしていたんですもの」

美沙子は暗い顔をしていた。

「兄のやっていることが、わからなくなりました。このお金だって、どこから持ってきたのか、見当がつきません」

「兄さんは」

と、崎津弘吉はまだ通帳の額面を眺めながら言った。

「たしかに変わっていましたね。七百万円というと、大金です。それが、しかも、三年間にわたって貯蓄されている。それを少しもあなたに話さなかった。いったい、どういう理由《わけ》でしょう?」

「わかりません。兄もいっさい、わたしには何も言ってくれませんでした」

「この金額を見ると、百万円とか、二百万円、三百万円といった大金が、いちどきに預金されています。もちろん、普通の商売でも、これだけの大金が預金されることはめったにないでしょう。兄さんのやってらしたことに漠然とでも見当はつきませんか?」

「あのとおりわけのわからない人ですから、わたしも気をつけていたんですけれど、どうしてもつかめなかったんですの」

「たいへん悪い想像ですが」

と、崎津弘吉は断わって言った。

「兄さん、麻薬とか密輸とか、そういったことに関係しているような様子はなかったですか？」

「わたしも、この通帳を見たとたん、一度はそう思いましたわ」

妹は言った。

「でも、どうしてもそんな心当たりが浮かびません。そういうことをやっていれば、はっきりした証拠はなくても、様子でうすうすわかると思いますわ。それがちっともなかったんですの」

「兄さんにお友だちがありましたね。杉田という人でしたね。今夜もここにみえていましたが、ぼくも、いつぞや、紹介を受けたことがあります」

「ええ、あの人とはつきあっていたようです」

「たしか、山梨県の鉱山のほうをやっているという話でしたが」

「そうなんです。あれは板倉さんが社長の会社です」

「板倉さんというと？」

「この方ですわ」

美沙子は、仏前に供えた香奠《こうでん》の封筒を見せた。「板倉彰英」という字があった。封筒の裏の隅に「五万円」と小さく金額が書きこんであった。

「どういう人です？」

「たいへん、今、羽振りのいい方だそうです。まだ若い方だそうですが、なんといいますか、少壮実業家というんでしょうか。戦後、急に勢いを伸ばして、今では相当な資産を持っていると言われています。わたしたちにはよくわかりませんが、財界のほうでは有名な人だそうです。

R産業の岩村修平さんという名前をご存じでしょ？」

「ええ、それは知っています。事業王といわれて、次からつぎに会社を買収し、いろいろな新聞・雑誌に書かれて、有名な実業家ですね」

「そうなんです。その方の引き立てでのし上がった方だそうです」

「その板倉さんのところに、井上さんが行っていたのですか？」

「ええ、よくお伺いしてましたわ」

「どういう用事です？」

「存じません。わたしにはいっさい話しませんから。先ほどお話の杉田さんも、板倉さんの部下ですから、そのつながりで兄は交際していたようです」

「するとこの預金は、もしや、板倉さんから出たのではないでしょうか？」

「わたしもそんな気がします。でも、それにしてはあまりに大金ですわ。よほどのことをしない限り、これほどのお金をいただくとは思われません。噂に聞くと、板倉さんは金銭面にはとても合理的な方で、理由《いわれ》のない金は絶対にお出しにならないそうです。もし、板倉さんからこれだけのお金が出たとすると、兄の役目というのは、想像もつかないほど大事だったということになります」

「そうですね」

「けれど、兄は、板倉さんが経営されてる鉱山のことには全然素人《しろうと》ですわ。兄は、そんなことを何も知っていません」

「不思議な話ですね」

崎津弘吉は、かつて、山梨県の山奥、沢辺部落で偶然に出会った井上代造を思いだした。その時も杉田一郎といっしょだった。鉱山には無縁だという井上代造が、なぜ、宝鉱山のある沢辺部落にきていたか。

美沙子の話とは辻褄《つじつま》が合わないのである。

柱時計が二時を打った。

「弘吉さん、もう、こんな時間ですわ。お疲れになったでしょう」

美沙子は言った。

「いや、ぼくはかまいませんが、あなたこそ疲れたでしょう」

「いいえ、わたしはここで、朝まで兄といっしょにいますわ」

この言葉が弘吉に重くきた。

「弘吉さん、これからも、いろいろなことがあると思います。わたし、困ったたびに、あなたにご相談していいかしら?」

美沙子は、弘吉の顔を見ていなかった。顔はうつ向いたままだった。

「かまいませんよ」

弘吉は答えたが、発条《ばね》にでも弾《は》じかれたように動悸《どうき》が打ってきた。

「ありがとう。わたし、ご相談する人がほかにないんですの。ほんとに、そんなことをお願いしていいでしょうか？　ご迷惑でないかしら？」

「そんなことはありませんよ。ぼくだって、ここでは、あなたにいろいろお世話になりました」

「短い間でしたわ」

「いや、たとえ短くても、ぼくにはありがたかったのです。実をいうと、ぼくは両親を早く失って、身延の山の中で伯母《おば》に育てられました。実際、人の親切というものを味わったことがないのです。それだけに、兄さんやあなたから世話を受けたことが忘れられないのです」

「そんなことをおっしゃると、こちらが恥ずかしくなりますわ。でも、いっしょにうちに寝起きしていただいたんですもの、あれくらいのお世話は当たり前ですわ」

「では、あなたから、いろいろご相談を受けるのも当たり前、と言っておきましょう」

弘吉は、わざと、美沙子を気軽にしようと微笑《わら》った。

「うれしいわ」

美沙子も微笑んで礼を言った。

「こうなると、兄がわたしのためを思って遺《のこ》してくれた大金が、負担になります。その金の性質があいまいだったことも、わたし、気が重いんです」

「よくわかります」

と、崎津弘吉は言った。

「井上さんが何をしていたか、ぼくにもわかりません。あなたにもわからない。しかし、それをわれわれが知ることが、井上さんの死の原因を確かめることだと思うんです」

「ええ」

美沙子が急に眼を上げた。

「わたしも、そう信じますわ」

「美沙子さん。ぼくは追求しますよ。きっと、井上さんを殺した相手を見つけます」

この言葉を聞いて、美沙子は、弘吉の顔をじっと見入った。その瞳《ひとみ》は食い入るように強かった。どうしたことか、その唇がかすかにふるえているのだ。

弘吉が彼女の動かない瞳に引きこまれようとした瞬間だった。時計が二時半の音を短く打った。

これが二人に、不意の音響に聞こえた。美沙子があわてたように顔を動かした。

「弘吉さん、もう、ほんとうに結構ですわ。どうぞ、お引き取りくださいな」

「いや、ぼくならかまいませんが」

崎津弘吉が、相手が女ひとりなのを意識して言った。

「井上さんは、ぼくのような者でも、あなたがひとりいるより賑《にぎ》やかでいいと思っていらっしゃると思います。あなたこそ、いろいろとお疲れだったでしょう?」

「いいえ。なんですか、気持が張りつめて、ちっとも疲れたというような気がしません」

美沙子は寂しく微笑した。

「ほんとうに、弘吉さん、このまま朝まで起きていらっしゃると大変ですわ。よかったら、二階でおやすみになりませんか」

美沙子は、それをしきりと勧めた。

「今が二時半ですね。では、交代で仏さまのお守《もり》をしましょう。五時になってまだ眠っていたら、起こしてください」

「ええ、そうしますわ。二階には、弘吉さんがいらしたときと同じように、まだ、お布団がしまってあるはずです」

「ありがとう」

崎津弘吉は立ちあがった。美沙子が階段の下まで送った。それからは弘吉が一人になったが、彼は美沙子の眼を背中に痛いくらい感じていた。

これまで幾日かを過ごした二階だった。久しぶりだった。もう二度と、この場所に寝ることもないと思っていたが、思いがけない因縁で、また、ここに身を横たえることになったのだ。

崎津弘吉は、布団を押入れから出して敷き、上着だけを取って、うたた寝をした。

眼が冴《さ》えて、容易に寝つかれなかった。

——井上代造は莫大《ばくだい》な預金を持っていた。その金の出所は、どこだろう。

井上代造はなんのために殺されたのか。心当たりが誰にもないとなると、多額の預金の秘密が、その原因のような気もする。井上代造にはあまり友だちがなく、彼が出入りしていたのは、板倉彰英の邸《やしき》だったという。

板倉彰英はたいそうな金持だ。井上代造の預金も彼の手もとから出していたのだろうか。これが一番妥当な考え方だった。しかし、その金は、どのような理由で井上代造に渡っていたのか。七百万円というと、たいそうなものだ。通帳面には、三年間にわたって、百万円、三百万円と記入されている。この金の性質はなんだろうか。

もし、板倉彰英が井上代造に出していたとなれば、そこに、誰も知らぬ、秘密で重大な取引があったと思わねばならない。預金の金は、板倉が井上に対する一種の報酬だったのではなかろうか。

報酬としても、それがどのような性格のものか想像がつかない。普通のものとは考えられないのである。

崎津弘吉は、井上代造から言われた自分の使命を考えた。あれは某国の要路者を暗殺するために、その下手人の身代わりに自分を罠《わな》に落としたのだが、井上代造はそのようなことをして、これだけの報酬を得ていたのか。つまり、井上代造の仕事とは、そういう方面にあったのだろうか。……

弘吉は寝つかれなかった。頭が締めつけられているようだった。

こう眠られないと、いっそ、階下《した》に降りて美沙子と交代したほうがいいと思った。が、今五時の交代を約束して上がったばかりだった。それを言うために降りて行くのがうしろめたかった。この一つ家に二人だけしかいないことが、弘吉を窮屈に押さえこんでいた。——

ふと、大日建設の横で行なわれた殺人事件のことが頭に浮かんだ。浮浪者が一人、殺されたのだ。弘吉はこれに考えついたとき、あっと思った。

大日建設に自分の職を世話してくれたのは、ほかならぬ井上代造だった。その施設のすぐ横で殺人事件が起こった。これは偶然とは思えない。何かが見えない糸を張っている。

殺された浮浪者の懐から奇妙な紙片が出てきたことは、大日建設の同僚だった男に聞いた。その時は聞き流していたが、話は不思議だった。浮浪者が持っていた紙片は、二つに裂かれた一枚で、それには、大日建設の構内に錫《すず》や白銀などの貴金属が隠匿されている、と書かれてあった。事実、その調査に警官がやってきたことがある。

浮浪者の持っていたわけのわからない文字を当てにして警察が動いたことは、当時は滑稽《こっけい》だったが、今から考えると、あれは根も葉もないことではなかった。浮浪者の殺人は、仲間同士の喧嘩《けんか》ということになっているが、事実は、その紙片をめぐってのことではなかろうか。

ここまでくると、弘吉の思考の中には井上代造の預金と、おびただしい量の錫、白銀とが一つの線でつながれてきた。

あの浮浪者殺しの犯人は、まだ挙がっていない。

某国高官の死と浮浪者の死――ここにも別な線が引かれないだろうか。

しかし、それから先はわからなかった。

崎津弘吉は考えこんでいるうちに、いつのまにか、それが遠のいてしまった。代わりに夢が後を訪れた。

どれくらい眠ったかわからなかった。

ふと、眼がさめたときに、雨戸の隙間が明るくなっていた。

崎津弘吉は急いで時計を見た。六時半だった。

彼はあわてた。寝過ごしたのだ。階下に一人でいる美沙子にすまなかった。五時の交代だったのだが、彼女は遠慮して起こしにこなかったのだ。

弘吉は、すぐ上着を取った。それを袖《そで》に通しているとき、彼はにわかに胸騒ぎが起こった。

二階と階下《した》である。崎津弘吉が二階に離れている間、何かが階下で起こっているような不安に襲われた。これは、二人が別々に隔離された状態にあったことから起こった不安であろう。

自分が眠っている間、美沙子は一人だったのだ。

崎津弘吉は、階段の降り口に立った。しばらく、そこで耳を澄ました。音は何も起こってこなかった。

疲れた美沙子が、そこに眠っている姿を想像した。いや、それは、彼の祈りに近かった。彼は階段を一歩降りた。それから、一段、一段と、足音を忍ばせて階下に向かった。階下は電気が点《つ》いている。しかし、階段の中途から見えるはずの仏壇のローソクの光は、消えていた。——

崎津弘吉は、階段を最後に降りきって座敷に足をつけた。むろん、そこからは狭い部屋が一目に見えた。

電灯が点いたままだった。しかし、仏壇のローソクは消えている。美沙子の姿はなかった。

座敷は、あらゆるものがそのままだった。乱れたところは少しもない。しかし、そこにいるはずの美沙子の姿は消えていた。

崎津弘吉は、しばらく、そこに立って動かなかった。

朝の明るい光線がガラス窓の外に見えた。

五分間ぐらい、そうしていた。物音は少しも聞こえない。ローソクを見ると、あきらかに途中で消した証拠があった。燃えきったのではなく、ローソクは半分までが残っていた。

先ほどからの予感が、彼の胸を現実に揺すってきた。

ふと見ると、仏壇の前に座布団が二枚、きれいに並べて置かれてある。それから、茶《ちゃ》碗《わん》が二つ、これも座布団の前に出ていた。一つはきれいに飲み干され、一つは幾分底に残っていた。

来客が二人あったことを、その姿は見せていた。

すべては、几帳面《きちようめん》過ぎるぐらい整っている。

座布団が二枚並んでいるところは、客が二人きて帰ったことを示していた。事実、座布団の上に凹《くぼ》みがある。茶碗の位置からすると、客が弔問にきて美沙子と会っていたことを示唆した。

崎津弘吉は考えた。自分が二階に上がったのが二時半である。それから、いろいろものを考えて、容易に寝つかれなかった。その時間を四十分ぐらいと考えておこう。すると熟睡にはいったのが、だいたい、三時過ぎである。

階下と二階だから、もし、客があれば、物音でも、話し声でも、自分の耳にはいるはずだった。その記憶はないのだ。もちろん、熟睡の間に二人の客があったのだ。

崎津弘吉は、もしかすると、美沙子がその客を送ってその辺まで出ているのではないか、と考えた。そうだ、きっとそれに違いない。夜中の三時過ぎに弔問にくるとは、少々、非常識な客だが、急を聞いて、故人の親しい友人が駆けつけた、と解釈できないこともない。

彼は入口へ行った。すると、その想像を証明するように、入口の戸に掛け金がはいっていなかった。彼は、十二時を過ぎて、杉田一郎や書家の村田露石などが帰ったあと、美沙子がこの戸に内側から錠をおろしたことを見ている。

崎津弘吉は、自分に安心を言い聞かせようとした。彼は狭い土間に降りた。念のためである。奥口に回った。しかし、むろん、美沙子の姿はない。そこにも変わったことはなかった。奥口の戸も、これは完全に内側から錠が差してあった。

座敷へ戻った。

彼はまた、きれいに並べられた座布団に眼をやった。美沙子がこのように待遇するからには、顔を知った人間か、素姓の知れた客に違いない。女ひとりのところだ。めったな者をこのような客扱いするはずはなかった。

客があったことを、美沙子が弘吉に知らせなかったことは、彼にも納得ができた。疲れて眠っているのだ。そのまま、彼の眠りを妨げないで、客と会っていたのであろう。したがって、客との話は物静かなものだったに違いない。事実、それを物語るように、少しも部屋の乱れはないのだ。

二十分待った。美沙子は戻ってこない。ふたたび胸騒ぎが起こった。

客をそこまで送るのだったら、もう、とっくに帰っているはずだった。弘吉がめざめて階下に降りる前からだから、この時間はもっと長い間である。

彼は気づくと、急いで臨時の仏壇になっている机の引出しをあけた。七百二十万円の預金通帳も、印鑑も、そのまきちんと納められている。

美沙子はどこに行ったのであろうか。こんなに長く出るとすれば、崎津弘吉を起こして、行先を告げてゆくはずなのだ。それがなかった。

すると、美沙子が出て行ったのは、すぐ帰るつもりで、帰れなくなったのではあるまいか。乱暴に連れていかれたとは思われない。それだったら、部屋がこのように几帳面に片づいて残っているとは思われないのである。

不安と後悔とが、崎津弘吉の身体を締めつけた。

後悔は、自分がまどろんだことの不注意だった。あのまま起きていれば、この事態はなかったのだ。もはや美沙子が自分ひとりの意志で失踪《しっそう》したとは思えなかった。

近所で雨戸を繰る音が聞こえてくる。しずかな朝である。

しかし、この狭い部屋の静かな変化は、彼を混乱と危惧《きぐ》の底に陥れていた。


崎津弘吉は腕時計を見た。七時近かった。

美沙子がここを出たのは何時かはっきりしないが、崎津弘吉が眠っている間に出て行ったに間違いないから、五時前後であるまいか。すると、もう二時間近くは経っている。

美沙子が警戒もしないで出て行った連れの人物——彼にはそれが美沙子一人の家出とは思えなかったから、当然、その相手の人物への模索が彼の頭をかけめぐった。

問題は、なぜ、彼女が自分を起こさなかったかということだ。対談中ならともかく、家から出るときは特別である。黙って出て行った彼女の行動も、考えの中心になった。

この場合、三つのことが考えられる。一つは、すぐ戻ってくる目的で行ったこと。もう一つは、彼女の配慮でわざと彼を起こさなかったこと。これは自発的なほうだが、もう一つは、誰かが彼女にそれをさせなかったことである。

だが、別段、そこには乱暴な力が使われたとは思われない。座敷はどこまでも静かな雰囲気を残している。かえって、これが無気味だった。船が、あらゆる器具も機能も秩序正しく残して、乗組員だけ消えて大海に漂っているときの状態に似ていた。

このときだった。

表で荒い足音が起こってきた。崎津弘吉がはっとして眼を上げると戸が叩《たた》かれた。

「ごめんなさい」

男の声だった。

「ごめんなさい」

声はつづけて呼んだ。

崎津弘吉はすぐに返事ができなかった。叩かれている戸を内側から見つめていた。

「もしもし、戸をあけてください」

場合が場合だった。

崎津弘吉はしばらくして返事した。

「いまあけます」

胸の動悸《どうき》が自然と激しく鳴った。別な不安が彼を襲ってきた。この声の訪問と美沙子の失踪とが、あきらかに関連を持っていると直感した。

彼は戸を一気にあけた。若い男の顔と真正面だった。崎津弘吉の知らない顔である。二十二三の男で茶色のジャンパーに黒いズボンをはいていた。

「井上さんというお宅はこちらですか？」

男は呼吸《いき》を弾ませていた。

「そうですが」

「ぼくは交番から頼まれてきたんですがね」

「交番？」

「そうです。ぼくはタクシーの運転手ですが、××町の交番のお巡りさんから、こちらへすぐ届けてくれということです」

「なんですか？」

「いま、××川で女の人の死体が浮いたんですがね。こちらの人らしいと言っているので、連絡に行ってくれと頼まれてきたんです」

崎津弘吉は、自分の顔が砕かれたようになった。神経が一瞬に麻痺《まひ》した。

「ど、どこですか、それは？」

「××交番まで行けばわかります」

運転手は忙しそうだった。

「ぼくは客を乗せて、わざわざ、こちらにきたんですからね。それだけお知らせしておきます」

後の問いをつづけようもないのだ。運転手は、茶色のジャンパーの背中をみせて、路地の表の方へ駆け出していた。

崎津弘吉は、いったん、座敷に戻った。しかし、それも無意識だった。すぐにどうしていいかわからず、一度そこへ本能的に来たに過ぎなかった。

膝頭《ひざがしら》が震えた。美沙子が死んだ。――それだけが彼の頭に荒れ狂っていた。

例の引出しから預金通帳と印鑑とをポケットに入れたのは、どういうことだったのだろう。留守をするので、無意識に大事なものを残してはおけないと本能が働いたかもしれない。部屋を歩いた。それも思考の状態だった。

表へ出て駆けだしたのはそれからである。

崎津弘吉は大通りに出た。さきほどの訪問者を捜したが、タクシーはもとより見えなかった。

××町派出所はここから二キロもある。空車は通っていない。新聞配達が一軒一軒を駆けまわっていた。

彼は走ったが、力が抜けて先へ自由に進めなかった。呼吸《いき》が苦しかった。

トラックが二三台、彼の横を通り過ぎたあと、早出の工員が、彼の姿を不思議そうに見送っていた。

××派出所には巡査が一人、眠そうな眼つきで椅子にぼんやり掛けていた。

「今、知らせがあったのですが」

崎津弘吉は、巡査の前に荒い呼吸を吐きながら立った。

「殺人事件があったそうですね」

巡査は細い眼をあけて、早朝の闖入者《ちんにゅう》を見つめた。その眼は赤かった。

「あんたはなんです？」

巡査は、崎津弘吉の風采《ふうさい》を見上げた。椅子にすわったままだった。

「××川に死体が揚がって、それが井上という者の家族だと、運転手の知らせがを受けたのですが」

「運転手？　どこの？」

「タクシーです。こちらのお巡りさんから頼まれたといって、連絡にきました」

巡査は、やっと背中を椅子の背から離した。

「あんたは、その家族ですか？」

「家族ではありませんが、いっしょの家にいる者です」

「名前は？」

「崎津弘吉といいます」

巡査の落ち着いた態度が、崎津弘吉にはたまらなかった。いらいらしてくるのだ。

「現場はどこです？」

「確かに、女の死体は揚がったがね。……おかしいな、もう、身もとがわかったのかな？」

巡査は首をひねっていた。

「運転手が、お巡りさんから連絡を頼まれたと言って知らせてきたのですから、間違いはありません。すぐ、そこに行ってみたいのです」

巡査は、やっと椅子から腰を上げた。

「この道を六百メートルばかり行くと、右に曲がるから、それについてずっと行けば、××川の川っぷちに出る。そこまで行けば、大勢きてるはずだから……」

崎津弘吉は、交番を飛びだした。

ここまで走ってくる途中、まだ事実との間にわずかな隙間が残っていたが、もはや、間違いようはなかった。今の巡査も知っているのだ。確実に美沙子が殺されたことが、現実となって迫った。

彼が教えられた道に迷うことはなかった。近所の者が同じ方向に駆けて行くのが見えたからである。噂を聞いたとみえて、自転車で馳《は》せつける者もいる。崎津弘吉が走っていても、この弥次馬《やじうま》のなかでは、今までのように目立たなかった。

川のふちに出た。橋がある。

人の群れは、その橋から下流に向かって三百メートルの所にかたまっていた。後から後から、人がそれへ走っている。

川向こうも街だった。川幅は五メートルもない。両岸が石垣で固められ、黒く澱《よど》んだ水が中央部だけ流れを見せてみなぎっていた。人の集まっている所は道路の上だったが、崎津弘吉が覗《のぞ》いたとき、その最前列は縄でさえぎられていた。

彼は人の後ろから背を伸ばした。巡査が二三人立ち、死体らしいむしろが遮断された中間にぽつんと置かれてあった。

まだ検視の一行もきていないらしかった。巡査が現場を保存しているだけだった。

崎津弘吉は前に出て、巡査の一人に言った。

「今、知らせを受けた者ですが」

立っている巡査は振り向いた。黙って、眼を彼の正面に当てた。若い巡査だった。

「それで、すぐに来たのですが」

あとの声は、咽喉《のど》が乾いたときのようにかすれて、出なかった。

「知らせた？　誰が知らせたんだね？」

「タクシーの運転手です。お巡りさんから頼まれたと言って、ここへすぐくるようにと、言づけをして行きました」

巡査が、ここでも首を傾げた。

「誰か、この被害者のことで連絡したのかね？」

同僚にきいていた。

「知らないな。第一、被害者の身もとがまだわからないのに、そんな連絡をするはずがない」

立っている巡査が、そこに集まった。

「あんたは、なんという名だね？」

ここでも交番と同じことをきかれた。崎津弘吉が答えると、

「おかしいな。何かの間違いじゃないかな」

と、顔を見合わせていた。

「とにかく」

崎津弘吉はあせった。

「その死体を見せてください」

「見せてもいいが、君のいう被害者というのは、男かね、女かね？」

「女です」

「年齢は？」

「だいたい、二十二三歳です」

「合っている」

と、別な巡査が言った。

「とにかく、顔を見たまえ」

崎津弘吉は、張られた縄をまたいで前に出た。

むしろが人間の寝たかたちで物体を隠していた。むしろの下の地面が濡《ぬ》れていた。

「今朝、この川に投げこまれていたのだ。発見したのは牛乳配達だがね。君が被害者に心当たりがあったら、くわしく聞かしてくれ」

若い巡査がむしろの端をめくった。髪を乱した女の白い顔が出た。

崎津弘吉は、それを覗いた。彼は眼をむいた。あっと声を出すところだった。

美沙子ではなかった。しかし、彼の知った顔だった。

むしろの下の女の死顔は、仰向いていた。崎津弘吉の眼をうばったのは、その白い咽《の》喉《ど》に巻きついた麻縄だった。水に漬かっていたためか、柔らかい咽《の》喉《ど》に食いこんでいる。

女は眼を開き、口から舌が出ていた。髪には、川を流れている汚物が砂をかけたようにまぶれていた。

正視に耐えない死顔だ。だが、崎津弘吉には記憶がある。知った女の顔だった。

あの時の女だ。

崎津弘吉が警察で尋問されているとき、影のように黙ってはいってきて、彼の顔を凝視した女である。間違いはなかった。

〝面通し〟の女である。

この女が証言をして、R国の観光団長を射《う》ったのはこの男だ、と崎津弘吉をさしたのだ。

崎津弘吉は、むしろを元どおりにかぶせた。

「どうだね、知ってる顔かね？」

警官が彼の後ろからきいた。崎津弘吉は、立ちあがって首を振った。

「いいえ、ぼくの知った女《ひと》ではありませんでした」

警官は、がっかりしたような顔をした。

「なんだ、人違いか」

「お騒がせしてすみませんでした」

崎津弘吉は頭を下げた。

「しかし、人違いでよかったよ」

別な警官がやさしいことを言った。

「やっぱり、知りあいがこういうことになっては困るからな」

この時、警視庁から鑑識課などの一行が、自動車《くるま》に乗って到着するのが見えた。

警戒の警官が弥次馬を押し分けるとき、崎津弘吉もそれにまぎれて、その場から離れた。

――あの女が殺された。

これはいったい、どうしたことだ。あの女は偽証をした。

誰があの女を殺したのか。

あの女の崎津弘吉に対する偽証は、あきらかに誰かに頼まれてしたことだ。その女が殺された。あの偽証を頼んだ人物は誰か。彼女が殺されなければならなかった原因はなんなのか。

考えが、ばらばらになって、まとまりがなかった。

崎津弘吉は、井上代造の家に帰った。

しかし、家の中は元のとおりだった。座布団の位置も二つの湯呑《ゆのみ》の位置も、少しも動いていない。空気までがこの家を出る前と変わりがない。

美沙子は帰っていなかった。半分はそれを予期したのだが、心が絶えず騒いだ。

殺された女の顔を見てきたばかりなのだ。いなくなった美沙子に暗い予感がする。

それにしても、あの女の死を知らせにきた男は、どのような目的を持ったのか。彼は運転手だと言っていた。そして、交番の巡査から頼まれた、と告げたが、それも嘘だった。あの女の殺しと、美沙子の失踪《しっそう》とを知っている男なのだ。

しかし、あの男は誰かの使いをしただけなのかもしれない。背後には、もっと大きなものが動いている。

崎津弘吉は、ここで気づいて、急に家の中を捜した。二階にも駆けあがった。しかし、どこにも変化は起こっていなかった。

自分の留守を狙って何かの工作が行なわれたのかもしれないと気づいたのだが、そのことはなかった。しかし、ポケットの中に、本能的に七百万円の預金通帳と印鑑とを入れたのは、幸いだった。この処置はよかった。

——美沙子はどこへ連れ出されたのか。

座布団の位置や、崎津弘吉が二階にいて眠りを妨げられなかったことを思いあわせると、連れだした人間は彼女の知った顔なのだ。

どのように言いくるめられたかはわからないが、もはや、正常の手段で彼女が連れ去られたとは思われなかった。

彼女の失踪と、偽証をした女の死体と——この二つは、あきらかに連絡があった。

さらにそれは井上代造の死にもつづく。

いや、それだけではない。

崎津弘吉は、殺された女の咽喉《のど》に巻きついていた麻縄を思いだす。大日建設の敷地の横で殺されていた浮浪者は、たしか同じ方法で絞殺されていた。あれも麻縄だった。

すると、見えない凶悪な影がどこかにうずくまり、絶えず何かを狙っているのが眼にうつる。相手の姿も、名前もわからない。しかし、その人物は確実に自己の意志を遂行しているように思える。

崎津弘吉は、この家にしばらく頑張ってみることを決心した。

一つは、美沙子のことが気にかかって家から出ることができないのだ。彼女が帰ってくるとすれば、この家よりほかにない。それと、なんらかの通信があれば、この家が目当てなのだ。

いや、それよりも、彼がここにいること自体が何かを待ちかまえていることになるのだ。そのうち何かがこの家にやってくる。——彼はそれを期待した。

それから、昼の時間が落ちつきのない気持の中に過ぎた。

夕方になった。

夕刊が配達された。他人の家にたった一人でいて配達された夕刊を手に取るのは、妙なものだった。この夕刊の配達が、あるじのない、この家の生活の唯一の継続だった。

崎津弘吉は社会面をひらいた。思ったとおり今朝の事件は大きく報道されていた。

被害者の身もとがわれて、名前が書いてあった。

銀座のキャバレーの女で〝洋子〟というのだった。新聞記事によると、彼女は前の晩、そのキャバレーに勤めていたが、十時ごろ早退《はやびけ》をして帰っている。その後の行動はわかっていないが、このとき犯人に呼び出されて絞殺されたらしい。死体はその現場から運ばれて川の中に投げこまれた。これは警視庁の推測だった。

犯人はこの死体を運ぶのに自動車《くるま》を使ったと考えられる。死亡時刻は、今朝の午前零時から二時ごろの間の推定だった。現場は午前二時を過ぎると、タクシーの通行がほとんどなくなるから、川に投げこまれたのは、午前二時半以降らしい。

現場では、そこに自動車がとまっているのを目撃した者がいない。それで、死体が他所《よ》《そ》から運ばれてここに投げこまれたのは、タクシーの途絶えた後という想像が確実となる。死体運搬に使用された自動車は自家用車だという意味が強い。

原因はまだわからないが、殺された洋子は派手な性格で、以前には進駐軍関係のクラブに出入りして歌などをうたっていた。英語ができるので、外人関係のほうも目下の捜査の対象になっている。当局では痴情関係のもつれではないかとみている。――ざっとこんな内容の記事であった。

崎津弘吉は、その新聞を置いた。

それから長いこと考えた。

近所では、子供の騒ぐ声が静まって、ラジオの声が聞こえてくる。男と女の漫才だ。笑い声が混じっていた。

美沙子は戻らなかった。どこに連れ出されたのか。もはや、彼女の意志で出て行ったとは思われなかった。崎津弘吉が待っているのは、彼女自身からの通信ではなく、何かの変化だった。それがどのようなかたちでここにくるかは予測ができない。しかし、早晩、何かがくると思っていた。

しかし、今夜は何もないにちがいない。

時計を見た。八時を過ぎている。彼は立ちあがった。

この家に戸締まりする必要はない。そのまま、表に出た。もし、変化があれば、彼の留守である。そのほうがその兆候を見きわめるのに、都合がいいかもしれない。

彼は銀座に行った。

――キャバレー〝スイートピー〟は、銀座で一流の店である。角になっていて、その前に高級車が何台も並んでいた。

崎津弘吉がドアの前に足を運ぶと、内から自然にドアが開いて、蝶《ちょう》ネクタイの男と、赤い服のボーイとが、慇懃《いんぎん》に導き入れた。

外からはいってきた眼には、内部はほのかで、きらびやかな光線が興奮をそそる。天井からは豪華な細工を凝らした大シャンデリヤが下がり、客席が半円形に正面に向かって展《ひろ》がっている。

客がいっぱいだった。どのテーブルも、女たちが客の間に花卉《かき》を植えたようにすわっている。

彼女たちは風に吹かれたように頭を傾げ、身体を揺れさせていた。

テーブルの一つにボーイは案内した。

このような場所にくるのは、崎津弘吉にとって別の世界に踏みこんだようなものだった。着ている洋服も、周囲にいる客のものからくらべると、ひどく粗末だった。はなやかな光線が、その区別をぼかしてくれてはいるものの、この贅沢《ぜいたく》な世界に飛びこむ自分ではなかった。

適当に注文すると、ボーイは、

「御指名は？」

と、伝票を持って屈《かが》みこんだ。

「誰でもいい」

ボーイは、頭を下げて退《さが》った。

正面が踊り場になっている。はなやかなカーテンが下がり、その前に楽士たちが並んでいた。女が一人、マイクの前に立って唄《うた》っていたが、客が混雑しあいながら、その前で踊っていた。おぼろ月のような柔らかい光線が全体を包み、話し声と、煙草の煙とが下から立ちのぼっていた。

「今晩は」

崎津弘吉の横に、カクテルドレスの若い女がお辞儀をしてすわった。細い顔の女である。耳から下がったガラス玉が揺れていた。

「ここ、よくいらっしゃいますの？」

女は細い眼をあけて、崎津弘吉に首を傾げた。

「いや。はじめてだ」

彼は答えた。

「あら、そうですか。いかが？」

微笑《わら》って覗《のぞ》きこみ、

「わたくし、何かいただくわ」

と、マッチを擦って、燃えた軸木を高々とかかげ、ボーイを呼んだ。

女は崎津弘吉が黙っているので、手持ぶさたのようだった。彼女は運ばれたグラスに唇をつけ、ホールの方を眺めていた。

「ダンスなさいません？」

崎津弘吉は笑って首を振った。

「ちょっと、君にききたいことがあるんだけど」

「なんですの？」

「洋子さんというの、君、友だちだった？」

女は顔をしかめ、客の顔を見た。

「ああ、あなた夕刊でごらんになったのね？」

「そうなんだ、この店で働いていた女《ひと》だろう？」

「そうなの、いやだわ」

彼女は眉《まゆ》を寄せた。

「あんなことがあると、わたくしたちまで変な眼で見られそうで困るわ」

「君は、そんなことはないだろう？」

崎津弘吉は慰めた。

「君は、洋子さんをよく知っていたかね？」

「ええ、よくというほどではないですけれど、やはり、同じところに働いている友だちですからね」

「どうだね。洋子さんは、あんな目にあうような原因があったのかな？」

「さあ、人はそれぞれ事情があるでしょうから」

女は話から逃げようとした。

「新聞で読むと、彼女は進駐軍の将校クラブの歌い手だったそうだね？」

「そうなんですの。実は、わたくしたちもあの新聞を読むまで、それを知らなかったんです。洋子さんは、ちっとも、そういうことを言いませんでしたから」

「英語はできたんだろうね？」

「ええ、それは達者でしたわ。もっとも、ここのお客さんで、外人さんも多いから、わたくしたちは片言ぐらいしゃべれますが、洋子さんは段違いでしたわ。あの新聞で、やっとそれが納得できましたわ」

「外人の客には、人気があったわけだね？」

「ええ、でも、それは色気というよりも、話ができるからでしょう」

「新聞には痴情関係と書いてあったが、彼女には特別な客がついていたのかね？」

「あんまり、友だちのことは話さないという店のおきてになっていますわ」

「しかし、当人は死んでいるのだから、もういいだろう。それに事情が事情だから、それで犯人がわかれば結構だと思うがね」

「あら」

と、女は眼をまるくした。

「あなた、警察の方なの？」

「いや、そんなんじゃない。ただ、興味を持っているだけさ」

「正直に言って」

と、彼女はしばらくすると、崎津弘吉に好感を持ったように言った。

「洋子さんは、商売に徹した人でした。それまでの経験で、そういう主義になったんでしょう。浮気の相手ぐらいあったかもしれませんが、一生懸命になった男の方というのは、ないんではないでしょうか」

洋子は商売に徹した女だ、とこの女は話す。崎津弘吉にも、おそらく、それは間違いはないように思われた。

あの時の偽証もただ金が目当てだった、ということが納得できる。では、洋子に接近していた男は、どのような客だったのだろうか。

崎津弘吉は、それを彼女にきいた。

「よくわかりませんわ。わたくしたちと違って、洋子さんは秘密主義でしたから」

この口吻《くちぶり》から察すると、どうやら、彼女は洋子に好感を持っていないようだった。

「毎晩、通いつめてくるという男はいなかったかい？」

「いいえ、そういう人はべつにありませんでした」

「それなら、しょっちゅう、彼女だけを呼ぶ客というのはあっただろう？」

「商売ですもの、そりゃいろいろといますわ」

崎津弘吉は、ここで、〝ある男〟の人相を言った。

「がっちりとした体格で、三十前後の年輩の方。そして、色が黒い……」

彼女は、天井から吊《つ》り下がっているシャンデリヤのほうを見つめて、考えるような顔をした。

「ええ、そうおっしゃれば、そんな方があったようです。眼の大きい人ではなかったですか？」

「そうだ、そうだ。その男だ」

「それなら、よく見かけましたわ」

「いつごろからだい？」

「そう古くありません。ここ一か月ぐらい前からです」

「名前はわかってるのか？」

「いいえ、名前は聞いたことありません。いつも、一人で来て、洋子さんや、そのほかの女の子も呼んで、一時間ぐらいでさっさとお帰りになるのです。金ばなれのいい客でしたわ。ダンスのほうはできないとみえて、一度も踊ったのを見たことはありません」

崎津弘吉は、顎《あご》の下に手をやった。

この時、ボーイたちが立ち騒いだ。

今、一人の客がここへはいってきたのだった。彼は、ずんぐりとした身体を鷹揚《おうよう》にテーブルへ運んでいた。六十四五ぐらいの老人だが、遠くから見ても血色がいい。三四人のお供といった格好の連中が後に従《つ》き、あちこちのテーブルから、その老人に、女たちが急いで近づいていた。

老人は、このはなやかな待遇の中で、機嫌よく白い歯を見せていた。周囲の客の眼が、この老人へひそかに集まっていた。

「誰だい？」

崎津弘吉も女にきいた。

「中野博圭先生です」

彼女は、高名な政治家の名前を教えた。

中野博圭——崎津弘吉はその名前をどこかで聞いたような気がした。

もっとも、中野博圭といえば政界の実力者だし、新聞にもたびたび出るから、大きくいうと天下に誰ひとりとして知らぬ者はない。しかし、崎津弘吉が前に聞いたのは新聞などではなく、もっと自分に身近なものとして受け取ったことがあるのだ。

政治家はホステスたちに囲まれて上機嫌だった。お供のようについてきた連中は遠慮して、よそのテーブルにかたまっている。政治家のテーブルには女たちばかりが集まっているのだ。老人の笑い顔はこちらから見てもよくわかる。鷹揚さを取りつくろっているなかに、好色的な満足が顔いっぱいに出ている。

崎津弘吉は、やっと思い当たった。

中野博圭といえば、あの大日建設の社長ではないか。

もちろん、それは、名前ばかりの社長だとは聞いていた。当時の同僚が話したのだ。

だが、それにしても、社長は社長に違いない。身近な名前と感じたのはそのためだ。

崎津弘吉は、老政治家がコップを傾けているのをこちらから見ているうち、ある事実に思い当たった。井上代造が大日建設に自分を世話してくれたのは、彼が大日建設には顔だったことである。

しかし、あのときの同僚の話では、井上代造の名前をよく知っていなかった。だから、井上代造が知っていたのは、そのような下級の雇人《やといにん》ではなく、もっと上のほうだったのであろう。だから、すぐに自分を大日建設へ入れてくれることができたのだ。

もしかすると、井上代造は中野博圭と知りあいではなかったか。知りあいといっても、井上代造のほうがこの政治家の下で働いていたという意味だ。

「ねえ、あんた、踊らない？」

そばにいる女は、また手持ぶさたになったので客を誘った。なんとか客を遊ばせないと困ると思っているらしい。

「ちょっと待ってくれ。それに、ぼくは踊れないんだ」

崎津弘吉は、なおも政治家の顔を眺めていた。眼の大きい、唇の厚い老人である。

崎津弘吉は、あとの酒を注文した。

「君も飲めよ」

「ありがと」

うしろを通りかかったボーイを止めて、女は代わりを注文した。

「そこで、君にまたきくがね」

彼は女のほうに向いた。

「洋子さんの話だが……」

「あら、またそのこと？」

「そうなんだ。新聞によると、洋子さんは、昨夜《ゆうべ》十時ごろに早退《び》けした、と書いてある。それは、誰かに呼び出されたのかね？　それとも、自分でその日はそう決めていたのかな？」

「そうねえ」

女はちょっと考えていたが、

「あれは呼び出されたと思うわ」

と、言った。

「どうしてわかる？」

「ちょうど、洋子さんの着いていたテーブルに、わたくしもいたの。洋子さんは時計を見て、ちょっと失礼、と言って中座したんです。あとできくと、どこかに電話していたそうよ。警察でも、その辺を調べてるけど、まだわからないらしいわ。とにかく、洋子さんはテーブルに一度戻ると、すぐにさっさと消えちゃったのよ」

「すると、呼び出されたというよりも、はじめから打ち合わせしてあったのかな？」

彼は自分で考えていた。

「で、そういうことが、これまで、たびたびあったのかい？」

「さあ、洋子さんとはそう親しくないから、よくわかんないわ」

「じゃ、誰が一番知ってる？」

「洋子さんは、そう言っては悪いけれど、誰も親しい人がいないの。あの人はああいう性格でしょ。だから、なんとなくみんなから敬遠されてるかたちだったわ」

「なるほどね」

崎津弘吉は、指を額に当てて思案した。洋子という女は、どうやら、いわゆる商売に徹底していて、ほかの女からは好かれなかったらしい。

彼女が電話をかけてすぐに早退けしたのは、その時の決心ではなく、電話はただ打ち合わせただけで、はじめからそのつもりがあったのだろう。

「何をそんなに考えてるの？」

傍《かたわら》の女は覗《のぞ》きこんだ。

「いや、なんでもない。またくるよ」

「あら、もうお帰り？」

「うむ……何か洋子さんのことで、この次きたとき、知らせてくれよ。君の名前はなんていうの？」

「失礼しました。八重子《やえこ》というの」

「そうか、では、この次は君を指名するよ」

「ありがと……でも、気味が悪いわ。なんだか、あなた、探偵みたいね」

「いや、そうじゃない。実を言うとね」

と、崎津弘吉は相手の警戒を解いた。

「ぼくは、ある週刊誌の特集記事を書いてる男なんだ。それで、ネタを捜してるんだよ」

「あら、そう。週刊誌だったら、洋子さんのことは絶好のネタね」

「そういうわけだ」

崎津弘吉は立ちあがった。

出口に歩きかけて、ふと向こうを見ると、あのテーブルに中野博圭の姿がなかった。政治家はステージで、若い女の子と脚をもつらせながら踊っている。——

崎津弘吉は、銀座の街を歩いた。

しかし、人の通りも、街の風景も、眼に映らなかった。

——中野博圭は、大日建設の名目だけの社長だ。しかし、それはどのような因縁からだろうか。井上代造が自分を大日建設にすぐ入れてくれたのは、中野博圭の繋《つな》がりか、それとも、中野博圭自身でなく、その系統の者と知りあっていたのか。

崎津弘吉は、この辺の事情が知りたかった。

だが、このようなことがすぐにわかるはずがない。誰からも聞きようがないのだ。

井上代造の殺された原因がいまだにわからない。しかし、大日建設の内部事情がもう少しわかると、あるいはこの線からおぼろな見当がつくかもしれなかった。なんとかしてそれを知りたいのだ。第一、大日建設のようなわけのわからないおんぼろ会社に、政界の実力者という中野博圭が社長になっているのが、少々おかしい。

崎津弘吉は、電車に乗った。あの家を留守にしてから、もう三四時間経っている。自分が外出している間に、何かの変化があったかもしれなかった。いや、そんな予感がする。

しかし、それは彼の期待するところだ。もし、そこに変化が起こっていれば、それが美沙子の行方を探る手がかりともなるのだ。

電車は、公園の暗い木を窓に見せていた。立っていた崎津弘吉の眼に、その梢《こずえ》の間から〃山田探偵社〃という看板がネオンに光っているのが映った。

崎津弘吉は、家に帰った。

わざと戸締まりをして出なかったので、戸はすぐに開く。電灯も点《つ》いたままだった。変わったことが起こっている。この予感は、入口の戸をあけた時に風のようにきた。彼は飛びこんだ。

誰もいない。

だが、眼がある一か所に向いたとき、彼は思わず、あっ、と声をあげた。

座布団も、湯呑《ゆのみ》も、彼が家を出た時のままである。座敷も乱れていない。

しかし、机の上に置いた遺骨箱がないのだ！

そこだけは、白い布が電灯の光に空しく白々と広かった。

崎津弘吉は、そこに棒立ちになって息をのんだ。視線がそこに貼りついたようになった。

井上代造の遺骨箱が失われた。

あきらかに誰かが留守中に持ち去ったのだ。

確かに変化はあった。しかし、これは思ってもみない結果だった。

彼は、念のために二階に上がった。だが、むろん、そこは彼が出た時のままだった。

崎津弘吉は階下《した》に降りて、もう一度、あたりを眼で捜した。しかし、持ち去った人間が残したものは何もなかった。相手は、彼が家を空けたのを知っての上のしわざである。

崎津弘吉は、そこにすわった。いや、へたりこんだといったほうがいい。

彼は頭を抱えた。

誰が、なんのために、井上代造の遺骨を持ち去ったのか。目的は何か。あんなものを他人が持っていても仕方がないのだ……。

ここまで考えて、彼は、はっとなった。

井上代造の遺骨を必要とする者——それは妹の美沙子ではないか。

美沙子が兄の遺骨箱を持ち去ったのだ。

だが、これは、彼女自身の行動としては受け取りかねる。もし、そうだったら、崎津弘吉が帰ってくるのを待っているであろうし、また出て行くにしても、何か置手紙がしてなければならない。

それはないのだ。

すると、こういうことにならないか。美沙子は誰かの所に強制的に連れ去られた。彼女はそこで監禁された。しかし、彼女は兄の遺骨箱を家に置いてあるのが気になっている。彼女を監禁した者は、彼女をおとなしくさせるために、誰かをやって遺骨箱を運ばせたのではなかろうか。

そうだ、それより以外に考えられない。

すると、少なくとも美沙子は生命に関するかぎり無事だということになる。もし、彼女を殺す意志があれば、遺骨箱などわざわざ取りにくる手間をかける必要がないからだ。

崎津弘吉は少し安心した。

だが、その相手はいったい誰だ。少なくとも、それは井上代造を殺した人物と考えてよかろう。

では、兄の井上代造を殺しただけでなく、妹の美沙子まで拉致《らっち》した理由はなんなのか。

崎津弘吉に初めてある決心が湧いた。

第九章　ある因縁

崎津弘吉は明るい陽の下を歩いていた。

舗装された白い道路が眩《まぶ》しい。この辺りは閑雅な住宅がかたまっていた。

家々の背後の至るところに雑木林が見えるのが、この界隈《かいわい》の特徴だった。中央線O駅の南口から歩いて十四五分はいった一画である。

崎津弘吉はある地点で立ちどまった。

そこは、この付近でもひときわ大きな邸《やしき》が片側にあった。武蔵野《むさしの》の面影をもつ雑木林が多いこともいちばんだった。それも目だたぬ程度に、人工の手入れが加えられていた。

表門は、それほど大きくないが、檜皮葺《ひわだぶき》の瀟洒《しょうしゃ》な構えだった。庭木が多いので、母屋《おもや》の屋根だけが覗いていた。新緑が強い陽射しを受けて透きとおるくらいにきれいな色を見せているのである。門の中を覗いても、透明なエメラルド・グリーンの重なりでむせかえりそうなくらいだった。

崎津弘吉には知識はなかったが、この古い構えと、広大な奥行をみせた植込みは、ずっと以前に総理大臣を勤めたことのある、或《あ》る貴族の住居跡《すまい》だった。

その門の表札に、「板倉彰英」という文字がある。これが、崎津弘吉をここまで尋ねてこさせた名前である。

彼はその門の内にはいるのではなかった。名前は知っているが、この邸の主人とは一面識もない間柄である。むろん、これだけの人物に会うには、紹介状が必要だった。

紹介状を書いてもらうとなると、彼には、殺された井上代造以外にはない。

つまり、崎津弘吉が、板倉彰英の邸宅の前まできたのは、井上代造の妹美沙子から、この名前を聞いていたからだ。

井上代造には交遊関係があまりなかった。妹の美沙子の話でも、兄がしばしば行っていたのは、板倉社長のところだけだというのである。

板倉彰英というのは、終戦後にわかに台頭した新興成金である。年齢《とし》もまだ若いと聞いている。

もし、死後の井上代造に七百万円の預金通帳が遺《のこ》っていなかったら、崎津弘吉は板倉彰英の家の前にくることはなかったであろう。七百万円というと大金だ。それがどのような手段で彼が貯蓄していたか、妹すらも知らない。

だが、ここに新興成金の板倉彰英という人物を傍《かたわら》に置いてみると、七百万円の謎は何か解けそうである。

井上代造がどのような内容で、板倉彰英と交友関係を持っていたか、いっさいわかっていない。かりに、井上が、板倉から七百万円もの金をもらっていたと仮定しても、それがどのような性質で授受されたのか見当もつかない。

とにかく、七百万円となると、その金の出所は井上代造の身近には、板倉彰英以外には考えられないのだ。

崎津弘吉は、いま板倉彰英に面会するつもりできたのではなかった。もし、一度でも前にこの邸の主人と会っていれば、そのことを理由に訪問できるが、面識のない哀しさは、ただ、この豪華な邸の前をうろつくだけにとどまった。

それでもいいのだ。まるきり、この邸を知らないよりも、知っているほうが幾分でも板倉彰英という人物に近づいたような気持になる。

邸内は静まりかえっている。この付近が、まるでこの板倉の邸の雰囲気に支配されてでもいるかのように、声一つ聞こえないのだった。ただ、路《みち》と、塀と、建物の壁に初夏の陽射しが虚《うつろ》に当たっているだけだった。

――美沙子はどこへ行ったのか。

これは、崎津弘吉から片時も離れていなかった。いま広大な、奥も見えない邸前を往復していると、この内側に美沙子がひっそりと匿《かく》されているような気がする。もとより、これにはなんの根拠もなかった。ただの予感だ。

この予感は、奥行も知れないこの邸から受けている神秘的な印象が、多分にそれを助けているのかもしれない。――もう一つは、生前の井上代造がこの邸の主人板倉彰英とは、不思議な交友関係だったことだ。

美沙子は、他人に強制的に家から拉致されたのではあるまい。

それは、あのときの部屋の状態――二人の来客があったように、座布団二枚と湯呑二つが置かれた正しい位置をみてもわかる。つまり、彼女は、誘い出した連中に黙ってついて行くほど相手を信用していたことだ。

むろん、家を出てから先で何が起こったかはべつである。たとえば、自動車に乗せてから彼女が気づいて喚《わめ》いたかもしれないのだ。しかし、そのときはすでに彼女は遅かったはずだ。

この拉致の目的はわからない。しかし、あとで井上代造の遺骨が盗まれていたことを考えあわせると、彼女の置かれた現在の環境がなんとなく想像できそうである。つまり、拉致者が彼女に兄の遺骨を与えるほど、ある程度、彼女を厚遇しているわけだった。そのことは、また彼女にすぐ生命の危険がないと思ってもいい。もし、彼女を殺害する意志があれば、何も後からわざわざ彼女の兄の遺骨を取りにくることはないはずだ。

邸内からは声も洩《も》れず、人も現われなかった。「板倉彰英」の檜《ひのき》の柾目《まさめ》の名札に、木の影が斜めにかかっていた。

崎津弘吉が、ふと、考えついたのは、書家の村田露石のことだった。

板倉彰英の周囲《まわり》にいて、しかも、井上代造の交際範囲の中にいる者となると、杉田一郎と村田露石の二人である。崎津弘吉は書家を選んだ。

この書家だったら、以前《まえ》にも故郷の身延の裏山の中で会っている。もっとも、露石と杉田一郎とは、同じ板倉の周囲にいるといっても、立場が違う。杉田一郎は板倉彰英の経営になる山梨県沢辺部落の宝鉱山の現場の責任者だ。いわば、仕事の上で彼は板倉と密接な関係にある男だ。

その点、村田露石のほうは、ただ板倉に書道を教えているという気楽な立場だから、井上代造と板倉との関係を探るには、むしろ、アウトサイダー的な存在の書家のほうが都合がいい。

第一、あの書家だったらこちらの気持も軽い。飄々《ひょうひょう》としていて親しみやすいのだ。

ところで、村田露石の住所がどこか、崎津弘吉には知識がなかった。

村田露石がどの程度名の売れた書家か知らないが、専門の書道の用具を扱う店に聞けば、あるいはわかるかもしれなかった。崎津弘吉は、公衆電話に行き、備えつけの職業別電話帳を繰った。そこで、銀座のほうにある、筆、硯《すずり》専門の店に電話した。

電話に出た店員は、やはり、村田露石の名前を知っていた。

「露石先生のお宅ですか、ちょっと待ってください」

名簿でも調べているらしく、やがてそれを教えてくれた。

「露石先生のお宅でしたら、池上《いけがみ》の本門寺《ほんもんじ》の近くです」

番地も正確に知らせてくれた。

崎津弘吉は電車に乗った。それは途中で二つ乗り換えねばならなかった。電車だけでも一時間近くかかった。

本門寺の近くと教えられた番地は、お寺が高いところにあるだけに、ひどく低い感じの場所になっていた。付近は小さな店ばかりかたまっている。その横についた狭い路をはいっていくと、露石の家が奥のほうにあった。

近所はやはり小さな家が集まっているが、さすがに書家と名乗っているだけに、彼の家はやや大きかった。格子戸をあけると、五十過ぎらしい女が、顔を出した。

用件を言うと、

「少々お待ちください」

その女は家に引っこんだ。

狭い玄関だったが、書家の住居らしくこぎれいに工夫されてあった。正面に掲げられた横額も、玄関の壁に吊《つ》られた丸額の中の色紙も、文字が判別できないくらい達筆に書かれてあった。すぐ、畳を踏む足音がして顔をみせたのが、露石自身だった。

「よう、君だったか」

露石は顔中に皺《しわ》をよせて笑いながら、崎津弘吉に言った。

「これはまた珍しい人が訪ねてきてくれた。さあ、どうぞ。遠慮なくあがんなさい」

露石は着流しだったが、巻きつけ帯がゆるみ、前裾《まえすそ》がずれていた。

崎津弘吉は、露石の後ろに従った。そこは六畳の間で、畳の上に緋《ひ》毛氈《もうせん》を敷き、長い紙が伸べられている。

「今、こいつをやろうとしていたところでな」

露石は、紙をさした。

「それは、とんだところにお邪魔しました」

崎津弘吉は頭をさげた。

「いや、いいんだ、君。こういうのはいつでも書ける。ちょうど、書く前に心気を鎮めようとしていて、なかなか定まらんところじゃった。ちょうどいい。客があると気分が変わって、また後でいい字が書けるじゃろう。狭い所で恐縮だが、そこにすわんなさい」

「はあ」

崎津弘吉は、さっきの女が運んできた座布団の上にすわった。

彼は、その女が露石の妻かと思い惑っていると、それを察したように露石が笑った。

「いや、わしはずっと前に女房と死に別れて以来、独身じゃ。子供もおらん、誤解せんでくれたまえ。この女《ひと》は、通いの手伝いのひとだから、は、ははは」

濡《ぬ》れ縁《えん》の外には、小さいながら庭らしいものが造ってある。その向こうは、すぐ隣りの板塀になっていた。それでも、おもちゃみたいな池が掘ってあるらしく、水に映った陽が、この部屋の欄間の横額に光の波を揺れさせていた。

見ると、この部屋の隈《すみ》には棚が作ってあるが、それには絖《ぬめ》や唐紙などが巻いて置いてある。この部屋も、主人の書が床掛はもとよりのこと、丸額の中の色紙や短冊になったりして、陳列されてあった。まさに、それは陳列という言葉にふさわしいくらいに並べられてあった。

「これを見なさい」

と、露石は紙の傍の硯をさした。

「これは、君の故郷の落石硯だ。思いだすじゃろう。君の従兄《いとこ》の仙太郎君が作ってくれたものでな。もう、五年ぐらい愛用している。ああ、そうだ、あの山の中ではじめて君に会った時を、思い出すなあ」

露石は、眼を細めた。

この柔和な露石の顔が、急激に険悪になったのは、崎津弘吉が、美沙子の失踪《しっそう》と、井上代造の遺骨の紛失とを知らせた瞬間だった。

「なに？」

眼をむき、こめかみにたちまち青筋が出た。

「そりゃ、君、本当か？」

書家は、弘吉を睨《にら》みつけるように見つめた。

「決して嘘は言っていません。先生がお通夜にきてくださって、お帰りになってから、二時間あまりのときです。ぼくが、お通夜に、美沙子さんと交代のつもりで、二階に上がって眠っている間の出来事でした」

ここで顔色を変えた露石から、これまでののんびりした口調とは打って変わった激しい質問が、急激な速度でつづけられ、崎津弘吉に説明を次々に求めた。

ただし、崎津弘吉が書家に言わなかったことが二つある。一つは、現在も自分のポケットに忍ばせてある七百万円の預金通帳のことだった。井上代造がこれを遺《のこ》したことは、まだ誰にも打ち明ける時機ではない。

もう一つは、自分の面通しをしたキャバレーの女の死である。これも今の話にはあまり関係がないので、彼ははぶくことにした。

「ふむ、面妖《めんよう》な話じゃ」

村田露石は、腕組みをした。子細あるらしく考え込んでいるが、彼に、これという思案が浮かんでこないことは、崎津弘吉の眼にもわかっていた。

「もう少し、わしら残っておればよかったな。いや、どうもすまん。杉田君がいっしょだったものだから、つい、外に飲みに出かけてな。あの仁は酒が好きでね。いや、他人《ひと》のせいにするつもりはないが、とにかく、あやまる」

書家は、崎津弘吉に頭を下げた。

「先生、そんなことをされては困ります」

「いやいや、そうではない。井上さんには、わしもずいぶんお世話になった。実は、今日あたり、もう一度、妹さんを慰めに行こうと思っていた。頼まれたものを書きあげたら、すぐ出かけるつもりだったが……そうか。そりゃ困ったことになった」

書家は、ふたたび、苦渋をそのしぼんだ顔に表わした。

「崎津君」

と、書家は、すぐ眼をあけて、

「いったい、こりゃどうしたことだろう？」

「さあ、ぼくにもよくわかりません。いちばんに気にかかるのは、美沙子さんの行方です。それを見つけることが、今、急務です。……といって、警察にも届けるのはどうかと思って、迷っています」

「うむ。警察に届けておいたほうが、いいんじゃないかな。人命にかかわることかもしれないから。万一、ということもある」

「それは、ぼくもいちおう考えましたが、しかし、警察に届けることはやめました」

「はて、どうしてだね？」

「というのは、現在のところ、美沙子さんには直接の危害が迫っていない、と見ているからです。それと、今度のことは、井上さんが殺されたことに大いに関係があると思います。警察では、しきりと犯人を捜しています。先生が見えたときも、警察から刑事がきて、お通夜をしていた人たちのことを、いろいろ美沙子さんにきいていたくらいです」

「ほう。すると、わしもきかれたわけだな？」

「そうなんです。しかし、ぼくは警察の活動にあまり期待を持っていません」

「ふむ。それはまたどうしてだ？」

「そのくらい、この事件は根が深いと思います。おそらく、警察で捜しても、井上さんを殺した犯人は挙がらないでしょう。……先生、ぼくは自分の手で井上さん殺しの犯人を見つけたいのです。美沙子さんをそっとしておくのも、実は、その手がかりをつかむためですよ」

「よくわからんが、もっと、はっきり言ってもらえんかな」

「つまり、このつぎ狙われるのは、ぼくではないかと思うんです。ぼくがやっきとなって美沙子さんを捜す。先方ではぼくの行動を監視していると思いますから、当然今度はぼくが邪魔者になる。その出方を、ぼくは待とうと思うんです」

「なるほど」

露石は、しょぼしょぼした眼を青年に向けた。

「そうかもしれん。いや、崎津君。なんだったら、わしも手伝いしようじゃないか。できることがあればな」

「どうもありがとうございます」

崎津弘吉は、礼を述べた。

「先生、ついては、先生にお伺いしたいことがあるんですが」

「ほう。なんじゃな？　知ってることならなんでも言いますぞ」

露石の顔にはあまり精気はないが、人のいい眼がいつも柔和に細まっている。

「ほかでもありません、板倉さんのことですが……」

崎津弘吉は言いだした。

「板倉さんは、たいへんな金持のようですね。事業もいろいろなさっているらしいが、あの若さで、どうしてそれだけの基礎ができたか、ぼくには、ちょっと想像がつきません。先生は、板倉さんとご懇意のようですから、ご存じだったら教えてくれませんか？」

すると、露石は欠けた前歯を出して笑った。

「やあ、崎津君。君もお金持になりたいのかね？」

「いや、そうじゃありません」

「いや、隠さんでもええ。人間、誰しも貧乏よりは金持がええにきまっている。そうだな、板倉さんのことは誰でもびっくりしている。あのとおりの若さだし、それにまだ独身だからな。君は知るまいが、板倉邸に行くとそれは凄《すご》いもんだ。使っている女中さんの数が五六人、どれもお揃いの紫色の着物を着ている。あれで紋がついていたら、とんと、華族のお邸《やしき》じゃ。いや、ほんとに華族の邸には違いない。元は公爵の家だったからな」

「はあ、それは亡くなった井上さんから聞いたことがあります」

「そうだろう。わしも、初めてあの邸に行ったときは、度肝を抜かれた。書家となると、まあ、たいてい、中流以上の家に出入りして教えているわけだが、板倉さんのところは、特別じゃ。そうだな、あれで若そうに見えるが、年齢《とし》はもう三十五六ぐらいだな。元はなんでも軍需省の雇員だったという話だがね」

「すると、相当、若いときですね？」

「そうじゃ、終戦後、もう十五年経っているから、三十五歳としても、当時は二十歳そこそこだった」

「そこで、何をやっていたんですか？」

「それがよくわからん。いつか板倉さんが自分で言ったことがあるが、なんでも兵隊のがれに軍需省の雇員になったそうだ。だから、たぶん、十八ぐらいではいったのじゃないかな。その当時だから、そういうことができたんだろう。なにしろ、人手がどこも不足だったからな」

「終戦後はどうしていたのですか？」

「さあ、その辺じゃて」

書家は、古風な煙管《きせる》を出して刻み煙草を詰めた。

彼は天井を向いて輪を吹いたが、それはちょっと考えるような顔だった。

「わしも、板倉さんには特別にひいきになっていてな。あんまりあの仁のことは言いたくないが、人の噂では、ヤミをやったのじゃないかと言っているなあ」

「ヤミですか？」

「終戦後の混乱期だから、そう咎《とが》めるには当たるまい。あのときは、誰でも、多少はやったことだからな。ただ板倉さんの場合には、頭がよくて精力的だったから、ついにそれが成功して財を成したんだろう」

「ヤミでは相当儲《もう》けたわけですね？」

「かなり握ったらしいな。その機縁がR産業の岩村修平との結びつきになる」

「どういう結びつきですか？」

「これも人の噂だから当てにならんが、なんでも岩村さんのところに出かけて行って、自分は使い途《みち》がないから、これで役立ててくれと言って、彼は当時の金で一億円を出したそうじゃ」

「一億円？」

「うん、なにしろ、今と違って当時の金だから大変じゃ。さすがの剛腹な岩村修平も、これにはびっくりしたそうでな。そのときの板倉さんが岩村に言った言葉がええ。私のところにこれだけの金があっても仕方がない。同じ金でも岩村さんのとこにあったほうが、ずっと金が生きてくる。どうか自由に使ってくれ、と申し入れたそうじゃ。これで岩村修平もすっかり感心して、板倉という男に惚《ほ》れこんだそうじゃ。R産業といえば、今では新興財閥として、日本中で誰ひとりとして知らぬ者はない。だが、当時のR産業は今の五分の一にも足らない、微々たるものじゃった。そこに、板倉がきていきなりそう言ったものだから、これは誰しも感激する。ちょうど、自分の会社の株が何者かに買い占められていた時で、その一億円が防戦に役立ったから、よけいに恩にきたわけだ。岩村修平はそれから後、ずっと板倉さんに眼をかけて、今では、確か、R産業の株を相当持っているはずじゃ」

「なるほど」

「R産業はいろいろな会社を経営している。世間では、岩村修平といえば、会社乗っ取りの常習者のように考えているが、なに、どこの世界もおんなじこと。経済界でも強い者が勝ちじゃ。傍《はた》からどうのこうのというのは、結局、弱い者への判官びいきじゃよ。確か、板倉さんも岩村コンツェルンの重役をしているはずじゃ」

「板倉さんというのは、相当な人物ですね？」

「もちろんじゃ」

書家は大きくうなずいた。

「先ほど、板倉さんがヤミをやったという話でしたが、いったい、どういう物資を扱ったのですか？」

崎津弘吉はたずねた。

「さあ、その点じゃて」

書家は首を傾げた。

「その辺が、まだはっきりしとらん。なにしろ、わしなんか、当時はぴいぴいしていてな。なけなしの衣類を売っては、いもや麦に換えたもんじゃ。そういう状態のなかに、あの若さですばしこいことをやったんだから、相当な人間じゃろう。いったい、何を扱ったのか、誰にもよくわかっておらんが。ただ、それが金《かね》ヘンに関係があるのは確かなようじゃ」

「金ヘンですって？」

「つまりじゃ、鉄とか、銅とか、鉛とかいった類《たぐ》いだな。これをヤミで買ったり、売ったりして具合よく操作したものじゃからぐんぐんふくらんできたわけだな。ところが、君、たいていの男は、思わぬあぶく銭がはいってくると、つい、いい気になって贅沢《ぜいたく》し、酒や女に溺《おぼ》れてしまう。欲にからんで、つまらん事業にもつい手を出したくなる。ところが、板倉さんの偉いところはそこが違っている。あの仁はちゃんと考えていたわけじゃな。そこで、戦後成金といった連中がばたばた倒れた今日でも、板倉彰英だけは、びくともしないで生き残っているというしだいじゃ。まあ、これが相当な年輩の男だったら、そう、わしも感心はせんがな。知ってのとおり、あの若さでそれをやったのだから、偉いもんじゃ」

書家は板倉彰英の人物を称賛した。

「そうすると、現在の邸宅もそのじぶんに買ったのですか？」

「そうだ、そうだ」

書家はそれにもうなずいた。

「なにしろ、あの邸は有名な貴族で、戦時中は総理大臣にもなった人の別荘だ。〝臨華荘〟といえば、当時の新聞には、しきりと活字になっている。君はよく知るまいが、板倉邸の表門のところは、現在では少し空地になっている。そこは、戦時の宰相を護衛するために巡査が立哨《りっしょう》していた。当時も、広々とした屋敷で珍しい物が庭園に植わっていたが、現在では、板倉さんの道楽で、どえらい温室を建て、そのなかに熱帯植物や熱帯魚を飼っている。まあ、あれだけの金を持つと、われわれが想像もつかないような道楽ができるわけじゃ。だが、道楽といっても、板倉さんはどういうものか、女を近づけない。その点も変わっているといえば変わっているが、あの若さに似合わずしっかりしているところじゃ」

「すると、奥さんもまだ決まっていないのですか？」

「さあ、そこじゃ」

書家は煙管を灰皿に叩《たた》いた。

「これは内証の話だがな。板倉さんは現在、自分の細君に貴族を求めているという噂だ」

「貴族といいますと？」

「ほれ、由緒のある華族じゃ。こんな連中は、みんな例外なく貧乏しとる。ところが板倉さんは、そう言っては悪いが、成り上がり者には違いない。下賤《げせん》の者からおこって、頂天をきわめると、つい、自分の経歴を飾りたくなる。これは昔からの人情じゃ。豊臣秀吉をみなさい、自分の系図をもっともらしく作り、自分の妾《めかけ》もみんなええ家柄からばかり取っている。板倉さんも偉いといっても、その点になるとやはり人間じゃな。いま、結婚相手のいちばん有力なのが、元華族で、由緒のある五摂家のひとりの家筋に当たる家の令嬢じゃ。もし、この話が実現すると、板倉彰英もいよいよ貫禄《かんろく》がつくというものじゃ」

「ははあ」

崎津弘吉は、ただ話を聞いているよりほかはなかった。

「ところが、その橋渡しをする人間があってな。それはほかならぬ政界の大立者、中野博圭じゃ」

「中野博圭が？」

崎津弘吉の瞳《ひとみ》には、昨夜、キャバレーで会ったばかりのあから顔の老政客が浮かぶ。

「どうだ、びっくりしただろう？」

書家は自分のことのように得意そうだった。

「いや、人間、金がないとどうにもならん。金さえあれば、頼まんでも向こうからそういう世話をしてくれるからな。なにしろ、政治家は金がほしい。中野博圭でも、自分の博愛心から板倉さんに嫁の世話をするつもりはない。結局のところは、板倉さんの持っている財力が狙いじゃ」

露石は説明した。

「板倉さんと中野博圭とは、前からの知りあいですか？」

「いや、それほど前からではない。ここが、また、おもしろいところじゃ。中野博圭と岩村修平とは裏で特別な関係がある。というのは、中野のスポンサーは岩村や、それにつながる財界の二三の有力者じゃ。これは、新聞でよく書かれていることだから、誰でも知っているが、彼の政治資金はもっぱら岩村の線じゃ。そういうところから、岩村にかわいがられている板倉さんと、中野博圭との結びつきが、できたわけじゃな。金のある連中は、次から次にいいことずくめじゃ」

村田露石は、わが身にひきくらべたように憮然《ぶぜん》として言った。

「われわれ庶民は、あくせく働いても、金はいっこうに残らん。貧乏するから、とかく英才も鈍才となる。家庭は貧ゆえに揉《も》めてくる。いや、侘《わび》しい話じゃ。わしなどは女房はおらんから、その点は気楽で、わしひとりが貧乏を辛抱すればすむことじゃ。が、とかく人間生活は、貧乏では思うことの十分の一も果たせないな。金持はますます金がふえるようにできとる」

「では、別の話になりますが、井上さんは板倉さんのところに出入りしていて、いったい、どういうことをやっていたんですか？」

崎津弘吉は、ようやく、自分のききたい話題にはいった。

「さアて」

露石老人は瞬間に表情を変えて、困ったような顔つきになった。

「その点になると、正直、わしもようわからん。実のところ、板倉さんくらいになると、まあ表向きでなく、いろいろと陰の仕事もあることじゃ。そのほうで、井上さんは板倉さんに手伝っていたのじゃないかな。いや、これは、わしの推測じゃ。何も根拠はない。君も知ってのとおり、わしは板倉さんとこに、ただ書道を教えに行く男でな、詳しいことはわからん」

書家は首を振って言った。

「これで、わしも少しばかり野心があると、板倉さんに取り入って、秀吉の曾呂利《そろり》新左衛門《しんざえもん》じゃないが、側近となって機密の一端でも預かるように工作するところじゃが、もう、この年齢《とし》になっては、何をやる元気もない。それに、わしは、やはり、こういう世界に向いている男じゃ。わしの友だちはこういうシナの古い連中ばかりでな」

書家はそこに積んである法帖《ほうじょう》類を示した。

――井上代造の役目は、村田露石にもよくわかっていないらしい。だが、彼の口から、板倉の陰の仕事を手伝っていると聞かされたことは、崎津弘吉には参考になった。彼自身が漠然と考えていたことが、この人の口から出たので、何か自信を得たような気になった。

「それで、杉田さんはどうですか？」

彼は次に移った。

「ああ、あの男か？」

村田露石は杉田一郎のことになると軽く言った。

「あれは、板倉さんが経営している山梨のほうの鉱山の現場主任だ。ただそれだけで、なに、たいした男じゃない」

露石は、この間、杉田といっしょに井上代造の通夜にもきていたくらいである。そのときは、ひどく両人《ふたり》の仲がよさそうだったが、やはり、陰での話は表面の印象と違っている。

「しかし、あの鉱山は、あまり景気はよくないようですね？」

崎津弘吉は思いだしたように言った。

「ああ、そのとおりじゃ。なんでも、あれからガラスの材料になる珪石《けいせき》が出るといって、板倉さんもだいぶん張りきったようだが、いざ買ってみると、案に相違して役に立たんボロ鉱山だった。普通の人間なら、すぐそれを売りとばすところだが、金はあるし、いったん自分のものにしたら、あの仁はなかなか手放さない男じゃ。なんでも、あの山から珪石が出るというのは、大将も諦《あきら》めているのじゃないかな」

「すると、いま仕事はやっていないのですか？」

「いや、なに少しぐらいはやっていると思うが、本格的なことはしていないはずじゃ。いわば、まあ、試掘程度の段階ではないかな。そのうち、うまいこと鉱脈に当たったら、本腰を入れるというところじゃろう。しかし、あれくらいの金持になると、道楽半分に持っているのかもしれん。あんなもので、板倉さんも儲《もう》けようとは思わんじゃろうからね」

「では、ぼくが一時お世話になった大日建設はどうですか。確か、社長は、中野博圭さんになっていたようですが」

「ああ、大日建設も似たり寄ったりじゃ。あれは初め板倉さんが持っていたが、中野さんに敬意を表したつもりで、ただでくれてやったんだ。確か今は社長は中野さんになっているると思う」

「ええ、そうなんです」

「事業といっても何もやっておらん。建設会社というのも名ばかりじゃ。われわれからみるともったいない話でな。もっと活用すればいいものも、そのままで放ってある。あの工場にしても、いま各会社が工場を建てるのに血眼になっている所だが、そのほうに売りもしないで握っている。いや、どうも、金持のすることは鷹揚《おうよう》すぎて、ちと、われわれにはわからんことばかりじゃな」

崎津弘吉は、村田露石の話を聞きながら、自分の考えを追っていた。

彼は自分のポケットにおさまっている、七百万円の預金の利用を考えている。井上代造の遺産だし、美沙子の金だが、もし、この金が役立って井上代造を殺した犯人が突き止められると、美沙子も喜んでくれるにちがいない。——

「なあ、崎津君」

何も知らない露石は、にこにこして言うのだった。

「君も、だいぶん井上君の妹を心配しているようだが、わしに役立つようなことがあったら、手伝ってもいいがな」

崎津弘吉は、井上代造の家に戻った。

自分で戸締まりして出たのだが、美沙子がいつ帰ってもいいように、裏口だけはあけておいた。もっとも、ほかに盗《と》られる物はなさそうだったから、その点は気軽だった。

ただ一つ、小さな変化は、入口の戸の間に新聞がはさまってたまっていることだった。これだけがこの無人の家の生活の継続を表わしていた。

彼はその新聞を取った。ほかにすることもない。

美沙子の行方が気にかかっているが、ここで考えても仕方がなかった。手がかりもないし、彼女からの通信もないのだ。

新聞をひらいた。記事に新しい発見はないかと期待した。例のキャバレーの女給殺しの、その後のことも気にかかる。

二日分の夕刊と朝刊だった。

キャバレーの女給殺しは、報道されていた。いろいろと書かれてあるが、結局、犯人の手がかりはつかめないらしい。現場の様子から見て、自動車で運んだのではないか、という推定があった。

もう一つ、解剖の結果、胃の中からは、死の一時間前に中華料理を食べたことがわかった。

この料理は手料理でなく、料理店で作られたものと推定された。ただし、それほど高級なものではない。

被害者洋子の死亡時刻は、発見当日の午前零時から二時ごろの間となっている。だから、彼女が中華料理を食べたのは、前夜の午後十一時ごろから十二時ごろという線が出る。

警察では、目下、その時刻に食事に立ち寄った洋子らしい女の目撃者を捜して、中華料理店の聞き込みを行なっている、と記事は書いてある。

前夜の十一時から十二時というと、たぶん、彼女が勤めていたキャバレーを出てから夜食として食べたにちがいない。それが、ひとりで食べたか、連れがあったかが問題である。

もし、連れがあったとすると、その人物が彼女の殺害に重要な関係があると見られている。——とも報道されてあった。

なぜ、あの女が殺されたのか。
面通しで、偽《いつわり》の証言をして、彼を犯人だと指摘した女だ。だが、それに関係したこと
で彼女が殺されたのだろうか。崎津弘吉は考える。
ただ、なんとなく思われるのは、その偽りの証言を彼女に強いた人間が、この殺しに
関係がありそうだということだ。

外国使節の殺害、――その使節に夜だけ付き添っていた女の死――この中間に、崎津
弘吉を陥れようとした偽の証言がはいる。

わからなかった。

外国使節は、他殺死体として本国に返されたのではない。それは病死の体裁だった。
だから警察の捜査は発動されない。したがって真犯人は安全なのだ。犯人はどこからも
追及を受けず、警察に捕縛される理由もない。この犯人は自由な空気を吸い、大手を振
って街を歩けるのだ。

だから犯人は、洋子の口を塞《ふさ》ぐために彼女を殺したという動機は、ここでは成立しな
いのである。いや、かえって、彼女自身を殺したことで、今度は犯人は警察の追及を新
しく受けているわけである。これは真犯人にとって不利だし、計画としては不合理だっ
た。

では、あの外国人を殺した人間と、洋子を殺した人間とは、全く別な人物だろうか。

――いや、そうは思えない。その二つの殺人事件の犯人が同一人物のような気がしてな

らないのだ。

二日間の朝夕刊を通じて、洋子殺しの事件はこの程度から発展していなかった。今朝の朝刊では、もう、その後報は載っていない。

新しい事件が、後から後からと起こる。同じ事件の記事ばかり載せるには、新聞はあまりに次の材料を性急に追いすぎる。

崎津弘吉の眼は、記事面から美沙子の行方の手がかりを捜していた。まさか変死体となって出てくるとは思わなかったが、それでも、やはり、その恐れを感じないわけにはいかない。彼は改めて全部の新聞から小さい記事を捜したが、それらしい関係記事はなかった。彼はかすかに安心した。が、その記事を捜している眼が、ふと、別な見出しの上に止まった。

「絞殺された浮浪者の身もとわかる　元憲兵伍長《ごちょう》」

崎津弘吉は、それが大日建設の横の溝で発見された惨殺死体のことだと直感した。彼は記事に視線を走らせた。

――去る五月一日、川崎市××町、大日建設株式会社構内横の溝で絞殺死体となって発見された浮浪者の身もとが家族の届出でわかった。

当時、通称〝鉄ちゃん〟として捜索されていたが、ついに被害者の身もとがわからず、犯人の手がかりもなく捜査本部は解散した。ところが、昨日、警視庁捜査一課に被害者の姉が出頭して、はじめて、ここに〝鉄ちゃん〟の身もとが判明した。

鳥取《とっとり》県西伯《さいはく》郡矢田《やだ》村、農業、大原《おおはら》サクさん（四十六）がそれで、同人の申し立てによると、被害者は実弟大原鉄一《てついち》さん（三十七）で、警視庁が見せた被害者の写真などによってそれを確認した。

サクさんの話では、鉄一さんは、戦時中、東京憲兵隊××分遣隊所属の伍長だった。鉄一さんは、終戦後、郷里に帰り、十年ほど農業を手伝っていたが、昭和三十年ごろ、突然、東京に行くと言って家を出た。その後、二三度音信があったのみで、ついに消息がわからず、サクさんも心配していたという。なお、今度身もとがわかったのは、一か月前、村から出た旅行団の人が東京の新聞を持ち帰り、その記事を近ごろになって読んだサクさんが、もしや、その被害者の浮浪人が弟ではないかと、心当たりをつけて上京したものである。サクさんは、弟が浮浪者生活をしていたなどとは夢にも知らなかった、とおどろいていた。

崎津弘吉は、それを二度読み返した。

殺されたあの浮浪者が憲兵伍長だったとは、意外だった。

しかし、考えてみると、そう奇想天外なことではない。終戦後、人の境遇は激変した。憲兵では、ほかにツブシも利かなかったのであろう。生活力の弱い人間なら、上京しても、浮浪者になるよりほかに途《みち》がなかったかもしれない。

この殺人は、自分には全く関係のない事件である。だから、その後日譚《ごじつたん》ともいうべき、被害者の身もとの判明は、それほど興味がないはずだった。だが、妙に崎津弘吉に印象に残るのだ。

どうも〝憲兵〟がその原因らしい。

彼は、殺された浮浪者が持っていた紙片に暗号めいた文字があったのを思いだした。それは新聞記事で知ったのではないが、死体が近くで発見されたため、そんなことを同僚の警備員が話したのだ。それには、たしか、錫《すず》、白銀、などの品目があり、さらに、大日建設の敷地を暗示するような目じるしが記されてあったという。

この目じるしのために、警視庁のほうから大日建設に問いあわせに来たくらいだった。

いま、崎津弘吉は、その紙片に書かれた貴重な金属の名が、〝憲兵〟なるがゆえにどことなく浮浪者と自然につながっているような感じがした。つまり、元憲兵だから、その紙片が握られても奇妙ではないのである。そこに、理由はわからないながら、漠然とした納得性を覚える。

憲兵↓錫・白銀、……

これが崎津弘吉の頭に、何度も消えたり浮かんだりした。

何かありそうだ。いまは、それがわかりそうで一歩のところで考えがつかない、といったもどかしさがつづいた。

崎津弘吉は、新聞を置いて、畳の上に寝そべった。

が、肘《ひじ》を枕にして頭をつけた瞬間、彼は飛び起きた。

自分のポケットの中にある七百万円の預金通帳である。この大金の出所だ。

井上代造は、大日建設にある〝顔〟を持っていた。この〝顔〟があったからこそ、自分をすぐにあの建設会社に入れてくれたのだ。それが当時の彼の親切からかどうかは別として、井上代造が大日建設になんらかの因縁を持っていたことは事実である。

その井上代造は、妹の美沙子も知らない七百万円の金を溜《た》めていた。日ごろは、ぶらぶらして何もしないような男が、それだけの大金を握っていたのである。

この大金と、錫、白銀、とは結びつかないか。

いや、それは大いに結びつくのだ。崎津弘吉の頭には、次の図表がひとりでにできた。

大日建設↓埋蔵された貴金属↓井上代造の大金↓板倉彰英。

崎津弘吉には、もう一つの考えが走った。書家の村田露石から聞いたばかりの言葉である。

「板倉彰英の前身は、軍需省の雇員だった」

軍需省の雇員↓憲兵伍長。

崎津弘吉は、その日すぐに警視庁捜査一課に行った。

どこで尋ねていいものかわからなくて、大きな建物の内部にはいって戸惑っていると、

「よう」

と、崎津弘吉の肩を叩《たた》く者がいた。

「珍しいな」

先方は背広を着た中年男だった。が、直感で、それは警察官だとわかる。

相手はいかにも馴《な》れ馴れしそうに、崎津弘吉にうす笑いを見せていた。

その顔を見て、彼ははっと思い当たった。

その男は、太った一課長といっしょに彼を外国人射殺犯人として取り調べた、一課の警部だった。この顔に憶《おぼ》えがある。おどかしたり、すかしたり、こわい顔をしたり、笑ったり、さまざまな言葉と表情で責めた男だった。

向こうは崎津弘吉を見た瞬間に、すぐに彼だと気づいたらしいのだ。

「どうしてこんな所にいるんだい？　また、どこからか呼び出しを受けたのかい？」

「いいえ、そうじゃありません」

崎津弘吉は、軽く頭を下げた。

「ぼくは少しききたいことがあって来たのですが、どこできいたらいいかわからないので、うろうろしていたところです」

「ほう。なんだい、用事は？」

「そうだ、これはあなたにきいたほうがわかるかもしれません」

「ぼくに？」

「今朝の新聞に載っていたんです。大日建設の横で殺されていた浮浪者の身もとがわかったそうですね。その人の姉さんが、昨日《きのう》、ここに来ていたというんですが、その姉さんがまだ東京にいるのでしたら、ちょっと、会いたいと思うんです。で、居所を教えていただきたいのですが」

「へえ、妙なことを聞きにくるんだな」

私服の警部は、しばらく崎津弘吉の顔を見ていたが、

「よし、それならぼくがきいてあげよう」

と、気軽に先に立った。

玄関をはいった警視庁の正面は円形のロビーみたいになっているが、それから左手の廊下についで行くと、両側に各警部の名前を出した取調室がずっと並んでいる。その警部がはいったドアの上には、「小川《おがわ》警部」と書かれてあった。崎津弘吉は、はじめて、自分をあのとき調べたのが、この小川警部だと知った。

崎津弘吉が廊下に待っている時間は、それほど長くはなかった。

「やあ、待たせたね」

警部はやはりニヤニヤ笑いながら出てきた。

「今、電話で、そのほうの係の人にきいてあげたよ」

「どうも」

「まだ姉さんは東京にいるそうだ。連絡場所として、神田の旅館を書いて行ったそうだ。これだがね」

紙片の端に、鉛筆で旅館名が書かれてあった。

「どうもありがとうございました」

崎津弘吉は、それをていねいにたたんでポケットに入れた。

「君」

小川警部は、崎津弘吉と肩を並べて玄関まで歩いた。

「その浮浪者の被害者と君とは、なにか関係があるのかね？」

崎津弘吉は、警部から探られていると思った。

「いいえ、べつに関係はありません」

「ほう。じゃ、なんだい？」

「姉さんに、お悔みを言おうと思うんです」

「悔み？　そりゃまた奇特だな」

「大日建設というのは、ぼくが勤めていた所です。ちょうど、あの死体が発見されたときも、ぼくは通りがかりにちらりと見ました。そんなことが頭にあるものですから、今朝、新聞を見ると、他人事《ひとごと》とは思えず、はるばる山陰のほうからやってきた姉さんに、一言、お悔みを言おうと思うんです」

「そうかい。それはいいことだ」

小川警部は微笑《わら》っていた。

警視庁の玄関を出ると、急に、眼が清々《すがすが》しくなってくる。すぐ横がお濠端《ほりばた》で、手入れの届いた石垣の芝生は、陽を浴びて美しい色をしていた。

濠には白鳥が浮かび、松林の向こうの端にビル街が霞《かす》んでいた。

「じゃ、ぼくはここで」

小川警部は、崎津弘吉の肩を叩いた。被疑者でなくなると、警察官もいやに愛嬌《あいきょう》がいい。

崎津弘吉は、ちょうどきた都電に乗った。

しかし、崎津弘吉は気づかなかったが、小川警部は振り返って、電車の窓から見える彼の姿を見つめていた。

崎津弘吉は、都電を神保町《じんぼうちょう》で降りた。界隈《かいわい》は、小さな旅館が集まっている神田《かんだ》の裏通りだった。

〝東光館〟というのが、崎津弘吉の聞いてきた宿の名前だった。玄関に子供の靴がおびただしく置いてある。地方から東京見物に上京してきた修学旅行団が泊まっているらしかった。

大原サクの部屋は、中庭に面した六畳の間だった。死んだ弟と多少の近づきがあったという、崎津弘吉の言葉を、大原サクは疑わずに彼を歓迎した。新聞には四十六とあるが、実際は五十を過ぎている感じだった。田舎の女《ひと》だから老けて見えたし、膝《ひざ》に組みあわせた指も骨節が太い。

大原サクは、崎津弘吉がわざわざ悔みにきたことを、ひどく喜んでいた。しかし、田舎言葉をできるだけ出さないようにしている朴訥《ぼくとつ》な努力が、よけいに彼女の口を言葉少なにしていた。

その粗末な部屋の床には、それでも弟の遺骨箱が据えられ、その傍に、若いときの〝鉄ちゃん〟こと大原鉄一の写真が飾られてあった。憲兵時代のものらしく、戦闘帽を被《かぶ》り、軍服を着ている、なかなか凛々《りり》しい姿だった。なるほど、襟には伍長《ごちょう》の階級章がついている。

「弟がいろいろ、こちらでお世話になりましたそうで」

大原サクは、崎津弘吉に何度も同じ礼の言葉を述べた。

「ああいう男ですから、さぞ、他人《ひと》さまにご迷惑をかけたと思います」

「いや、ぼくのほうこそ、いろいろと親しくしていただきました。いい人でしたが、残念なことをしましたね」

崎津弘吉は話を合わせた。

大原サクは、実弟が浮浪者生活をしていたと聞いているので、そのせいか、友だちだという崎津弘吉が小ざっぱりとした身装《みなり》をしているのに、少し奇妙に思っているらしかった。

「ぼくも一時は、あなたの弟さんと同じ生活をしていましたがね。近ごろ、どうにか、あの世界から足を洗うことができましたよ」

それと察したので、崎津弘吉はいちおうの説明をした。

「それは結構でございます。弟も早くあなたさまのようになればよかったのですが、生来が目はしの利かない男ですから、とうとう、それもできずに、ああいう境涯で終わったのだと思います」

姉は、いまさらのように弟の落魄《らくはく》を悲しんだ。

「お姉さんは〝鉄ちゃん〟が東京で浮浪者をしているということを、全然、ご存知なかったんですね」

「ええ。それは全く知りませんでした。こちらに来てみて、びっくりしたしだいでございます。それは、ああいう男ですから、いい暮らしをしていようなどとは思いませんでしたが、まさか、乞食《こじき》同様な境涯になっているとは知りませんでした」

「いったい〝鉄ちゃん〟が郷里から上京したときの様子は、どうなんですか？」

「はあ。それがわたしにもよくのみこめません。弟は終戦になって帰ってきましたが、ご承知のように、憲兵という前歴が祟《たた》って、どこにも就職ができませんでした。たとえば、農協の事務員に世話をしてくれる人がありましたが、やはり憲兵というので、これもうまくいきませんでした。そんなわけで、弟は十年も、わたしのほうの畑の手伝いをしていました」

大原サクは、こういうことをぽつりぽつりと話した。

「畑といっても、わたしのほうは山地でして、耕地が少なく、貧乏です。それでも、十年も辛抱したのは、どこにも行き場がなかったからです。ところが、ある日、弟は突然、東京に行く、と言いだしたのです。いつも憲兵の前歴がたたって、就職のほうがうまくいかないので、東京に行ってもだめだろうと、わたしは止めたのですが、弟は、いや、今度は大金をつかんで帰る、と言って、ひどく元気づいていました」

「大金を？　それはどういう理由《わけ》ですか？」

「それが、わたしにもよくわかりません。きいたのですが、弟はその理由《わけ》を話しませんでした。ですが、わたしの考えでは、新聞を読んで、そう思いついたのではないかと思います」

「新聞を？」

「はあ。何度も何度も、同じ新聞を繰り返して読んでいましたから。どうも、その新聞で、何か一念発起するところがあったように思います」

「それは、いつごろの新聞ですか？」

「そうですね、弟が東京へ出る二三日前だったと思います」

「弟さんが東京へ出られた日を、憶《おぼ》えていますか？」

「憶えています。あれは、三十年の七月二十日です。ちょうど死んだ母の命日になっていますから、忘れようがありません」

「すると新聞は、その二三日前ですね。あなたのほうにはいってる新聞というのは、なんという新聞ですか？」

「田舎ですから、地方紙を取っています。〝山陰日報《さんいんにっぽう》〟というんです」

「〝山陰日報〟ですね」

崎津弘吉は、手帳にそれを控えた。

「それで、弟さんは、東京に出るときに、どこに行くということは言いませんでしたか？」

「はい。そのことは何も言わなかったのです。ただ、ある人を訪ねていく、と言ってました」

「ある人？　名前はわかっていますか？」

「はい。鉄一の憲兵時代の上官です。植田《うえだ》大尉です」

「植田何というんでしょうか？」

「わかりません。植田大尉ということだけしか言いませんでした。この方は、鉄一にひどく目をかけてくれた人らしいです」

「その方の住所は、どこでしょうか？　いや、当時、弟さんが訪ねていかれた先です」

「それが、実は弟にもわかっていないのです」

「ほう」

「なにしろ、終戦のドサクサで、当時も、どこにおられたかわからないわけです」

「しかし、それでは、東京に出ても、その上官の所に行くのに見当がつかないわけですね？」

「わたしもそれを言いました。すると、弟は、はっきりしなくても、東京に行けばだいたいの見当はつく、と言っていました。それに、その人がいなくても、自分の目当てはほかにもあるから、かまわないのだ、とも言っていました」

「ほかの目当てというのは、どこですか？」

「それがさっぱり、わたしにはわかりません。ほんとに、あのときに、よく聞いておけばよかったのですが、その後も、二三回、東京で無事にいる、という葉書がきただけで、あとはちっとも音信がなかったのです」

崎津弘吉は、その宿を出て、つい近くにある、小さな喫茶店にはいった。

考えごとをするには、ちょうど、あつらえ向きだった。客がなく、店はがらんとしている。

彼はコーヒーを取って、思案にふけった。

——大原鉄一は憲兵だった。その前歴がたたって就職できず、十年も貧しい実家の手伝いをしていた。

彼は新聞を読んで、東京に行くことを思いついた。そのとき、姉に〝大金をつかんで帰る〟と言った。

爾来《じらい》、彼の消息は絶たれたのだ。大金どころか浮浪者の生活を数年やり、あげくの果てに殺されてしまった。

大原鉄一は、決して夢想家ではなかった。十年も、山陰の貧しい農家の手伝いをしていたことでもわかるように、現実家であった。それが新聞を読んで、大金をつかみに上京したのだ。あきらかに、彼の上京のヒントは、その新聞記事にある。

姉の大原サクは、弟には怨恨《えんこん》関係を考えられない、と繰り返し言った。なぜ、殺されたか、見当もつかない、と言うのだ。しかし、それが、かえって彼の上京の目的そのものに特別な意味の伏在していることを思わせる。

崎津弘吉は、大原鉄一が読んだというその新聞をぜひ調べてみたかった。

だが、〝山陰日報〟というのは東京では見られない。それに、五年も前のことだ。これから手紙でその新聞社に申しこんでも、送ってくれる気づかいはない。本社に行って保存紙を見るよりほかに手段はなさそうである。

彼は、念のために、喫茶店の電話を借りて、上野の図書館に聞きあわせてみた。

しかし、案の定、そんな地方紙の保存はしてなかった。

これから鳥取県まで行く時間も惜しかった。なんとか手っ取り早く東京でわかる方法はないものか。

崎津弘吉は、もしや、その〝山陰日報〟の支局が東京にあるのではないかと考え、電話帳を調べてみた。たしかに、その名前はあった。電話をかけると、

「こちらの倉庫に保存してあるかもしれません」

との挨拶《あいさつ》だった。

山陰日報社の支局は銀座裏にあった。

新聞社の受付に頼むと、狭い応接室に案内された。社屋は、三階建の古い木造建築だった。階段も、床も、木が剝《は》げそうになっている。

うす暗かった。

若い係が、少々大儀そうに新聞の束を倉庫からはこんできてくれた。昭和三十年にしても十二か月ある。一か月ごとに綴《と》じ込みをはずしているから、全体の数をいえば膨大な嵩《かさ》になっている。

「これが三十年七月分です」

底のほうから束を出した係は、埃《ほこり》をたたき落としながら崎津弘吉の前に置いた。

「どうもありがとう」

礼を述べて、とり残された部屋で、ひとり、その新聞包みを繰った。まず、七月二十日を開いた。これから逆に二三日前の新聞を繰りはじめた。

だが、どんなに繰っても、東京に関係のありそうな記事はあまりなかった。地方紙の特色を充分に発揮した新聞で、田舎の行事がこと細かく報道されてある。東京関係の記事といえば、政治面の動きしか、載っていなかった。こんなものではないはずだ。が、社会面的なその東京通信にしても、大原鉄一が出京した理由になりそうなものは何一つなかった。

これは、大原サクが日にちを間違えて言ったのかもしれない。崎津弘吉が途中で気づいて、七月分をはじめから繰るつもりになったときだった。彼の眼がコラム欄におちた。

〝時の群像〟という通し題がついている。

これは、中央紙でもやっていることに倣ったらしく、時の話題になっている人物の簡単な紹介だった。

崎津弘吉があっと声をあげたのは、七月十七日の新聞に、〝臨華荘の主人となった板倉彰英〟という活字と、顔写真を発見したからである。

「なにしろ若い。会ってみた感じは、意気軒昂《いきけんこう》たる青年である。これが戦後のにわか成金とは思えない。にわか成金という言葉が失礼なら、若手新興財閥といってもいい。

しかし、戦後のいわゆるにわか成金が、ほとんど振り落とされて没落しているのに、これからますます有望だというから、彼の意気や壮《さか》んなるゆえんである。今度、K元首相の別邸で有名な、東京西郊の〝臨華荘〟を買い取って、そこの主人に納まった。

戦時中のK首相が、ここにいるときは、連日のように、この〝臨華荘〟の名前が新聞を賑《にぎ》わしたものだ。有為転変、貴族首相は自殺し、当時、二十歳そこそこだった青年が、今日、そこの主人となった。地下のK公爵も感慨無量なものがあろう。

板倉彰英は、岩村コンツェルンの岩村修平に目をかけられ、今日の財と地位を獲得した。もっとも、それまでには、船舶や、鉄のスクラップで大もうけしたといわれている。岩村翁《おきな》に目をかけられたのも、彼が当時の金で一億円を無償でポンと差し出したことが契機となった。度胸もあり、才もあり、しかも、独身だから、現代青年の夢を一身に負っていると言ってもいいだろう。長野県出身。当年三十歳。」

崎津弘吉は山陰日報社の支局を出てタクシーをひろった。

彼は山陰日報社の支局で発見した古新聞の人物紹介のコラムの記事を手帳に写してい

たが、それを何度も読んだ。

大原鉄一が、この記事を読んで出京を思い立ったのは、もはや疑うことはできない。新聞の日付も、鉄一の姉の証言とまさに一致するのである。

板倉彰英と大原鉄一とは、以前に、知りあいだったのか。——

だが、それにしても、大原鉄一にとっては、板倉彰英は長い間、会っていない人物だったように思える。

なぜなら、大原鉄一が板倉の当時の地位や住所を知っていたなら、何も新聞を読んですぐに東京に出ることはないのである。彼は新聞で偶然に板倉の顔を発見したのだ。

つまり、長い間消息の知れなかった知人の現在をはじめて知り得たのである。

では、なぜ、大原鉄一は急に一念発起したように東京に行ったのか。

当時、大原鉄一はすることもなく、十年間も故郷で貧しい田畑を打っていた。憲兵の経歴が祟《たた》って、どこも彼をやとってくれるところがなかった。

一方、板倉は新聞の記事によると、新興財閥のひとりとして、羽振りがよく、意気軒昂たるものがあった。

失意と得意と。——

この二つを対照させると、もちろん、失意者が、物質的か、精神的か、とにかく相手のほうへ何かの援助を頼みに行ったことは、当然想像される。

では、大原鉄一と板倉彰英との間は、どのようなことで結びつくか。もちろん、同郷人ではない。大原鉄一は、鳥取県であり、板倉彰英は長野県出身だった。

ただ一つ、両方に共通なのは、その前歴だった。

大原鉄一は憲兵で、板倉彰英は軍需省の雇員だった。軍ということに、この両者は共通点がある。──

「板倉彰英は、岩村コンツェルンの岩村修平に目をかけられ、今日の財と地位を獲得した。もっとも、それまでには、船舶や、鉄のスクラップで大もうけしたといわれている。」

コラムの記事の一節だ。

岩村修平に、ぽんと一億の金を無償で出したことが、板倉彰英の出世の始まりというのだが、それだけの金をたくわえたもとは、鉄のスクラップや船舶のぼろ儲《もう》けだという。

戦後は、ヤミが横行し、ヤミ成金が全国に続出した。このケースからみて、板倉彰英もそのヤミ成金の一人なのだろう。

だが、そのことと、大原鉄一の環境とは結びつかない。戦後、大原鉄一は憲兵のゆえに追放され、伯耆《ほうき》大山《だいせん》の姿を見ながら貧しい畑仕事をしていたはずだ。

山陰地方、ことに鳥取県の奥地は砂鉄が産出するが、むろん、鉄のスクラップとは無関係であるから、地域的にもこの二つは全く縁故がない。

そうすると、板倉彰英が軍需省の雇員であったということと、大原鉄一の憲兵だったということ以外に、両人《ふたり》の関係を接着させる材料はないのだ。

しかし、同じ陸軍の中といっても、軍需省の雇員と憲兵とでは、全く職域が違う。大原鉄一が軍需省の雇員で板倉の同僚だったとするか、あるいは、板倉彰英が憲兵で大原の同僚だったとしないかぎり、この両人は、依然として関連がないのである。

しかし、大原鉄一はあきらかに新聞に載った板倉彰英の写真と記事を見て、東京に駆けつけているのだ。

この理由には、二つの想定が考えられる。一つは、大原鉄一が直接に板倉彰英を知っていた場合だ。

もう一つは、大原が板倉彰英とは直接にはつきあいはないが、間接に人を置いて板倉彰英という人物を知っているという場合だ。

あとの場合だと、問題の解決は早い。つまり、大原鉄一と板倉彰英とが交遊がなくてもいいわけで、中間に立っている人物が板倉と交際があれば、解決がつくのである。

そうすると、大原鉄一が口走っていた、〝植田大尉〟が中間的な存在としていちばん考えられるのである。

出京した大原鉄一は、植田大尉のところに訪ねて行ったのではなかろうか。だが、植田大尉は居所不明だった。鉄一の姉の話を聞いても、大原鉄一は、もし植田大尉がわからないときは、もう一人心当たりがあると言っていたという。

このことは、鉄一が東京で最初に植田大尉のところに行き、それが不明の場合、〝もうひとりの心当たりの人物〟つまり、板倉彰英を訪ねて行くという意味ではなかっただろうか。

殺された大原鉄一が板倉彰英の新聞記事を見て、それが出京の動機となったことだ。これは大切にしたい。

しかも、大原は東京へ出てから数年間、浮浪者となっている。もし、板倉彰英を知っているのだったら、彼が浮浪者の仲間にはいるはずがない。なんとか生活費ぐらいは出るような面倒をみてもらえるはずなのだ。

それでは、大原鉄一は板倉彰英のところに行かなかったのであろうか。

ここで、弘吉は、大原鉄一の浮浪生活が彼の出京当時すぐにはじまったのではないことに気づいた。故郷へ出した手紙も、そのことを語っている。

もっとも、浮浪者の仲間にはいっているということは手紙では出していないが、彼が消息を絶った時期が出京後二年というから、まず、その辺から大原鉄一の没落がはじまったといってよかろう。

では、最初の二年間、大原鉄一はどうしていたか。この辺に、どうやら彼の秘密がありそうだ。

崎津弘吉は、まず、二つの仮定を立てた。一つは、かつての上官植田大尉に彼が出会わなかったということ。そして、最初は、あんがい、板倉彰英のもとに彼がしばしば訪れていたのではないかということである。

植田大尉に出会わなかったというのは、大原鉄一が浮浪者生活をしていたことからの結論である。もし、大尉に出会っていたら、彼はそこまで落ちることはなかったと思う。

では第二番目の場合、彼が最初から二年後ぐらいに板倉彰英のもとを訪れたとしたら、なぜ、浮浪者生活に落ちこまねばならなかったか。

この解答は簡単だ。板倉彰英は大原鉄一を相手にしなかったのである。それだけの親密な間柄ではなかったのであろう。

だが、ここに植田大尉というものがあると、大原鉄一は大尉を通じて板倉彰英に接近を保っていたに違いないが、惜しいことに、仲介に立つ大尉がいなかった。

もう一度、はじめから考えてみる。大原鉄一は、なぜ、板倉のところに近づこうとしていたか、彼が新聞記事を見て出京したところでは、板倉彰英の出世をはじめて知ったという様子がある。

古い友だちで、自分の知らない間に出世した人物には、何かと利益をもらうために近づく人間は常識的だ。大原鉄一の場合もそうだったろうか。いや、これは前にも考えたとおり、大原と板倉とは直接に交際がなかったから、それだけとは考えられない。それ以外の何かである。その何かが大原鉄一を東京へ行かせたのだ。

「いったい、なんだろう?」

その「何か」とは何か。

——これを知るには、大原鉄一が板倉のもとに来ていたかどうかを調べる必要があった。

崎津弘吉は、露石老人を思い浮かべた。

とっさに運転手に露石老人の家の方向をつげた。


「いや、よく来たね」

例の狭い家に露石老人は、崎津弘吉を迎えて顔中に皺《しわ》をよせて笑った。

「先生にちょっと伺いますが、先生は大原鉄一という人間を、ご存じないでしょうか?」

「大原鉄一?」

書家は眼をつむり、顎《あご》をそらして、その下に指を当てて考えていたが、

「どうも、おぼえがないな」

と言った。

殺された浮浪者の身もとがわかったということで、新聞に大原鉄一の名前は出ているはずだが、書家は、それを読んでいるのかいないのか、とにかく新聞記事の記憶もないらしい。

「どういう人物じゃな?」

とき返した。

「その前に、先生に伺いますが、先生が板倉さんのところに出入りなさったのは、いつごろからですか」

「そうだな、もう三年前になるだろう」

「三年前ですか」

　大原鉄一が出京したのは、五年前である。それでは書家が彼を知らないはずだった。

「実は、大原鉄一という男は、板倉さんのところに出入りしていたのではないかと思いますが、先生は、心当たりはないですか？」

「憶《おぼ》えがないね。もっともわしは、ただ板倉さんの道楽に書道を教えに行くだけで、あんまり、あの家に集まっている連中には詳しくない。知っているのは、死んだ井上君と杉田君だけだ。これは、いつも板倉さんの側近のように随《つ》いていたから、自然と顔見知りになった。だから、ほかにどういう人間がついているかわからないし、以前《まえ》のこともむろんわからない。わしが板倉さんのところに書道を教えに行くようになったのも、向こうで、わしの名前を聞いて呼んでくれたまでだよ」

　すると、この書家が大原鉄一のことを知らないのも無理はないのだ。

　崎津弘吉は、植田大尉のことをきいても、いよいよむだだと知ったが、いちおう、念のために言った。

「先生は、板倉さんのところに、植田という人間が出入りしているのをご存じないでしょうね？」

「知らんな」

　老人は即座に答えた。

「しかし、板倉さんのところには、わしの知らない人間が、いっぱい出入りしているから、あんがい、いるかもわからんね。ただ、わしに知識がないだけだ」

崎津弘吉にとってもう一つの、いや、それ以上の問題は、美沙子の行方だった。弘吉は、もしかすると、板倉彰英の邸《やしき》に彼女の手がかりがあるのではないかと考えている。

書家は最近も板倉邸に行くので、崎津弘吉はそのことをきいた。

「いや、わしも心配しとる」

書家は憮然《ぶぜん》として言った。

「気をつけてみてるんじゃが、どうも、美沙子さんの手がかりは、あの邸ではなさそうじゃ。困ったことだな。いっそ、早く、警察に捜索願を出してみてはどうじゃろうな?」

彼は意見を言った。

美沙子が単独で姿を消したなら、崎津弘吉も、警察に捜索を頼むことをもっと早く考えたに違いない。しかし美沙子が消えると同時に、彼女の兄の井上代造の遺骨もなくなっている。むろん、誰かが美沙子の希望によって、それを彼女のもとへ持ち運んだのであろう。

こういう点から考えると、少なくとも、彼女の生命だけは安全なのだ。

弘吉は、警察に頼むよりも、美沙子の行方から、現在自分が追及している事件の解決の手がかりを得ようとしている。警察の手が動いたら、井上代造を殺した犯人も含めて、事件の実相は永久にかくれてしまうような気がする。

彼は書家村田露石の家を出た。

露石は、いつでも好きなときにやってこい、と親切に言ってくれる。板倉彰英の周囲にいながら、彼だけが書道の先生という特別な立場だから、外部と板倉彰英という人物を結ぶパイプの役には、絶好の人物だった。

崎津弘吉は、この露石老人を大切にしておきたいと思う。何かのときには、自分の武器として使えるのだ。――

崎津弘吉は雑踏の街を歩いたが、すべての騒音は彼の頭から消えていた。彼の頭脳にあるのは、これまでの問題を整理し、系統立て、真実らしい姿をさぐることだった。

彼は歩いている途中、長い塀の端に小さな神社が隣りあっているのを見た。

神社は祠《ほこら》といっていいほど小さい。粗末な鳥居と、古い拝殿があるだけだった。もとは広い境内を持っていたに違いないが、住宅地に侵入され、わずかにそれだけが取り残された。

崎津弘吉は、その社のまえの石段に腰を掛けた。高台になっているので、いま訪問した露石老人の家はもとより、低い街並の屋根一帯が見渡せる。夕陽がしだいに沈み、暗い谷間のような街に点《つ》いた灯は、輝きはじめていた。

彼は長いこと考えた。実に長い時間だった。

いつのまにか、下のほうから靄《もや》があがり、空だけに萎《しぼ》んだ光がきれいに残っていた。

崎津弘吉は、殺された大原鉄一が持っていた紙片のことを考えている。

最初、たあいもない浮浪者の夢のように笑っていたが、その浮浪者の正体がわかった現在、それが笑えなくなった。

彼はその紙片に書かれている断片的な文句を頭に浮かべている。

錫《すず》、白銀──それこそ、大原鉄一が浮浪者に身を落としてまで捜し求めていた目的物ではないか。

この裂かれた紙片に書かれた文字は、誰の手跡かわからない。また、その半分は誰が持ち去ったのかわからない。はじめはおそらく、その完全な一枚を大原鉄一が持っていたのではなかろうか。

だが、それだったら、残りの半分も犯人は持っていきそうなものだ。ぜひ必要だったら、ちぎれたとしても、半分だけ死体に残すことはないのだ。この点がわからない。

その問題はいちおう、あとで考えよう。

要するに、大原鉄一が捜し求めていたのが、こういう金属だったということは言える。では、昭和三十年の新聞を読んだ彼が、なぜ上京したか。この品を求めるのが目的だったのではなかろうか。つまり、新聞に載っている板倉彰英と、この貴金属とは無縁ではないのである。

崎津弘吉は、暮れなずむ下町に眼を据えた。だんだんわかってきたぞと思う。

板倉彰英が扱っていたのは、白銀や錫ではなかったが、彼の最初の儲《もう》けが鉄であり、船舶であった。鉄と船と――白銀と錫と鉛。

崎津弘吉はじっと眼を閉じた。うすい明かりが頭脳に射していた。


浮浪者大原鉄一の持っていた紙片の文句は、幻想の文字ではなかった。

さらに彼が殺害された場所と、そのこととは無関係ではない。

崎津弘吉が長いこと夕暮れのなかで考えたのは、これだった。

大日建設には、井上代造はある種の〝顔〟を持っていた。一方、井上代造と板倉彰英とは、密接な関係があった。すると、大日建設の社長は、いちおう、政治家中野博圭になっているが、実際は、板倉彰英の資金が大日建設に出されているのではなかろうか。それは考えられるのだ。しかも板倉彰英の履歴が鉄と船だというのは、公式な飾りであろう。彼がそこまでのしてきたのは、もっとそれ以外のなにかであろう。ここで、大原鉄一の握っていた紙片の「錫、白銀」が生きてくる。

崎津弘吉は、自分の考えに興奮してきた。彼にはおぼろげながら、大原鉄一と板倉彰英との結びつきがわかってきたような気がした。それは、〝憲兵〟と終戦間際の軍需省雇員との関係であった。

今までは、ただ彼らの職場だけを考えていた。だから、両方が結びつかないのだ。しかし、この二人の間に「犯罪」を入れると、見事に接着するのである。

憲兵とは、軍関係の犯人を検挙する仕事ではなかったか。これははじめからわかっていながら、あまりにわかりすぎて、思いつかなかった。

だが、大原鉄一は一介の憲兵伍長《ごちょう》だった。小さな犯罪ではなく、もっと大きな犯罪だったとすると、彼より上級者が取り調べたはずだ。その上級者が大原鉄一のいう植田大尉だった。大原鉄一は植田大尉に使われていた部下なのである。

その部下の大原鉄一ですら、植田大尉の調べたある犯罪の一部の秘密を知っていた。

そうだ、今にしてわかってきた。大原鉄一は故郷で偶然に新聞を見て、ある人物を脅迫したのだ。それに違いはない。

しかし、大原は、いかにも力が弱かった。もし、大原が植田大尉を発見していたら、彼はむざむざと殺されることはなかったのであろう。いや、浮浪者に身を落とすまでの苦労をして、隠匿物資を捜しまわることはなかったに違いない。

しかし、大原は植田大尉を発見できなかった。彼は独力で直接相手に当たった。しかも、その相手は、大原鉄一などがものの数でないくらいに大物に成りあがっていた。

崎津弘吉は、ここまで考えると、もう、ひとときもじっとしていられなかった。彼は立ちあがると、すぐ電車に乗って、川崎へ直行した。夜になっていた。

崎津弘吉は、久しぶりに、自分が勤めていた大日建設の近くの駅に降りた。

駅前の賑《にぎ》やかな通りも、そこをはずれた家並も、さらにそれらの家が途切れて空地や工場のある道も、しばらくぶりだった。

遠くに、大きな工場の煙突や灯が見えている。長い間、工場が建たないままになっている空地も、やはり雑草が伸びていた。有刺鉄線を張りめぐらしたその空地と道路の間には、溝があった。近くの工場から出す廃液の通路だったが、この溝について行けば、大日建設の敷地に出るはずだった。何もかも記憶にある風景だ。

だが、ある一画までくると、彼の足は急に止まった。

思いも寄らないものをそこに発見したときの驚きだった。大日建設の敷地はなくなっていたのだ。

その代わり、その敷地いっぱいに、見たこともない建築物が夜空に黒々と聳《そび》えていた。

崎津弘吉は、はじめ、自分が道を間違えたのではないかと思ったくらいだ。しかし、立っている場所のほかの風景は、まさに記憶のとおりなのだ。戦災を受けたまま多くは空地になっていた。大日建設の様相は、全く変わり、その敷地内にいつのまにか新しい工場ができつつあった。

あっと思った。考えもしなかった出来事である。

崎津弘吉は、そこになにやら立看板が出ているのを見て、近づいて文字を読んだ。

「東洋自動車株式会社川崎整備工場建築場　施工　株式会社小原組」

彼は看板から眼をはずして、もう一度、建てかかっている黒い四角な影を見た。それは、以前に大日建設に勤めていたころの空地が、ほとんどいっぱいに取られていた。

あのころ、自分の仕事場だった警備員詰所も、跡方もなく、なくなっていた。

当時の同僚も、もちろん、四散しているわけだった。彼は、わずかの間だったが、いっしょに働いていた連中の顔を思い浮かべていた。

翌日、崎津弘吉はふたたびその現場に出向いた。

昨夜と違って、明るい陽ざしの下で大勢の人間が建築の仕事にかかっている。

看板に自動車の整備工場とあるだけだった。

ところで、東洋自動車というのはどういう会社だろうか。果たして、中野博圭の関係しているものか、それとも、板倉彰英の子会社か、彼にははっきりわからなかった。

「もしもし」

崎津弘吉は、ちょうど道に出てきた人夫の一人を呼び止めた。

「あなたは、小原組の方ですか?」

「そうです」

人夫といっても中どころの幹部らしく、コールテンのズボンのポケットに折畳み尺がはいっている。

「ちょっと、伺いますが、この工事場の現場監督さんは、なんという方ですか?」

相手は、じろじろと崎津弘吉を見た。

「あなたは?」

「私は、ある工場の社員ですがね。今度、うちの社で新しい工場を建てようと言っているのです。それで、どこに工事をお願いしていいか、迷っているんですが、いま、私がここを通りかかって、ふと工事の具合を拝見しますと、たいへんよくできています。さっそく、社長に報告したいんですが、そのためにも、現場監督さんの名前を聞きたいのですよ」

彼は、単純にその言葉をすぐに信用した。賞《ほ》められて悪い気はしなかったらしく、彼は、にわかに顔色をやわらげた。

「現場監督さんは、波多野《はたの》一雄《かずお》といいます」

「自宅はどこでしょう？」

「自宅まで行くんですか？」

彼はちょっと驚いたように言った。

「いえ、いずれ会社を通じてお願いすることになりますが、これも何かのついでです。いちおう自宅まで聞いておきたいんですよ」

彼は、監督の自宅を知っていた。彼はその住所をすぐに教えた。

「どうもありがとう」

崎津弘吉が次にした仕事は、すぐに都内に引き返し、銀行に駆けつけたことだった。彼は、井上代造の預金通帳と印鑑とを持っている。普通預金から、百万円を引きだした。

崎津弘吉はそれをポケットの中に押しこんで、〝山田探偵社〟の玄関にはいった。

「至急に、調査していただきたいことがあります」

彼は、出てきた主任という肩書きの男に言った。

「東洋自動車株式会社というのを、すぐに調べてもらいたいのです。いや、会社自体の内容ではなく、今度、整備工場が川崎市××にできています。これは、同社がその敷地の前の持主である大日建設から、どういう条件で土地を買い取ったか、東洋自動車というのは、どういう系統の資本か、すぐに調べてください」

「すぐ、と言いますと」

「今日中にやってほしいのです」

「そりゃ、また、たいそうお急ぎですね？」

「急ぐんですよ」

「でも、今日中は無理ですよ。どんなに急いでも、五六日はかかりますよ」

崎津弘吉は、ポケットから三万円を取り出し、これを机の上に置いた。

「さしあたり、ここにこれだけお預けしておきます。費用が足りなかったら、いくらでも出しますよ」

主任というのは、眼を丸くして、札束を見ていた。あっけにとられた顔だった。

「ぜひ、今日中にやってください。急ぐ分は、それだけのことは払わしていただくつもりです」

「わかりました」

主任は引き受けた。

「その東洋自動車という資本系統と、今度、新しく工場を川崎にこしらえた敷地の買収に関する条件ですね？」

彼は現金を見て、急に熱心になり、客の依頼要領をメモしはじめた。

「わかりました」

その男はメモから顔を上げた。

「できるだけ、やってみます」

「いつまでに調査資料ができますか？」

「お急ぎなら、明日の朝、一番でもいいですよ」

崎津弘吉は、銀座へ出て、一流の店から洋酒を二本買い、ていねいに包ませた。

他人《ひと》の金だが、しかし、自分自身のためには少しも使わなかった。無断でこの金を引き出したのだが、すべては死んだ井上代造と美沙子の利益になることだと信じていた。

夕方になって、彼はあの人夫から聞いた現場監督の自宅へ向かった。

その波多野一雄は、池袋《いけぶくろ》の奥のほうに住んでいた。

崎津弘吉は、このとき、出来合いだったが新しい洋服を買った。それから訪問するのにもハイヤーを頼んだ。

大型の外車は、波多野一雄の家の前の狭い路《みち》いっぱいに横たわった。

波多野一雄は家にいた。不意の訪問者に驚いていた。当人は三十七八の、見るからに現場監督らしい頑丈な身体つきだった。

崎津弘吉は、でたらめな会社名を名乗り、そこの庶務課の者だ、と言った。まず、手土産をさし出して、それから話にはいった。

「実は今日、川崎のほうを通りかかり、あなたの会社が東洋自動車というのを建てている現場を拝見しましたよ」

「ああ、そんなことを、うちの若いものが言っていました」

現場監督はあの人夫から話を聞いたらしい。窮屈そうにすわっている彼の後ろに狭い机があって、その上には青写真らしいものを巻いたものが、乱雑に積まれてあった。

「実は、私のほうの会社も、今度、新設工場を思い立っております。いろいろと、その工事については売りこんできていますが、社長も迷ってるようなしだいです。私は、実は、たいへんお宅の建築が気に入りましてね。ぜひ、うちの社長に進言したいと思います」

「いや、恐れ入ります」

「申しわけないですが、そこに青写真をお持ちでしたら、ちょっと、拝見できませんでしょうか？」

「ございます。どうぞ、ごらんください」

波多野一雄は身体を捻《ね》じ曲げて、棒のように巻かれた青写真の一つを手に取り上げ、訪問客の前にひろげた。

弘吉は、それを子細に眺めた。彼は上層部の建築などは興味がなかった。図面には地下一階が書きこまれてある。

「ははあ、地下室がありますね?」

「はあ、先方の注文でしてね。深さ十メートルばかり掘りました」

「この地下工事にも、あなたはお立ち会いだったのですか？」

「むろん、私が工事現場の責任者ですから、はじめから全部立ち会っています」

「つかぬことを伺いますが、この地下室をこしらえるときに、発掘工事も全部あなたのほうでおやりになったのですか？」

「いや、それには下請けの者がおります。土を掘るまで私のほうはやっておりませんからね。けれど、穴の深さ、広さなどは、むろん、建築に密接しますから、全部私が見ております」

「その穴掘工事には、何人ぐらいで掘られたのですか？」

「そうですね、人夫などを使って、約二十人ぐらいでやっております。近ごろのことですから、ブルトーザーを使いました」

「もう一度教えていただきます。その地下工事は、べつに秘密ということはなかったでしょうね？」

「秘密といいますと？」

「つまり、第三者を地下の現場に立ち会わせない、あるいは、工事にたずさわらせない、というようなことはなかったですか？」

波多野一雄は笑い出した。

「とんでもありませんよ。陥穽《おとしあな》をこしらえるわけじゃあるまいし、われわれは正々堂々と白日の下でやりましたよ」

崎津弘吉は、その言葉を信じた。

しかし、同時に、彼の考えていた想像が、波多野の一言で根底から崩れ去るのを覚えた。

崎津弘吉は、それから東洋自動車株式会社の内容のことをきいたが、建築会社の現場監督である彼は、依頼主の会社の内容など全く無知だった。

「いや、ありがとうございました」

少々、呆気《あっけ》にとられている現場監督に暇乞《いとまご》いした。

崎津弘吉は外に出た。

まさしく、地下室の工事は、今の監督が言ったとおりであろう。十メートルも掘られたのだ。しかも、敷地いっぱいの工事だから、もし、あの旧大日建設の敷地の下に物資が隠匿されていたら、工事をした人々の眼に触れぬわけはない。

(あの大日建設の敷地の地下に埋められていた物資はいち早く持ち去られた。いや、それは場所を変えられたのだ)

崎津弘吉は唇を噛《か》んだ。

埋め変えたのは、あの浮浪者、つまり元憲兵伍長《ごちょう》大原鉄一の殺害直後と直感した。

いったい、どこに変えたのか。

翌日、崎津弘吉が依頼しておいた山田探偵社を訪れると、調査書類はもうできあがっていた。

その書類によると、東洋自動車株式会社というのは、板倉彰英も、中野博圭も全く関係していない。第三者の会社だった。しかも、大日建設の土地売買は、普通の商取引だったのである。


白銀、錫《すず》——これらの貴金属が大原鉄一の捜したものだ。

崎津弘吉は、浮浪者となった大原鉄一が死んでいた、あの大日建設の敷地の地下にこそそれらが埋没された、と考えている。

大日建設の社長は中野博圭だが、たぶん、この政治家は、そのことを知らないであろう。板倉彰英から頼まれて、社長の名義を貸したにすぎない。

これには板倉の大きな狙いがあるのだ。つまり、政治家として中野ぐらいの大物になれば、たとえ権力筋が怪しんで、その地下を掘ろうとしても——そのことはめったにないのだが、もし、万一の場合を考えて、中野博圭を社長に据えたのだ。

あのくらいの政治家になれば、権力筋もうかつなことはできないから、板倉から見ると、地下に埋蔵した財産の番人としてはこれ以上の人物はない。

では、板倉は、それらの膨大な貴金属をどうして手に入れたか。

まず、その隠匿物資が、あの地下室に埋まるまでの経路を考えなければならない、——崎津弘吉は大森の海岸に出て、暗い波を見ていた。潮の匂いがしていた。海岸でも、ここは人通りのない所を選んだから、話し声も聞こえない。夏に使うボートの小屋があって、その前に積んだ材木の上に、彼は腰を掛けていた。

沖に船の灯《ひ》が見える。暗い海岸線に沿って街の灯が細くつながっていた。崎津弘吉は、すでに五本目の煙草を吸っていた。長いこと、ここにすわっていたのである。あの自動車会社の建築現場監督の家から出て、そのまま自動車《くるま》でここに直行したのだった。

東京の街は思考に耽《ふけ》る所がない。どこへ行っても人間のいない所はなかった。やっと思いついたのが、この海岸のボート小屋だった。ここだけがわずかに残された思索の場所だった。

——板倉彰英は軍需省の雇員だった。

ここにこそ、彼がこれだけの物資を手に入れた秘密がある。さらに、若くしてたちまち巨大な金持になった秘密もある。

軍需省は、戦時中、あらゆる物資を貯蔵していた。本土決戦の構想の下に、五年でも、十年でも戦えるだけの準備をしていたのだ。それは単に軍需品のみではない。戦力に見合うだけの財力も持っていたのだ。この場合、日本円ではもちろん役に立たないのだ。

いつでも物資を購入できるものといえば、現品しかないのだ、たとえば、金塊がそうである。次に、貴金属がそうである。

そうだ、板倉彰英は軍需省の雇員をしていたが、たしかに彼は、敗戦間際に、軍の貯蔵にかかる隠匿物資を持ち出していたのだ。それだと、まず考えられるのは、彼が軍需省でも倉庫係か何かであったであろう。当時の管理は厳重なように見えても、一雇員に倉庫の鍵《かぎ》を預けるぐらいは平気だったのである。

板倉彰英は鉄や船で儲《もう》けたのではない。それは、彼が自分で創った伝説的な自伝なのだ。本当は、その偽履歴などからは想像もできない貯蔵の秘密があったのだ。

だが、それがわからないですんだだろうか。

いや、彼の犯罪は一部分は暴露されかけた。

このときの犯罪を嗅《か》ぎつけたのが、植田憲兵大尉である。さらに、その部下《か》となって直接に働いたのが、大原鉄一憲兵伍長なのであろう。

だんだんわかってきた。

そうだ、大原鉄一が板倉彰英のことを書いた新聞を読んで、弾丸のように鳥取県から上京した秘密は、そこにあったのだ。

そして、植田大尉をまず訪ねようとしたのも、その辺からであろう。

では、なぜ、悪事を働いた軍需省雇員板倉彰英は刑務所に行かなかったのだろうか。

このことを考えるのはやさしい。つまり、その直後に敗戦という巨大な混乱が起こったのである。軍は一晩にして崩壊し、秩序も圧《お》し潰《つぶ》された。敗戦がどんなに衝動的であったかは、軍そのものが最も体験したはずである。

もっとも、植田大尉にしても、大原伍長にしても、一介の雇員板倉彰英が、まさか自分たちの想像を上回った物量を隠匿したとまでは思っていなかったに違いない。彼らが板倉彰英の犯罪を摘発しかけたのは、まだほんの一部分しか知らなかったときであろう。

だが、やがて、その本当の姿がわかってきた。それは戦後数年にして、原因不明の多額の金を板倉彰英が握っていた事実である。

たぶん、板倉は、その隠匿した横取り物資の半分以上を闇取引で売り払い、換金したに違いない。そうでなくては、どうしてあれほどの大金を一挙に握ることができるだろうか。

板倉彰英は、自分の財産が鉄や船の儲けだ、と宣伝しているが、もともと、それほどの財力も資力もなかったはずだ。大原鉄一は、新聞でにわかに成金と紹介された板倉彰英の記事を読み、すべてを察したのであろう。

彼は上京した。そして植田大尉を捜したが、わからなかった。仕方がないので、直接、相手の板倉彰英のところに行ったものと思える。

風が吹いた。吹くたびに潮風の匂いを運んでくる。

――大原鉄一は板倉彰英に直接にぶつかった。

だが、役者は、板倉彰英のほうが二枚も三枚も上だった。

おそらく、板倉彰英とても、大原鉄一の出現には驚愕《きょうがく》したに違いない。しかし、彼はそこで弱味をみせなかった。なんと言おうと、大原鉄一は一介の伍長でしかなかった。板倉彰英に直接、彼を取り調べはしたが、この男は事件の全貌《ぜんぼう》を握ったわけではない。板倉彰英にとって恐ろしいのは、もっと事件の核心に近づいていた植田大尉だけだった。

それに、大原鉄一は、伯耆《ほうき》の田舎者である。しかも、憲兵の現職を辞めて、十年も田を耕していた男だ。人間も狡《ずる》くはなく、知恵もさほどではなかった。板倉彰英の前に大原鉄一は歯が立たなかったのは無理はない。

それでも、板倉彰英は、大原鉄一に最初の何年間かは、いくらか小遣いを与えていたかもしれない。しかし、それも無限ではなかった。

やがて、板倉彰英は大原鉄一を相手にしなくなった。つまり、出京した大原鉄一が、数年間は浮浪者にならなくてすんだ理由がそこにありそうだ。板倉彰英から見放された彼は、浮浪者をするより仕方がなかった。だが、この〝職業《かく》〟は便利でもあった。

なぜなら、大原鉄一は、板倉彰英がまだ残りの物資を匿していると信じていたから、その場所捜しが〝自由〟にできたのだ。

もう一つは、彼はぜひ植田大尉に会いたかった。そのために、街をうろうろしている〝浮浪者〟は便利だったに違いない。

彼が浮浪者に身を落としたのは、ただ食えなくなったばかりではなく、このような二つの理由があったと想像される。

——この事件の中心の鍵は、〝植田大尉〟だと崎津弘吉は思った。

浮浪者に身を落とした大原鉄一は、どのような手段かわからないが、長いことかかって、待望の隠匿場所を発見した。大日建設という怪しげな名前の敷地がそうだった。

しかも、これには政界の古狸《ふるだぬき》、中野博圭という人物が、彼自身気づかないで番犬の役目をしていたのである。

浮浪者になっている大原鉄一は、その土地に眼をつけて以来、金輪際そこから離れなかった。彼が殺される数年前から、近くのガード下にねぐらを持っていたのは、その理由からであろう。

浮浪者だから、夜間でも、うろうろしても誰も怪しみはしない。たぶん、彼は何回となく、あの大日建設の敷地の中にはいり、そこ、ここと、場所をかきまわしたことであろう。

当人が死んでいるから、知る術《すべ》もないが、彼は正確にその隠匿場所を探知したのであろう。それが死んだときの彼の手に残された紙片の文句なのである。

だから、あの断片的な文句は正確だったのだ。しかし、そのちぎられた半分は、犯人が持ち去ったものであろうが、問題は、なぜ、その紙に書いた秘密を第三者が知ったか、ということだ。

警察では、この殺人事件を浮浪人同士の争いとみているが、崎津弘吉はこの事情を知ったある人物が、浮浪者大原鉄一を殺害したと考える。

わからないのは、紙片が二つにちぎられたことだ。格闘のさいにそれが破れたとしても、相手は、なぜ、半分だけを持って逃げたのか。文字は全部そろわないと役に立たないはずなのだ。それなのに、わざわざ、死人の手に半分残した理由がわからない。

つまり、それは、こういうことは言えないか。

大原鉄一は、その晩も、その紙片を持って大日建設の回りを歩いていた。そこを第三者に襲われた。そして絞め殺されると、そのまま死体は溝の中に蹴落《けお》とされた。犯人は、大原鉄一の紙片を奪うとき、半分だけを握って逃げた。……

こう考えてみたが、どうも辻褄《つじつま》が合わない。それは、犯人が紙片を全部でなく、半分を残したということに、やはり、ひっかかってくるのだ。

――先ほどから眺めていたのだが、目の前に見ている漁船の灯が、かなり移動していた。

視線を変えると、夜空に灯台のような灯《ひ》が回転していた。羽田空港なのである。灯を点《つ》けた飛行機が、絶えず上下している。

何気なくその灯を見たとき、崎津弘吉は、はっと思い当たることがあった。

羽田国際空港――その灯を見たとき、この空港から、その国の国旗に柩《ひつぎ》を包まれて本国へ送り返された、ルイス・ムルチ氏のことが浮かんだ。

ムルチ氏は、誰かに射殺されたのだ。それが急死という表現で、本国に丁重に遺体が送られた。

前にも、そのことを考えたことがある。わからなかった。今、空港の灯を見たとき、崎津弘吉が考えていたことに、ムルチ氏の死がつながってくるように思える。

ムルチ氏の本国は、東南アジアの独立国である。この国は、現在こそ独立しているが、第二次大戦前までは、ヨーロッパの大国の植民地であった。

大戦中、日本軍は、この国を占領し、長い間、作戦基地としていた。

日本軍の南方作戦は、まず、東南アジアの占領地から物資を調達し、これを戦力に充てることだった。石油、錫《すず》がそうだ。

物資の現地調達は、南方作戦を立てたときからの日本軍部の狙いだった。そして、現地からのおびただしい物資は、輸送船や飛行機で相当数日本内地に運ばれたものである。

戦後になって、それらの被害国は、日本に対して賠償要求をした。だが、ありあまる資源を持っていたその国は、事実、どれだけの物資が当時日本軍部によって略奪されたか、正確なことはわかっていないであろう。

賠償協定に上《のぼ》された数量も、ことごとく正確なものとは言えまい。

ここに、その某国さえ知らない物資がまだ日本に隠匿されているとしたら、そして、それをその国が新しく探知したとしたら、当然、その国は、改めてそれを賠償の対象にするに違いない。

もし、その隠匿物資自体が日本政府の知らないものであって、(一部分だけのグループの最高の秘密とされていたら)その国といえども正面切って日本側に要求することは困難である。さような物はない、と公式回答があれば、それきりなのだ。ここで、その国としては確実な証拠を握らなければならないのである。

崎津弘吉は思うのだ。

ここで、ルイス・ムルチ氏の〝観光調査使節〟が生きてくる。もしや、ルイス・ムルチ氏は、〝観光調査使節〟として表面上をとりつくろい、実は隠匿物資の調査団として日本にきて、ひそかに調査をするつもりではなかっただろうか。

しかし、彼は変死を遂げた。

そのことは、その物資を現在握っている者が、ムルチ氏によって摘発されるのを恐れ、彼を葬ったとも考えられる。

しかし、その隠匿物資の情報は、いったい、どこからムルチ氏に流れたのか。最高の秘密を知っているメンバーの中にこそ、はじめてその情報を流しうる者がある。

この隠匿物資が日本軍部に流れ、さらに板倉彰英などによって、その一部分が横取りされた、と仮定してみよう。すると、ルイス・ムルチ氏に隠匿物資の所在《ありか》を通報した者が、板倉彰英の周囲にいなければならない。それは誰か。

その人物こそ、井上代造だと考えられるのだ。

井上代造が、なぜ、七百万円もの貯蓄をしていたかの秘密は、この辺にあるだろう。

そして、彼が板倉彰英に対して寝返りを打った理由はよくわからないにしても、あの性格から考えれば、おそらく、井上自身が正義感のために、当然の持主に情報を提供したものと思える。

そのやり方は、詳細なデータを何かに書いて某国大使館へ投書すれば、簡単なのだ。その投書がデタラメか真実であるかは、内容に書かれた具体的な事実で、大使館でも判断できる。

大使館は、それを正確な情報と見た。そして、本国へ通知した。

本国では、外交交渉の正面的な折衝を避け、まず、調査すること、と考えたであろう。表向きのことではもちろん成功しないから、名目を観光調査に借りて、数人の調査員から成る使節団を送りこんできた。

――こう考えると、ルイス・ムルチ氏を殺した者が誰か。そして、〝裏切者〟井上代造を殺した者が誰か、ということは自然な答として出てくる。

板倉彰英だ。――

この人物以外にない。彼は莫大《ばくだい》な財産を持ち、さらに莫大な隠匿物資を秘密な場所に貯蔵している。これを暴かれないために、そして、そのことから過去の秘密が表に出ないために、彼は必死の防衛をしたと思う。

むろん、この場合、板倉彰英自身が、その犯罪の実行者となったのではない。誰かが身代わりになったのだ。むろん、金で請負った人間がそこに存在しなければならぬ。しかも、その男は板倉彰英の側近のなかにいなければならぬ。うかつに頼めぬ仕事である。

では、殺人を請負った人間は誰か。

最初は、井上代造もその一味のなかにはいっていたふしがある。それは崎津弘吉自身をルイス・ムルチ氏の犯人に仕立てようとしたことだ。が、彼は、その直前になって、崎津弘吉を難から救おうとしていた。連絡が取れなかったために、それは不成功に終わった。

その直後、井上代造は完全に敵の手に落ちたのであった。

しかし、崎津弘吉はここまで考えてきたが、大日建設の中に隠匿されていると思われた、あの大原鉄一の紙片に書かれた貴金属は、その敷地の地中のどこにもなかった。今夜、その跡に建てられた自動車会社の建築現場監督の話を聞いてみても、地下数メートルも掘って何も出てこなかったという。

板倉彰英は、いったい、その物資をどこに移して、現在、隠匿しているのであろうか。

崎津弘吉は夜空に舞っている航空照明灯の光を見つめながら、まだ自分の思索を追っていた。

第十章　考える葉

崎津弘吉は、その場所に長いことうずくまっていた。

それは、うずくまっていた、といったほうがいいのだ。すわっていた、と言っては当たらない。考えを一途《いちず》に追って、せむしのように身体を曲げていた。

潮風が冷たい。

羽田空港の灯が、夜空の一画に明るかった。その下に、何か賑《にぎ》やかな行事が行なわれているように光が映えていた。

足音が後ろでした。ふり返ると、若い男女の影が肩を組みあって歩いてきている。

彼はそれを機会《しお》に立ちあがった。

――いったい、あの物資を、どこに移したのであろうか。

さきほどの考えは、一つところを回っている。

いつ移したのか。――それも問題だった。

大原鉄一が捜し当てたときは、すでに、それは他所《よそ》に運び移されたあとなのだ。すると、それはもっと以前のことに違いない。

だが、大日建設はそのまま残っている。仕事らしいものは何もしなかった土建会社である。あれは見せかけだった。

事実、そこに物資が隠されているときは、その大日建設を置いている意味はあるが、移されたあと、そのまま小さいながら建物を長いこと残していたのは、どのような意味合いか。まさか、大原鉄一をそこにおびき寄せるためではあるまい。

どうもわからない。

大日建設はそれでいいとして、問題は物資の行方だ。たしかに、どこかに移されている。もちろん、板倉彰英が敗戦直前に軍需省の倉庫から運んだときの量よりは、ずっと減っているに違いない。板倉彰英は、その物資を売って、現在の金持になる手がかりをつけたのだ。

だが、全部を売り払ったとは思われない。まだどこかに隠されている。半分か、三分の一かわからないが、とにかく、まだ相当の量だと思う。

考えは、同じところをぐるぐる回っていた。少しもその先に進展しないのだ。

彼は通りに出た。

電車に乗っても、頭は解放されなかった。停留所に着くたびに、大勢の客が乗ったり降りたりする。だが、彼には風に吹かれて動く梢《こずえ》ほどの関心もなかった。

「おい」

突然、肩を叩《たた》かれた。

眼がさめたように顔を上げると、すぐ隣りに微笑《わら》っている顔があった。

「どうしたい？　いやに考えこんでるじゃないか」

警視庁の小川警部だった。鞄《かばん》を小脇に抱えて、年輩のセールスマンみたいな格好をしている。

「はあ」

崎津弘吉は、この間、警視庁に行ったとき、この人物に出会ったことを思い出した。

「さっきから、ぼくは君の隣りにすわっていたんだよ。じっと気をつけて見ていたが、ひどく考えごとをしているね」

小川警部は友人のように話しかけた。

「君が乗ってくる前から、ぼくはここにすわっていたんだからね、どこに行ったの？」

「大森《おおもり》の海岸です」

「海岸？」

ちょっと驚いた眼を見せて、

「また妙なところへ行ったもんだね」

「はあ」

「海岸に行って、考えごとをしていたわけだな。どうだね、崎津君」

と、警部は馴《な》れ馴れしかった。

「君、何か困ってることがあるんじゃないか？」

「いや、そんなことはありません」

「そうかね」

警部は、無愛想な彼の横顔をじっと見て言った。

「困ることがあったら、いつでも、ぼくのところへ言ってきてくれ」

「はあ」

「いや、なにしろ、君には迷惑をかけたからな。ぼくも君には悪いと思っている。だから、何か力になることがあれば、遠慮なしに言ってきてくれ、わざわざ、本庁にこなくても、電話をかけてくれさえすれば、ぼくのほうから行くよ」

肩を叩くような言葉だった。

電車を降りたのは、警部のほうが先である。

崎津弘吉は、その後ろ姿を見送った。が、黒鞄を提げた、その肩幅の広い後ろ姿を見たとき、とたんに、彼の眼の前が展《ひら》けたようになった。

彼は、声にならない声を出して警部の後を追った。

崎津弘吉のそれからの行動は、まっすぐに書家の村田露石のところへ行くことだった。

タクシーで駆けつけたのだが、向こうに着いたときは、十時ごろになっていた。この界隈《かいわい》は、ほとんど戸を閉めている。露石の家の前まで来たとき、同じように表戸が閉まっていた。

彼は、表から呼んだ。老人は独り者だから、何か書《しょ》でも揮毫《きごう》しながら起きているような気がした。

「誰です？」

閉《た》っている戸のすぐ傍で声がした。

崎津弘吉が名乗ると、戸は細目にあけられた。

「よう」

と、老人は大きな声を出して、

「さあ、上がんなさい」

と、中に入れた。

老人の後ろからついて行くと、奥の間に緋毛氈《ひもうせん》を敷いて紙を広げている。崎津弘吉が思ったとおり、書家は字を書いているところだった。

この間見た大きな硯《すずり》や、大小さまざまな筆が置いてある。

「どうも、遅く伺いまして」

「いやいや、ちょうど、疲れていた。話し相手がほしいところじゃった」

老人は客を歓迎した。

「手伝いの者が帰って、お茶の支度もでけんが——」

と、火鉢の上にかかっている薬罐《やかん》から、湯を急須《きゅうす》に注いだ。

「どうぞ、おかまいなく」

それでも書家は小まめに、湯吞《ゆのみ》を後ろの戸棚から出してきた。狭いところだから、すわりながら支度ができるようになっている。

「どうしている？」

老人は茶碗《ちゃわん》を抱えながら眼を細めた。

「あれから、まだぶらぶらしています」

「そりゃいかんな。早く、どこか勤めでも見つけんといかん。もっとも、そうあせることもないが」

「先生」

崎津弘吉は言いだした。

「一つお願いがあります」

「なんじゃな？」

「就職したいと思います」

「そりゃいい。どこぞ当てがあったのかね？」

「あります」

このとき、崎津弘吉の眼は、大きな硯に落ちた。故郷のもので、落石硯なのだ。彼の眼には、この硯の原石を捜して歩いている一人の男の姿が映っている。その男は殺されたのだが。

「実は、山梨県にある宝鉱山に就職したいと思います」

「なに、宝鉱山？」

老人は崎津弘吉の顔を見まもった。

「それはまたどうしたことだ？　あんな山の中に希望があるのかね？」

露石は静かにきいた。

「あります。もう、なんだか東京が嫌になりました。今度は思いきり、都会を離れて山の中で働いてみたいと思います」

「うむ、まだ若いのに、おもしろくもないところに眼をつけたものだな」

「ついては、あの鉱山は板倉彰英さんの持ちものです。井上さんから聞きました。先生は板倉さんとお親しいようですから、なんとか、ぼくのことを話してもらえませんか？」

「崎津君」

「はあ」

「そりゃ止《よ》したほうがいい」

「なぜですか？」

「あんな山の中だ、とても辛抱はでけん。いや、はじめからあそこで働いてるというなら話がわかるがね。なまじっか東京の水を潜《くぐ》った者は、ばかばかしくって働けんよ」

「いや、辛抱します」

「しかし、どうだろうな。あの鉱山《やま》は、たしか廃坑同様になっていて、今、仕事はしてないはずじゃ。君が就職したくても、人員が要るかどうかわからん。そうだ、あそこに杉田君がいる。これは現場の大将ということになっているが、どうも、景気が悪いようじゃ」

「先生、ぜひ、板倉さんに話してください。お願いだけはしてみていただきたいんです」

「君がそう言うなら、話してやってもいい。しかし、どうしてそんなところに就職したいのかね？　何か特別な関心があるのかね？」

「いえ、べつにありません。ただ、なんとなく山の中で暮らしてみたいんです」

「青年は、えてして、そういう夢を持つものじゃな。しかし、実際の生活は大変だぜ、君が考えてるようなロマンチックなものではない」

「わかっています」

「わかっているなら、とにかく、板倉さんには話してあげよう」

露石はそう言って、

「しかし、あの人のことだから、わしなどの言うことをきいてくれるかどうか、わからないよ」

と、念を押した。

「そのときはやむを得ません」

「そうか。では、わしはこれから書きかけの書《しょ》をつづけよう。ところで、君、今晩は、もう遅いから、うちに泊まんなさい」

老書家は親切だった。

ここに寝てくれ、と言って、わざわざ隣りの部屋の押入れから布団を出して敷いてくれたほどである。

「わしは、もう少し起きて、これをつづけるからな」

と、露石は筆で書く手真似をした。

「すみません」

「いや、わしに気をつかうことはないから、ゆっくりやすみなさい」

襖《ふすま》を閉めて、書家は隣りの部屋に移った。

崎津弘吉は、なかなか眠れなかった。今日、大森の海岸で考えつづけていたことが、まだ頭に残っている。暗い天井を見てると、考えごとにはちょうどよかった。

隣りの部屋からは、露石の咳《せき》などがときどきする。墨をする音や、紙を動かす音がかすかに聞こえてきた。

何かものを言ったように思ったが、これは老人がぶつぶつとひとり言を言っているのだった。どうやら、書の文句を口の中で稽古《けいこ》しているらしい。

そんなことを考えているうちに、いつのまにか眠ってしまった。

眼がさめた時には、雨戸の隙間から陽が洩《も》れていた。障子に、そこだけが白い筋となっている。

時計を見ると、九時になっていた。

崎津弘吉はあわてて起きあがった。寝過ごしたのだ。

隣りの座敷を覗《のぞ》くと、これもまだ雨戸が閉まったまま薄暗い。硯や、紙や、筆などはそのままになっているが、老人の姿はどこにも見えなかった。ただ、座敷の隅に布団が敷いてあったが、それも人が抜け出たままのかたちになっている。

台所で音がしたので、崎津弘吉が覗くと、通いの中年の女中が来ていた。

「旦那《だんな》さまは、一時間前に起きて外に行かれましたよ」

と、彼女は告げた。

「あなたが眼をさますまで起こさないように、ということでした」

「先生は、どこへ行ったんですか？」

「さあ、どこだかわかりません。黙って出て行かれましたから。でも、午過《ひるす》ぎには帰る、と言ってましたよ」

「そうですか」

崎津弘吉は、もとの六畳に戻った。昨夜、老人はどのくらい起きていたのであろう。自分より遅くまで起きて書を書いていたことは確かだし、朝早く起きて出たところなど老人の習慣だった。

露石が帰ってきたのは、十二時ごろだった。

「崎津君」

と、彼は顔に皺《しわ》を波打たせて笑った。

「さっそく、板倉さんところへ行ってきたよ」

「えっ、もう行っていただいたんですか？」

昨夜、頼んだばかりなのに、老人はもう活動してくれたのだった。

「そうじゃ、ちょうど、いい具合に、板倉さんがいてくれてな。わしが話すと、一度、君を見たい、と言うのじゃ。どうだ、これから行ってみるか？」

「これからですか？」

「こういうことは早いほうがいい。向こうも忙しい身体でね。今は確かにいるはずだから、これから急いで行くがいい。留守になると、あの仁《じん》はなかなか会えないからな」

崎津弘吉は、すぐに外出の身支度をした。

——いよいよ、板倉彰英に会える。

彼は気持のどこかに身ぶるいが起こった。

彼がタクシーで板倉邸に駆けつけたのは、それから一時間もかからなかった。

この前、門前をよく見て通ったのだが、いざ門内にはいって玄関先に立つと、その邸《やしき》の広大さに驚いた。紫の着物をきた女中が取り次ぎに出てきて、三つ指を突いた。

「崎津弘吉というものです」

話が通じてあったとみえ、女中は、彼をすぐ上に請《しょう》じた。ていねいな作法だった。

「どうぞ」

紫の着物をきた女中は崎津弘吉を請じたが、座敷に通したのではなかった。廊下をしばらく歩くと、芝生の見える裏庭に出た。

「どうぞ」

女中は、庭下駄《にわげた》を沓脱石《くつぬぎいし》の上に揃えた。

崎津弘《ひろ》吉は、その女中に案内されて、芝生の間につけられた小径《こみち》を伝わった。芝生は斜面に展がり、その先にマツ、ケヤキなどを植えこんだ林が見える。純日本式の庭園で、かなり古いものだった。石には苔《こけ》が生え、池を取り巻いてツツジが植わっている。元公爵時代の庭である。

ガラスで張られた、大きな温室の中にはいった。バナナやフェニックスなどといった熱帯植物がこのガラスの建物の中におい茂り、熱帯魚のケースが水族館のように陳列されてあった。

崎津弘吉が女中の後ろについて少し行くと、

「ご案内いたしました」

と、女中が誰かに向かって、ていねいなお辞儀をした。

茂った葉の間から、シャツだけの男がこちらを向いて出てきた。三十そこそこにみえる童顔の男である。血色がいいし、大きな眼もとには愛嬌《あいきょう》があった。これが崎津弘吉に向かって気軽に、

「さあお掛けなさい」

と、椅子を示した。声も快活だった。

大きな事業をしている男とは思われなかった。せいぜい、会社では係長クラスの若さに見える。だが、争われないのはその態度で、どこか落ちつきと貫禄《かんろく》とがあった。豪華な温室の中に客を引き入れたというのも、衒《てら》いからではなく、青年らしい気軽さからだった。

崎津弘吉に向けた眼も、人なつこいものがあった。

「君のことは、村田さんから聞いていますよ」

彼は親しげに言った。初対面からいきなりそんな口のきき方をするのも、包容力が見える。

「なんだってね、ぼくの鉱山で働きたいんだって？」

板倉彰英は、柔和な眼差《まなざ》しで崎津弘吉を見ていた。

「はあ」

崎津弘吉は頭を下げた。

「いや、だいたい、君の気持は村田さんから聞いている。君も井上君の友だちだそうですね？」

村田露石老人が話したものらしい。

「そうです。友だちというほどではありませんが、井上さんには世話になったものです」

「井上君は、あれでなかなか親切だったからな」

板倉彰英は、折りから女中が運んできた茶を啜《すす》って言った。

「まあ、ぼくの鉱山も、ほんとのことをいうと、現在、事業は休んでいるんですよ。あの鉱山は、以前《まえ》にはなかなか活発だったらしいが、ここんところ、鉱脈が乱掘のために切れて休業状態です。いわば、ぼくはだまされて他人《ひと》から買わされたようなものです。だが、いったん、買ったとなると、やはりこれでなんとか格好をつけたくなるものでね。まあ、新しい鉱脈が発見できるまで、のんびりと試掘をつづけている程度です」

板倉彰英は張りのある声で話した。

「そんな理由《わけ》で、現在のところ、人手は要らない。保安係というか、そういうわずかな人間だけで細々と鉱山を維持してる程度で、実のところ、人を減らしたいくらいなんですよ。しかし、崎津君といいましたね」

板倉彰英は、崎津弘吉の顔に眼を走らせた。

「君がほかならぬ井上君とも親しかったそうだし、村田さんの口ききもあるので、希望にそってあげることにします。まあ、一人ぐらいはどうにかなるだろう」

板倉彰英はかすかに笑った。

「それに、村田さんがとてもいい人だからね。あの人が今朝早く見えて、君のことを頼まれたものだから、やはり失望させてあげたくなかったのです。ああいう善良な人も珍しい」

と、板倉彰英は書家を賞《ほ》めた。

「それに、井上君だって、ずいぶん、ぼくの力になってくれた人です。ああいう竹を割ったような人物も、だんだん少なくなっていくんじゃないかな。そういう人間とつきあっていたという君だから、これは信頼してもいいと思ったんです」

板倉彰英は、しきりと井上代造を賞めた。崎津弘吉は、板倉彰英の表情や言葉を観察していたが、青年実業家の顔にはさして虚偽の表情は見られなかった。

「ぼくの持ってる鉱山は、山梨県といってもずいぶん山の中だよ。君に辛抱ができるかな」

板倉彰英はやはり微笑をつづけた。

「大丈夫だと思います。その鉱山は、ぼくも知っています」

「えっ、君が？」

心なしか、板倉彰英の眼がちょっと光った。

「はあ。その近くまで行ったことがあるんです」

「ほう。そりゃどういう理由《わけ》で？」

「ぼくは、山梨県の南の生まれで、落石というところです。そこでは硯《すずり》を造っていますが、ある日、硯の原石を捜しに行ったのが、宝鉱山の近くでした」

崎津弘吉は、そう言いながら板倉彰英の顔を真正面から見つめていた。その眼を板倉彰英は意識してかしないでか、かなり強い眼で受け止めた。

「そういうことがあったかな」

板倉彰英の眼に動揺もなかった。

人間は話をしている途中に思わぬことが頭に閃《ひらめ》くものである。今の崎津弘吉の場合がそうだった。

彼は板倉彰英に、自分がかつて宝鉱山の近くに行ったことがあると話したとき、ふと、そこには自分以外にもう一人の硯職人がはいっていたことを思いだした。

それは、まるきり崎津弘吉に無関係な男ではない。落石にいたころ、従兄《いとこ》が、妙な男がこの近くをうろうろしていたと話していた。その人物なのである。新聞には、当時、乳無し男の事件として報道されていた。硯職人は、その仕事上、胸に痣《あざ》のようにタコを作っている。胸の部分を剝《は》ぎ取ったのは、身もとを知られないための犯人の知恵である。たしか、そんなことを新聞記事で読んだ。同じ硯造りの家で育った弘吉は、それを興味深く思った記憶がある。

今は、うろ覚えだが、殺された硯職人は、相当な金を持っていた。新聞記事は、あとからわかった事実を何回かにわたって報道しているので、記憶も切れぎれだったが、たしか、そんなようなことだった。

——そうだ。これは、もう一度新聞記事をひっくり返して確かめてみなければならぬ。

崎津弘吉は、板倉彰英と眼を合わせているうちに、そんなことが頭に閃いたのだった。

「向こうに行ったら、杉田君というのがいる」

板倉彰英は、崎津弘吉の考えていることにはむろん気づかないで言った。やはり快活な口調だった。

「この杉田君が、向こうの現地の主任みたいなことをやっている。いい男だから、君が鉱山《やま》にはいったら、この男の指図を受けるんだね」

杉田一郎を崎津弘吉も知っている。

「杉田さんなら、井上さんのお宅でお会いしたことがありますし、その前に、あの鉱山の近くで井上さんに会ったとき、紹介されたことがあります」

彼は答えた。

「おう、そうか」

板倉彰英は笑った。

「それなら、なおさら都合がいい。君たちで前から知ってるのなら、ぼくが世話を焼くこともあるまい。杉田君のほうには、ぼくから君のことを話しておくよ」

「杉田さんは、今、東京に見えているんですか？」

板倉彰英が話しておくと言ったものだから、崎津弘吉はそんな質問をした。

「いや」

板倉彰英は否定した。

「たしか、現地にいるはずだ。しかし、鉱山とここは、始終、連絡があるからね」

「そうですか。よろしくお願いします」

用件は、それでひととおりすんだわけだった。

しかし、この機会に、崎津弘吉には一つの実験があった。今を除いては、いつ、板倉彰英と二人だけで話す機会があるかどうかわからないのである。

「社長は」

と、崎津弘吉は切りだした。

「大原鉄一という男をご存じですか？」

瞳《ひとみ》をまっすぐに板倉彰英に向けての質問だった。

「どういう人だね？」

板倉彰英は顔色を変えずにきき返した。

「大原鉄一というのです。もと憲兵をしていた人物ですが」

「知らんね」

と、返事は即座に出てきた。首をちょっと傾げたままで、顔色一つ変わっていなかった。どう見ても自然な表情である。

「それがどうかしたのかね？」

と、口もとに柔和な笑いさえ浮かべている。崎津弘吉は、はじめて板倉彰英の底の深さを知った。

「ぼくがちょっと知ってる男です。なんでも、大原鉄一という男は、社長を存じあげているようなことを言っていましたから」

崎津弘吉は、相手の筋肉の寸分の動きも見のがさない視線を板倉彰英の顔に据えていた。

「さあ、覚えてないな」

板倉彰英は断言した。

「なにしろ、こういう事業をやっていると、いろいろな人に会うが、ただの一回ぐらいではすぐ忘れてしまうんでね。……そうか、君が知ってる人かね？」

しかし、そう反問したときの、板倉彰英の眼は鋭かった。

「そうなんです」

「で、その人はどうしている？」

「殺されました」

崎津弘吉は受けて答えた。

「大日建設の横で殺人事件がありました。その被害者が大原鉄一でした」

相手の表情は、それを聞いても微動もしなかった。

「そうか。ああ、そんなことを聞いたね」

はじめて顔を俯向《うつむ》けたが、これはテーブルの上の煙草を取るためである。煙草を握った指先も落ちついたものだった。

板倉彰英は、悠々と煙草を吸っている。

その様子を見ると、崎津弘吉は、もう一太刀斬りこみたくなった。

実のところ、そのことを今言っていいかどうか、判断がつかなかった。だが、板倉彰英が平然と顔色も変えないでいるのを見ると、その反応をためしてみる気になった。それは彼の若いあせりであった。

「社長は」

崎津弘吉は、のんびりと煙を吐いている板倉彰英に眼差《まなざ》しを向けた。

「植田という元憲兵大尉をご存じではありませんか？」

「ウエダ？」

板倉彰英の眼は、依然として同じところに据わっていた。少しも動きはない。

「ぼくが会った人かね？」

「お会いしたことがあるそうです」

崎津弘吉は、間髪を入れずに答えた。

「はてな？」

疑わしそうな眼を崎津弘吉に向けたものである。

「覚えがない。君が会っている人間かね？」

「いえ、ぼくは会っていません」

「どこから名前を聞いたか？」

「やはり、大原という男からでした。植田大尉というのは、大原伍長《ごちょう》の上官でした」

「どうして、ぼくの名前が出たのかな？」

あくまでも訝《いぶか》しそうだった。

「大原氏がそう言ったのです。植田大尉が板倉社長を存じあげている、と話していました」

「いろいろなことを言う人があるものだ」

板倉彰英は、苦笑いに似た微笑を洩《も》らした。しかし、それは、どこから見ても自然な表情だった。

「しかし、記憶はないね」

これは世間話だから、板倉彰英がそれ以上に追及しなかったのは当たり前とも言えた。しかし、崎津弘吉は、相手が早くその話を切り上げる意図として受け取った。つまり、板倉彰英が次に言いだしたのは、話題が全然違っていたのである。

「話は決まったな」

新しい雇用関係のことだった。

「それでは、君が向こうに行く前に、もう一度、連絡しよう」

つづいて、現在、どこにいるのか、ときいた。

崎津弘吉は、それだったら、書家の村田露石のところに連絡してくだされればわかる、と答えた。

「承知した」

板倉彰英は、腕時計を見て、この会見の打ち切りを示した。

「どうも失礼いたしました」

崎津弘吉は、椅子から立ちあがって、ていねいに頭を下げた。

「いや。では、そういうことに」

板倉彰英は、ゆっくりと煙草を灰皿に揉《も》み消した。──

崎津弘吉が図書館に向かったのは、板倉の邸《やしき》を出てからすぐである。

彼は古い新聞を借り受けた。四月十日付である。

──東京の西の郊外に千馬《せんば》川という川があるが、その土堤《どて》で俯伏せになった男の死体が発見された。年齢は三十二三歳。一見、工員風である。致命傷は心臓を突き刺されているが、右胸部が抉《えぐ》られて、皮膚が剝《は》がれていた。死後経過十二三時間。つまり前夜の九時から十時ごろの凶行である。

これが事件の第一報であった。

警察で活動した結果、本人のズボンの折返しから出てきた小さなゴミから、山梨県の山中を歩いていたことが突き止められた。しかも、彼は相当の金を手に入れて、東京に出て、夜の女にかなり使っている。

次に、しばらくして男の名前が割れている。愛知県下の風礼石という硯《すずり》を出している部落にいる、門脇順平という男であった。

ここまではわかっているが、そのあとの新聞記事は、事件が迷宮にはいり、捜査本部を閉じたことを報じている。──

崎津弘吉は、古い新聞を読んで考える。

――東京の郊外、千馬川の土堤で殺された男、つまり門脇順平は、相当の金を持っていたが、彼はその金をどこで手に入れたか？

愛知県の故郷を出るときは、そんな大金を持っていなかった。彼は、硯の原石を捜しに出かけてきたのだ。金とはおよそ縁のないところを歩いている。

その男の目的は、一度山梨県の落石部落に現われているくらいで、それは、原石を捜すためだ。しかし、その後、問題の沢辺部落に現われた。そのことは、死体の身もとが割れた手がかりになったズボンの折返しの土質が証明したほどである。

すると、被害者の門脇順平は、宝鉱山付近にも確かに行っていると思われる。問題の金は、その付近で手に入れたという推定が強くなる。

しかし、そんな山の中で金が手にはいるはずがない。すると、彼は、誰かにそれをもらったことになる。

もらったという以外に考えようがない。

では、誰が彼にその金を与えたか？

その金を彼に与えた人間のことはしばらく後まわしとしても、その人物は、硯石《すずりいし》を捜しにやってきた門脇順平になぜ金を与えねばならなかったか、その理由から考えたほうが問題の中心にはいりやすい。

もちろん、ただで金を人にくれてやる人間はいない。そこには何かの取引が行なわれていなければならないのだ。

取引――しかし、門脇順平は、金に換えるほどの値打ちを持った物は何も所持していなかった。もともと、硯石を捜して歩いていた男だから、貴重なものを持っていようはずがない。

では、いかなる条件で彼は大金を入手できたか、である。

崎津弘吉は、それを〃秘密〃と考えた。

つまり、門脇順平は、原石を捜しにその石のありそうなところを歩いているうちに、偶然、沢辺部落にはいってきた。そして、これも偶然だが、彼は石を捜している間に、とんでもないものを発見したのだ。

門脇順平は、たぶんびっくりしただろう。ところが、その発見を知られて困る人物がここにいた。

金を彼に与える代わりに、その発見をほかにもらさないという口止めの約束ができたのではないか？

これを逆に考えると、相当な金を与えるくらい、その〃秘密〃はたいそうなものだったということになる。

事実だけを取って見ると、それからの門脇順平は、その足で東京に出た。そして、相当な大金を夜の女に与えたりなどして、思いきった散財をしている。

その後、彼は惨殺死体となって千馬川の土堤で発見されたのだ。

考え方をもとに戻そう。——

金を彼に与えて秘密をおさえた人物は、それで安心したのではあるまい。門脇順平にまだ不安が残っていた。彼は、いつ、その秘密を他人にしゃべるかわからないのだ。

その場は、いったん、金を与えて一時的な口止めはしたものの、全面的に安心のできなかったその人物は、門脇順平の行動をじっと見守っていたに違いない。ということは、彼の行動を後から尾行していたと察せられる。

いや、その尾行さえ、すでに、門脇順平を消す意図があったと思える。

こう考えてくると、原石捜しの硯職人が千馬川土堤で殺された原因は、どうやら解釈の筋道がつきそうだ。しかも、犯人は用意周到だった。

犯人は、その男が硯職人であることを知っていた。その特徴は、胸部に独特な痣《あざ》となって残っている。もしこれが発見されたら、被害者の身もとがわかりやすい。硯職人門脇順平が山梨県の沢辺部落へ原石を捜しにはいっていた経緯《いきさつ》が容易に調査に出ると考えたであろう。つまり、殺された場所が東京郊外だから、その男が沢辺部落に来ていたという線を誰にも察知されないようにするための、胸部の皮膚剝ぎ取りとなったのであろう。

こう考えると、被害者の硯職人が分不相応の金を急に握ったのは、沢辺部落以外に考えられないのだ。

沢辺部落に何があるか?

崎津弘吉は、しだいに自分の考え方が正しい方向に向かっていることを知った。沢辺には板倉彰英経営の宝鉱山がある。そうだ。門脇順平は宝鉱山付近で、ある〝秘密〟を偶然に発見したのだ。

崎津弘吉は、その帰り、ちょうど出たばかりの夕刊を国鉄の駅の立売りで買った。今度の問題が起きて、彼も新聞に関心を持つようになった。毎日、何かが新聞記事に出ていそうな気がする。

彼は、最初に社会面を開いた。美沙子の行方はあれきり手がかりがない。社会面を開いても、変死体の発見とか、身もと不明の死人の届け出だとか、そんなことばかりが眼につく。

彼女は死んではいないとは思ってみるものの、いまだに行方がわからないとなると、やはり自信を失う。

警察に届けたほうがいいとは考えたが、もし生存していると、そこからこの事件の手がかりが得られそうで、その決心がつかなかった。また、ただ単に家出人捜索願を出しただけで問題が解決するとは思われない。

――その日の社会面は、とくに注意を惹《ひ》く記事はなかった。

政治面では、この間から不安定をつづけている政局のことが大きく出ている。保守党の総裁が遠からず辞職するらしい。

それを巡って後任総裁問題が起こり、派閥争いが露骨になってきていると書き立てている。この間から、政治面には中野博圭の活字がやたらと出てきていた。中野博圭は古い政治家で、保守党の一方の実力者である。子分も三十名ぐらいは抱えている。新聞記事の報ずるところによると、総裁の後釜《あとがま》は、この中野博圭と、他の党有力者二人が中心であった。後任総裁はこの三人で争われている。

崎津弘吉は、政治家にはあんまり興味がない。保守党の総裁に誰がなろうが、関心はなかった。しかし、中野博圭という名前は、彼には特別な親しみがある。

今度の事件にも、たびたび彼の名前は出ているし、現に、いつぞやキャバレーでは本人と出会っている。

だから、ほかの二人の総裁候補には通り一遍の印象しかなかったが、中野博圭だけは、何か身近な感じがした。といって、彼は、中野博圭が後任総裁になればいいとは思っていない。そんな政治の争いなどは別にして、人間は、一度でも会ったり、自分の環境にいくらか縁があれば、まんざら他人とは思えないのである。

現に、そのときの夕刊には、中野博圭の写真がかなり大きく出ていた。

その顔写真を見ても、ほかの政治家の顔よりも親密さを感じる。

崎津弘吉は、その新聞記事を眺めているうちに、もう一か所、中野博圭という活字が眼にはいった。それは、総裁争いの記事とはまったく別のところに小さく出ている。記事は隅のほうに一段組みでほんの少しばかり載せられてあった。

「中野博圭氏湯野《ゆの》温泉で静養――中野博圭氏は二日午後二時半、準急〝白馬〟で甲府着、ただちに甲府郊外の湯野温泉にむかった。二三日静養のために滞在する予定（甲府）」

崎津弘吉は、これを読んだとき、中野博圭が政局のあわただしい渦中からのがれて東京を去り、湯野温泉に静養したのだと思った。そう考えてもおかしくない。これまで、大物の政治家がこんな場合によくやっている行動である。そのときはそれなりの感想だった。

さて、これからは、今朝、板倉彰英の邸《やしき》に行ってくれた村田露石のところに、ひとまず挨拶《あいさつ》に行かなければならない。崎津弘吉は老人の家に向かった。

書家は家で筆を洗っていた。大きな筆、小さな筆、数十本も置いている。それを、一つ一つていねいに水で洗うと、新聞紙を広げて乾かしていた。

崎津弘吉が顔を出すと、書家は喜んですぐに上がれと言う。弘吉も、こうなると露石がなつかしかった。あらゆる人間が不信になった現在、この書家だけが妙になつかしい。たとえば、厳しい寒さのなかで、たった一か所だけ、温かい陽だまりを見つけたようなものだった。

「先生、今朝はどうもありがとうございました」

弘吉は書家に頭を下げた。

「おう、板倉さんと話したかね？」

露石は、柔和な眼を向けた。

「はい、おかげさまで。板倉さんに会ったら、どうやら、ぼくの希望どおりにしてくださるそうです」

「そりゃ、よかった」

書家は、よろこんでくれた。

「それで、わしも、世話のしがいがあったというものじゃ。板倉さんは、とくに君に何か言わなかったかね？」

「いいえ、ただ、あんな山の中では、とても辛抱はできないだろう、と言われました」

「そうだろう。誰だってそう思う。なにしろ、東京のようなところから、山の生活はちょっと、つづかないだろうからな？」

「大丈夫です。ぼくは、ぜひ、その鉱山で働きたいのです」

「そんなに、君は、宝鉱山が気に入ったのかな？」

書家はふしぎそうにきく。

――そうだ、宝鉱山にこそ、この事件の鍵《かぎ》がある。

崎津弘吉が、露石のところから、ぼつぼつ退去しようとしたとき、表から大きな声で呼ぶ者がある。戸をあけると、電報配達夫だった。

「こちらに、崎津弘吉さんというのが、おられますか？」

「それは、ぼくです」

戸をあけた弘吉が、ちょっとおどろいた。

「電報ですよ」

彼は電報をひらいた。

「この家を知っていて、君あてに電報をよこすのは、板倉さんぐらいじゃろう?」

露石が立ってきて言う。

「そのとおりです。板倉さんからです」

「ほほう。さっそくじゃな。どう書いてある?」

崎津弘吉は、電文を読んだ。

「アススグ　タカラコウザ　ンヘユカレタシ——イタクラ。こう書いてあります」

「なるほど」

露石は手を打った。

「板倉さんらしいやり方だ。あの人はなんでも事を早く決める。ぐずぐずしないところが、あの人の身上でな。それでは、君、明日、鉱山《やま》へ行くか?」

「はあ、そうします」

そのとき、村田露石はちょっと首を傾げて、考えるふうをした。

「待て待て。それでは崎津君。わしといっしょに汽車に乗ろうか?」

「えっ?　先生も向こうに行くのですか?」

「ちょうどええ。わしはな、新しい硯《すずり》を買いに行くんじゃ。君の部落だ。落石硯の特別なやつを、また、君の従兄《いとこ》に注文しておいた。もう、ぼつぼつ、できているころだから、久しぶりに行ってみる」

彼は、弘吉に楽しそうに言った。

「わしは、甲府で乗り換える。君は、三つ手前の駅で降りるわけだ。そこまで君と汽車がいっしょだと退屈がしのげてええ」

「そうですか、それは、ぼくも都合がいいです」

「明日の何時の汽車にするかね？」

「ぼくは、どっちでもいいんです。鉱山のほうは明日中に着けばいいんじゃないかと思います」

「それじゃあ、新宿発十二時二十五分の準急がある、これでどうかね？」

「結構です」

「明日、新宿で落ちあおうか？」

「そうしましょう」

「待て、待て。そう話が決まったら、一つ、君の前途のために祝杯を挙げようか。なに、ここでやるとちと面倒だから、外へ出て、その辺でおでん屋でもはいろう」

「いえ、先生、結構ですよ」

「まあ、そう遠慮しなさんな。わしも今日は、一日中書を書いて疲れた」

「先生も、お酒を召しあがるんですか?」

「いや、たいしたことはやれん。なにしろ、年を取ったでな、軽く一杯引っかけると、夜はぐっすり休める」

「それでは、お供しましょう」

崎津弘吉は、露石といっしょに家を出た。ひとり住居《ずまい》の露石はその家を空けるのも簡単だった。戸締まり一つするのではない。彼にいわせると、盗《と》られるものは何もないというのだ。

外はもうまっ暗に暮れていた。

「この辺にはろくなおでん屋もないが、その坂道を登ると、ちょっとましな家がある」

露石はわりと丈夫な足取りで坂道を登った。そこはこの辺では飲み屋街になっているらしく、おでん屋、バー、喫茶店、中華料理店などがかたまっている。場末は場末なりに小さなはなやかさを追っていた。

露石は、ある一軒の暖簾《のれん》を肩で分けて潜《くぐ》った。痩《や》せているので、その肩は板をつけたように尖《とが》っている。

二人は奥まったところに腰かけたが、おかみさんはとくに露石に愛嬌《あいきょう》を見せるではなかった。この様子では、この店には、露石の言葉にもかかわらず、あまり来ていないらしい。

二級酒を取って、二人は杯を合わせた。

「とにかく、君の前途を祝するよ」

露石は、杯を挙げながら眼を細めた。

「どうもありがとうございます」

前途を祝すると言われて、崎津弘吉は、今度こそは決闘だと心に呟《つぶや》いた。老人は、もちろん、何も知らない。

酒を飲むと、露石も顔に赤味がさして、上機嫌になっていた。たあいのないことを彼はしゃべる。歯が抜けているので、語尾がときどき意味不明になった。

崎津弘吉が新宿駅に行くと、南口の改札口のところに、村田露石が待ちあわせていた。

「やあ、来たな」

露石は、着物の上にモンペを穿《は》いている。これが彼の旅行着だった。

崎津弘吉は、スーツケースが一つだ。簡単なもので、当座の着替えさえあればいい。

「発車までに、あと十二三分あるね」

跨線橋《こせんきょう》の階段を降りて、ホームに待っている列車に乗りこんだ。

昨日話したように、村田は甲府で乗り換えて落石まで行く。崎津弘吉とは途中まで同行だった。

「やれやれ。いよいよ、君も鉱山《やま》で働くか」

座席は空《す》いていた。もちろん、当時の三等車だった。さし向かいに席を取って、露石が笑いかけた。

「どうじゃな？　東京をしばらく留守にすると思うと、名ごり惜しかろう」

「いいえ。ぼくはもともと甲州の人間ですから、所は違っても郷里《くに》に帰るようなものですよ」

露石はうなずいた。

「おう、そうだったな。しかし、仕事が全然違うので、当分の間、勝手が違うじゃろう」

発車までまだ五六分あったので、崎津弘吉は露石のために、ジュースと何か食べ物を買いにホームに降りた。

彼がホームの中央にある売店に行って品を買い、それを持って席に帰ろうとしたときだった。ふと、彼の眼は二等車のとまっている位置に向いた。そこにも乗客が何人か急いでいる。弘吉の眼が思わず大きく開いたのは、その中に知った人間の顔を見たからである。板倉彰英だった。

まぎれもなく板倉彰英だ。昨日、彼と会ったばかりだから、横顔に間違いはない。そう思って見ている間に、たちまち板倉彰英の姿は二等車の中に消えた。

板倉彰英はどこに行くのか。彼の経営する宝鉱山か。それだと、偶然、自分もいっしょに行くことになる。いや、今日、そっちの鉱山に行けというのは、露石を通じての板倉の命令だから、現地でいっしょになることかもしれない。

崎津弘吉が座席に帰って、これを露石に言うと、彼はちょっとびっくりしていた。

「なに、板倉さんが乗っていたか？」

「あなたは知らなかったんですか？」

「聞いていない」

露石は腑《ふ》に落ちぬような顔をしていた。昨日、会ったばかりなので、今日、宝鉱山に行くのだったら、その話があってもよさそうだ、と思っているらしい。

崎津弘吉は、このとき、昨日読んだばかりの新聞記事が頭に浮かんだ。

つまり、甲府の近くの温泉に中野博圭が静養にきている、という記事だ。目下、政局は保守党の内紛がつづき、かなり緊張している。後任総裁問題でも、実力者間の軋轢《あつれき》が表面化している。

そのなかで一方の実力者と見られている中野博圭が、悠々と甲府に逃げているのはどんなものだろうか、と新聞記事にもあったが、いま、板倉彰英がこの列車に乗ったのを、弘吉は中野博圭と結びつけてみた。

つまり、中野博圭のところに板倉彰英は急いでいるのではないか。宝鉱山ではなく、その先の甲府が彼の目的地なのではないか。これを書家に話すと、

「うむ、なるほど。そうかもしれないな」

と、露石は腕を組んでいた。どうやら、板倉彰英から今日の予定を聞かされなかったのが、彼としては不満らしい。

「どうも、政治家のやることはわからぬ」

と、書家はぶつぶつ言っていた。

「板倉さんも、中野あたりと組まないほうが身のためだがな。いまに、中野のために食い荒らされるような気がする」

この言葉の意味は具体的にどういうことか、崎津弘吉には納得がいかなかった。ただ、板倉彰英が今日あるのは、半分は中野博圭の庇護《ひご》によるものであろうと見ている。しかし、その中野博圭にしても、板倉彰英からずいぶん金を出させて、相当うまい汁を吸っていたに違いない。

中野博圭が甲府近くの温泉場に泊まっているのは、ただ中央の政界の風雲を避けているためか。それとも、別の考えがあってか。

板倉彰英がこの中央線の列車に乗るのは、想像のとおりに、中野博圭に会いに行くためだろうか。すると、中野博圭の甲府滞在は、普通の静養だけとは思われないところもある。

中野博圭がこれまで静養地として選んだのは、箱根や熱海などで、甲府の近在の温泉場にくることはほとんどなかったのだ。ここにも彼の〝静養〟の新しい意味がある。

二時間余りかかると、列車はようやく山岳地帯から甲府盆地に向かって下りはじめた。

それまではトンネルの連続である。

「では、失礼します」

塩山《えんざん》が近くなって、崎津弘吉は座席から立った。

「おう、もう、近いな。じゃ、元気で」

露石老人はにこにこして崎津弘吉を見上げた。

「東京に出たら、また寄りなさい」

「ありがとうございます。先生も、どうぞ、お達者で」

「いや、ありがとう、ありがとう。これから落石に行くが、何か君の従兄《いとこ》に言うことはないかね?」

「べつにありません。元気で働いていると言ってください」

「承知した」

汽車は田舎の駅のホームにとまった。

崎津弘吉は降りた。この駅にはあまり乗客は降りなかった。弘吉は二等車のほうを見たが、もちろん、板倉彰英が降りる気づかいはない。

汽車が発車すると、窓の露石と弘吉とは、互いに手を振りあった。

汽車は線路を曲がりながら走っていく。

塩山の駅の外に出ると、沢辺行のバスが待っていた。

崎津弘吉は、それに乗った。乗客もそれほどではない。ほとんどが土地の人ばかりだった。

一度は来たことがあるので、バスが走りだしても、以前《まえ》に見た風景をもう一度思いだして眺めるだけだった。終点まで一時間近い。ほとんど山道なので、バスは舟のように揺れ動く。

終点で降りると、見馴《みな》れない男が待っていた。

「あなたは、崎津さんじゃありませんか？」

「そうですが」

「ぼくは、宝鉱山の者です。杉田さんから、たぶん、いまごろお着きになるだろうから、迎えに行ってこい、と言われました」

その男は、自分は杉田の部下だ、と言った。

停留所から鉱山のほうに歩いて行くと、途中で駐在所がある。いつぞや来たときに、交番の巡査に呼び止められたことがある。

中を覗《のぞ》くと、若い巡査が一人つくねんと腰をおろしていた。

「この間、ぼくは、ここでバス代を借りたことがあるんですよ」

崎津弘吉は出迎えの人に言った。

「気持が悪いから、いま、ちょっと返してきます」

「いいですよ、そんなものは」

「いや、やっぱり借りたものは借りたものですから」

崎津弘吉は交番にはいって、百円玉を一枚、巡査の前に置いた。

「もう、お忘れになったかもわかりませんが、ずっと前に、交番でバス代を借りた者です」

顔を上げた巡査は、しかし、あのときの巡査ではなかった。

「いま、通りかかりましたから、お返ししておきます」

「じゃ、預かっておきましょう。ぼくと交代で他所《よそ》に転勤した巡査でしょう。今度、会ったら、渡しておきますよ」

この巡査はずっと若い。二十七八ぐらいの頑丈そうな男だった。

どうぞお願いします、と言って崎津弘吉は交番を出た。

「やっと借金を払って、気がせいせいしました」

彼は待っている人に話した。

「百円ぐらい返さなくてもよかったのに」

その男は、そんなことで待たされたので、多少、不平そうだった。

二人は、山道を歩いて行った。これもいつか来たことのある道である。

保安事務所までは、それからたっぷりと十分ぐらいは歩く。

もう、このあたりになると、ほとんど周囲山ばかりである。

事務所は、建物といってもバラック建だ。ただ、半永久的に造られていて、屋根などは瓦葺《かわらぶき》で本格的だった。

事務所は、十畳の間ぐらいの広さで、板の床の上に机を置いている。

「やあ」

崎津弘吉がそこにはいって、いちばんに声をかけたのが、奥から出てきた杉田一郎だった。ほかに四五人いるが、杉田はさすがにここの責任者らしく、いつぞや見たときとは貫禄《かんろく》がまるで違う。

「よく来てくれたね」

杉田は精悍《せいかん》な顔を微笑《わら》わせた。だが、崎津弘吉を見ている眼には底光りがあった。

「よろしくお願いします」

崎津弘吉も、この男の冷たい眼の色を覗きこむようにして言った。

「いや、せっかく来てもらったが、見かけるとおりの鉱山で、べつに仕事をするわけではない。まあ、山の中に保養にきたと思ってください」

杉田一郎は、そう答えた。

　この鉱山は、戦時中、珪石《けいせき》を採掘していた。そのときの鉱山の持主は、もちろん、板倉彰英ではない。

　それが転々として、ついに板倉の手に落ちたのだが、どういうものか、珪石の採掘が落ちたときに、板倉彰英はこれを買ったのである。もちろん、将来有望を見込んで不成績な鉱山を安く買うという手はあるが、現在ではほとんど休坑同様になっている。以前には、坑夫が百名以上も入坑していた最盛期もあったが、現在では、ただ保安要員が数人出入する程度であった。

「せっかく、こういう仕事についたのだから、坑内を見てみますか」

杉田一郎は崎津弘吉に言った。

「なに、坑内はそれほど深くはない。戦時中、相当乱掘されたが、そういうところは、現在は廃坑のままにしている。危険だから、見回るときにはよく気をつけてくれたまえ。いま、案内の者をつけるから」

崎津弘吉は、坑内を案内してもらうことになった。もっとも、自分の仕事が、毎日坑内にはいるわけではないが、いちおうは知っておく必要がある、という杉田の考えからだった。

「ぜひ、坑内を、ぼくも見ておきたいですよ」

崎津弘吉は進んで言った。

明日、ゆっくりでもいいではないか、と言う者がいたが、彼は、今日のうちにできるだけ見たい、と言った。

坑内にはいるためには、頭にランプのついた帽子をかぶる。しかし、坑内からある距離までは、まだ坑内の電灯が点《つ》いていた。

崎津弘吉を案内したのは、二人づれの所員だった。

坑口は、普通の炭坑で見るように、坑木で構築されている。

現在、採掘していないのだから、坑内を見て歩くといっても知れたものだった。坑道は、だいたい、横穴になっている。つまり、この山の中腹に穿《うが》たれた坑道は、ほとんど竪穴《たてあな》をもたなかった。斜面はあっても、その入口はほとんど簡単な材木で塞《ふさ》がれていた。

「これが戦時中の乱掘の跡ですよ」

と、案内の男が言った。

「この辺まで手が回らないので、現在では地下水がたまったりしていて、危険なんです」

鉱山というが、この穴の中にはいって見てわかったことで、ほとんど、その名前にすら当たっていなかった。いわば、地方の小炭坑といったところだ。採掘方法も近代的な設備が一つもなく、いわば、狸掘りにちょっと毛の生えた程度である。これが板倉彰英の経営する鉱山かと思うと、崎津弘吉は内心でおどろいた。

しかも、この鉱山を保安の目的で、数人の人間がここに詰めているのだから、いよいよ奇妙だった。こういう廃坑同然の鉱山だったら、なにもこれだけの要員は要らないはずなのだ。

「なに、社長の道楽ですよ。鉱山《やま》を一つ持っているといえば、なんとなくハッタリが利くのでしょう。それで、ただ廃《す》てておいても格好がつかないので、せめてわれわれだけをここに置いているのでしょう」

坑口を出たときに、案内の男は崎津弘吉に言った。

所員たちの寝る所は、事務所から一町ばかり離れた所にバラック建の寄宿舎があった。ここに七八人の者が寄宿している。

一部屋は六畳ぐらいで、それが廊下をまん中にはさんで、片側に四つずつ部屋が仕切られてあった。

「さあ、あなたの部屋はここです」

案内した男が、まん中の部屋を割り当ててくれた。部屋といっても、壁は板だし、畳が敷いてあるというだけである。外側の窓には、ガラス越しに山の姿が映っていた。

その窓ガラスに日が暮れて、やがて暗くなった。

崎津弘吉は、最初の夜を新しい部屋でむかえたわけだが、その晩、彼は夜中に起きあがった。

第十一章　対決

崎津弘吉は、昼間見た坑道のほうへ歩いた。空に星がある。闇に馴《な》れた眼には、ぼんやりと道順だけはわかった。それに昼間見ておいたので、暗い岩のかたちだけでも目じるしとなった。懐中電灯は持っているが、使用はできなかった。

何度も振り返ったが、誰も尾《つ》けてくる様子はない。地面に耳を当てたが、後ろからくる足音は伝わっていなかった。

坑道の入口に達した。採掘中の鉱山《やま》でないので、入口は戸で塞がっている。が、これは付近の者を立ち入らせないためだけで、錠も何もなかった。彼は中にすべりこんだ。十メートルばかり、脚や手を少しずつ動かして、そこではじめて懐中電灯を点けた。坑道は昼間案内されているので、およその見当がつく。彼は斜めに下降している狭い坑道を伝わった。頭の上や両方の壁には、電灯の光で坑木の奇怪な姿の影をつくる。

崎津弘吉は、先に進んだ。しかし、いわば主要通路と思える坑道よりも、そこから分かれている廃坑のほうに彼の興味があった。彼は懐中電灯の光を重点的にそのほうへさし向けた。

廃坑は枝道のように分かれて、それを少し進むと、急激な勾配《こうばい》となって下降している。ほとんど、それは竪穴といってよかった。

彼は坑道が急に下降したところに光を当てた。梯子《はしご》の有無を調べるためである。もし、梯子がなかったら、用事はないのだ。埋蔵物があれば、必ず下降に使用する梯子がなければならぬ。それがないところは本当の廃坑である。

坑道は多かった。その行く先ざきに竪穴が無気味な口をのぞかせている。光が揺れるたびに、壁全体が妖怪《ようかい》のように動いた。石ころ一つ穴にころがっても、音が下から反響して起こる。

二時間ぐらいは経ったであろう。とにかく、捗《はか》のいかない動作だった。

ようやく、梯子のある竪穴を発見した。懐中電灯を当てると、梯子はかなり頑丈だった。とくにここだけは支柱の保安状態がいい。

これだ、と思った。

この下にこそ、元軍需省雇員板倉彰英が終戦の混乱時に持ち出した物資が匿《かく》されている。この物資こそ、軍が戦時中東南アジアの占領地から接収してきた錫《すず》、白銀、ダイヤなどの貴金属なのだ。当時の板倉は、軍需省雇員といいながら、これらの物資を格納した倉庫係だった。鍵《かぎ》も彼が持っている。終戦時、軍が混乱の極に達しているとき、彼は、軍用トラックを使い、これらの物資を運び去っている。

もちろん、それには上級者の共謀者があったであろう。が、結局、才知に長《た》けた彼が独占をした。むろん、これがバレぬはずはない。当時の植田憲兵大尉と、大原鉄一憲兵伍長《ごちょう》によって取り調べられた。このとき、板倉は上司を庇《かば》い、自分ひとりが罪を着るつもりでいた。むろん物資の在所《ありか》は供述していない。

が、そのうち、実際の終戦が訪れ、憲兵も何もなくなった。板倉彰英は脱走したか、それとも証拠不充分でいい加減に釈放されたか、とにかく、その危機をのがれた。

彼はそれを資本にして現在の地位を築いた。あらゆる闇行為を彼は行なって、今日の大を成した。しかし、まだ所蔵された貴金属は残っている。最初、それはあの大日建設の土地の中に匿されていた。が、大原鉄一などに感づかれそうになると、別の所に移した。

別の所――それはここしかない。

珪石《けいせき》の鉱山といいながら、ここでは何も掘っていない。ここの廃坑こそ絶好の匿し場所なのだ。廃坑同様なのに警備を厳重にしているのもそのためだ。この推定は間違いない。——

あの愛知県の硯《すずり》職人が、原石を捜しにこの鉱山近くに足を踏み入れた。そこで偶然に、その職人の眼にこの秘密の一端が触れたと思う。口止め料があの大金だ。それを与えたのは杉田一郎である。

しかし、それが禍根になることを気づくと、たちまち硯職人は殺された。その犯人の見当も、およそ崎津弘吉にはついている。

大原鉄一もそうだ。あの死人にわざと半分残したメモは何を語るか。あれこそ、この隠匿物資が世にもナンセンスだということを、関係者にそれとなく知らせる演出ではなかったか。

崎津弘吉は、廃坑の梯子を降りた。梯子は頑丈に岩壁に取りつけられている。彼は片手に懐中電灯を持ち、用心深く、一歩一歩、下がった。下に光を向けたが、かなり深いらしく、まだ底の地面が見えない。

そのときだった。不意に足音が、いや、足音とは信じられないような大きな音響が、こちらへ突進してきた。あきらかに、それは彼の頭上に進んでくる。同時に、強烈な光がトンネルの中の機関車のように射してきた。

崎津弘吉は、身体を縮めた。予期しないではなかったが、やはりそうだった。彼はそれが何者であるかを知っている。

足音は止まった。光は崎津弘吉の頭上にそそがれた。

強烈な光で相手の正体はわからない。ただ、自分がその光の中に姿をさらしていることだけを意識した。

相手の声はしばらく聞こえなかった。

崎津弘吉は、梯子の中途で停止した。

突然、坑《あな》に反響を起こして、大きな笑い声が頭上から降った。

「はっ、はははは」

笑い声は巨人の声のようだった。余韻が坑道の外まで細長く曳《ひ》いた。

「小僧、来たな」

相手の顔は見えない。光だけを浴びせている。

「おおかた、こんなことだろうと思った。とうとう、そこに来たな。何を捜しにきたのだ？　いや、おれが問うまでもない。おまえがよくわかっているはずだ。おっと、おれが誰だかわかるか？」

「杉田！」

崎津弘吉は、梯子の途中から叫んだ。

「そうだ。杉田一郎だ」

強烈な光の陰で声が返ってきた。

「おまえも、ダイヤや錫、白銀を取りにきたのか。その下にあると思ってやってきたのか。遠慮なしにその梯子を降りるがいい。おまえのほしいだけを持って行け」

杉田はわらった。

「小僧、そんな所にあると思うか？」

「ある。ここ以外にない」

崎津弘吉は、そのままの姿勢で言った。

「よし。おまえの思うとおりに存分に捜せ。……その代わりな、おれがこの梯子をはずす。ここから下までは垂直でたっぷりと三メートルはある。梯子なしには這《は》い上がれないのだ。そら、この梯子を燃やしてやる。揮発油も、マッチも用意してきた。油を流して火を点ければ、一ぺんだ。危なくないように下に降りて、梯子が燃え切るまで待っていろ」

崎津弘吉は、全身を硬直させた。

「どうだ、驚いたか。おまえのような小僧に謀《はか》られてたまるか。それほど杉田一郎は人がよくない。おまえは、その下に降りて餓死するだけだ。誰も助けにくる者はない。この廃坑も、おれが入口を閉めるからな。どんなに大きな声を出しても聞こえやしない。ざまあ見ろ。その下で鼠のように動きまわっているうちに力尽き、骨と皮になって死ぬだけだ」

上からの声は、いかにも気持よさそうだった。

「そうだ、死ぬ前におまえに聞かせてやろう。おまえもいろいろと動きまわっていたからな。殺された井上代造にかわいがられた好《よし》みで、とっくりとここで教えてやるから、まあ、落ちついておれの話を聞け」

かすかに光が動いた。相手は身体が楽になるように、少し姿勢を変えたようだった。

「何から話してやろうか。そうだ、おれと板倉彰英さんの関係から言おう。おれは以前《まえ》に人殺しをしたことがある。もっとも、これはおまえの興味には関係のないことだがな。それを庇ってくれたのが板倉さんだ。板倉さんにしてみれば、おれのような人間が必要だったのだ。しかし、とにかく、おれからみれば、板倉さんは恩人だ。この人のために働こうと思った。それに生活のほうも充分に見てくれることになったからな。ところが、板倉さんはおれを全面的に信用してくれた。例の貴重な物資のことも、全部おれに打ち明けて、その監視を頼んできた。ところが、ここにやっかいな人物が出てきた。それがおまえと知りあいの井上代造だ。あいつは、はじめは板倉さんの仲間だったが、どういうものか、途中で心変わりをして、板倉さんを裏切る気になったのだ。そうだ、その前に、おまえに言っておかなければならぬ。隠匿物資のことで、東南アジアのある国から、調査団がやってくることになった。このときは、板倉さんもピンチだった。連中の手で摘発されたら、残り少なくなった財宝を全部取り上げられる。のみならず、現在の地位も没落するわけだ。ところが、いったい、誰がその国の政府に密告したかだ。われわれの手でいろいろ調査したところ、意外にも、それが井上代造だとわかった。もう生かしておけない。裏切者なのだ。が、彼を殺す前に、調査団の連中をなんとかして追っ払わなければならぬ。われわれは井上代造の裏切りを気づかないような顔をして、彼に実行を一任した。その実行で選ばれたのがおまえだ。井上代造は留置場にわざわざはいって、おまえという人間を見つけたわけだ。そして、犯人をおまえに仕立てるつもりだった。……あの旅館の暗い裏道におまえがぼんやり立たせられたのは井上代造の指令だった。しかし、まに合わなかったが、井上代造は急にそれを中止させようとしたのだ。つまり、崎津弘吉をその役目からはずそうと、井上代造は最後に努力したのだ」

「すると、あの暗闇から走ってきた人間は？」

「そうだ、おまえにピストルを渡したのはおれだ。おれこそ、調査団長のムルチを射った人間だ。だが、芝居の筋書きは全部できている。ムルチは女好きだからな。傍《そば》に女を置いておいた。それもこちらの膳立《ぜんだ》てだ。手を回して、接待役にそういうふうにさせておいたのだ。ところが、おれはムルチが女といっしょにいちゃついているところをピストルで射った。うまく当たった。ムルチは死んだよ。だが、そのあとの処置は、わざわざおまえを犯人にするほどのこともなかった。なぜかというと、そういう場所で女といっしょにいたムルチの死は相手国は面目上困るので、体面を考えた調査団側のほうで、病死ということにしてくれ、と日本側に申し出たのだ。これはわれわれとしても、予想のつかない事態だった。しかし、たいへん都合のいいことになった。ムルチの死体は、丁重に羽田の空港から旅客機で本国へ送り返された」

杉田一郎は、ちょっと言葉を休んだ。

「ところが、われわれとしては、その女の口から、いつ、真相がばれるかもしれないという不安が、いや、不安だけではない。どうやら、そのおしゃべりの女は、得意気にそれを言いふらしはじめる気配がみえたのだ。こいつは危ないと思った。消さねばならぬ。そこで、あの女をおびきだして頸《くび》を絞めたのも、このおれだ。なにしろ、人殺しにかけては経験があるからな」

あとの笑い声がまた空洞の中に反響した。

「大原鉄一を殺したのは誰だ？」

崎津弘吉は叫んだ。

「うん、あれか。おや、おまえは大原という名前をよく知っていたな。そこまで調べていたのか。あれもおれだ。うかうかすると、元憲兵伍長《ごちょう》の口から、どんなぼろが出るともかぎらぬ。板倉さんは、それを心配した。そこで、浮浪者になったあいつを絞めて、大日建設の横に、転がしたのもおれだ。ついでに言うが、その大日建設の地下に何かがあるということは、大原の行動でほかにも気づいた奴がいる。そいつらへの警戒のためにも、そんな事実がないということの証明に、あの死人に持たせたもっともらしい紙片が役立ったのだ。すべては板倉さんの知恵だ。……そうだ、最後に言っておこう。井上代造だ。こいつはちょっと難物だったがな。とにかく、裏切者でもあるし、いろいろと内部を知っている男だから、一刻も生かしておけない」

「おまえが殺したのか？」

「そうだ。おれの手は、どんな人間の息の根でも止めるようにできている。井上代造も、おれを警戒はしていたが、まさかと思っていただろう。油断があった。それをおれがひと思いに殺《や》っつけたのだ」

「植田憲兵大尉はどうした？　あれもお前たちが処分したのか？」

「植田大尉……」

杉田一郎の声が瞬間につまった。彼は、ちょっと間をおいたが、あきらかに、動揺があった。

「それまで知っていたのか？」

彼は唸《うな》ったような声を出した。

「植田大尉は、どこかに、いるだろうよ……」

「どこだ？」

「知らぬ」

崎津弘吉は急いで大事な質問をせねばならなかった。

「妹はどうした？　美沙子さんはどうしたのだ？」

これにも少し返事が遠かった。

「美沙子か。うふふふ」

笑い声がつづいた。

「あれは、おれが惚《ほ》れた女だ。そうだ。あのとき、おまえは二階に寝ていたな。おれがあの家に行ったときに、美沙子は一人で兄貴の遺骨の前にいた。おれは、兄貴の犯人は板倉さんのところにいる、と教えて、彼女をおびきだしたのだ。彼女はおれの正体をまだ知らないから、素直についてきた。そのとき、美沙子がおまえを起こそうと言ったが、とにかく、すぐに帰すからといって、そのまま連れだしたのだ」

「どこへやった?」

「それは、おれからはまだ言えない。とにかく、そのあとで、おまえが必死に彼女の行方を捜してはまずいと思い、いかにも彼女が自発的に出たように、そして安全な所にいると見せかけるために、遺骨をあとから取りに行ったのだ。……おまえはどうやら、おれが思ったように考えたらしいな」

「どうだ、これで全部わかっただろう。おれという人間が、おまえが考えた以上に、どんなに恐ろしい男かということを……さあ、もう、夜が明ける。おまえの始末をしなければならぬ。そら、石油を流すぞ。火だるまにならないように、梯子《はしご》を下に降りきって、身体をよけていろ」

杉田一郎がたずさえた瓶の栓をあけようとした。そのため、彼は懐中電灯を地面に置いた。身体もそこにしゃがみこんだ。

その一瞬の機会を崎津弘吉は逃がさなかった。彼は自分でも自覚しない素早さで、梯子を五六段駆けのぼった。

「あっ」

杉田一郎が不意をくらってうろたえた。自然に彼の姿勢が崩れた。相手の脚が崎津弘吉の眼の前にある。彼は、その脚めがけて跳びついた。

叫びが起こったのは杉田一郎の側である。二人の身体が宙に浮いた。と、次の瞬間、崎津弘吉は、身体の骨全体が砕けるかと思うような衝撃を受けた。

いつのまにか、二人は絡みあって廃坑の底に墜《お》ちていた。上から、小石と土が雨のように降った。

まっ暗な穴の底だった。杉田は唸った。彼も瞬間ぐったりとなったようだが、たちまち崎津弘吉につかみかかってきた。こうなると、力よりも気力の争いだった。どちらも必死なのである。

小石と土はまだ上から降りやまなかった。次にそれがどういう事態を起こすか、崎津弘吉の頭にも理解できた。一つの衝撃で、この古い廃坑は地盤の崩壊を起こしかけているのだ。

急に、崎津弘吉の身体から杉田一郎が離れた。

彼は、うおう、うおう、というような声を出した。落盤の危険を杉田もいちはやく悟ったのだ。彼の足音が暗いなかで忙しく逃げた。崎津弘吉もそのあとを追った。

そのときである。

鼓膜を破るような凄《すご》い音響が起こると、壁が人間を目がけて殺到して落ちた。

崎津弘吉は這《は》っていた。あやうく身体だけは助かったが、片脚の自由が利かなかった。ただ這うだけで懸命だった。

音響はまだつづいている。一つの地盤は、つづいて次の崩壊作用を誘発している。とにかく、這った。どこに出るかわからないが、落盤の起こっている反対のほうへ、彼は肘《ひじ》や膝《ひざ》を動かして逃げた。すべて闇の中だった。

「ばか野郎」

ずっと前方の闇で声が聞こえた。

「崎津弘吉。まだ命があったら聞け。おれはこっちの口から逃げる。この坑道の蓋《ふた》を塞《ふさ》いでおくからな。おまえはどのみち助かりようはないのだ。死ねっ。石の下敷きになるか、干ぼしになって骨になるか、とにかく死ね！」

笑い声が響いていたが、やがて、その声が不意にやんだ。

崎津弘吉の耳の中にも、遠くから近づいてくる大勢の靴音が鳴っていた。

杉田一郎の叫び声が野獣《けもの》のように起こった。

大勢の靴音は警官隊だと弘吉は知っていた。

崎津弘吉が、警官たちに助けられて坑外に出ると、小川警部が待っていた。

「やあ」

小川警部は崎津弘吉の肩をたたいた。

「君、大丈夫か？」

「大丈夫です」

脚を負傷したが、びっこぐらいの程度でたいしたことはなかった。

「しかし、まに合ってよかったな。君の合図がわかったよ。あの駐在所に立ち寄ってくれたので、駐在所からすぐにぼくのほうに連絡があった。ははあ、と思ったので、即刻、警戒のためにみんなを連れてきたんだよ」

駐在所に寄ったのは、崎津弘吉の細工である。これから、あの鉱山に行くことを暗《あん》に知らせたのだ。

駐在巡査が甲府署をリレーして東京の警視庁に連絡を取ってくれたので、小川警部以下の警官隊の到着となった。いつか電車の中で会って以来、弘吉は警部とこっそり連絡をとっていた。

「杉田一郎は逮捕したから安心してくれ」

小川警部は言った。彼の顔も興奮していた。

「あの男は、ぼくを殺すつもりで、何もかもしゃべってしまいましたよ」

崎津弘吉は、杉田一郎の話を手早く伝えた。

「そうか、そんなことがあったのか。まったく知らなかった」

小川警部が、顔に血をのぼらせて赤くなっている。

「だが、あいつも観念しているから、すらすらと自供するだろう。ありがとう」

警部は彼に礼を言った。

「これから、君はどうする？」

「一人行方不明になっている女がおります。それを捜してください」

崎津弘吉は、美沙子のことを警部に打ち明けた。

「どうして、早く連絡してくれなかったのか？」

話を聞いて、警部はおどろいていた。

「向こうの細工からしっぽをつかまえたかったのです。そのため、わざと連絡をしませんでしたが、杉田がこの事件のすべての犯人とわかると、彼にきいたほうが、手っ取り早いかもわかりません。ぜひ捜してください」

「わかった。そのほうは任せてくれ」

「ぼくは、これから甲府に行きます」

崎津弘吉は言った。

「甲府に？」

「この鉱山の社長板倉彰英が、いま甲府に滞在しているのです。政治家の中野博圭に会うためだそうですが、ぼくは板倉に、どうしても会わなければなりません」

「君、大丈夫か。待て待て、じゃあ、ぼくもいっしょに行こう」

「いや、結構です。あなたは、いまぼくのお願いした、美沙子さんのことを頼みます」

「いや、そのほうは、敏腕の刑事がいるから任せて大丈夫だ。それよりも、こうなると、ぼくも板倉という男に会わなければならない。それに君一人では、どうも心許《こころもと》ない」

崎津弘吉がことわっても、警部のほうが張り切っていた。それ以上拒絶のしようもないので、彼は警部の言うままになった。

警官隊は、総勢二十名ぐらいは来ていた。警部はその中のベテラン刑事に、美沙子のことを話し、自分は部下二名を連れて、崎津弘吉と同行することになった。

警官隊は、甲府署のジープに分乗してきている。

「これに乗りたまえ」

その一台に、警部は崎津弘吉を乗せた。ジープは山から甲府盆地に向かって下っていった。

山から降りると、甲府盆地がひろびろとひろがっていた。左側に富士山が八合目から頂上までを連山の上に現わしている。この辺から見る裏富士は、裾野《すその》まで見せている。駿河《するが》側の眺めとまた別な趣があった。

正面に甲斐駒《かいこま》などの南アルプスが空に稜線《りょうせん》を描いている。

ジープは葡萄《ぶどう》畑ばかりの道を走った。

石和《いさわ》のあたりまでくると、甲府の街の入口になる。

「板倉彰英はどこに泊まっているのだね？」

小川警部がきいた。

「湯野温泉にいるということでしたが、宿は聞いていません。中野博圭氏のところに行っているはずです」

「中野さんなら、有名な政治家だから、宿はすぐわかるだろう。おい、ちょっととめてくれ」

警部はジープをとめさせて、眼についた交番の中にはいった。彼は、そこで甲府署に電話で連絡しているようだったが、まもなく戻ってきた。

「わかった。湯野温泉の〝峡麗閣《きょうれいかく》〟にいるそうだ。すぐ直行しよう」

湯野温泉は甲府から北に約二十キロのところにある。〝峡麗閣〟の前につくと、玄関に小川警部が先にはいった。

すると、出てきた女中が、中野博圭はすでに昨夜のうちに東京に引き返したと答えた。

「板倉さんという人が訪ねてきているはずだが、その人はどうした？」

警部はきいた。

「板倉さんでしたら、なんですか、書道の先生といっしょに硯石《すずりいし》を見に出かけられました。今朝早くです」

「小川さん」

横で聞いていた崎津弘吉は、ある予感で叫んだ。

「これから、すぐ、落石部落に行きましょう」

「落石だって？」

「硯石を見に行ったというところです。そこはぼくの故郷でもありますが、板倉さんの跡を追ってみましょう」

警部には理由を言わなかったが、彼は、板倉彰英が露石といっしょに出掛けたということに胸騒ぎを覚えた。

ジープは湯野から甲府へ戻った。甲府から道を南にとる。ひろびろとした盆地は、ほとんどが葡萄畑の続きである。道は盆地の南の端から山峡《やまかい》にはいる。富士川が傍を流れていた。

一本の道はほとんど富士川沿いに走っているが、ときには峠を越し、ときには部落に出る。一時間もすると、富士川の流れの支流に当たる早川の入口に出た。

富士川沿いの道をまっすぐにそのまま進むと身延《みのぶ》の方に行くが、早川について上ると、いよいよ深い山峡にはいり、その先は平家の落人《おちうど》の伝説で知られている奈良田《ならだ》に行き当たる。途中いくつかの集落を過ぎると、さらに左の方へ道が分かれている。この道を上ると硯石の産地落石部落に出るのだ。

これからの案内役は崎津弘吉だった。ジープは急な坂道を唸《うな》って登った。これはやがて早川の支流を三十メートルの断崖《だんがい》下に見せる山道になった。

道は断崖の途中につけられているので、幾度も屈折していた。ジープは曲がるたびに三十メートルの絶壁を眼の下に見せる。

「おい、運転は大丈夫か？」

いっしょに乗っている小川警部が何べんも運転の警官に注意した。道幅は車が一台やっと通れる程度だった。少しでもハンドルを切り損えば、断崖下の川まで一直線に転落することは請合いだった。

ジープを止めて眺めるにはいい景色である。向かい側の山は身延の裏山になっていて、層々たる深山の渓谷美が展《ひら》いている。

崎津弘吉は、ジープから身体を乗り出して、絶えず前方や横の谷の方をのぞきこんでいた。急な斜面はところどころに農家の屋根を下に小さく見せている。

つづら折りの道は、曲がるたびに谿越《たにご》えに前方を見透《とお》させた。渓谷は急な曲線を描いて入りくんでいるので、すぐ近くの場所よりも遠くの方が見透しが利く。

「ストップ」

崎津弘吉は、急に叫んだ。ジープは埃《ほこり》を上げてとまった。

「どうしたんだ？」

警部がきいた。

「あれを見てください」

崎津弘吉は、横手の谷をさした。

谷にはまだ山桜が残っている。鴉《からす》がずっと下の方を飛んでいた。

崎津弘吉が指さしたところは断崖の途中だった。警部がその一点を見つめて、あっ、と小さな声を出した。

断崖の途中に、自動車の残骸《ざんがい》が陽に光っていた。

「降りましょう」

崎津弘吉は、ドアをあけて道路へ飛び出した。警部をはじめ、ほかの警官もそれにつづいた。

崎津弘吉が一番に草を分けて急斜面を這《は》い降りた。目標は断崖の途中に小石のように引っかかっている自動車だった。

警部と警官も後を追ったが、これは慣れないので、草をつかみながらゆっくりと降りていた。

自動車は、車輪を上に向けていた。新しい外車だったが、たあいもなく車体が潰《つぶ》れている。

崎津弘吉が近づいて、中を覗《のぞ》きこもうとしたときだった。倒れた車の陰から、のっそりと人の顔が立ちあがった。

あっ、と思った。顔は血だらけだった。着ている洋服も引き裂かれ、肩からも血が流れている。

「あなたは」

崎津弘吉は叫んだ。

「板倉さん！」

板倉彰英はかすかに何度もうなずき、病人のような足取りで崖《がけ》の上に這い上がろうとしていた。

「崎津君か」

板倉彰英は、崎津弘吉の前までくると、肩で呼吸《いき》をしながら立ちどまった。

「たいへんなお怪我のようですね」

「大丈夫だ」

板倉彰英は、かすれた声で言った。

「露石先生は、どうしました？」

彼は、いちばん、それが気がかりだった。板倉彰英のあとにつづく人影がない。

「先生？　ああ、露石のことか？」

「そうです。確か、板倉さんといっしょだと思いますが」

「そのとおりだ。今朝早く、彼を連れてここへ来た。ぼくが運転してね」

「運転を誤られたわけですね。で、露石先生はどうですか？」

「いや、運転を誤ったんじゃない」

板倉彰英は、妙に間のびしたような、緩慢な声で答えた。

「ぼくが、わざと、この谷に自動車《くるま》を落としたのだ」

「え、あなたが？」

「ところが、うまく途中で脱出ができず、あいつのために邪魔されたんだ」

あいつとは、村田露石のことであろう。

「すると、露石先生は、あの自動車《くるま》の中でもう死んでいるのですか？」

「先生呼ばわりはよしてくれ。呼ぶなら彼を、植田憲兵大尉と言ってくれ」

「なんですって？」

崎津弘吉は、仰天して板倉彰英を見つめた。

「わっ、ははは」

板倉彰英は、うつろな笑い声をあげた。

「どうだ、崎津君、驚いたか。君の捜していた植田大尉は露石なのだ」

信じられなかった。呆然《ぼうぜん》としていると、板倉彰英は草の上に崩れるようにすわった。

警官隊が、ようやくこちらに近づいてきた。

村田露石が植田憲兵大尉——崎津弘吉には容易に信じられなかった。あの人のいい老書家がそうなのか。しかし、大尉といっても一兵卒から叩《たた》きあげた特進なら終戦時も相当な年輩だし、それから十五年経った現在、露石のような年齢《とし》になっても不思議はない。では、老書家が崎津弘吉に示した数々の好意は、その下に植田大尉としての企《たくら》みが隠されていたのか。
崎津弘吉が懸命に植田大尉の所在を捜しても発見できなかったはずだ。当人は彼の一番身近なところにいた。

「もう、君もだいたいのことは察しているだろう」

板倉彰英は、崎津弘吉を見つめて唇を動かした。苦しいのか、言葉が途切れがちだった。顔に流れている血も彼は拭《ぬぐ》おうともしない。

「長いあいだ、ぼくはこの植田に苦しめられた。植田憲兵大尉は、ぼくが若いとき、つまり、軍需省の雇員をしている時分、ぼくを調べた男だ。なぜ調べたかは君にもすでにわかっているだろう。ぼくは、軍が南方の占領地から奪い去ってきた貴重な金属を横取りしたのだ。当時のぼくにはそういうことができた。雇員といっても、ぼくは倉庫係として鍵《かぎ》を預けられていたのだ。敗戦が近くなった。この敗戦を見越した軍部の連中が、この貴重物資をアメリカ側に渡すのが残念だと言って分散隠匿を計ったのだ。このとき、ぼく自身も車の運転ができるので、何度もその物資をトラックで運び出させられた。

だが、人間には欲がある。いや、今まで軍隊という規律に縛られていた軍人どもが、敗戦になって醜い人間に還元したのだ。ぼくはかなりな物資を運んだ。しかし、これは上官の命令もあったことだ……」

「それが暴《ば》れて、あなたがその罪を一人で着たわけですね?」

「そうだ、まだ完全な敗戦ではなかったから、ぼくは憲兵隊に逮捕された。それを調べたのが植田憲兵大尉だ。この男は大尉といっても、特進大尉だから、年齢《とし》はとっていた。だが長い間、この世界で暮らしていた男だけに、取調べは鋭かった。その補佐として、もう一人の憲兵がいた」

「ああ、それが憲兵伍長《ごちょう》の大原鉄一ですね？」

「そうだ、二人がかりでぼくを調べたのだ。物資の隠匿場所を白状せよと言ったが、ぼくは口を割らなかった。ずいぶんひどい拷問にもあった。当時のぼくの気持としては、上官を助けたかったのがいっぱいだ。ところが、実際の敗戦が八月十五日にきた。軍は蜂の巣をつついたような混乱だ。最後まで口を割らないままに、ぼくは釈放された。憲兵隊も解散となった。しかし、植田大尉はそれでぼくを諦《あきら》めたのではない。いや、ぼくを罰するためではなく、今度は、その隠匿物資の分け前を狙うためにだ」

警官の連中が、いつのまにか、崎津弘吉の後ろに立って、板倉彰英の話を聞いていた。

「物資の運び出しを命令した当時の最高上官は、敗戦直後に割腹自殺した。その下の連中で実情を知っているのは、二三人にすぎなかったが、その二三人の将校も、アメリカの戦犯追放を恐れて逃走した。彼らは物資のことなどより戦犯をのがれるだけで一生懸命だった。隠匿物資は、ぼくひとりのものになったよ。ぼくはそれを改めて某所に隠した。そして、少しずつそれを売っては金を溜《た》めた。儲《もう》かった。商売は当たったんだ……」

また、大きな呼吸《いき》を肩でついた。

「しかし、かくされた物資は、いつのまにか、半分になった。それでもたいそうな金目だから、ぼくはそれを大日建設というインチキ会社の名前で、その敷地の中に埋めてしまった。社長は中野博圭に頼んだ。彼は政界の顔役だから、社長となれば大日建設の土地には誰も一指《いっし》もつけ得ないだろうと思ったのだ。ところが、ここに伏兵が現われた。

それが憲兵伍長の大原鉄一だ。彼は何度もぼくを強請《ゆす》りにきたが、相手にしなかった。そして、とうとう杉田一郎の手で殺させた」

「それから?」

「そのあと、その物資の返還のために調査団が南方からきた。もうわかっているだろうから簡単に話すが、井上代造がいつのまにか裏切って通報したためだ。杉田は、ぼくがある恩を売っておいた男だから、ぼくの言いなりになった。ムルチという調査団長を殺したのも彼だ。その前に井上代造が君を留置場から見つけてきた。犯人にするつもりだったが、あいつが、君に同情して、心変わりしたのだ。一方、ぼくは、この自動車《くるま》の下で死んでいる植田……」

「死んでいる……」

「そうだ、とうとう、おれはあいつを殺したよ。長い間、ぼくを苦しめた植田大尉だ」

板倉彰英は、そう言ったとき、安心した表情を浮かべた。

「植田は、いつのまにか、ぼくの身辺に近づいてきた。あいつは、がんらい、字が上手《うま》かったから書家になりすました。方々の邸に出入りして書道の出教授をしているというのは、あいつのでたらめで、みなの眼をごまかすためだ。ぼくに書を教えるという口実で、始終家にやってきた。あいつは、ぼくを脅迫していたのだ。あいつこそ、ぼくの物資を削り奪《と》っていった男だ。なるほど、奴は貧乏そうにしているが、予想以上の金持なんだ。ぼくの骨の髄までしゃぶりとった男だ。しかし、長い間、ぼくは辛抱した。ぼくも、最初こそ、物資を隠匿した一介の軍需省雇員だったが、今では事業も広がり、社会的な地位もできた。あの貴族の邸宅を自分の家にしただけでも、本望だった。ぼくは、やっと男としての本望を達したのだ。だから、この地位を失いたくなかった。露石と称している植田の言いなりになっていたのも、そのためだ」

「その物資は、あの宝鉱山の中に隠しているのですか？」

崎津弘吉は、板倉彰英を見つめてきいた。

「そうだ。大日建設の土地から鉱山に移したのは、すべて杉田一郎の入れ知恵だった。あそこでは危険だというのでそうしたのだ。杉田はぼくのために一生懸命になってくれた。あの男こそ、最後までぼくの味方だった。そのために多くの人間を殺した……」

「財宝は？」

崎津弘吉がきくと、板倉彰英は苦しそうな顔をした。

「もう、ほとんど、残っていない」

「なに？」

「残っているのはわずかなものだ。三分の一ぐらいは植田大尉に取られ、残りの三分の一は、ほとんど中野博圭に奪われた」

「中野博圭に？」

「あの男は食わせ者だった。ぼくをいろいろとおだてておいて、いつのまにか、物資を吐き出させてしまったのだ。政治家の中でもあれくらいの狸はいない。ぼくは、完全に中野博圭に踊らされ、一方、植田大尉に脅かされつづけてきた。中野博圭は、ぼくのためにいろいろと便利を計ってやると言った。なにしろ、あの男は政界の顔役なので、ぼくはそれを信じていた。しかし、それもあいつの狡《ずる》い口実で、実は物資だけが狙いだったのだ。それを闇で売りながら、ひそかに子分どもの選挙資金を作っていたのだ。……ぼくは、最後の段階に、あいつが甲府の近くに泊まっているところに押しかけたのだ。もう一つは、どうやら中野博圭が、うすうすこの事件を嗅《か》ぎつけ、物資が宝鉱山にあると思ったらしい。あいつがめったに泊まりもしない甲府の近くの温泉宿に静養と称して来ていたのも、その事情を探っていたためだ。ぼくはそれを知ったものだから、かえってこちらから押し掛けて行った。だが、物資がないと聞くと、あいつは掌《てのひら》を返したようにぼくに冷淡になった。しかし、政治家というものはそういうものだと悟り、いよいよ、ぼくの最後の破綻《はたん》がきたと思った」

板倉彰英は、また一息ついた。

「ぼくは、この破局を予想して、植田大尉と落石部落へ行くことを約束していたんだ。硯《すずり》の石を見に行くという口実でね。書家になりすましている彼は、ぼくの意図を疑わなかった。実は、昨夜、あいつがぼくのところに連絡にきたのだ」

ああ、すると、露石の植田大尉は、崎津弘吉と別れてまっすぐに落石部落へは行かなかったのか。彼は、同じ湯野《ゆの》温泉のほかの宿に泊まっていたものらしい。

「ぼくたちは今朝早く湯野を発《た》った。ぼくは、近所に泊まっている植田を誘い、自動車《くるま》に乗せて落石部落に向かった。さすがの植田も、最後までぼくの意図を見抜けなかったよ。ぼくは、長年ぼくを苦しめたあいつを自動車もろとも谷底にほうりこむつもりだったが、最後に感づいた植田が、必死にぼくの脱出を逃がさなかった。自動車《くるま》はそのままズルズルと谷底に転落し、こういう有様になった」

板倉彰英は、憎々しそうに破壊されている自動車の方を見た。

「植田は、その下で即死しているよ。ざまあ見ろだ。最後までぼくを苦しめた男に対する復讐《ふくしゅう》だ。ぼくには、もう何も残っていない。だが、植田を殺したことで、もう悔いはないよ」

警官隊が自動車の近くへ集まってきた。

崎津弘吉がジープに乗って甲府にもどったときだった。小川警部が途中で自動車をとめて交番にはいって行った。

負傷した板倉彰英と、惨死した植田大尉を収容するために、救急車が現場に向かっているはずだった。だから、ここで警部がなんの連絡で電話しているのか、崎津弘吉にはわからなかった。

すると、電話を掛け終えた小川警部がにこにこしながらジープに戻ってきた。

「崎津君」

と、彼は眼を笑わせて言った。

「今、沢辺駐在所と電話連絡したんだがね。ちょうど、ぼくの部下がいて、電話口へ出た話によると、美沙子さんは見つかったそうだよ」

「えっ」

崎津弘吉は、警部の眼を食い入るように見た。

「安心したまえ、美沙子さんは無事だ。実は、杉田一郎が彼女が好きになって、あの自宅から口実を設けて連れだし、この宝鉱山の別の納屋に監禁していたんだ」

「監禁？」

「心配はいらない。美沙子さんには何事もなかった。最後まで杉田一郎に抵抗したそうだよ。今、救いだして、甲府の警察署で保護しているそうだ」

警部は、ジープの運転の警官に大きな声で命じた。

「おい。制限キロ数を越えない程度で、大急ぎで甲府署へやってくれ」

ジープが走りだすと、残雪を載せた富士山が盆地の向こうに動きはじめた。

崎津弘吉は、内ポケットの中の預金通帳をおさえた。美沙子の留守に預かった七百万円入りの通帳だった。この事件のために五万円ぐらいは使っている。彼は、その通帳を美沙子に渡すときの言いわけと、彼女の微笑とを心に浮かべていた。

解説

南陀楼綾繁《なんだろうあやしげ》（ライター・編集者）

松本清張《まつもとせいちょう》が一九九二年に亡くなってから、三十二年が経つが、主要作はつねに文庫で読めるし、復刊も続いている。

私は没後三十年に「新潮文庫の松本清張を全部読む」という記事を書いたが、そのとき手に入る新潮文庫は四十五点だった（『波』二〇二二年八月号～九月号）。その後、一点が追加されている。

清張作品はほかにも、文春文庫、光文社文庫などから刊行されている。角川文庫では、教科書販売の闇を描いた『落差』上・下、清張唯一のSF『神と野獣の日』など、どちらかと云えばシブい作品が多い。また、昭和三十年代の短篇から選んだ『男たちの晩節』『三面記事の男と女』『偏狂者の系譜』は、テーマとセレクトが素晴らしいアンソロジーで何度も読み返している。

今回そこに長篇『考える葉』が加わったのは、喜ばしいことだ。

同作は『週刊読売』（一九六〇年四月～一九六一年二月）に連載後、一九六一年に角川書店から単行本化された。光文社のカッパ・ノベルスで刊行されたのち、一九七三年に角川文庫で刊行。二〇一三年に光文社文庫の「松本清張プレミアム・ミステリー」の一冊として復刊されているが、現在は品切れ。そしてまた、角川文庫で復活したというわけである。

物語は、夜の銀座からはじまる。くたびれた洋服を着た男が着飾った女に抱きついたり、ステッキでショーウィンドーを破壊したりする。当然逮捕され、留置場に入れられる。井上代造《いのうえだいぞう》というその男は、同房の崎津弘吉《さきつひろきち》という青年に「釈放されたら自分のところに来い」と誘う。

井上は、板倉《いたくら》鉱業株式会社の青年社長である板倉彰英《あきひで》の元に出入りし、彼のために何かを画策している。自ら留置場に入ったのも、それに関連しているようだ。身分不定だが、妹の美沙子《みさこ》のことは大事にしている。

板倉に書道を教えている書家の村田露石《むらたろせき》は、山梨県の落石《おちいし》という村に向かう。ここは硯《すずり》の原石が採れることから腕のいい硯職人が多かったが、現在では廃れてきている。露石はそこで、釈放され郷里に戻ってきた崎津弘吉と出会う。

その頃、東京の西の方で男の死体が発見される。工員風の身なりで、鋭利な刃物で右乳の辺りを抉《えぐ》られている。彼のズボンの折り返しからは安山岩のかけらが見つかった。それを分析した結果、警察は甲府の鉱山に行きつく。その鉱山の持ち主は、東京の板倉彰英だった。

井上と再会した弘吉は、ある晩に指定された場所で立っているよう指示される。そこに見知らぬ男がやってきて、弘吉にピストルを渡す。その直後に彼は警察に逮捕される。東南アジアのR国から来日した調査団の団長であるルイス・ムルチが射殺され、弘吉が犯人に仕立てられたのだ。

R国は戦時中、日本の占領地だった。日本軍は同国から錫《すず》、金塊、ダイヤなどの物資を奪い、それを内地のどこかに隠匿した。当時、軍需省の雇員だった板倉は、その隠匿に関わることで戦後にのし上がったらしい。その背後には政界に権勢をふるう中野《なかの》博圭《はくけい》がいる。

その後、井上代造が何者かに殺され、その通夜の席で妹の美沙子も誘拐される。残された弘吉の孤独な闘いがはじまった。そして、過去の謀略と現在の殺人事件が結びつき、事件はクライマックスへと向かうのだ。

本作は、原稿用紙で七一〇枚という長大なものだが、物語の展開がスピーディで、読者を飽きさせない。

日本社会の闇を描いたノンフィクション『日本の黒い霧』は、本作と同時期、『文藝春秋』で一九六〇年一月号から十二月号まで連載されている。一九六〇年は日米安保条約の改定問題をめぐって闘争が行なわれた年だ。全学連と警察の衝突のなかで、東大生の樺美智子《かんばみちこ》さんが死亡している。

本作では、最初の死体が武蔵野《むさしの》の風情が残るK町で発見され、井上代造の死体も八王子《はちおうじ》で発見される。いずれも中央《ちゅうおう》線の沿線だ。

清張は『或る「小倉日記」伝』で芥川賞《あくたがわしょう》を受賞した年に上京し、杉並《すぎなみ》区荻窪《おぎくぼ》の親戚《しんせき》の家に寄宿。その後、練馬《ねりま》区関町《せきまち》を経て、杉並区上高井戸《かみたかいど》（現・高井戸）に自宅を建てた。東京の西側は清張にとってなじみ深い地域であり、『歪んだ複写―税務署殺人事件―』『影の地帯』など多くの作品に登場する。清張作品では、武蔵野は人が殺される「お約束の場所」なのである（『松本清張　黒の地図帖』平凡社）。

なお、私は中央線を舞台にしたアンソロジー『中央線小説傑作選』（中公文庫）の編者として、清張の『新開地の事件』を選んだが、これも中央線沿いの郊外で起こる殺人事件を描いている。

板倉彰英の自宅も「中央線O駅の南口から歩いて十四五分はいった一画」にある、元総理大臣の住居だったところだ。

「そこは、この付近でもひときわ大きな邸《やしき》が片側にあった。武蔵野《むさしの》の面影をもつ雑木林が多いこともいちばんだった。（略）表門は、それほど大きくないが、檜皮葺《ひわだぶき》の瀟洒《しょうしゃ》な構えだった」

この「臨華荘《りんかそう》」のモデルとなったのは、荻窪の「荻外荘《てきがいそう》」である。一九二七年（昭和二）に伊東忠太《いとうちゅうた》の設計で建てられたもので、一九三七年（昭和十二）、内閣総理大臣に就任した近衛文麿《このえふみまろ》の自宅となった。敗戦後、戦犯とされた近衛が自決したのもこの家だ。現在は国の指定史跡として保存されている。

広大な屋敷の中で謀議が行なわれる点で、名作『けものみち』に出てくる政界の実力者・鬼頭《きとう》の家を思わせる。

中央線が武蔵野を横切って向かうのは、山梨県だ。本作でも落石村に続く断崖《だんがい》絶壁の道が魅力的に描かれる。

デビュー当時は歴史小説をよく書いた清張は、『信玄戦旗』『乱雲』などで武田信玄《たけだしんげん》を描き、『甲府在番』で金鉱をめぐる争いを描いた。また、何度も映像化された『砂の器』では、中央本線の塩山《えんざん》付近を走る列車の車内での出来事が印象的だ。

『地方紙を買う女』では、女主人公がある目的のために『甲信新聞』の購読を申し込む。同紙に小説を連載していた作家が、女に疑惑を抱く。

物語の節目で新聞というメディアを使うのも、清張の特徴だ。本作でも、殺された男が行動を起こす動機は、新聞記事を見たことだった。

お人好しの書家・村田露石、どこか暗い影のある鉱山会社の杉田《すぎた》一郎《いちろう》、政界のフィクサー・中野博圭ら、脇役も多彩だ。

短い登場ながら印象に残るのが、板倉が出資する鉄鋼財閥の社長である。

「岩村修平《いわむらしゅうへい》の額からは絶えず汗が流れている。それを拭《ふ》く役がきれいな若い女秘書だった。おしぼりをいくつも用意して、社長の汗を傍から拭き取ってゆく。奇妙なことに、その汗は顔の右半分だけ流れるのだった。その奇妙さはまた、岩村修平という人間の奇妙さを象徴していた」

事件に巻き込まれる崎津弘吉は、無気力な青年として登場する。

「全精神を打ちこむものが、彼にはこの世のどこにもなかった。乾いた灰色の世間だけが、自分を取り巻いている。無意味で退屈でつまらないのだ」

しかし、井上代造が殺され、美沙子が誘拐されたことをきっかけに行動的になり、意外な真相に到達する。タイトルの『考える葉』は、フランスの哲学者パスカルの「人間は考える葦《あし》である」という箴言《しんげん》に由来するものだが、ひとりの弱い人間が巨大な権力に立ち向かう様を思わせる。

もっとも、清張自身はタイトルの付け方について、こう話している。

「こういう抽象的な題名をつけるのは、実は締切りと関係があるのです。（略）ことに連載ものとなりますと、締切り前に予告というものが出ますので、題名を一応作らなければいけない。しかし筋はまだできておりませんので、どんな小説になってもいいような題名をつけておく。中身がないのだから、題名はつい抽象的になってしまう。それがすばらしいと褒めてくれるのであります」（「推理小説の題材」、『松本清張推理評論集 1957−1988』中央公論新社）

しかし、清張ファンにはその抽象的なタイトルこそがたまらない味なのだ。

また、清張作品にはときどき偶然が重なりすぎると思われる点がある。本作でも、いくつかそういう箇所がある。

だが、それがご都合主義に感じられず、すんなり読めてしまうのが、清張の筆力なのだ。と書くと、さすがに贔屓《ひいき》の引き倒しが過ぎるだろうか。

だって、中篇『二つの声』（『松本清張全集9　黒の様式』文藝春秋）の登場人物も云っているではないか。「必然の中に偶然がまじり込むと、その偶然まで必然に見えてくることがあるよ」と。

『考える葉』で初めて清張作品に触れた読者は幸せだ。本作には、清張らしい要素がたっぷりと詰まっており、読み終えるとかならず次の作品を読みたくなるはずだから。

本書は、一九七三年八月に小社より刊行した文庫を改版したものです。

本文中には、女給、狂人、気違い、色気違い、物乞い、女中、農夫、変質者、変質犯罪、工員風、人夫、老婆、飯場、労務者、バタ屋、ルンペン、拾い屋、土建屋、浮浪人、浮浪者、外人、下賤の者、シナ、乞食、内地、せむし、配達夫、抗夫、びっこといった語句や、特定の職業と性別や年齢、経歴を結びつけるような表現、当時の家柄に関する表現、また「浮浪者」と殺人事件を結びつけるような多数の表現等、今日の人権擁護の見地に照らして、明らかに不適切、また差別的と思われる描写がありますが、著者が故人であること、作品自体の文学性、本作が執筆された当時の歴史的な背景を考え合わせ、原文のままとしました。

（編集部）

考《かんが》える葉《は》

新装版《しんそうばん》

松本清張《まつもとせいちよう》

昭和48年 8月10日 初版発行
令和6年 12月25日 改版初版発行

発行者●山下直久

発行●株式会社KADOKAWA
〒102-8177 東京都千代田区富士見2-13-3
電話 0570-002-301（ナビダイヤル）

角川文庫 24459

印刷所●株式会社暁印刷
製本所●本間製本株式会社

表紙画●和田三造

●お問い合わせ
https://www.kadokawa.co.jp/（「お問い合わせ」へお進みください）
※内容によっては、お答えできない場合があります。
※サポートは日本国内のみとさせていただきます。
※Japanese text only

ISBN 978-4-04-115464-9 C0193

◇◇◇

角川文庫発刊に際して

角川源義

第二次世界大戦の敗北は、軍事力の敗北であった以上に、私たちの若い文化力の敗退であった。私たちの文化が戦争に対して如何に無力であり、単なるあだ花に過ぎなかったかを、私たちは身を以て体験し痛感した。西洋近代文化の摂取にとって、明治以後八十年の歳月は決して短かすぎたとは言えない。にもかかわらず、近代文化の伝統を確立し、自由な批判と柔軟な良識に富む文化層として自らを形成することに私たちは失敗して来た。そしてこれは、各層への文化の普及滲透を任務とする出版人の責任でもあった。

一九四五年以来、私たちは再び振出しに戻り、第一歩から踏み出すことを余儀なくされた。これは大きな不幸ではあるが、反面、これまでの混沌・未熟・歪曲の中にあった我が国の文化に秩序と確たる基礎を齎らすためには絶好の機会でもある。角川書店は、このような祖国の文化的危機にあたり、微力をも顧みず再建の礎石たるべき抱負と決意とをもって出発したが、ここに創立以来の念願を果すべく角川文庫を発刊する。これまで刊行されたあらゆる全集叢書文庫類の長所と短所とを検討し、古今東西の不朽の典籍を、良心的編集のもとに、廉価に、そして書架にふさわしい美本として、多くのひとびとに提供しようとする。しかし私たちは徒らに百科全書的な知識のジレッタントを作ることを目的とせず、あくまで祖国の文化に秩序と再建への道を示し、この文庫を角川書店の栄ある事業として、今後永久に継続発展せしめ、学芸と教養との殿堂として大成せんことを期したい。多くの読書子の愛情ある忠言と支持とによって、この希望と抱負とを完遂せしめられんことを願う。

一九四九年五月三日

角川文庫ベストセラー

軍師の境遇 新装版　松本清張

天正3年、羽柴秀吉と出会い、軍師・黒田官兵衛の運命は動き出す。秀吉の下で智謀を発揮して天下取りを支えるも、その才ゆえに不遇の境地にも置かれた官兵衛の生涯を描いた表題作ほか、2編を収めた短編集。

失踪の果て　松本清張

中年の大学教授が大学からの帰途に失踪し、赤坂のマンションの一室で首吊り死体で発見された。自殺か他殺か。表題作の他、「額と歯」「やさしい地方」「繁盛するメス」「春田氏の講演」「速記録」の計6編。

紅い白描　松本清張

美大を卒業したばかりの葉子は、憧れの葛山デザイン研究所に入所する。だが不可解な葛山の言動から、彼の作品のオリジナリティに疑惑をもつ。一流デザイナーの恍惚と苦悩を華やかな業界を背景に描くサスペンス。

黒い空　松本清張

辣腕事業家の山内定子が始めた結婚式場は大繁盛だった。しかし経営をまかされていた小心者の婿養子・善朗はある日、口論から激情して妻定子を殺してしまう。河越の古戦場に埋れた長年の怨念を重ねた長編推理。

数の風景　松本清張

土木設計士の板垣は、石見銀山へ向かう途中、計算狂の美女を見かける。投宿先にはその美女と、多額の負債を抱え逃避行中の谷原がいた。谷原は一攫千金の事業を思いつき実行に移す。長編サスペンス・ミステリ。

角川文庫ベストセラー

犯罪の回送　松本清張

北海道北浦市の市長春田が東京で、次いで、その政敵早川議員が地元で、それぞれ死体で発見された。地域開発計画を契機に、それぞれの愛憎が北海道・東京間を行き交う。鮮やかなトリックを駆使した長編推理小説。

一九五二年日航機「撃墜」事件　松本清張

昭和27年4月9日、羽田を離陸した日航機「もく星」号は、伊豆大島の三原山に激突し全員の命が奪われた。パイロットと管制官の交信内容、犠牲者の一人で謎の美女の正体とは。世を震撼させた事件の謎に迫る。

松本清張の日本史探訪　松本清張

独自の史眼を持つ、社会派推理小説の巨星が、日本史の空白の真相をめぐって作家や碩学と大いに語る。日本の黎明期の謎に挑み、時の権力者の政治手腕を問う。聖徳太子、豊臣秀吉など13のテーマを収録。

聞かなかった場所　松本清張

農林省の係長・浅井が妻の死を知らされたのは、出張先の神戸であった。外出先での心臓麻痺による急死とのことだったが、その場所は、妻から一度も聞いたことのない町だった。一官吏の悲劇を描くサスペンス長編。

潜在光景　松本清張

20年ぶりに再会した泰子に溺れていく私は、その幼い息子に怯えていた。それは私の過去の記憶と関わりがあった。表題作の他、「八十通の遺書」「発作」「鉢植を買う女」「鬼畜」「雀一羽」の計6編を収録する。

角川文庫ベストセラー

夜の足音 短篇時代小説選　松本清張

無宿人の竜助は、岡っ引きの粂吉から奇妙な仕事を持ちかけられる。離縁になった若妻の夜の相手をしろという。表題作の他、「噂始末」「三人の留守居役」「破談変異」「廃物」「背伸び」の、時代小説計6編。

蔵の中 短篇時代小説選　松本清張

備前屋の主人、庄兵衛は、娘婿への相続を発表し、仕合せの中にいた。ところがその夜、店の蔵で雇人が殺される。表題作の他、「酒井の刃傷」「西蓮寺の参詣人」「七種粥」「大黒屋」の、時代小説計5編。

落差 (上)(下) 新装版　松本清張

日本史教科書編纂の分野で名を馳せる島地章吾助教授は、学生時代の友人の妻などに浮気心を働かせていた。教科書出版社の思惑にうまく乗り、島地は自分の欲望のまま人生を謳歌していたのだが……社会派長編。

或る「小倉日記」伝　松本清張

史実に残らない小倉在住時代の森鷗外の足跡を、歳月をかけひたむきに調査する田上とその母の苦難。芥川賞受賞の表題作の他、「父系の指」「菊枕」「笛壺」「石の骨」「断碑」の、代表作計6編を収録。

葦の浮船 新装版　松本清張

某大学の国史科に勤める小関は、出世株である同僚の折戸に比べ風采が上らない。好色な折戸は、小関が親密にする女性にまで歩み寄るが……大学内の派閥争いと2人の男たちの愛憎を描いた、松本清張の野心作！

角川文庫ベストセラー

冬ごもり 時代小説アンソロジー
池波正太郎、宮部みゆき、松本清張、南原幹雄、宇江佐真理、山本一力 編／縄田一男
本所の蕎麦屋に、正月四日、毎年のように来る客。彼の腕にはある彫ものが……／「正月四日の客」池波正太郎ほか、宮部みゆき、松本清張など人気作家がそろい踏み！ 冬がテーマの時代小説アンソロジー。

影絵の騎士
大沢在昌
ネットワークと呼ばれるテレビ産業が人々の生活を支配する近未来、新東京。私立探偵のヨヨギ・ケンは、ネットワークで横行する「殺人予告」の調査を進めるうち、巨大な陰謀に巻き込まれていく——。

深夜曲馬団《ミッドナイト・サーカス》 新装版
大沢在昌
作品への手応えを失いつつあるフォトライターが出会ったのは、廃業寸前の殺し屋だった——。「鏡の顔」他、4編を収録した、初期大沢ハードボイルドの金字塔。日本冒険小説協会最優秀短編賞受賞作品集。

天使の牙 (上)(下) 新装版
大沢在昌
麻薬組織の独裁者の愛人・はつみが警察に保護を求めてきた。極秘指令を受けた女性刑事・明日香がはつみと接触するが、2人は銃撃を受け瀕死の重体に。しかし、奇跡は起こった——。冒険小説の新たな地平！

天使の爪 (上)(下) 新装版
大沢在昌
麻薬密売組織「クライン」のボス・君国の愛人の身体に脳を移植された女性刑事・アスカ。過去を捨て、麻薬取締官として活躍するアスカの前に、もうひとりの脳移植者が敵として立ちはだかる。

角川文庫ベストセラー

あやし　宮部みゆき

木綿問屋の大黒屋の跡取り、藤一郎に縁談が持ち上がったが、女中のおはるのお腹にその子供がいることが判明する。店を出されたおはるを、藤一郎の遣いで訪ねた小僧が見たものは……江戸のふしぎ噺9編。

お文《ふみ》の影　宮部みゆき

月光の下、影踏みをして遊ぶ子どもたちのなかにぽつんと女の子の影が現れる。影の正体と、その因縁とは。「ぼんくら」シリーズの政五郎親分とおでこの活躍する表題作をはじめとする、全6編のあやしの世界。

過ぎ去りし王国の城　宮部みゆき

早々に進学先も決まった中学三年の二月、ひょんなことから中世ヨーロッパの古城のデッサンを拾った尾垣真。やがて絵の中にアバター（分身）を描き込むことで、自分もその世界に入り込めることを突き止める。

おそろし　三島屋変調百物語事始　宮部みゆき

17歳のおちかは、実家で起きたある事件をきっかけに心を閉ざした。今は江戸で袋物屋・三島屋を営む叔父夫婦の元で暮らしている。三島屋を訪れる人々の不思議話が、おちかの心を溶かし始める。百物語、開幕！

ブレイブ・ストーリー（上）（中）（下）　宮部みゆき

ごく普通の小学5年生亘は、友人関係やお小遣いに悩みながらも、幸せな生活を送っていた。ある日、父から家を出てゆくと告げられる。失われた家族の日常を取り戻すため、亘は異世界への旅立ちを決意した。

角川文庫ベストセラー

人間の証明　森村誠一

ホテルの最上階に向かうエレベーターの中で、ナイフで刺された黒人が死亡した。棟居刑事は被害者がタクシーに忘れた詩集を足がかりに、事件の全貌を追う。日米合同の捜査で浮かび上がる意外な容疑者とは!?

野性の証明　森村誠一

山村で起こった大量殺人事件の三日後、集落唯一の生存者の少女が発見された。少女は両親を目前で殺されたショックで「青い服を着た男の人」以外の記憶を失っていたが、事件はやがて意外な様相を見せ!?

高層の死角　森村誠一

巨大ホテルの社長が、外扉・内扉ともに施錠された二重の密室で殺害された。捜査陣は、美人社長秘書を容疑者と見なすが、彼女には事件の捜査員・平賀刑事と一夜を過ごしていたという完璧なアリバイがあり!?

遠い昨日、近い昔　森村誠一

焦土から出発し、日本中をブームに巻き込んだ社会派推理作家が、現代を生きる我々に語りかける。人はなぜ書き、そしてなぜ生きるのか。著者初めての自伝、遂に文庫化！

棟居刑事の断罪　森村誠一

轢き逃げされた男から1億円を横取りした男女。二度と会わない約束で別れた1年後、幸せな結婚生活を送る女のもとに〝呼び出し〟の電話が。日常の断片に腐蝕した巨悪を抉る社会派推理の大作。

角川文庫ベストセラー

深海の寓話

森村誠一

元刑事の鯨井義信は、環状線で黒服集団に囲まれた女性を、乗り合わせた紳士たちと協力して救ったことをきっかけに、私製の正義の実現を目指す。犯罪の芽を摘んだ鯨井たちは、「正義」への考えを新たにする。

最後の矜持
森村誠一傑作選

森村誠一
編／山前　譲

棟居刑事、牛尾刑事をはじめとした人気シリーズの主人公たちの短編や、切れ味鋭いミステリに未書籍化短編も初収録。森村誠一のエッセンスがつまった珠玉の6編。

秋びより
時代小説アンソロジー

池波正太郎、藤原緋沙子、岡本綺堂、岩井三四二、佐江衆一
編／縄田一男

池波正太郎、藤原緋沙子、岡本綺堂、岩井三四二、佐江衆一……江戸の「秋」をテーマに、人気作家の時代小説短篇を集めました。縄田一男さんを編者とした大好評時代小説アンソロジー第3弾！

夏しぐれ
時代小説アンソロジー

平岩弓枝、藤原緋沙子、諸田玲子、横溝正史、柴田錬三郎
編／縄田一男

夏の神事、二十六夜待で目白不動に籠もった俳諧師が死んだ。不審を覚えた東吾が探ると……。『御宿かわせみ』からの平岩弓枝作品や、藤原緋沙子、諸田玲子など、江戸の夏を彩る珠玉の時代小説アンソロジー！

春はやて
時代小説アンソロジー

平岩弓枝、藤原緋沙子、柴田錬三郎、野村胡堂、岡本綺堂
編／縄田一男

幼馴染みのおまつとの約束をたがえ、奉公先の婿となり主人に収まった吉兵衛は、義母の苛烈な皮肉を浴びる日々だったが、おまつが聖坂下で女郎に身を落としていると知り……（「夜明けの雨」）。他4編を収録。